일러두기

1. 번역에 쓰인 원전은 2013년 중국 장강문예출판사에서 출간한 '이월하 문집' 제1판을 사용했다.
2. 맞춤법과 띄어쓰기는 한글 맞춤법과 외래어 표기법에 따랐다.
3. 한자는 우리말로 표기하고, 꼭 필요한 경우에만 괄호 속에 원음을 병기해 이해하기 쉽도록 했다.
   예 : 다이곤多爾滾(도르곤)
4. 인명과 지명은 우리말로 표기했다. 단, 이미 굳어진 표현은 원지음을 존중했다.
   예 : 나찰국羅刹國(러시아). 이후에는 '러시아'로 표기
5. 본문 중의 괄호 안에 뜻을 풀이한 것은 모두 옮긴이의 설명이다.

【제왕삼부곡 제1작】

강희대제 10

중국 최고지도부가 선택한 최고의 역사소설

얼웨허 역사소설

홍순도 옮김

더봄

康熙大帝

강희대제 10권

개정판 1판 1쇄 발행 2015년 6월 28일
개정판 1판 2쇄 발행 2015년 9월 30일

지은이 얼웨허(二月河)
옮긴이 홍순도
펴낸이 김덕문

펴낸곳 더봄
등록번호 제2015-000072호
주소 서울특별시 중구 을지로 12길 28, 207호(저동2가, 저동빌딩)
대표전화 02-2264-0148 **팩스** 02-2264-0149
전자우편 thebom21@naver.com
블로그 blog.naver.com/thebom21

ISBN 979-11-86589-10-6 04820
ISBN 979-11-86589-00-7 04820(전12권)

책값은 뒤표지에 있습니다.

서재에 앉아 있는 40대의 강희제

만주족의 전통적인 관모와 예복을 입고 있고 책장에 둘러싸인 채 자세를 취하고 있다. 이는 청나라라는 정복왕조에 대한 한족 학자들의 공감과 지지를 얻기 위해 노력하는 의미도 담겨 있다. 강희는 35명의 아들과 20명의 딸을 두었는데, 만년晩年에는 정치적 폐단이 늘어나고 아들끼리 붕당을 결성해 후계 자리를 다투면서 정국이 날로 복잡해져갔다.

장황자 직친왕直親王 윤제胤禔

1672~1734. 강희제의 권신 명주明珠와 혈족인 혜비惠妃 납란納蘭씨 소생. 윤잉이 황태자에서 폐위된 직후 태자를 꿈꾸다 패자貝子로 작위가 격하됨.

2황자 황태자皇太子 윤잉胤礽

1674~1725. 효성인황후孝誠仁皇后 혁사리赫舍里씨 소생.
황태자에서 폐위된 후 황실 대동보에서 제명. 사후에 이밀친왕理密親王에 봉해졌다.

3황자 성친왕誠親王 윤지胤祉

1677~1732. 영비榮妃 마가馬佳씨 소생.

옹정 연간에 군왕으로 작위가 격하되나 사후 복권됨.

4황자 옹친왕雍親王 윤진胤禛

1678~1735. 생모는 덕비德妃 오아烏雅씨(옹정제 즉위 후 효공인황후로 추존)다.
청나라 제5대 황제 세종世宗 옹정헌황제雍正憲皇帝.

8황자 염친왕廉親王 윤사胤禩

1681~1726. 양비良妃 위衛씨 소생. 옹정 연간에 폐서인됨.
황실 대동보에서 제명.

9황자 혁군왕奕郡王 윤당胤禟

1683~1726. 의비宜妃 곽락라郭絡羅씨 소생.
옹정 연간에 폐서인됨. 황실 대동보에서 제명.

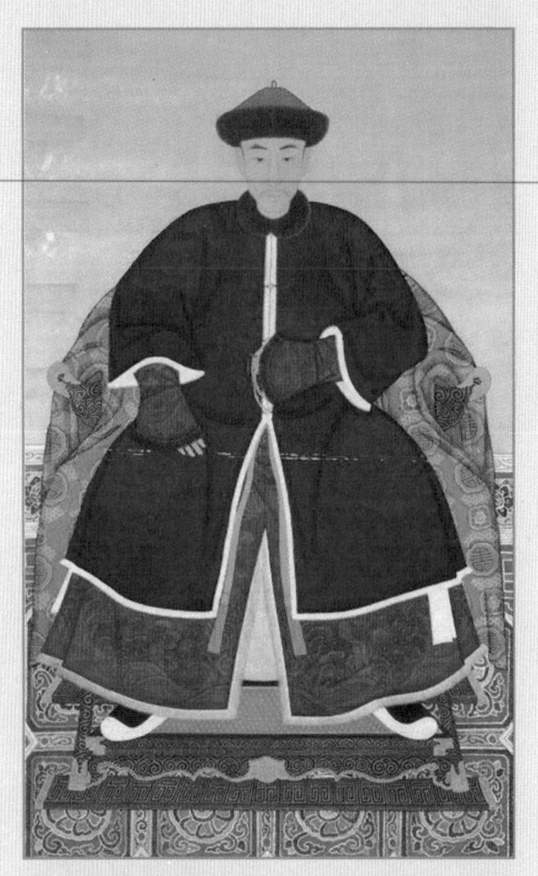

10황자 돈군왕敦郡王 윤아胤䄉

1683~1731. 온희귀비溫喜貴妃 유호록鈕祜祿씨(효소인황후로 추존됨) 소생으로, 옹정 연간에 폐서인됨. 황실 대동보에서 제명.

13황자 이친왕怡親王 윤상胤祥

1686~1730. 경민황귀비敬敏皇貴妃 장가章佳씨 소생.
후일 옹정제가 되는 넷째 황자 윤진과 가장 돈독한 관계였다.

14황자 순군왕恂郡王 윤제胤禵

1688~1756. 본명은 윤정胤禎. 효공인황후 오아씨 소생으로, 넷째 황자 윤진과 생모가 같다. 패륵으로 작위가 격하되나 건륭 연간에 복권됨.

17황자 과친왕果親王 윤례胤禮

1697~1738. 순유근비純裕勤妃 진陳씨 소생. 황권皇權 다툼에 참여하기보다는 서법書法과 시사詩詞를 즐겼다.

4부 후계자

1장

소금 밀매꾼

강희 44년에는 한여름에 살인적인 더위가 기승을 부렸다. 음력 6월 6일 이후로는 살이 익어가는 무더위가 무려 보름 동안 이어졌다. 특히 안휘성 일대는 어디나 할 것 없이 불가마라고 해도 좋았다. 오전 9시만 지나면 외출은커녕 벌거벗은 채 나무그늘 밑에 대자로 누워 있어도 땀이 줄줄 흘러내릴 정도였다. 그 안휘성 동성桐城현의 서문 밖에는 커다란 수박밭이 하나 있었다. 또 그 옆에는 돗자리로 대충 위를 가린 원두막도 있었다. 오고가는 장사꾼들이나 마을에서 더위를 피해 나온 사람들이 웃통을 드러내놓고 모여 앉아 수박을 먹으면서 몸을 식히는 곳이었다. 그곳은 관도官道와 가깝고 시내와 인접한 탓에 오가는 사람들이 유독 많았다.

"추우면 더 껴입기라도 하지, 이거야 원!"

온몸에 비곗덩어리가 달라붙어 뒤룩뒤룩한 중년의 사내 한 명이 한 손으로는 부채를 부치고 다른 한 손에는 수박을 들고 힘껏 베어 물면서 말했다. 그러자 옆에 있던 뼈만 앙상하게 남은 시커먼 사내가 깎은 지 두 달 정도 돼 보이는 검불 같은 머리카락을 뒤로 넘기고는 미소를 지었다.

"왕 대인, 나는 그런 하소연이 우습게만 들립니다! 이 날씨가 얼마나 공평합니까. 가진 자나 없는 사람이나 똑같이 벌거벗고 있으니까 말입니다!"

그러자 중년 사내가 수박껍질을 저 멀리 내던지고는 헤헤 마른 웃음을 지었다.

"내가 무슨 큰부자라도 되는 줄 압니까? 우리 집 영감께서 과거에 합격한 덕에 배나 안 곯고 사는 거죠! 진짜 부자를 보지 못해서 그래요. 강서, 절강 쪽에서 내륙지방으로 소금을 밀수하는 놈들은 한 번 갔다 오면 적어도 은 사오천 냥씩은 남는다고 하지 않습니까. 일 년이면 얼마인가요? 자그마치 오륙만 냥이라는 얘기입니다. 진짜 장난이 아니에요!"

중년 사내는 수박에 젖어 흥건한 두 손을 들어 손짓발짓 다 해가면서 흥분했다. 소금 밀수에 대한 얘기가 나오자 바위 위에 비스듬히 기대어 있던 젊은이 하나가 자신의 발밑에 있던 묵직한 주머니를 흘낏흘낏 쳐다보는가 싶더니 둥그런 모자를 얼굴에 덮고 자는 척했다. 그러자 바로 옆에 앉아 그 모습을 지켜보던 스무 살 가량의 수수한 옷차림에 깔끔한 인상의 젊은이가 갑자기 그의 어깨를 툭 내리쳤다.

"이봐요! 자지 말고 일어나 봐요!"

"무슨 일입니까?"

젊은이가 깜짝 놀라 벌떡 일어나며 경계어린 눈으로 상대를 바라보았다.

"왜 그러십니까?"

"이렇게 만난 것도 인연이 아닙니까! 서로 인사나 나누자고요. 나는 윤상尹祥이라고 합니다. 그쪽은요? 이렇게 푹푹 찌는 날씨에 왜 수박 한 조각도 안 사먹는 겁니까?"

깔끔한 인상의 젊은이가 웃으면서 말했다. 자는 척하던 젊은이는 어정쩡한 표정으로 윤상을 바라보더니 목마른 것을 겨우 참고 있었던 듯 바싹 마른 입술을 혓바닥으로 축이고는 머리를 저었다.

"나는 장오가張五哥라고 합니다. 관심을 가져줘서 고맙기는 한데, 곧 길을 떠나야 하니 먹을 새도 없습니다."

그러자 윤상이 수박 한 조각을 내밀었다.

"그러지 말고 이거라도 나눠 먹자고요. 돈 없는 게 무슨 창피한 일입니까! 저쪽에서는 시간 가는 줄 모르고 수박잔치를 여는데, 우리는 이렇게 앉아만 있으니 재미가 없지 않습니까!"

윤상의 말은 진지했다. 장오가는 수박을 받아들고 짐짓 감격스러워했다.

"북경 말씨에 글공부깨나 한 사람 같은데, 여긴 장사를 하러 들른 겁니까?"

윤상이 장오가의 질문에 웃음을 터트렸다.

"어디를 봐서 내가 글공부깨나 한 사람 같습니까? 나는 거친 무인武人일 뿐인데!"

장오가도 웃으면서 말을 받았다.

"아무리 옷을 수수하게 차려 입는다고는 했으나 내 눈을 비켜갈 수는 없습니다. 있는 집 자제가 아니면 어떻게 그런 단향나무 부채를 들고 다니겠습니까? 그리고 손가락이 그렇게 가늘고 흰 것을 보면 거칠게 살아온 사람은 아닙니다!"

"오? 오……!"

윤상은 아차, 하며 수수하게 차려입은 자신의 옷차림과는 전혀 어울리지 않는 백옥구슬이 달린 단향나무 부채를 쳐다봤다. 그제야 자신의 실수를 인정했다.

"눈칫밥만 먹고 살았나, 어찌 눈치가 그렇게 빠릅니까! 우리 집은 그런대로 먹고 살만하기는 하나 이 일대의 땅은 다 소유했다는 방금 그 왕 어른과는 비교가 안 되죠. 소금장수들에게는 발뒤꿈치도 못 따라갈 테고 말이죠."

장오가는 바로 냉소를 터트렸다.

"쳇, 소금장수 그것들이 다 뭡니까? 성 북쪽으로 200여 리쯤 가면 유팔녀劉八女라는 자가 있어요. 그 집에 가보면 진짜 부자라는 말이 실감이 날 겁니다. 방금 왕 어른이 여름나기가 힘들다고 했는데, 유팔녀는 지금쯤 아마 얼음덩어리를 방 구석구석에 대야로 갖다놓고 있을 거예요. 거기다 시녀들은 부채질을 해대고 있을 겁니다. 비교할 것을 비교해야죠. 우리 같은 사람은 근처에 얼쩡거리지도 않는 것이 낫죠!"

소금장수들이 돈을 갈고리로 긁어모은다는 얘기를 침까지 튕겨가면서 신나게 과장해댔던 왕 대인이라는 사람은 장오가의 말을 듣자 부채로 허벅지를 쳤다. 그러면서 마구 흥분했다.

"유팔녀니 뭐니 하는 그자는 소금장수들에게 빌붙어 돌아가는 거지 새끼에 지나지 않아요! 소금장수들은 진짜 발 한 번 구르면 천하가 들썩인다고요! 새로 부임한 현령인 시세륜施世倫은 말할 것도 없고, 심지어 북경에서 온 두 명의 황자도 수레에서 내리자마자 곧 이 일대의 내로라하는 소금장수들을 오복루五福樓에 불러 술을 사줬다잖아요! 세상에! 황자마마한테서 술 얻어먹는 기분은 어땠을까?"

왕 대인으로서는 북경에서 온 두 명의 황자 가운데 한 사람이 바로 코앞에 앉아 있는 젊은이라는 사실을 알 턱이 없었다. 윤상이라는 이름의 이 젊은이는 바로 강희의 열세 번째 황자이자 새로 패자貝子로 봉해진 애신각라愛新覺羅 윤상胤祥이었던 것이다. 이번에 형인 넷째 황자 윤진胤禛과 함께 황하를 시찰하기 위해 북경에서 내려온 터였다. 그는 사실 여부를 떠나 올곧기로 소문난 천하의 시세륜마저 소금장수들과 한통속이 돼 돌아간다는 말에 호기심을 가지지 않을 수 없었다. 왕 대인에게 자세하게 물어보려고 했던 것도 그 때문이었다. 그러나 그가 질문을 던지려는 찰나 저 멀리서 아역 몇 명이 다가오는 것이 보였다. 그 뒤로 마흔 살 가량의 중년 사내가 척 보기에도 고급스러워 보이는 두루마기 차림을 하고 가마에 앉아 윤상 쪽을 향해 다가오고 있었다. 윤상은 잠시 입을 닫는 수밖에 없었다.

"위 대인!"

왕 대인이 중년 사내에게 황급히 비굴한 웃음을 지어 보였다. 이어 으쓱하는 듯한 모습을 보이고는 좌중을 훑어보았다.

"날도 더운데 수박이 먹고 싶으시면 사람을 시켜 가져가시지 그랬어요? 여기 널려 있는 수박이 전부 위 어른의 애정을 먹고 이다지도 달게 자란 것이 아니겠습니까?"

윤상은 눈앞의 이 위 대인이라는 자가 소금 밀수로 유명한 위 아홉째라는 사실을 느낌으로 알 수 있었다. 무슨 일이 벌어질지 일단 지켜볼 필요가 있었다. 그는 그럴 요량으로 다리를 꼬고 앉은 채 위 아홉째를 유심히 훑어봤다. 그러자 위 아홉째는 왕 대인의 아부에는 전혀 아랑곳하지 않은 채 볼따구니의 살을 한껏 늘어뜨리고는 윤상 앞으로 어슬렁거리면서 다가왔다. 그런 다음 바로 장오가를 손가락질하면서 소리쳤다.

"이자는 소금 밀매꾼이다. 잡아라!"

아역 몇 명이 위 아홉째의 호령이 떨어지기 무섭게 굶주린 호랑이처럼 달려들어 장오가의 두 팔을 거칠게 비틀었다. 그리고는 엉덩이를 힘껏 걷어찼다. 그러나 장오가는 꿈쩍도 하지 않았다. 대단한 무예 실력을 감추고 있다는 사실이 증명되는 순간이었다! 그러자 아역 하나가 묵직한 주머니를 낑낑대며 들고 오더니 말했다.

"역시 위 대인의 혜안은 대단하시네요! 이놈이 이런 식으로 꽤나 해처먹었겠는데요!"

말을 마친 아역이 소금 주머니를 장오가의 어깨에 올려놓았다. 그러면서 거칠게 등을 떠밀었다.

"방금 보니까 떡 버티고 있는 품이 만만치가 않더군. 이걸 메고 앞장서서 걸어!"

"잠깐만!"

그 순간 갑자기 윤상이 손을 내밀면서 고함을 질렀다. 이어 부채를 접어 바지춤에 꿰고는 소금자루를 가리켰다.

"반은 내 소금인데, 당신들이 다 가져가면 안 되죠!"

"어라? 세게 나오는데? 의리의 사나이라 이거지! 좋아, 그럼 따라가든가!"

아역들이 이건 또 뭐냐는 듯 비꼬았다. 그들은 낄낄거리면서 온갖 비아냥거리는 욕설과 함께 윤상과 장오가를 땡볕으로 밀었다.

현 아문은 그다지 멀지 않았다. 아문의 주변은 번잡했다. 아역들은 정신없이 일하느라 바쁘게 돌아가고 있었다. 아마도 전직 현령이 학정과 뇌물수수로 쫓겨난 뒤 오랜 공백을 거쳐 얼마 전에 새 현령이 부임했기 때문인 모양이었다. 너 나 할 것 없이 열심히 일하는 모습을 새 현령에게 보이고 싶어 한다는 것을 의미했다.

곧 윤상이 아역들을 따라 아문의 두 번째 문으로 들어섰다. 그의 시야에 나무그늘 밑에 장오가와 같은 혐의로 끌려온 듯한 두 사람이 들어왔다. 아니나 다를까, 장오가는 그 둘과 머리를 끄덕여 인사를 주고받았다.

"형, 그런데 이 분은 누구예요?"

두 사람이 장오가에게 물었다. 그러자 장오가가 나무라는 듯한 눈빛으로 윤상을 돌아보며 말했다.

"괜히 고생을 사서 하는 것 아닙니까?"

"주유周瑜가 황개黃蓋를 때리는 격이죠. 때리는 쪽이나 맞는 쪽이나 서로가 원해서 하는 일이니 억울할 것은 없지 않겠습니까!"

윤상이 대수롭지 않게 웃으면서 소설 《삼국연의》三國演義 중에서 '고육계'苦肉計 고사까지 들먹였다. 그런 다음 아문의 넓은 공터를 쭉 훑어보았다.

"나는 원래 싱겁기가 세상에서 둘째가라면 서러운 사람입니다. 약방의 감초처럼 이런 데는 꼭 낀다고요! 재미있지 않습니까?"

윤상의 말이 끝나자마자 옆문이 열리는 소리가 났다. 그러더니 50살 가량의 깡마른 중년 남자가 현령 복장을 하고 나왔다. 이어 바로 높은 단상에 올라가 앉았다.

곧 북소리가 세 번 울렸다. 그러자 아역 여덟 명이 저마다 곤장을 들고 기세등등하게 고함을 지르면서 들어왔다. 그리고는 기러기 떼 모양으로 늘어섰다. 잠시 침묵이 흘렀다. 한낮의 땡볕에도 지치지 않는 매미의 울음소리만 시끄럽게 들려오고 있었다. 단상에 오른 시세륜은 심한 근시인 듯했다. 도수 높은 안경 너머로 집행관이 올려 보낸 종잇장을 한참 들여다본 다음 원고인 위 아홉째를 불렀다.

위 아홉째는 어디 한번 두고 보겠다는 듯 으스대면서 윤상과 장오가 등을 째려봤다. 그런 다음 헛기침을 하면서 단상으로 올라가 시세륜을 향해 읍을 했다.

"부윤 대인, 친척 아우인 위인魏仁이 배견拜見합니다!"

시세륜이 위인의 말을 듣고는 "음!" 하는 소리와 함께 알 듯 말 듯한 미소를 지었다. 그리고는 안경 너머로 위인을 쳐다보면서 물었다.

"자네, 섬서陝西 사람이라고 했나? 말씨는 아닌 것 같은데?"

윤상은 시세륜의 일거수일투족을 지켜보면서 속으로 냉소를 금치 못했다. 그는 청백리로 유명한 사람이었으나 지금 보니 전혀 그렇지 않다는 생각이 들었다. 시세륜은 원래 부윤府尹이었다. 그러나 무슨 일인가로 인해 현령으로 강등을 당했다. 하지만 그럼에도 여전히 '부윤'이라는 호칭을 당연하다는 듯 받아들이는 것 같았다. 위인이 그런 시세륜에게 비굴한 표정을 지으면서 대답했다.

"저는 내황內黃 사람입니다."

"내황이라……. 나는 내황에 친척이 없는데? 그런데 친척 아우라니 좀 당황스럽구먼."

시세륜이 머리를 갸웃하더니 말했다. 위인은 시세륜의 가차 없는 냉담한 말을 듣자 모닥불을 뒤집어쓴 것처럼 얼굴이 후끈 달아올랐다. 그리고는 비지땀을 흘리면서 알아듣지 못할 말로 중얼거렸다. 체면이 영 말이 아니었다. 윤상은 그 모습을 보고는 시세륜이 위인과 한통속이 아니라는 사실을 알게 되었다. 너무 재미있어 킥킥 웃음이 터져 나왔다. 그러자 아역 하나가 그를 노려보며 눈을 부라렸다. 조용히 하라는 경고였다.

"그건 그렇고, 누가 뭐라고 해도 나는 이곳의 일인자야. 그런데 합법, 불법을 떠나서 소금장수에 불과한 주제에 현령에게 올리는 인사가 그게 뭔가! 허리에 병이라도 난 것인가?"

시세륜이 냉소를 흘리면서 위인을 윽박질렀다. 현령이 다짜고짜 그처럼 불호령을 내리자 장내는 마치 물이라도 뿌린 듯 조용해졌다. 아역들은 하나같이 고개를 갸웃거렸다. 현령이 피고인들은 제쳐두고 원고만을 괴롭히는 이유를 알 수가 없다는 자세였다.

"음, 왜 대답이 없는가?"

시세륜이 몸을 의자에 기대면서 다그쳐 물었다. 그의 얼굴은 금세 서리라도 내릴 듯 차가웠다. 목소리에는 사람을 숨막히게 하는 위엄이 서려 있었다.

"부윤 대인께 아뢲니다……."

"그런 당치도 않은 아부는 떨지도 마. 내가 왜 부윤이야! 까불지 말고 제대로 대답하라고!"

시세륜이 버럭 화를 냈다. 부윤이라는 말도 이제는 식상한 모양이었다. 기가 잔뜩 죽은 위인이 마른침을 꿀꺽 삼키면서 대답했다.

"원래 관행이 그랬습니다. 제가 연경延慶부에 있을 때도……."

"여기는 동성현이지 연경부가 아냐! 그자들은 너의 뇌물을 받았으니 당연히 듣기 좋게 불러주고 대접해 주는 척했겠지. 하지만 나는 소금에 걸신이 든 사람이 아니야. 여기가 너 같은 까마귀가 마음대로 드나드는 곳인 줄 알아? 여봐라!"

시세륜의 차가운 목소리는 금세 위인을 삼켜버릴 듯했다. 좌중의 사람들은 저마다 기가 잔뜩 죽을 수밖에 없었다. 그의 말에 놀라서 입을 헤벌리고 있던 아역들이 그제야 정신을 차린 듯 하나둘씩 "예!" 하고 대답했다.

"끌어내! 곤장 스무 대를 안겨라!"

시세륜이 무표정한 얼굴로 담담하게 명령을 내렸다.

"예!"

위인은 동성현에서 오랫동안 휘젓고 다닌 인물이었다. 때문에 아역들조차 평소에 은근히 겁을 집어먹고 있었다. 그들이 대답은 해놓고서 누구 하나 먼저 달려들려고 하지 않은 데는 그런 이유가 있었다.

"뭣들 하는 거야? 빨리 끌어내지 않고 뭐해!"

시세륜이 급기야 대로했다. 그러자 위인이 껄껄 웃더니 손을 펴 보였다.

"대인, 왜 대인답지 않게 화를 내고 그러십니까? 너무 조급해하지 마십시오. 어제 막 부임해 오셨는데, 저희들에게도 시간을 주셔야 하지 않겠습니까? 전임들 못지않게 잘 모시겠습니다!"

위인의 말투는 유들유들했다. 그러나 소용이 없었다. 오히려 화만 더욱 돋운 격이 되었다. 그의 말이 끝나자마자 시세륜이 책상을 부서져라 내리치면서 호통을 친 것이다.

"이런 망할 자식, 말하는 것 하고는! 이자에게 곤장 마흔 대를 안겨라!"

시세륜이 위인을 매섭게 노려보면서 이를 갈았다. 이제 이 정도 되면 아역들도 더 이상 주저할 수가 없었다. 과연 바로 달려들더니 위인을 밖으로 끌어냈다. 곧이어 회자나무 밑에서 한껏 발효된 밀가루덩어리 같은 위인의 엉덩이에 빗발치듯 몽둥이세례가 이어졌다. 엉덩이에는 금세 핏발이 맺혔다. 곧이어 피도 배어 나오기 시작했다. 위인은 머리털이 난 이후 그런 고통은 처음 당해보는지 돼지 멱따는 소리를 지르면서 살려달라고 아우성을 치기 시작했다.

"어르신……, 아이고 사람 죽어요. 조금 살살……. 아이고, 아버지! 잘못했습니다……."

"그만해!"

시세륜이 손을 저었다. 그만하면 맛을 보여줬다고 생각한 모양이었다. 그러자 아역들이 죽은 개구리처럼 널브러진 위인을 끌고 왔다. 시세륜이 물었다

"밖에 나무 밑에 앉아있는 저 사람들은 네가 소금 밀매 혐의로 고발한 거지?"

위인이 간신히 머리를 쳐들었다. 그런 다음 나무 밑에 있는 네 사람을

뒤돌아봤다. 그가 황급히 머리를 조아리며 대답했다.

"모두 여섯…… 아니, 일곱입니다. 전부 밀매꾼들입니다."

"저 사람들이 밀매꾼이라는 것을 네가 어떻게 알아?"

"소인의 역관에 자주 머물러 왔습니다. 이름은 모르나 얼굴은 몹시 눈에 익습니다. 올 때마다 일인당 오십 근 가량씩 메고 날랐습니다."

위인은 잠시 말을 멈췄다 바로 장오가를 가리키면서 덧붙였다.

"저자가 우두머리입니다!"

시세륜이 잠시 침묵한 다음 장오가를 향해 물었다.

"자네들, 도대체 여섯이야, 일곱이야?"

"어르신께 아뢥니다!"

장오가는 일단 죄 없는 윤상은 자신들과 한데 옭아매지 말아야겠다는 생각에 머리를 조아렸다. 이어 차근차근 설명했다.

"저희들이 밀매꾼인 것은 사실입니다. 하지만 저 윤씨는 억울합니다. 어르신께서 잘 가려 처리해주실 줄 믿습니다. 윤씨는 제발 좀 풀어주십시오……."

몸을 앞으로 숙인 시세륜이 안경 너머로 장오가 등을 내려다보면서 물었다.

"모두 여섯이라고 하면 나머지 셋은 어디 있나?"

"오늘 오후 위인이 들이닥친다는 소문을 듣고 도망갔습니다. 저희들은 밖에 나간 사람이 돌아오지 않아 기다리다가 그만……."

시세륜이 장오가의 말을 다 듣더니 그들 셋에게 동시에 물었다.

"자네들 다리는 쓸 만한가?"

장오가를 비롯한 세 명의 소금 밀매꾼은 시세륜의 느닷없는 물음에 어안이 벙벙한 표정을 지었다. 어떻게 대답해야할지 몰라 잠시 머뭇거리더니 조금 후 입을 열었다.

"이상은 없습니다."

"달릴 수 있겠는가?"

"……예!"

그러자 시세륜이 부채를 부치면서 말했다.

"잡힌 것을 보면 빠른 축에는 못 들어갈 것 같은데? 얼마나 잘 달리나 보게 저 소금자루를 메고 한번 달려봐!"

세 사람은 갈수록 오리무중에 빠졌다. 하지만 명령이 내려졌으니 따르는 수밖에는 달리 방법이 없었다. 그들 셋은 어리벙벙한 채로 땅바닥에 머리를 조아린 다음 곧바로 소금자루를 메고 몇 발자국 달려 아문의 대문 앞까지 갔다. 그리고는 어정쩡한 표정으로 머리를 돌려 정말 괴상망측하기 이를 데 없는 현령을 바라봤다.

"계속 달리라니까 왜 멈춰! 멈추지 말고 숨이 턱에 차 토할 때까지 달려봐!"

시세륜이 부채를 내저으면서 말했다. 이로써 그의 의도는 분명해졌다. 셋을 풀어주겠다는 생각을 가지고 있었던 것이다. 세 사람은 뒤늦게 그의 속마음을 눈치챌 수 있었다. 그들은 감격스런 시선으로 시세륜을 바라보고는 정신없이 대문 밖을 향해 뛰쳐나갔다. 윤상도 흡족한 웃음을 지으면서 자리를 뜨려고 했다. 순간 다 죽어가던 위인이 돼지 간을 삶아 놓은 것 같은 얼굴을 하고 이를 악물었다.

"시 대인, 사람을 다루는 수법도 참 교묘하시군요! 돌아가서 꼭 잊지 않고 셋째 임任 도련님께 아뢰도록 하겠습니다. 조만간 승진을 하고 작위도 올려 받으신다는 희소식이 있을 테죠!"

"우리 동성현에 있는 임백안任伯安의 조카 말인가? 생각해 줘서 정말 눈물이 나도록 고맙군! 하지만 여기는 북경이 아니라서 임백안의 손이 아무리 길다고 해도 닿지 못해. 또 그럴 것 같아 걱정도 되고 말이야!

하기야 우리 동성현에는 장오가처럼 수십 근씩 등짐으로 날라 입에 풀칠이라도 하는 새우들보다는 크게 노는 능구렁이들이 많지. 붙어도 힘센 놈들하고 붙어야 아슬아슬하게 이기는 재미라도 있겠지!"

시세륜이 껄껄 웃으면서 의미심장하게 말했다. 이어 가볍게 기침을 하고는 소매를 힘차게 흔들면서 횡하니 밖으로 나가버렸다.

아역들 역시 한바탕 웃으면서 자리를 떴다. 윤상은 분을 참지 못해 오만상을 찌푸린 채 게거품을 물고 있는 위인에게 다가갔다. 이어 어깨를 두드리면서 웃는 얼굴로 말했다.

"위씨, 누워서 침을 뱉은 격이구먼! 생각했던 것보다 재미가 훨씬 덜하네!"

그러자 위인이 악에 받친 듯 윤상을 노려봤다. 동시에 징글맞게 웃었다.

"어디 두고 보자, 누가 이기나! 내가 그렇게 호락호락 당하고만 있을 것 같아? 나중에 크게 대가를 치를 거야."

윤상은 더 이상 위인과 말을 섞고 싶지 않았다. 가소롭다는 듯이 웃으면서 이내 발길을 돌려 역관으로 돌아왔다. 때는 저녁놀이 서산으로 막 넘어가려고 하는 유시酉時가 넘은 시각이었다. 그럼에도 보금자리를 향하는 새들의 날갯짓은 무척이나 힘차 보였다. 윤상은 형인 넷째 윤진이 먼저 도착해 역관에서 기다리고 있을 줄 알았다. 그러나 윤진은 역관에 없었다. 그가 역승驛丞(역관의 말단 관리)에게 물었다.

"넷째 황자께서는? 아침에 나간 이후로 안 들어오셨나?"

"열셋째 황자마마께 아룁니다! 넷째 황자마마께서는 오전 중에 다녀가셨습니다. 치수 사업을 위한 예산 문제에 차질이 생겼는지 하何 번대藩臺(성省 포정사布政使의 별칭)를 심하게 나무라시는 것 같았습니다……. 공사를 총감독하시는 조육문曹毓文 하수河帥(하독河督의 별칭)가 찾아오셨을 때 역관이 너무 덥다고 하시면서 강가로 나가셨습니다. 열셋째 황자 마마께서 돌아오시면 더운 날씨에 어디 못 나가게 하라고 지시하셨습니다."

역승이 시원한 물과 수건을 챙겨주면서 황급히 아뢰었다. 그의 말에 윤상이 웃으면서 말했다.

"그래 알았네! 넷째 황자께서 돌아오는 즉시 알려주도록 하게. 긴히 상의할 일이 있으니 말이네!"

2장

대도大盜

윤상은 얼음에 담가두었던 수박 두 조각을 먹은 다음 깜빡 잠이 들었다. 그러다 마당에서 누군가 말하는 소리를 잠결에 얼핏 들었다. 그는 혹시 윤진이 돌아오지 않았을까 하는 생각에 벌떡 자리를 박차고 일어났다. 들어온 사람은 과연 넷째 황자인 윤진이었다. 윤상이 반색을 하면서 수박 쟁반을 윤진의 앞으로 밀어줬다.

"나는 안 먹겠어. 아무리 여름이라고는 하지만 이건 너무 덥군. 자네는 하고 있는 모양이 꼭 논에 나가 김을 매고 온 사람 같네. 이곳 민정을 책임진 것도 아닌데, 고생을 사서 할 것은 뭔가!"

윤진이 천으로 된 조끼와 바지만 입고 있는 윤상을 마주하고 앉았다. 곧 진지한 얼굴을 한 채 좀 적당히 일을 하라는 충고도 했다. 그러더니 시원하게 얼음물에 담가뒀던 냉차를 두 잔 따라 윤상에게 건네준 다음 자신도 마셨다.

윤진은 스물일곱이나 여덟 살 정도 돼 보였다. 깔끔한 옷차림에 팔자 모양의 눈썹이 인상적이었다. 깊이를 가늠할 수 없는 맑고 새카만 눈동자와 유난히 흰 얼굴은 차분해보이면서 무게감도 느껴졌다. 윤상은 윤진보다 무려 아홉 살이나 연하였다. 그는 어렸을 때부터 유난히 윤진을 그림자처럼 쫓아다니면서 따랐다. 윤진 역시 그런 동생에게 부모 못지않은 관심을 기울였다. 때문에 윤상은 윤진 앞에만 서면 조무래기 같은 영원한 동생이었다. 윤상이 푹푹 찌는 날씨에도 두루마기를 입은 채 동주東珠가 박힌 모자를 쓰고 있는 윤진의 모습에 피식 웃었다.

"나는 넷째 형님이 팔뚝 한 번 드러내는 것을 보는 것이 평생의 소원이에요. 벗으세요. 새색시도 아니고 뭘 그렇게 쑥스러워 해요!"

"사謝 어멈도 매일 시원하게 벗고 다니라고 닦달이기는 하지. 그러나 혼자 있을 때도 벗고 있으면 이상해. 어릴 때 교육이 참 무섭다 싶어. 나도 솔직히 훌훌 벗고는 싶은데, 그게 잘 안 돼."

윤진이 자리에서 일어나면서 덧붙였다.

"나에게 긴급히 할 얘기가 있다더니, 그렇지도 않은가 보군. 그러면 그만 가볼게. 하역비何亦非를 좀 만나봐야겠어."

그러자 윤상이 바로 형의 말을 받았다.

"중요한 얘기는 아니에요. 오늘 한 가지 우스운 일을 겪어서 형님을 웃겨 줄려고 그랬던 거죠. 하지만 나중에 말씀드릴게요."

윤진이 알겠다는 듯 고개를 끄덕이고는 윗방으로 올라갔다. 윤상은 대나무 돗자리를 가져다 한적한 마당 한 구석에 펴놓고 드러누웠다. 이어 부채를 부치면서 역승에게 얼음을 가져오도록 했다. 이윽고 윤진이 들어간 윗방으로 2품 관리인 하역비가 서류뭉치를 들고 들어가는 모습이 보였다.

안휘 포정사 하역비는 현지의 민정과 재정을 총괄하고 있었다. 따라서 들어서자마자 조운漕運에 들어간 예산, 구체적으로 어디에 얼마나 사용했다는 내역 등을 조목조목 보고했다. 족히 밥 한 끼를 먹을 시간이 흘렀다. 그러나 그동안 윤진은 한 마디도 하지 않았다. 윤상은 수박을 베어 먹다가도 하역비의 말만 끝나면 윤진의 반응에 귀를 기울였다. 수박을 한입 가득 문 채 가만히 있었다. 그러나 윤진은 전혀 입을 열지 않았다. 윤상이 윤진의 침묵에 계속 갑갑해할 무렵이었다. 갑자기 윤진의 말소리가 들려왔다.

"그게 전부야? 영양가 하나 없는 쓰레기 같은 소리로 얼렁뚱땅 넘어가려는 수작이 아니고 뭐야?"

윤진이 뭔가를 닦달하는 것 같았다. 하역비가 그러자 황급히 변명을 했다.

"넷째 황자마마, 이 구역의 치수 공사는 우리 성의 미력한 힘으로는 완전 복구가 힘든 실정입니다. 안 그래도 올해 화모花耗를 거둘 때 정신이 없었습니다. 어려움을 호소하는 백성들의 성화가 장난이 아닙니다. 그런데도 치수 공사에 쓰일 백만 냥을 더 마련하라니, 정말 막막합니다. 외람된 말씀이지만 넷째 황자마마께서는 호부戶部를 직접 관장하시는 분이 아닙니까. 호부에서 코털 하나만 뽑아도 저희들 허리보다 굵다고 생각하는데, 그렇지 않습니까?"

"꿈 깨! 돈에 혈안이 된 소금장수들을 재주껏 우려내라고 하니까 뭐? 나에게 호부의 코털을 뽑으라고? 지금 사람 놀리는 거야? 소금장수들에게는 화모를 핑계로 돈을 빼앗아 자기 하고 싶은 대로 다하고 나중에는 조정에 덮어씌우려는 속셈이 아니고 뭐야! 아무튼 조정에서는 국물도 없을 테니까 일찌감치 꿈 깨! 그리고 얼마가 되든지 소금장수들 호주머니를 터는 것이 좋아! 가진 것이 돈밖에 없는 것들이 출혈을 좀 한다고 큰일나는 것은 아니니까!"

윤진의 닦달에 하역비가 비굴한 웃음을 지어 보였다.

"넷째 황자마마의 명령을 제가 어찌 감히 거역할 수가 있겠습니까? 저도 하느라고 해봤습니다. 그러나 누가 소금장수 아니랄까봐 지독하게 짜더군요. 백 명에게서 거둔 것이 고작 삼만 냥입니다!"

윤진이 하역비의 변명에 화가 나서 씩씩대기 시작했다. 그러면서 하역비가 내민 기부금을 납부한 소금장수들의 명단이 적힌 종이를 땅바닥에 집어던졌다. 이어 이맛살을 잔뜩 찌푸리고는 생각에 잠겼다.

"그만 고정하십시오! 가진 놈들이 더 무섭다고, 원래 자기 것은 손톱만큼도 내놓지 않는 자들입니다. 넷째 황자마마께는 그나마 최고로 성의표시를 했다는 것이 이 모양입니다. 내로라하는 지역 실세들이 뒤를 봐주고 북경에도 선을 대놓고 있는 상태라 웬만한 사람이 나서서는 눈 하나 깜빡하지 않는 자들입니다. 제가 듣자하니 새로 부임한 동성현 현령인 시세륜이 서원書院을 수리하는데, 소금장수들에게 조금 보태라고 하니까 백사십 몇 냥을 가져왔다고 합니다. 빌어먹을 자식들이죠. 그런데도 시세륜은 오늘 붙잡은 소금장수들을 전부 돌려보냈다고 하더군요."

하역비가 심하게 일그러진 윤진의 표정을 힐끔힐끔 쳐다보다 급기야 황급히 말리기까지 했다. 그러면서 할 말은 다 했다. 윤상은 그의 말에 바싹 귀를 기울였다. 그때 윤진의 말이 다시 이어졌다.

"좋아, 이것들이 천하무적이라는 얘기인가 본데, 어디 누가 이기는지 한번 해 보자고! 이제부터 길을 가면 도로세 내고, 다리를 건너면 통행세 내라고 해! 누구는 땅을 파서 조운을 복구하는 줄 알아? 조운이 뻥 뚫리면 직접적인 수혜자는 자기들 아닌가. 양심이라고는 털끝만큼도 없는 자식들 같으니라고! 이번에 어떻게 해서든지 치수 공사에 필요한 예산 백사십만 냥을 이것들한테서 받아내라고! 모자라는 액수는 자네가 청구서를 작성하면 내가 폐하께 올려 보내겠네!"
"그게……."
"뭐가 문제될 것이 있는가? 황하가 말썽을 부리는 날에는 다리든 뭐든 다 떠내려갈 텐데, 소금장수 그 자식들은 하늘을 나는 재주라도 있다는 얘기야?"
윤진이 냉소를 터트렸다. 하역비가 황급히 대답했다.
"제가 두려워서 그러는 것은 아닙니다. 그자들이 워낙 안하무인이라 제 말이 씨도 안 먹힐까봐 걱정스러울 뿐입니다. 넷째 황자마마께서 몇 글자라도 적어주시면 제가 훨씬 어깨에 힘이 들어갈 것 같습니다."
"좋아!"
윤진이 호쾌하게 대답했다. 이어 그 자리에서 붓을 휘날려 몇 글자를 적었다. 그러더니 바로 하역비에게 건네주었다.
"잘 들어! 이번 일은 내가 눈을 부릅뜨고 처음부터 끝까지 지켜볼 거야. 나는 대충대충 얼렁뚱땅 하지 않을 거야! 늑장을 부리다가는 올 가을 장마를 무사히 넘기지 못해. 그런 날에는 전임 하독인 우성룡처럼 스스로 족쇄를 차고 북경에 올 각오를 해야 할 거야. 무슨 말인지 알아들었어?"
"예! 명심하겠습니다!"
하역비가 황급히 머리를 조아리면서 대답했다.
"가서 일 보게!"
하역비는 허둥지둥 밖으로 나와서는 땀을 훔치면서 안도의 숨을 내쉬었다. 윤상이 그 모습을 보자 자리에서 벌떡 일어나 그를 따라갔다. 이어 큰 소리로 불렀다.
"하 선생, 이리로 와 보게!"
"열셋째 황자마마, 부르셨습니까?"

하역비는 전에도 몇 번 윤상을 본 적이 있었다. 갑자기 안휘성에 나타난 두 황자의 성격이 판이하기는 하지만 하나같이 황제의 총애를 받고 있다는 사실도 잘 알고 있었다. 그가 황급히 달려와서는 윤상에게 한쪽 무릎을 꿇은 채 인사를 올렸다.

"열셋째 황자마마, 찜통 같은 더위에 얼마나 고생이 많으십니까? 저는 이제 막 섬서성에서 이쪽으로 부임했습니다……."

윤상이 하역비의 말에 퉁명스럽게 대꾸했다.

"더워도 자네에게 부채질 해달라는 말은 안 할 테니까 걱정하지 말게! 내가 궁금한 것은 시세륜이 이번에 소금장수들을 그냥 돌려보내준 사건을 자네가 어떻게 처리했느냐 하는 것이네."

하역비는 윤상이 자신을 불러 고작 그토록 사소한 일을 물을 줄은 생각조차 하지 못했다. 때문에 어리둥절한 표정이었다.

"열셋째 황자마마께서는 소금 정책에도 관심이 많으신 것 같네요? 시세륜이 돌려보낸 소금장수들은 임任씨 가문에 잡힌 다음 지부知府인 문봉명文鳳鳴에게 끌려갔다고 들었습니다. 그러나 아직 상세한 것은 모르고 있습니다."

순간 자기도 모르게 윤상의 인상이 찌푸려졌다. 관청에서 이미 처리한 사건을 다시 번복해 더 높은 기관으로 밀어붙이는 것으로 미뤄볼 때 이 지역 토호들의 세력이 결코 만만치 않다는 것을 충분히 짐작할 수 있었던 것이다. 그가 잠시 생각에 잠겼다가 차갑게 내뱉었다.

"하 선생, 자네가 문봉명에게 가서 전하게. 당장 그 사람들을 풀어주라고 말이야! 또 시세륜이 처리한 사건은 그 선에서 끝내도록 해. 어느 누가 토를 달아서는 안 돼. 나의 이 말을 똑바로 전달하게. 시세륜은 열셋째 황자의 문생門生에 넷째 황자의 학생學生이라는 사실을 다시금 각인시키는 바이네! 차질이 없도록 잘하라고! 알겠는가?"

"시세륜은 사실 유명한 청백리입니다. 꼬투리 잡을 일이 없습니다. 아직 치수 공사의 예산이 준비되지 않았다는 넷째 황자마마의 말씀을 들으셨죠? 아무래도 짜기로는 지독한 소금장수들의 주머니를 털어 충당할 수밖에 없는 입장입니다. 이 점을 감안해 유연하게 처리하겠습니다……."

하역비가 비굴한 웃음을 흘리면서 대답했다. 그러다 밖으로 나오는 윤진을 발견하고는 황급히 동의를 구했다.

"그렇죠? 넷째 황자마마?"

윤진은 시세륜을 자신의 '문생'이니 '학생'이니 하면서 둘러 붙이는 윤상의 엉터리 같은 말에 겨우 웃음을 참으면서 나오는 중이었다. 그러나 하역비의 물음에는 차갑게 대답했다.

"열셋째 황자도 흠차의 신분이야! 토 달지 마."

윤진의 냉정한 말에 하역비가 움찔했다. 그러나 이어지는 윤상의 말은 윤진과는 달리 부드러웠다.

"내 말 잘 들어봐, 하 선생. 자네 말대로 시세륜은 청렴한 관리야. 또 내 문생이기도 하고. 그런데 시세륜이 풀어준 사람을 자네가 다시 붙잡아들이면 내 체면이 뭐가 되는가? 그들을 단 한 명이라도 잡아넣어서는 안 돼. 소금장수들이 돈을 내지 않으면 방법은 하나뿐이야. 곤장은 이럴 때 써먹는 거야. 개가죽이 벗겨지도록 두들겨 패라고. 그래도 되지 않을 것 같으면 북경 사패루四牌樓로 넷째 황자마마를 찾아오라고. 나를 찾아와도 되고!"

하역비는 더 이상 반론을 제기하지 못하겠다는 눈치였다. 결국 그렇게 하겠노라고 연신 대답하면서 밖으로 나갔다. 윤진이 그러자 기다렸다는 듯 물었다.

"시세륜은 정해후靖海侯 시랑施琅의 아들이지. 그런데 언제부터 자네

문생이 됐어? 멀쩡한 나까지 끌어들여 억지로 학생을 받아들이게 만들고 말이야?"

윤상이 장난스럽게 질책하는 윤진의 말에 사정하는 듯한 표정을 지었다.

"그런 사람을 제자로 받아들이면 절대 후회하지 않으실 거예요. 형님 얼굴이 광이 나게 하면 했지 먹칠은 안 할 거예요. 아무리 생각해 봐도 형님을 내세워야 이것들이 중압감을 느낄 것 같아서요. 저 혼자 힘으로는 씨도 안 먹혀요. 그래서 형님을 끌어들였어요."

윤상은 말을 마치자마자 바로 낮에 동성현 아문에서 있었던 일의 자초지종을 들려줬다.

"그래서 하역비를 불러 한바탕 잔소리를 해댔구먼! 부전자전이라더니, 옛말이 하나도 틀리지 않아! 전에 시랑은 대만에 출정했을 때 대학사인 이광지의 말을 전혀 듣지 않았어. 그 때문에 하마터면 복건 장군 뢰탑까지 죽일 뻔했잖아. 자기 주장이 분명하다 못해 괴팍하기까지 하다는 인상을 주더니, 아들 역시 하나 다를 바 없네!"

윤진이 환한 표정으로 말했다. 그러다 갑자기 한숨을 짓더니 말을 이었다.

"하기야! 소금 정책의 폐단은 호구지책糊口之策을 위해 등짐으로 조금씩 나르는 장사꾼들에게 있는 것이 아니라는 말이 맞아. 그들은 완전 소꿉놀이에 불과해서 소금장수라고 부를 것도 못 돼. 정상적인 소금 유통을 방해하는 큰 도둑은 돈과 권력으로 엉키고 뭉친 염도鹽道(소금 정책 담당 관리)와 소금장수들이야. 승냥이가 길을 막고 있는데, 여우에게 찾아가 따지는 격이 돼서는 안 되지."

윤진은 먼 곳에 시선을 두고는 한참 동안 말이 없었다. 그는 원래 올곧고 차가운 성격을 가진 인물이었다. 그럼에도 때로는 농담도 제법 잘

하고 말재주도 뛰어났다. 하지만 어쩔 때는 하루 종일 묵묵히 자리를 지키고 앉아 상념에 잠겨 있을 때도 많았다. 때문에 조정의 문무백관들도 그 앞에서만은 몸 둘 바를 몰라 했다. 게다가 그는 황태자皇太子와도 정치적으로 같은 노선을 걷고 있었다. 그 후광만 해도 보통이 아니었다. 그뿐만이 아니었다. 그는 가까이 다가가 아부를 떨었다가는 된통 혼날 것만 같은 느낌도 물씬 풍겼다. 조정의 문무백관들이 심지어 경원敬遠하는 자세까지 보이는 것도 그때문이었다.

윤상은 잠시 멍하니 윤진을 쳐다보다가 물었다.

"넷째 형님, 오늘 하루 종일 치수 공사 현장에 있었나요?"

윤상이 갑작스런 질문을 던지자 윤진은 의자를 끌어다 털썩 앉았다. 그러더니 천천히 부채를 부치면서 대답했다.

"오후에만 공사 현장에 나갔었어. 오전에는 방포方苞의 집에 갔었지. 방포는 자네도 알다시피 유명한 학자가 아닌가. 그런데 이번에 대명세戴名世 때문에 한데 엮여 가지고 곤욕을 치르게 됐어. 그게 너무 안 됐더군. 다행히 조정의 명령을 받고 방포를 잡으러 온 사람이 연갱요더라고. 사람들의 이목도 있고 하니까 주범인 방포만 데려가고 가족들은 절대 괴롭히지 말라고 했지!"

윤상이 고개를 갸웃거리면서 물었다.

"방포가 무슨 죄를 지었기에 그러는 겁니까?"

윤진이 윤상을 힐끗 쳐다보았다.

"대명세가 쓴 《남산집》南山集이라는 책에 불순세력으로 지목 받을 만한 대목이 있었나봐. 또 《영흑모란》咏黑牡丹이라는 작품에서도 우리 청나라를 비방하고 전 왕조인 명나라를 기리는 미친 소리를 조금 한 모양이야. 그런데 방포가 내용도 읽어보지 않고 평소의 친분만 믿고 덜렁 서문을 써 주었다는군! 그게 결정적 화근이 된 것이라고 할 수 있지."

윤진이 말을 하다 말고 잠시 뜸을 들였다. 뭔가 생각하는 듯했다. 그러더니 다시 말을 이었다.

"내가 보기에 이 사건은 겉으로 드러난 것처럼 단순한 것이 결코 아니야. 뭔가 음모가 숨어 있는 것 같아. 사실 방포는 소금장수들과 입 안의 혀처럼 죽이 맞아 돌아가던 전직 현령을 탄핵해 쫓아냈어. 그러니 소금장수들이 이를 갈 수밖에 없었겠지. 그러던 중 여덟째한테 찾아가 이번 음모를 꾸민 것이 틀림없어. 우리도 이러고 있어서는 안 돼. 여기 일을 빨리 처리하고 빠른 시일 내에 북경으로 돌아가야겠어!"

윤진이 말한 여덟째는 다른 사람이 아니었다. 바로 여덟째 황자인 윤사胤禩였다. 강희의 아들 스물네 명 중에 학문이나 인품 면에서 모두가 인정하는 단연 최고인 황자였다. 게다가 너그럽고 인정도 많을 뿐 아니라 듬직하고 노련하기까지 했다. 조정은 말할 것도 없고 외국의 사절들도 탄복해마지 않는 대단한 인물이었다. 반면 태자인 윤잉胤礽은 정반대였다. 첫눈에 봐도 나약하고 무능했다. 나날이 강희의 신임을 잃어갈 수밖에 없었다. 원래 나무가 넘어가면 그 나무에 의존하고 있던 원숭이들은 뿔뿔이 흩어지게 마련이다. 이른바 태자당太子黨을 결성했다고 해도 과언이 아닌 넷째 윤진과 셋째 윤지胤祉, 열셋째 윤상이 자칫 태자가 여덟째 윤사에 의해 밀려나지 않을까 전전긍긍하는 것은 전혀 이상할 것이 없었다. 늘 담대하고 거침없던 윤상은 윤진의 말을 듣자마자 자신들의 걱정이 현실로 변할 것 같은 두려움이 들었는지 얼굴이 하얗게 질렸다.

"하지만 너무 걱정하지는 마. 우리 태자 형님의 성격이 유연하기만 하다면 그다지 구제불능은 아닐 거야. 문제는 오히려 조급해하지 말아야 할 때 번갯불에 콩이라도 볶아먹을 것처럼 군다는 사실이지! 화가 나면 앞뒤를 재지 않고 나서서 정말 큰일이야. 지난번에도 군량미 운반 속도가 너무 느리다고 아바마마께 한소리 듣고는 자신의 울분을 주체하지 못했지. 괜히 애꿎은 평군왕平郡王을 괴롭혔다고 하잖아. 그래도 명색이 왕인데, 곤장을 열 대씩이나 때렸으니 아바마마께서 더 화를 내실 수밖에 없었지. 에라, 모르겠다. 하늘이 무너지면 우리보다 키 큰 사람이 버티겠지 뭐. 북경에 가서 고민해보자고."

그로부터 며칠 후 윤진과 윤상은 북행길에 올랐다. 황자이기는 했으나 둘의 행차는 간소했다. 과거 시험을 보러 가는 거인擧人 행색을 한 채 말을 타고 갔을 뿐이었다. 크게 떠벌리고 다니는 것을 질색하는 사람들다웠다. 이렇게 해서 넷째 윤진의 저택에서 시중드는 집사인 고복高福 한 사람만 둘을 수행하고, 나머지는 멀리 떨어져 뒤를 따르도록 했다. 일행이 길을 떠난 지 사흘째 되던 날 저녁 무렵이었다. 저 멀리 마을 하나가 우중충한 모습을 드러냈다. 고복이 말 위에서 손가락으로 마을을 가리켰다.

"저 앞에 보이는 곳이 강하江夏진입니다!"

강하진은 여느 진鎭처럼 가게와 상점들이 즐비하지 않았다. 사람들도 왁자지껄하게 모여 있지 않았다. 윤상은 그 사실을 눈으로 직접 보고 적지 않게 놀랐다. 커다란 마을에 푸른 기와를 얹은 궁궐 같은 집들이 우거진 녹음 사이로 모습을 드러낸 것이 장관이었을 뿐 당초 상상한 떠들썩함은 전혀 없었던 것이다. 먼저 동네로 들어갔다가 한참 후에 나온 고복이 아뢰었다.

"두 분 마마! 십몇 년 사이에 여기는 그 흔한 주막 하나 없는 유팔녀의 주택단지로 변했습니다! 잠시 쉬어갈 곳도 없으니, 어떻게 하는 것이 좋겠습니까? 동쪽에 있는 십리묘十里廟로 가시렵니까?"

"유팔녀라고?"

윤상은 고복의 말에 깜짝 놀랐다. 얼마 전 수박밭 옆의 천막에서 장오가로부터 유팔녀에 대해 얼핏 들은 적이 있었던 것이다. 그의 놀라움은 당연했다. 아무리 엄청난 재산을 가진 대부호라고 하더라도 진 하나를 통째로 소유한다는 것은 처음 듣는 얘기였으니까 말이다.

"이 근방의 수많은 가게와 주민들을 이주시키는 비용만 해도 천문학적인 숫자였을 것이 아닌가. 어떻게 개인 한 사람이 진 하나를 살 수 있다는 말인가?"

윤상은 고개를 계속 갸웃거리면서 중얼거렸다. 충격이 만만치 않은 듯했다. 윤진 역시 그랬다. 크게 놀란 듯 잠시 말이 없었다. 그때 생각을 정리한 윤상이 먼저 입을 열었다.

"넷째 형님, 이 정도 가진 사람이라면 덕도 많이 쌓고 보시도 잘할 것 아니겠습니까. 설마 하룻밤 묵어가게 해달라는 우리를 쫓아내기야 하겠어요? 들어가 봐요, 우리!"

윤진도 하루 종일 말을 달려오느라 몹시 지쳤는지 윤상의 말에 고개를 끄덕였다. 그러더니 고복에게 명령을 내렸다.

"우리 일행이 전부 들어가서 폐를 끼치기는 조금 그렇고, 우리 둘만 여기에서 신세를 질 테니 자네는 사람들을 데리고 십리묘로 가서 하룻밤 묵도록 하게. 내일 아침 가마를 하나 마련해서 우리를 데리러 오면 되겠네!"

고복은 황자 둘만 달랑 마을에 남겨둔다는 사실이 좀 찜찜했다. 하지만 감히 토를 달지 못하고 떠나갔다. 웬만해서는 말을 번복하지 않는 사람이 바로 윤진이라는 사실을 너무나 잘 알기 때문이었다.

두 사람은 진의 입구에 도착해서 말에서 내렸다. 가까이서 보니 과거의 시끌벅적했던 흔적이 아직 남아 있었다. 예컨대 원래의 통행로가 그랬다. 그곳을 경계로 동쪽은 아마도 민가를 헐어버렸는지 창고 비슷한 나지막한 새 건물이 기다랗게 늘어서 있었다. 또 서쪽은 높은 장벽으로 둘러싸여 있었다. 창고 근처는 불이 대낮처럼 밝았다. 수십 명의 일꾼들이 야경을 서고 있었다. 규모가 정말 놀라웠고, 질서정연한 모습이었다. 윤상이 마을 어귀에서부터 두리번거리면서 살펴보느라 정신을 차리지 못하더니 바로 탄식조로 입을 열었다

"넷째 형님, 아마 통주通州에 있는 형님의 장원莊園도 이 정도 규모는 안 될 걸요?"

윤진이 뭐라고 대답하려고 할 때였다. 앞에서 세 명의 일꾼들이 다가오더니 물었다.

"두 분, 이 시간에 여기는 어쩐 일이시오?"

윤상이 가벼운 미소를 지어 보였다.

"우리는 북경에 과거 시험 보러 가는 거인입니다. 하룻밤 묵어갈 곳을 찾다보니 여기까지 왔네요."

"이 일대는 전부 유 어른의 자택입니다. 두 분이 찾는 여관 같은 것은 없습니다. 동쪽으로 시오리 정도 가면 십리묘라고 있습니다. 거기 가서 묵어가는 수밖에는 없겠습니다."

셋 중에서 집사처럼 보이는 사람이 정중하게 말했다. 윤상이 다시 다소곳하게 부탁의 말을 건넸다.

"길 떠나면 너 나 없이 고생입니다. 그러니 하룻밤만 우리를 여기에 재워주면 안 되겠습니까? 그쪽에서 뭐라 결정할 수 없는 입장이면 유 어른을 만나게 해줬으면 합니다. 어떻습니까? 숙박비는 넉넉하게 지불하겠습니다!"

"유 어른을 만나보고 싶다는 말 들었어?"

맨 앞에 선 집사가 기가 막힌다는 표정으로 비아냥거리더니 머리를 돌려 다른 일꾼에게 말했다. 그러자 그 일꾼도 싱거운 웃음을 흘렸다.

"우리도 그분을 한번 만나려면 몇 다리를 거쳐야 하는지 모릅니다. 민간인이기는 하나 얼굴 보는 것이 하늘의 별 따기보다 어렵습니다."

윤진과 윤상은 대책 없는 표정으로 서로 마주 봤다. 어이가 없어서 말이 나오지 않았다. 사실 둘은 하룻밤 묵어갈 곳이 없어서 통사정을 하는 것이 아니었다. 도대체 이름도 알려지지 않은 작은 지방에서 이토록 대단한 부를 누리고 사는 유팔녀라는 사람이 어떤 사람인지 궁금해서 그랬던 것이다. 그러나 통사정은 날카로운 칼에 무가 썰리듯 단호하게 거절당했다. 둘은 잠시 어찌할 바를 몰랐다. 그때 세 명 중 한 명이 다른 일꾼에게 말했다.

"강도도 아니고, 척 보니 착한 선비들인 것 같군. 하룻밤 묵어가게 하지, 뭐 그리 깐깐하게 구는가!"

"빈 방이야 많지. 몇백 명이 와도 머물 수 있어. 그러나 오늘 저녁에 유 어른이 귀한 손님을 맞는다는 소식 듣지 못했어? 또 임 어른이 강남에서 선발한 여자들도 여기 서원西院에 머물고 있잖아. 그런데 어떻게 남자들을 들이겠나?"

비관적으로 입장을 토로하던 일꾼이 말과는 달리 안타까운 표정으로 완전히 어두워져 가는 주위를 두리번거렸다. 인근에 마땅히 쉬어갈 곳도 변변찮은 터에 요행을 믿고 찾아온 사람을 너무 홀대하는 것도 예의가 아니라는 생각이 드는 모양이었다. 그가 다시 입을 열었다.

"이렇게 하지, 왕王형. 이 두 분을 무덤에 가까워 사람이 들기 꺼려하는 북쪽으로 보내지. 그쪽에 빈 방 몇 개가 있잖아? 두 분은 귀신이 출몰하는 것이 겁나지 않는다면 그렇게 하세요. 그쪽은 관도官道와 가까워 내일 아침 조용히 길 떠나기도 좋을 거예요."

"귀신은 무슨! 이왕 귀신이 나타난다면 여자 귀신이 불쑥 나타나는 것이 좋겠습니다. 심심한데 함께 놀게 말입니다!"

윤상이 허허 웃으면서 농담조로 말했다. 그러자 일꾼이 즉각 윤상의 농담을 받아줬다.

"오늘 저녁 여자 귀신 두 명이 찾아가 주라고 기도해 줄 테니 걱정 말고 우리 왕형을 따라가세요!"

말을 마친 일꾼은 웃으면서 발길을 돌렸다. 윤진과 윤상 둘은 왕씨를 따라 움직이기 시작했다. 곧이어 때로는 대낮같이 밝은 골목, 때로는 어둡고 으스스한 뜰로 한참을 걸어갔다. 희미한 불빛에 술집, 약국의 퇴색한 간판들이 가끔씩 눈에 띄었다. 그 옛날 이곳이 강하진이었다는 증거들이었다. 윤상이 말없이 따라가다 궁금증을 참지 못하고 물었다.

"여기 주인은 뭐 하는 사람이기에 이렇게 어마어마한 부자입니까? 진 하나를 사들인다는 것은 머리털 나고 처음 들어보는 소리라서 말이에요!"

"우리 주인은 유팔녀라고 합니다. 북경에서 내로라하는 분인 임백안 어른의 사돈이에요. 당시 딸을 시집보내면서 임 어른이 보낸 혼수품이 이백만 냥이 넘었다고 해요. 그 돈으로 강하진을 사들인 거죠, 뭐! 나도 이곳 토박이인데, 이 집에 땅을 파는 김에 나까지 팔아버렸지 뭡니까."

왕씨가 별것 아니라는 투로 대답했다. 윤상이 그러자 이상하다는 표정으로 다시 입을 열었다.

"그렇구나! 그런데 왜 남자가 하필이면 여자 이름을 지었지? 유팔녀라……, 나는 처음에 여자인 줄 알았어요!"

"조상들이 내로라하는 집안이었나 봅니다. 장사도 하고 관직을 사서 도대와 지부까지 했다고 하더군요. 원래 위로 딸만 일곱 명을 낳다보니, 하나뿐인 아들 제대로 못 키울까봐 이름을 그렇게 지었다고 들었어요."

그때 내내 말이 없던 윤진이 갑자기 대화에 끼어들었다.

"아까 언뜻 임 어른이라는 분이 북경에 있으면서 강남 쪽에서 여자들을 선발해 이곳에 잠시 데려다 놓았다는 말을 들은 것 같은데, 그게 무슨 소리예요? 우리 아버님이 북경에서 장사를 하셔서 나도 그곳을 자주 드나드는 편인데, 그런 이름은 못 들어봤습니다!"

왕씨가 설마 하는 표정으로 놀라워하면서 대답했다.

"북경에서 임 어른을 모르면 간첩이라고 하던데요? 두 분이 조금만 관심을 가지고 물어보면 곧바로 알게 될 겁니다. 조정의 실세들과 친하다고 들었어요. 여자들도 잘 빠지고 재주 있는 탱탱한 것들로만 뽑아서 북경에 데려가 아홉째 황자께 선물한다고 하던데요. 지난번에도 공부상서인 김金 대인, 또 셋째 황자 문하의 맹광조孟光祖 대인도 임 대인의 서찰을 가지고 와서는 신나게 놀다 갔죠……. 아마 일 년 농사지은 걸 다 때려 먹었을 걸요? 쯧쯧, 우리 같은 사람들은 상상도 못할 수준으로 노니까 나도 잘은 모르겠어요."

왕씨가 입맛을 쩝쩝 다셨다. 얼굴에 씁쓸한 표정이 가득했다. 왕씨가 언급한 아홉째는 윤당胤禟으로 여덟째 윤사와 절친한 사이였다. 또 공부상서 김성옥金成玉은 첫째 황자 윤제胤禔의 사람, 맹광조는 셋째 황자 윤지의 휘하였다. 윤진은 그 사실들을 훤히 꿰고 있었다. 그러나 그가 궁금한 것은 그런 것들이 아니었다. 진짜 알고 싶은 것은 서로의 이해관계 때문에 완전 소가 닭 보듯 하는 사이인 그 몇몇 사람들이 왜 하나같이 임백안과 한데 엉켜 돌아가는가 하는 것이었다. 그는 아무리 생각해도 알 수가 없었다. 그때 앞서가던 왕씨의 목소리가 들려왔다.

"여기가 서원이라는 곳입니다. 그 여자들이 머물고 있습니다. 그러니 말은 하지 말고 조용히 지나가세요. 조금만 더 가면 오늘 묵으실 곳이 나오니까요."

세 사람은 말에서 내렸다. 방마다 불빛이 훤했다. 그러나 가끔 물소리가 들릴 뿐 여자들의 웃고 떠드는 소리는 전혀 들리지 않았다. 그들이

숨을 죽인 채 서원을 거의 빠져나갈 무렵이었다. 갑자기 끝에 있는 방의 문이 벌컥 열리더니 한바탕 물세례가 이어졌다. 맨 앞에서 걷던 윤상은 꼼짝없이 물에 빠진 생쥐 꼴이 되고 말았다. 무슨 영문인지 채 정신을 차리기도 전에 안에서 여자의 욕설이 들려왔다.

"늙다리가 마음은 청춘이라서 별 꼴값을 다 떨고 있네. 내가 뭐랬어? 꿈 깨라고 했어, 안 했어? 함부로 우습게 보고 지랄이야, 지랄은! 우리는 다 팔아도 몸은 안 판다고 했지? 여자가 목욕하는데 밖에서 얼쩡거리더니, 꼴 한번 좋다."

여자는 한바탕 욕설에도 상대방에서 응답이 없자 아예 밖으로 뛰쳐나왔다. 금방 목욕을 마친 듯 젖은 머리카락을 한 손에 움켜쥔 채였다. 흰 얼굴에 수려한 이목구비가 무척이나 인상적이었다. 또 갸름한 얼굴에 주근깨 몇 개가 분노한 표정에 따라 움직이는 것도 두드러졌다. 여자는 한바탕 삿대질을 해댈 요량으로 윤상의 앞으로 씩씩대며 다가갔다. 그러다 순간 그 자리에서 굳어버리고 말았다. 사람을 잘못 봤던 것이다.

3장

꿍꿍이속이 서로 다른 황자들

윤상은 느닷없이, 일면식도 없는 여자의 목욕물 세례를 받자 화가 머리끝까지 치밀었다. 그러나 여자의 욕설을 통해 자신이 운 나쁘게 누군가의 대타로 당했다는 사실을 확인하고는 화를 조금 누그러뜨렸다. 사람을 오인한 여자는 어찌할 바를 몰라 했다. 한 손에 세숫대야를 들고 머리를 한껏 숙인 채 얼굴이 완전히 홍당무가 돼 있었다. 윤상이 얼굴을 붉히고 있는 여자의 모습이 참 매력적이라는 생각을 하면서 농담조로 말했다.

"상견례가 참 특이하군요. 여름이기에 망정이지 한겨울 같았으면 얼어 죽을 수도 있겠습니다?"

여자는 화를 내지 않고 사람 좋게 농담을 하는 윤상을 힐끔 쳐다봤다. 그리고는 더욱 쑥스러워 하며 쥐구멍이 있으면 들어가고 싶어 하는 눈치였다. 한참 후 그녀가 몸을 낮춰 인사를 하면서 기어 들어가는 목소리로 사과했다.

"맹세하건대 일부러 그런 것은 아니에요. 죄송해서…… 어쩌죠? 정 화가 풀리지 않으시면 한 대 때리셔도 괜찮아요."

"당신처럼 이렇게 가녀린 미인을 때릴 데가 어디 있겠소이까! 그래, 만약 때려주면 어디를 때려줬으면 좋겠소이까?"

윤상이 피식 웃으면서 말했다. 성적 농담이 노골적인 한마디였다. 하지만 여자는 자신의 잘못이 분명한 만큼 화를 낼 수가 없었다. 그저 머리를 숙인 채 발끝으로 애꿎은 땅바닥만 팠다. 그러다 한참 후에야 입을 열었다.

"그러면…… 제가 옷 한 벌 배상해 드리는 것은 어떨까요?"

윤상이 여자의 말에 뭐라고 입을 열려고 하는 순간 멀리 피해 서 있던 윤진의 나지막한 고함소리가 들려왔다.

"볼썽사납게 뭐 하는 거야? 옷이 젖었으면 갈아입으면 되잖아. 그러고 있으면 뭘 어쩌겠다는 거야?"

"알았어요. 곧 갈게요!"

윤상이 윤진의 닦달에 목을 빼들고 대답했다. 그리고는 여자를 향해 익살스레 눈을 깜박거리는가 싶더니 히히 웃었다.

"여자를 욕하고 때리는 것은 내 체질이 아닙니다. 옷을 배상해줄 것은 바라지도 않아요. 나는 그저 당신이 욕심나는데, 어떻게 하죠?"

윤상은 음탕한 말을 내뱉고는 바로 돌아섰다. 여자의 대답 따위는 바라지 않는다는 투였다.

"하나같이 짐승 같은 것들이로군!"

여자가 윤상의 태도에 악이 받쳤는지 악담을 퍼부었다. 이어 쾅하고 도로 문을 닫아버렸다.

서원에서 얼마 떨어지지 않은 북원北院이라는 곳에는 과연 한아름이 넘는 백양나무들 사이로 예닐곱 칸은 충분히 될 것 같은 건물이 눈에 띄었다. 갑자기 어디선가 바람이 불어왔다. 나무 흔들리는 소리도 파도처럼 들려왔다. 일행은 너 나 할 것 없이 등골이 오싹한 기분을 느끼지 않을 수 없었다. 윤상은 왕씨의 팔을 붙잡으면서도 애써 태연자약한 표정을 지은 채 방으로 들어왔다. 윤진이 그런 윤상을 보고 웃으며 말했다.

"돈 가진 것 조금 있는가? 이 노인이 넉넉하지는 않을 텐데, 살림에 보태게 좀 드려라!"

윤상이 머리를 끄덕이면서 주머니를 뒤졌다. 그러나 현금은 달랑 원보元寶 두 개 외에는 없었다. 대신 해바라기씨 모양의 작은 금 조각 몇 개가 손에 들어왔다. 며칠 전 다섯째 황자와 술을 마시면서 내기를 해서 딴 것이었다. 윤상은 그것이 시중에서 쉽게 통용되는 화폐는 아니었음에도 왕씨에게 주었다.

"이걸 가져다 어려울 때 보태 쓰세요!"

"그건 안 됩니다! 보다시피 제가 이 꼴을 해가지고 금덩이를 가지고 다니면 어떻게 되겠습니까. 도둑으로 몰리기 십상입니다! 괜히 제 명에 못 갈 수도 있으니 도로 넣어두십시오. 말씀만으로도 고맙습니다!"

금이라고는 그림에서나 봤을 뿐인 왕씨는 기겁을 했다. 바로 손을 내저으면서 거절의 뜻을 표했다. 윤상은 왕씨가 고지식하게 불에 덴 듯 화들짝 놀라자 바로 다가가서는 금 조각을 억지로 손에 쥐어주었다.

"우리가 나쁜 짓을 해서 번 것일까봐 그러는 겁니까? 검은돈은 절대 아니니까 걱정하지 말아요. 대신 내일 아침 일찍 우리가 길 떠나기 전에 빵 몇 조각 가져다주면 고맙겠네요. 이건 우리가 빵값으로 지불하는 돈이라 생각하세요. 나중에라도 혹시 무슨 일이 생기면 북경에 있는 열셋째 황자 밑에서 일하는 사람이 준 것이라고 해요. 돈 잃어버렸다는 사람이 없는데, 이걸 가지고 다닌다고 해서 누가 뭐라고 하기야 하겠습니까!"

왕씨는 그제야 연신 고맙다는 인사를 하면서 금 조각을 받았다. 잠시 후에 그가 떡 몇 조각과 절인 채소를 조금 가지고 돌아왔다. 그리고는 몇 마디 더 친절하게 덧붙였다.

"무서우면 저기 양초가 있으니까 켜고 주무세요. 저는 급히 야경을 돌아야 합니다."

윤상은 감격한 시선을 보내면서 왕씨가 들여보내준 더운 물로 세수를 했다. 그런 다음 방으로 돌아왔다. 그때 좌선을 하느라 꼼짝하지 않고 가부좌를 틀고 앉은 윤진의 모습이 그의 시야에 들어왔다. 어릴 때부터 늘 함께 지내다시피 했기 때문에 일찍이 불교에 귀의한 윤진의 그런 모습은 낯설지 않았다.

윤상은 사실 강희의 스물넷이나 되는 아들 중에서 처지가 남다른 편이었다. 엄마 없는 아이가 가장 불쌍하다는 옛말이 있지만 같은 처지에 있는 일곱째 윤우胤祐와 열여덟째 윤개胤祄보다도 훨씬 불우했던 것이다.

원래 황자는 청나라의 제도에 따라 적자嫡子나 서자庶子를 불문하고 태어나면서부터 공평하게 시중을 드는 사람을 모두 40명씩 둘 수 있었다. 우선 보모와 유모를 각각 여덟 명씩 두는 것이 가능했다. 또 빨래와 바느질을 도와주거나 난롯불을 피우고 음식을 챙겨주는 하인도 각각 여섯 명씩 둘 수 있었다. 그러나 이상하게도 유독 윤상만은 시중드는 하인이 고작 열일곱 명에 그쳤다. 게다가 황자들의 나이 여섯 살부터는 학당에서 공부하게 돼 있을 뿐 아니라 1인당 하루에 여섯 냥씩 학비가 주어졌으나 윤상에게는 그렇지 않았다. 고작 다섯 냥밖에 돌아오지 않았다. 공부하는 중에도 다른 황자들이 마치 하인 부리듯 그를 마구 대한 것은 더 말할 나위가 없었다. 나아가 툭하면 분풀이 대상으로 취급하기도 했다. 학당 선생 역시 그에게는 편견이 심했다. 언젠가 한 번은 열째 황자가 수업시간에 장난을 쳤는데도 애꿎은 그에게 체벌을 가했다. 그는 똑같은 황실의 자손임에도 불구하고 자신을 냉대하고, 자신에게만 편견을 가지고 대하는 이유를 도저히 알 수가 없었다. 하기야 어린 나이였으니 그럴 수밖에 없기도 했다.

그는 이처럼 집단 따돌림을 당하면서 정신적인 충격 속에서 괴로운 나날을 보냈으나 강희 32년인 일곱 살 때부터는 상황이 좋아지기 시작했다. 그때부터 황자를 가르치는 학당이 없어진 데다 황자들이 모두 태자를 따라 육경궁毓慶宮으로 들어가 공부하게 됐기 때문이었다. 다행히 태자 윤잉과 넷째인 윤진은 총명하고 똑똑하면서도 야성이 조금씩 드러나 보이는 어린 동생 윤상을 좋아했다. 특히 윤진은 더욱 그랬다. 어린 윤상에게 자신이 할 수 있는 온갖 배려를 아끼지 않았다. 자연히 의지할 곳 없는 윤상은 윤진을 무척이나 따랐다. 어느 날 윤상은 윤진에게 아홉째와 열째가 자신을 "잡종새끼!"라고 욕하는 이유를 물었다. 그날 윤상은 처음으로 자신을 낳은 어머니에 대해 알 수 있었다. 몽고 토사도 칸의 무남독녀이고 아직 살아있다는 사실을. 뿐만 아니었다. 어머니 역시 불운한 젊은 시절을 보냈고, 진황이라는 한족 선비와의 이루지 못한 사랑 때문에 많이 아파하다 결국 속세를 떠났다는 사실 역시 알게 됐다.

그 후부터 어린 윤상은 엄마가 없어 본데없이 자랐다는 딱지를 떼내기 위해 남보다 몇 갑절이나 더 노력했다. 다행히 타고난 혈통 때문인지 윤상은 문학보다는 무예에 능했다. 언제인가는 부황父皇처럼 우뚝 서리라 다짐하면서 병법서도 열심히 읽었다. 무예연습에도 최선을 다했다. 그는 자신보다 별 볼 일 없으면서 괜히 비웃고 손가락질하는 다른 황자들의 기를 언젠가는 꺾어버리리라 맹세하면서 윤잉과 윤진의 관심 속에서 나날이 성장해갔다.

그날 저녁 윤상은 통 잠을 이룰 수가 없었다. 자리에 눕자마자 코를 골던 여느 때의 그가 아니었다. 그는 그 참에 아예 자신의 형제들에 대해 하나씩 생각하기 시작했다. 우선 태자인 윤잉은 자신에게 관대하고 잘 대해주는 것 같기는 했다. 하지만 속마음은 좀처럼 열지 않았다. 또 여덟째 윤사는 친절해 보이기는 했으나 왠지 웃음 속에 칼을 품은 사람 같았다. 한마디로 소름 끼치도록 무서웠다. 아홉째 윤당은 음험하기 이를 데 없었다. 또 열째 윤아胤䄉는 저속할 뿐만 아니라 거칠었다. 그럼에도 그들은 하나같이 어릴 때처럼 대놓고 자신을 괴롭히지 못했다. 물론 그것은 그들이 개과천선해서가 결코 아니었다. 눈을 감고 좌선에 들어가 있는 자신의 넷째 형이 우뚝 버티고 서 있기 때문이었다. 윤상은 그 사실을 너무나 잘 알고 있었다. 조용하면서도 호랑이같이 무서운 성격을 지닌 윤진을 두려워하지 않는 황자는 거의 없었으니까 말이다. 그러나 윤진과 같은 뱃속에서 나온 열넷째 윤제胤禵는 또 많이 달랐다. 툭하면 자신을 못 잡아먹어 안달을 했다.

그 이유가 도대체 무엇일까? 윤상은 넷째 형 윤진이 없는 세상을 생각해봤다. 갑자기 소름이 끼쳤다. 그러다 윤상의 머릿속에 갑자기 조금 전 목욕물을 끼얹던 여자가 떠올랐다. 강렬한 첫인상 때문인지 자꾸만 보고 싶은 마음이 드는 것을 어쩌지 못했다. 그의 눈은 시간이 흐를수록 반짝거리면서 빛나기 시작했다. 급기야 그가 자리를 박차고 벌떡 일어나 앉더니 숨을 길게 내쉬었다.

"넷째 형님, 오늘은 그만 하고 쉬세요. 내일 아침 일찍 길을 떠나야 하잖아요! 형님의 불심은 부처님께서도 다 알고 계세요."

"좌선을 한 시간씩 하는 것은 이제 습관이 됐어. 네가 보기에는 내가 좌선 삼매경에 빠진 것 같겠지만 실은 그렇지도 않아. 자꾸 잡생각이 드는 것이 마음이 안정되지가 않네. 무호蕪湖에 있을 때 관보를 본 적이 있어. 아바마마께서 이미 마제馬齊를 상서방으로 불러 호부의 장부를 조사하라는 명령을 내리셨다고 하더군. 한번 손을 대면 어마어마한 연결고리가 장난이 아닐 거야. 문제는 그 시한폭탄 같은 사건을 나한테 맡길 가능성이 크다는 것이지. 정말 걱정스러워. 국고國庫를 거덜 낸 사람들이 방대한 그물망을 형성하고 있으니 말이야. 하나만 끄집어내면 줄줄이 엮여 나올 거라고. 어디가 끝인지 모를 거야!"

윤진이 천천히 눈을 떴다. 윤상이 그의 말을 듣고 나더니 웃으면서 말했다.

"알고 보니 좌선을 한 것이 아니라 나라와 백성들 걱정을 하고 있었군요! 자고로 살인을 했으면 목숨으로 갚아야 하고, 빚을 졌으면 돈으로 갚아야 한다고 했어요. 너도 나도 나랏돈을 빌려 국고를 축낸 관리들이 돈을 갚으면 호부의 구멍은 금세 메워질 것 아니겠어요?"

윤진이 잠시 침묵하더니 다시 입을 열었다.

"말보다 쉬운 것이 어디 있겠어! 자네는 내막을 잘 몰라서 그런 소리를 하는 거야!"

"하늘이 무너지면 키 큰 사람이 버티겠죠. 형님이 저한테 한 얘기잖아요! 그런데 형님은 왜 벌써부터 그렇게 걱정을 하고 계세요?"

윤상의 질문에 윤진이 뭐라고 대답하려고 했다. 마침 그때 갑자기 남쪽 방향에서 벌컥! 하는 문 열리는 소리가 거칠게 들려왔다. 사방에 정적이 깃든 야밤이었기에 그 소리는 더욱 요란하게 들려왔다. 윤진과 윤상은 정신을 바짝 차린 채 밖의 소리에 귀를 기울였다. 그러자 잠시 후 서원에서 남자의 시끌벅적한 소리가 들려왔다.

"이 거지 같은 계집애를 끌어내! 흥! 내 앞에서는 제법 요조숙녀처럼 하고 있더니, 도대체 그 기생오라비처럼 생긴 놈은 뭘 어떻게 잘해 줬기에 히히 웃는 거야?"

두 사람은 어리둥절해지지 않을 수 없었다. 한참 후 잠자코 듣고 있던 윤상이 도저히 못 참겠는지 갑자기 벌떡 일어나면서 칼을 찾았다. 그러자 윤진이 황급히 말리고 나섰다. 충동적이고 감정 절제에 약한 윤상의 성격을 너무나도 잘 알고 있었던 것이다.

"신분을 망각해서는 절대로 안 돼! 말썽을 일으키면 곤란하다고."

윤상은 머리에 털이 난 이후 지금껏 윤진의 명령을 거역해본 적이 단 한 번도 없었다. 이번에도 흥분은 했으나 역시 그랬다. 맥없이 자리에 털썩 주저앉고 말았다. 그 와중에 밖에서는 한바탕 몸싸움이 심하게 벌어지는 듯했다. 남자의 징그러운 웃음소리가 또다시 들려왔다.

"아란阿蘭, 이년아! 조금 전 그놈과 좋아서 히히대는 것을 내가 못 들은 줄 알아? 손님이 있어 나오지 못하고 들어봤더니, 별 해괴망측한 얘기까지 오가더군. 그 새끼들하고 도대체 무슨 관계야? 그래, 좋다! 말하기 싫으면 하지 않아도 돼. 이 호胡 아저씨가 임 대인하고 술을 마시느라 너를 제대로 손을 못 봐줬어. 그런데 너는 노래는 팔아도 몸은 팔지 않는다고 한다면서? 그렇다면 지금 내 앞에서 노래를 해 봐. 내가 술이 깨도록 기가 막힌 노래를 불러 보라고!"

윤상은 호씨라고 자칭한 남자의 말이 끝나자마자 다시 한 번 윤진을 바라봤다. 그러나 윤진은 여전히 가부좌를 한 채 꿈쩍도 하지 않고 있었기에 윤상은 기다릴 수밖에 없었다. 아란이라고 불린 여자는 남자의 강요에 어쩔 수 없는 듯 마침내 노래를 부르기 시작했다. 대단히 처량한 곡조의 노래였다. 윤상은 그제야 비로소 치도곤을 당하고 있는 주인공이 자신에게 목욕물을 뿌린 바로 그 여자라는 사실을 깨달았다. 더불어 그녀가 그토록 처량한 곡조의 노래를 부른다는 사실에 가슴이 아팠다. 그가 얼굴을 위로 향한 채 막 안타까운 탄식을 내뱉으려고 할 때였다. 남자의 목소리가 이어졌다.

"어허, 듣기 안 좋아! 마치 곡哭을 하는 것 같군. 너는 곧 북경으로 들어가 임 대인 댁에서 노래를 해야 해. 다시 해봐. 그런 노래 말고. 음…… 그렇지, 십팔모十八摸를 한번 불러 봐!"

'십팔모'는 다른 것이 아니었다. 월극越劇(중국 경극의 일종)의 하나인 〈이천보조효〉李天保弔孝라는 연극에 나오는 노래의 하나였다. 문제는 가사에 무척 음탕한 내용이 많다는 사실이었다. 사내는 완전히 갈 데까지 가고 있었다.

윤상은 정말 더 이상 참을 수가 없는지 전신을 부르르 떨었다. 그러나 윤진은 여전히 아무 말도 하지 않았다. 그러다 얼마 후 빰 때리는 소리가 찰싹찰싹 윤진과 윤상의 귓전을 때렸다. 여자의 비명소리 역시 점점 커졌다. 곧이어 발로 차는 것 같은 둔탁한 소리도 들렸다. 윤진은 처음과는 달리 사태의 심각성을 느낀 모양이었다. 바로 윤상에게 눈짓을 보내면서 나가보라는 고갯짓을 했다.

윤상은 그렇지 않아도 조급증에 안절부절못하면서 윤진의 눈치만 살피던 차였다. 바로 웃옷을 벗어 던진 채 채찍을 옆구리에 꽂고 기세등등하게 달려 나갔다.

아란은 거의 기절한 모습으로 땅바닥에 쓰러져 있었다. 또 술이 거나하게 취한 호씨는 눈동자가 풀린 채 여자를 노려보고 있었다. 순간 윤상의 눈에서 불꽃이 튀었다. 그가 험상궂은 표정을 지으면서 두 손을 허리에 얹고 간신히 눈을 뜨고 있는 아란에게 물었다.

"이 빌어먹을 자식이 그대를 때렸소?"

"이건 또 뭐야! 내가 내 것을 가지고 노는데, 당신이 무슨 상관이야? 응? 아까 그 기생오라비인가 보군. 도대체 어떤 년이 가랑이가 헐어서 너 같은 놈을 다 싸질렀을……."

호씨가 가슴 가득한 검은 털을 내보이면서 냉소를 흘렸다. 그러나 그의 말이 채 끝나기도 전에 눈 앞에서 불꽃이 번쩍 튀었다. 솥뚜껑 같은 윤상의 손바닥이 그의 얼굴을 세차게 올려붙인 것이다.

호씨가 얼굴을 감싸 쥔 채 그 자리에서 뱅그르르 도는 사이 윤상이 욕설을 퍼부었다.

"내 손이 더러워질 것 같아서 너 같은 놈을 이쯤 하고 내버려두는 줄 알라고! 오늘 일은 내가 끝까지 따라다니면서 두고 볼 거야! 이 여자 몸값이 도대체 얼마야? 내가 사겠어!"

"만 냥을 줘 봐라, 내가 파는가! 밤중에 민가에 얼찡거리는 놈은 간통을 하는 간부姦夫 아니면 도둑이다! 여봐라, 이놈을 묶어라!"

가까스로 정신을 차린 호씨가 그 자리에서 길길이 날뛰면서 마구 소리를 질렀다. 그러자 호씨의 부하들이 바로 달려들었다.

순간 윤상이 잽싸게 발을 날려 호씨를 걷어찼다. 윤상의 공격이 하도 강력해 호씨는 그만 저만치 나가떨어지고 말았다. 이어 큰 대자로 널브러진 채 다 죽어가는 듯한 신음소리를 내기 시작했다.

호씨의 두 부하는 윤상의 발길질이 예사롭지 않다는 느낌을 받았는지 슬슬 뒷걸음질을 쳤다. 그러자 악에 받친 윤상이 단숨에 쫓아가 둘의 긴 머리채를 한데 묶어 냅다 휘둘렀다. 그 다음에는 윤상이 굳이 손을 쓸 필요도 없었다. 둘은 서로 머리를 세게 부딪치고는 기절해버렸다. 그러자 윤상은 마치 쓰레기 내던지듯 끙끙 앓는 호씨의 발치에 둘을 던져 버렸다.

강희는 무력으로 천하통일을 이룩한 조상들의 조훈祖訓을 결코 잊지 않은 황제였다. 때문에 황자들에게 매일 무예 연습을 게을리 하지 말 것을 강조했다. 윤진처럼 책을 좋아하는 황자들 역시 예외는 아니었다. 그랬으니 대내大內의 내로라하는 시위들과 무림의 고수들로 이뤄진 스승들은 저마다 최고의 실력을 자부하는 이들이었다. 이처럼 강희의 특별 지시가 있어 황자들은 원하든 원치 않든 무예 연습에 열중할 수밖에 없었다. 그 중에서도 열셋째 윤상과 열넷째 윤제는 유난히 뛰어난 재주를 보였다. 경쟁적으로 병법서를 읽거나 정통 무술을 익히면서 그 방면으로 일가견이 있는 황자들로 손꼽히게 됐다. 그랬으니 윤상이 호씨 등 몇몇을 손보는 것은 그야말로 식은 죽 먹기라고 해도 좋았다.

윤상이 죽은 듯 꼼짝 않고 널브러져 있는 호씨에게 다가갔다. 이어서 대뜸 그의 멱살을 움켜잡은 채 질질 끌어다 한가운데 털썩 내려놓고는 큰 소리로 외쳤다.

"잘 들어! 나는 무지막지한 강도가 아니야. 조정의 열셋째 황자라고! 이곳을 지나가던 중 인두겁을 뒤집어쓴 짐승이 있다고 하기에 손을 좀 봐줬을 뿐이야!"

윤상이 다시 채찍을 들었다. 그런 다음 산발을 한 채 기운을 차리지 못하고 쭈그린 채 앉아 있는 아란을 가리키면서 덧붙였다.

"저 여자, 내가 사겠어! 북경으로 데려가는 동안 털끝 하나 건드렸다가는 아홉째 황자 아니라 그 누구라도 네놈을 살려주지 못할 거다! 흥!"

윤상이 더 이상 할 말이 없다는 표정을 지은 채 손을 툭툭 털면서 태연스럽게 발길을 돌렸다. 그러자 윤진이 멀리에서 지켜보고 있다 가까이 다가온 윤상을 보고 말했다.

"나는 치고받고 하는 것에는 소질이 없어. 그래서 그런지 괜히 손에 땀이 다 나더군. 그러나저러나 그러다가 인명사고라도 나면 어떻게 하려고 그래. 황자가 사람을 죽였다는 고발장이 날아들 것 아닌가. 그러면 아바마마께서 우리를 가만히 놔둘 리가 없을 텐데."

그러자 윤상이 크게 웃더니 말에 채찍을 가했다.

"어디 찾아가서 나쁜 짓을 한 것이 아닙니다. 우리는 그저 양민을 괴롭히는 악당을 족친 의리의 협객일 뿐이에요. 부황께서도 사건 전말을 아신다면 죄를 묻지 않으실 거예요!"

두 사람은 곧 달리는 말에 채찍질을 가했다. 얼마 후에는 완전히 어둠 속으로 사라졌다.

윤진과 윤상은 예기치 않은 일로 인해 시간을 허비하고 말았다. 그래서 북경으로 향하는 도중 태산泰山에 올라 일출을 구경하려던 계획도 취소하지 않으면 안 됐다. 그리고는 하루 중 제일 더운 시간대만 피하고 나머지 시간에는 열심히 말을 달려 북경으로 돌아왔다.

두 형제가 조양문朝陽門에 도착했을 때는 해가 서산으로 이미 넘어간 시각이었다. 당연히 둘이 곧바로 강희를 만나는 것은 쉽지 않았다. 더구나 강희가 이 무렵 서쪽 외곽에 있는 창춘원으로 거처를 옮긴 탓에 더욱 그랬다. 하지만 흠차는 북경으로 돌아오자마자 황제에게 자신의 맡은 바 일을 보고해야 한다는 규정 때문에 둘은 집으로 돌아갈 수도 없었다.

둘이 마중 나온 예부의 관리들을 돌려보내고 접관청接官廳에서 대충 요기를 하고 났을 무렵이었다. 고복高福이 달려와 아뢰었다.

"두 분 황자마마! 여덟째 황자마마께서 두 분 마중을 나오셨습니다. 넷째 황자마마의 큰 도련님 홍시弘時, 둘째 도련님 홍력弘曆도 가족과 함께 마중을 나오셨습니다!"

"그래?"

윤진이 눈빛을 반짝이면서 윤상을 쳐다봤다. 사실 그럴 수 있었다. 여덟째 황자 윤사의 집은 조양문에서 가까웠으니까. 또 그는 평소에 자기 처세를 주도면밀하게 하는 사람이었기에 마중 나온 사실이 그다지 놀랍지는 않았다. 그러나 가뭄이 극심한 서북쪽으로 현장 조사를 떠났다고 한 윤사가 그렇게 빨리 돌아왔다는 사실은 몹시 의아했다. 과연 접관청에는 스물 네댓 살가량 되어 보이는 젊은이가 눈부신 조복 차림을 한 채 대기하고 있었다. 그의 모습은 윤진을 판에 박은 듯 빼닮아 있었다. 흰 피부에 새카만 눈동자, 오른쪽 뺨에 깊게 파인 보조개 모두 윤진과 하나도 다를 바가 없었다. 한 가지 윤진과 다른 점이 있다면 웃을 때 입가가 살짝 치켜 올라가면서 늘 냉소를 짓는 것처럼 보인다는 점이었다. 척 보기에 윤사는 고귀하고 노련하면서도 쉽게 다가가기 힘든 거리감이 느껴지는 인물이었다.

"넷째 형님!"

윤사가 윤진과 윤상을 발견하고는 황급히 자리에서 일어나면서 읍을 했다.

"더운 날씨에 고생 많았죠. 더 일찍 왔어야 하는데, 요즘 날씨 탓인지 아바마마께서 어지럼증을 조금 호소하시지 뭡니까. 그래서 오후에 창춘원으로 뵈러 갔다가 지금 돌아오는 길이에요."

강희가 편치 않다는 말을 들은 윤진이 깜짝 놀라면서 황급히 물었다.

"아바마마께서 건강이 좋지 않으시다고? 어디가 어떻게? 자세히 말해 보게. 내가 지금 창춘원으로 갈까?"

그러자 윤사가 웃으면서 말했다.

"그리 놀라실 정도는 아니에요. 넷째 형님답지 않게 왜 우왕좌왕하고 그리세요? 혈색은 많이 돌아온 것 같았어요. 이제는 괜찮으니까 황자들도 매일 드나들 필요가 없다고 말씀하셨어요. 아바마마께서도 이제는 시름시름 하시는 걸 보니까 노환이신 것 같네요."

이어 윤사는 바로 윤상을 향해 물었다.

"넷째 형님 따라다니면서 술도 못 마셨지? 가무歌舞 구경도 못해 재미없었을 테고?"

윤사의 질문에 윤상이 대수롭지 않다는 표정을 지으면서 웃었다.

"여덟째 형님이 말씀하신 대로였어요. 하지만 덕분에 세상구경은 많이 했어요!"

아버지를 마중 나온 윤진의 두 아들 홍시와 홍력은 각각 아홉 살, 여섯 살이었다. 아직 어리다고 할 수 있었다. 그러나 엄격한 가정교육을 받은 탓에 애늙은이처럼 자란 티를 물씬 내뿜고 있었다. 아버지 앞에서도 두 손을 공손히 앞으로 모으고는 말없이 서 있었다. 윤진이 그런 두 아들을 바라보았다.

"여덟째 삼촌께는 인사를 드렸지? 그런데 열셋째 삼촌께는 왜 인사도 드리지 않고 그래?"

"아니, 됐어요! 인사야 오며가며 자주 받게 될 텐데요, 뭘! 어디 보자, 그새 많이 컸네."

윤상이 황급히 두 손을 내저으면서 허허 웃었다. 그러더니 쭈그리고 앉아 두 아이를 한 팔에 하나씩 껴안고 이것저것 물으면서 살갑게 대했다. 두 아이 역시 윤상의 목을 껴안고는 무척이나 좋아했다. 그러자 아이들이 윤상을 놓아주지 않는 줄 알고 윤진이 무뚝뚝하게 한마디 던졌다.

"얘들아 그만해. 삼촌 피곤하시니까!"

윤진의 가정교육이 항상 그렇다는 사실을 아는 윤사는 빙그레 웃으면서 말이 없었다. 이윽고 방 안에 들어가 조복을 벗고 차를 한 모금 마신 다음에 윤사가 먼저 입을 열었다.

"넷째 형님! 이번에 동성현에 다녀오셨다면서요? 방포는 만나보셨어요?"

윤사의 질문에 윤진이 자세를 고쳐 앉으면서 대답했다.

"만나봤지. 평범하다 못해 실망스럽기까지 하더군! 북경에 압송돼 왔으니 궁금하면 찾아가 봐도 되지 않을까?"

윤진의 말에 윤사가 가벼운 미소를 지었다.

"넷째 형님, 무슨 그런 농담을 다 하세요! 제가 왜 그런 죄인이 보고 싶겠어요. 더구나 감옥에까지 찾아가는 것은 말이 안 되죠! 그저 명색이 유명한 문장가라는 명사가 그런 일로 얼떨떨하게 죄인이 돼 있다는 사실이 안타까울 뿐이에요. 또 본인이 많이 자책하고 반성하고 있잖아요. 그런데 그저 서문을 써줬다는 이유만으로 반역죄를 적용한다는 것은 조금 지나치지 않나 싶어요. 넷째 형님, 저는 방포라는 인재를 그런 식으로 썩히고 싶지는 않아요. 구해주고 싶어요. 그러나 아바마마를 비롯해 눈치 보이는 곳이 한두 곳이 아니네요. 그래서 말인데요, 제 생각에는 우리 형제들 중 넷째 형님이 머리가 제일 비상하시니까 도움을 주실 수 있지 않을까 생각했어요. 솔직히 말해 도움을 받고자 찾아왔어요."

윤진이 윤사의 간곡한 부탁을 듣고 나더니 농담을 섞어 말했다.

"머리가 제일 똑똑한 내가 볼 때는 그냥 내버려두는 것이 나을 것 같아! 아바마마께서 그들 유로遺老들의 마음을 돌려세우느라 들인 공이 말도 못하게 많은 것은 알지? 어떻게 하면 그들을 껴안을 수 있을까 온갖 방법을 다 모색했다고. 심지어는 박학홍유과 시험까지 치렀잖아. 그럼에도 불구하고 그들은 여전히 딴 주머니를 찼어. 더도 말고 입 다물고 가만히 있어 달라는 부탁도 제대로 지켜주지 않았어. 그러니 이런 식으로 일벌백계를 시도해볼 필요도 있지 않겠어?"

윤진의 대답은 다분히 그다웠다. 그래서인지 윤사는 그다지 실망하는 기색을 보이지 않았다. 그런 다음 미리 거절당할 줄 알면서도 사전에 자신의 의사를 피력했다는 것만으로도 만족한 듯 잠시 머뭇거리더니 말했다.

"넷째 형님이 도와주지 못하시겠다면 저 혼자서라도 한번 시도해보는 수밖에는 없겠네요!"
윤사가 말을 마친 다음 즉각 고개를 돌려 윤상에게 말했다.
"이번에 나가서 십 년 묵은 체증이 쑥 내려갈 만큼 통쾌한 일을 하고 왔다면서?"
윤진과 윤상은 순간 강하진에서 아란 문제로 호씨를 혼내준 사실이 벌써 윤사의 귀에 들어간 줄 알고 깜짝 놀랐다. 그러나 윤상은 곧 아무렇지도 않은 듯 입을 열었다.
"그래요! 곧 아홉째 형님을 찾아가 잘못을 빌 거예요!"
"그게 무슨 말이야? 그 일이 아홉째하고도 관련이 있다는 말인가?"
윤사가 의아한 표정으로 물었다. 윤상은 그제야 그가 강하진 사건에 대해서는 아직 모르고 있다는 사실을 눈치챌 수 있었다. 그래서 일부러 어리둥절한 척하면서 되물었다.
"조금 전에 뭘 물었죠? 내가 왜 이렇게 정신이 없지?"
"시세륜 말이야! 동생이 소금 밀매꾼으로 가장하고 시세륜한테까지 갔었다면서? 아무튼 배짱도 대단해. 그러다 재수 없이 한 방 얻어맞았더라면 어떻게 할 뻔했어?"
윤사가 웃으면서 말했다. 그제야 윤상은 몰래 안도의 숨을 내쉬었다. 내친김에 무지막지한 호씨를 혼내준 사연을 자세하게 들려줬다.
"재미있군! 정체불명의 여자 하나로 인해 황자가 의로운 협객이 됐다는 게 가상하다고 생각해. 잘하면 기이한 인연으로 이어질지도 모르겠는데? 노파심에서 하는 얘긴데, 누군가 아홉째 황자의 이름을 내걸고 인신매매를 하는 것이 아닌지 모르겠군. 만약 그자들 말대로 정말 아홉째가 관련된 일이라면 여자 하나쯤 빼내오는 것은 일도 아니야. 이 형한테 맡겨!"
윤사가 가슴을 툭 치면서 호쾌하게 웃었다. 그리고는 윤진을 향해 공손히 허리를 굽혔다.

"넷째 형님, 그리고 아우! 먼 길 오느라 피곤할 텐데, 그만 쉬세요. 아바마마를 뵙고 나면 제가 환영잔치를 마련해드릴게요!"

윤사는 말을 마치자마자 바로 밖으로 나갔다.

4장

국고國庫를 사수하라

만주족들은 원래 조상 대대로 서늘한 기후에 적응해온 민족이었다. 때문에 중원中原의 살인적인 더위를 견디기 힘들어 했다. 대륙의 서북을 평정한 후 나라 경제가 조금씩 호전되면서 국고가 채워질 무렵에 강희가 승덕에 피서산장을 지어 해마다 3, 4개월 동안 머물면서 여름을 난 것은 다 이유가 있었다. 강희는 남쪽으로 시찰을 떠났다 돌아온 44년 여름 무렵부터 유난히 무더운 계절을 견디기 힘들어 했다. 머리가 어지럽고 몸에 이상 징후를 느낀 것이다. 이로 인해 곧 창춘원으로 거처를 옮기는 조치가 취해졌다.

창춘원暢春園은 북경 서쪽 외곽의 남해정南海淀이라는 곳에 자리를 잡고 있었다. 원명원圓明園 남쪽에 있는 관계로 '전원'前園이라고도 불렀다. 원래는 명나라의 무청후武清侯였던 이위李偉의 별장이었으나 강희 42년에 새롭게 태어났다. 강희가 피서 산장을 지으면서 70만 냥을 들여 전면 재보수하라는 지시를 내리자 바로 얼마 후 작업이 완료되었고, 그 뒤로는 '창춘'이라는 이름으로 바뀌었다. 강희가 머무르는 중요한 거처인 만큼 주변은 대단했다. 우선 밖으로 시냇물이 허리띠처럼 둘러쳐져 있었다. 안에도 역시 맑은 호수가 이곳저곳에 널려 있었다. 또 정원에는 고풍스러운 분위기의 분재들이 여기저기 자리하고 있었다. 사색을 즐기기에는 아주 그만인 곳이었다. 그뿐만이 아니었다. 녹음이 우거진 나무들 사이로는 좁은 자갈길이 길게 뻗어 있었고, 모양이 이색적인 정자가 많아 더위가 기승을 부리는 한여름에도 이곳에는 서늘한 기운이 마냥 넘쳐흘렀다.

윤진과 윤상은 이튿날 이른 아침 새벽같이 일어나 준비를 마치고는 말을 달렸다. 곧 창춘원이 보였다. 이어 청범사淸梵寺를 건너자 저 멀리 커다란 황사黃紗로 감싼 듯한 궁궐의 등이 보였다. 대문을 지키고 있던 시위가 큰 소리로 고함을 질렀다.

"여기는 폐하의 수레를 비롯한 황실의 친인척들 외에는 들어가지 못하는 금지禁地이다. 자금성紫禁城에서 하사한 말을 타지 않은 자는 법에 의해 진입을 금지한다!"

윤진과 윤상은 황급히 말에서 내렸다. 이어 윤상이 조금 전 소리를 지른 사람을 바라봤다. 그는 다름 아닌 창춘원의 이등 시위인 유철성이었다. 윤상이 웃으면서 입을 열었다.

"검은 소, 자네였구먼! 제법 멋있어 보이네?"

"아, 넷째 황자마마! 열셋째 황자마마! 일찍 못 알아봬서 죄송합니다!"

유철성은 일찍이 수적水賊(강이나 호수 근처를 근거로 노략질을 하는 도적)으로 이름을 날린 인물이었다. 그러다 강희의 서정西征 길에 따라나섰다가 큰 공로를 세운 바 있었다. 그로 인해 이등 시위로 발탁되었다. 어릴 때 이름이 '검은 소'인 그는 윤상과 각별하게 친하게 지내는 사이이기도 했다. 그가 두 사람에게 무릎을 꿇으면서 인사를 올렸다.

"태자전하께서는 어제 저녁 여기 머무르셨습니다. 넷째 황자마마와 열셋째 황자마마께서 오늘 중으로 도착하실 거라고 말씀하셨습니다. 잠깐만 기다리시면 제가 가서 두 분이 도착하셨다고 말씀을 올리고 오겠습니다."

말을 마친 유철성은 곧 울긋불긋한 문 안으로 들어갔다. 잠시 후 안에서 시위인 덕릉태가 나왔다. 그러자 윤진이 안면이 있다는 듯 물었다.

"자네가 오늘 당직인가?"

그러나 덕릉태는 윤진의 물음에는 대답하지 않고 그저 큰 소리로 명령만 전했다.

"폐하께서 윤진, 윤상 두 황자를 담녕거澹寧居로 부르셨습니다!"

윤진과 윤상 두 황자는 머리를 조아린 채 지의旨意를 받았다. 그러자 덕릉태가 그제야 웃으면서 말했다.

"여기는 유철성, 안쪽은 악륜대鄂倫岱가 지킵니다. 또 저는 폐하를 따라다니게끔 돼 있습니다. 스물몇 명의 일등 시위들이 일사불란하게 자신의 위치를 지키도록 폐하께서 정해주신 규칙입니다."

윤진과 윤상은 머리를 끄덕였다. 이어 덕릉태를 따라 안으로 들어섰다. 동시에 서서히 날이 밝아오고 있었다. 안으로 통하는 긴 통로 양측에서는 장미와 월계화가 만발한 채 향기를 뿜어대고 있었다. 꽃향기 그윽한 통로를 벗어나 서쪽으로 꺾어지자 윤진 일행의 눈에 아홉 개의 노란 천막이 마련돼 있는 광경이 들어왔다. 각 천막 앞에는 하나같이 전국의 성省을 대표하는 이름이 적혀 있었다. 강희가 창춘원에서 오래 머무르고 있다는 것을 말해주는 징표라고 할 수 있었다. 아마도 각 성에서 올라온 관리들은 잠시 이곳에 머물면서 강희의 접견을 기다릴 터였다. 덕릉태가 패문재佩文齋에 당도하자 다시 입을 열었다.

"바로 저 곳이 담녕거입니다. 두 분 마마는 들어가십시오. 저는 허락이 없으면 들어갈 수 없습니다."

윤진과 윤상은 덕릉태가 가리켜 준 방향으로 조금 더 걸어갔다. 그러자 과연 노란 기와에 기둥이 다섯 개인 큰 건물이 눈앞에 모습을 드러냈다. 하지만 어떻게 된 영문인지 주위에 있는 금빛 찬란한 건물들과는 달리 그곳은 유난히 평범했다. 그럼에도 누추하다는 느낌은 들지 않았다. 대신 어딘가 모르게 독특한 운치가 물씬 풍겼다. 그런 분위기를 말해주듯 복도에는 수십 명의 태감들이 조용히 시립하고 있었다. 윤진은 윤상이 옷매무새를 단정히 하기를 기다린 다음 긴 소매를 쓸어내리면서 큰 소리로 아뢰었다.

"아신兒臣 윤진! 윤상! 삼가 폐하의 안녕을 비옵니다!"

"들어와!"

안에서 강희의 짧은 목소리가 들린 것은 한참 후였다. 별로 탐탁지 않은 듯한 어투였다. 두 형제는 말없이 마주보고는 바로 안으로 들어가 대례를 올리려고 했다. 그러자 강희가 손을 내저었다.

"저쪽에서 무릎 꿇고 기다려. 대신들과 조정의 일에 대한 논의가 끝나는 대로 짐이 물어볼 것이 있다!"

아버지의 성격을 잘 아는 윤진과 윤상은 즉각 말없이 한쪽으로 물러나 무릎을 꿇고 기다렸다. 그런 와중에도 윤상은 힐끔 강희를 쳐다보는 여유를 가질 수 있었다. 그의 눈에 비친 강희는 여전했다. 전보다 조금 수척해지기는 했으나 기력은 더 왕성해 보였다. 팔자 눈썹 밑의 두 눈은 날카롭게 빛나고 있을 뿐 아니라 한 뼘은 되게 기른 턱수염은 깨끗하게 손질돼 있었다. 그러나 편안한 두루마기에 허리띠를 질끈 동여매고 가부좌를 튼 채 온돌 위에 앉아 있는 그의 길게 늘어뜨린 얼굴에는 웃음기라고는 찾아보기 어려웠다. 장정옥張廷玉을 비롯한 마제, 동국유佟國維

등의 상서방 대신들은 그 앞에서 차례로 나무걸상에 앉은 채 조정의 일을 아뢰고 있었다. 한쪽에 후줄근하게 장시간 무릎을 꿇고 있는 두 황자는 이날따라 유난히 처량하게 보였다.

"아무래도 시세륜을 이대로 밀어낼 수는 없어. 잇속에 지나치게 밝은 점이 역겹기는 하나 그래도 재주는 인정하지 않을 수 없어! 사람은 중용中庸을 지킨다는 것이 참 어려운 것 같아. 물이 너무 맑으면 고기가 살지 못한다고 했듯이 시세륜이 바로 그 꼴이야. 위에서 매사에 간섭하고 까칠하게 구니까 밑에 있는 사람들은 진저리를 치는 거지. 그래서 직위가 강등됐는데도 제 성질을 남 못 주는 것이 확실한가 봐! 그 사람은 또 하나 결정적인 흠이 있지. 우성룡처럼 소송이 걸려오면 무조건 없는 자와 선비를 비호하고 나서는 것이 바로 그것이지. 잘잘못을 떠나서 말이야. 온 천하의 가난한 사람과 선비가 늘 착하게 산다는 보장이 어디 있는가? 그런 편견을 가지고 사건을 처리하니 실수를 할 수밖에 없지 않은가?"

강희가 밑에서 올려 보내온 상주문을 덮어 한쪽으로 밀어놓았다. 이어 한참을 더 생각하더니 말을 이었다. 윤상은 그 부분까지 듣고 나자 입이 간지러워 견딜 수가 없었다. 급기야 무릎걸음으로 다가가서 아뢰었다.

"아바마마, 부디 잘 살펴주시옵소서! 아신이 보기에 시세륜은 집안 살림을 할 경우 물 한 방울 새어 나가지 못하게 잘해낼 재목이옵니다. 호부에 아직 주사主事 자리가 비어 있는 줄로 아옵니다. 시세륜을 호부로 들어오게 하는 것은 어떨까 하옵니다."

"아직 네가 입을 처들고 말을 할 때가 아니야!"

강희가 머리를 돌려 싸늘한 어조로 쏘아붙였다.

"꼴 참 좋다! 사람이 도착하기도 전에 고소장이 먼저 날아와 있고 말이야. 눈이 있으면 이걸 좀 보라고!"

강희가 신경질적으로 책상 위에 있던 종이뭉치를 땅바닥에 힘껏 내동댕이쳤다. 윤진과 윤상은 깜짝 놀라 그 종이뭉치를 들여다봤다. 안휘성 순무가 올린 상주문이 가장 먼저 눈에 띄었다.

"안휘성 포정사 하역비가 황자를 등에 업고 백성들의 재물을 뜯어내고 소금시장을 혼란에 빠뜨리게 했다"는 요지의 내용이 커다랗게 적혀 있었다. 그 외에 안휘성 안찰사의 상주문에는 소금시장에 대한 규제가 너무 가혹해 소금장수들이 시위를 벌였다는 내용이 들어 있었다. 또 일부 몰염치한 자들이 수적水賊들과 짜고 소금 운반선을 납치해 곳곳에 난리가 일어날 조짐이 보인다는 얘기도 적혀 있었다. 한마디로 조정에서 소금장수들의 폭동을 미연에 방지해 달라는 호소가 주를 이루는 상주문들이었다. 아무튼 그 사이 올라와 있는 상주문들은 하나같이 두 황자가 머물렀던 안휘성을 도둑의 소굴인 것처럼 과장했다. 나아가 하역비를 탄핵하는 척하면서 화살은 두 황자에게 겨눴다. 한마디로 '황자흠차'皇子欽差가 지방의 사정을 제대로 알지 못하면서 가진 자나 헐벗은 자나 한 몽둥이로 때려 엎었기 때문에 민원을 불러일으켰다는 불만이었다. 윤상은 화가 나 얼굴이 붉으락푸르락해졌다. 윤진이 그 모습을 힐끗 쳐다보고는 상주문을 덮어 두 손으로 강희에게 도로 바치면서 먼저 입을 열었다.

"아바마마! 일부 몰염치한 소금장수들이 수적들과 짜고 난리를 일으킨다는 것이 사실이라면 군사들을 출동시켜 일찌감치 진압하는 것도 좋을 듯하옵니다! 소금장수들은 국정을 교란시킬 정도로 막강한 힘을 가진 자들인 만큼 이참에 조정의 무서운 맛을 보여주는 것이 바람직하다고 생각하옵니다. 그렇게 하면 보름 내에 소금시장 질서를 바로잡을 수 있을 것이라고 확신하옵니다!"

그러자 강희가 냉소를 터트렸다.

"네가 뭘 믿고 확신을 해!"

"이번 일은 하역비와는 무관하옵니다. 제가 소금장수들의 주머니를 털라고 지시했사옵니다. 천정부지로 치솟는 그들의 기염을 꺾어놓을 필요성을 느꼈기 때문이옵니다!"

윤진의 말이 끝나기 무섭게 강희가 자리에서 벌떡 일어섰다. 이어 무섭게 윤진을 노려보았다.

"간덩이가 부어 터졌구먼! 쥐방울만한 것이 감히 누구 앞이라고 큰소리야! 멀쩡하던 안휘성을 뒤죽박죽으로 만들어놓고도 입을 쳐든 채 할 말이 그렇게도 많아? 짐이 치수 사업 현장을 둘러보라고 보냈지, 염정鹽政에 관여하라고 했어? 네가 뭔데 지방관들의 비위를 빡빡 긁어서 부스럼을 만들어? 열여덟 개 성 가운데에서 유독 안휘성만 못 살게 굴었으니, 아무리 네 말이 진리라도 그게 먹히겠느냐는 말이야! 이제 다른 성은 어떻게 할 거야? 혼자 잘난 척을 하고 있어! 태자가 오냐오냐해주더니 개망신을 당하는구먼!"

강희가 고래고래 소리를 지르면서 대로했다. 그 바람에 주위 사람들의 얼굴은 하나같이 하얗게 질렸다. 그러자 윤상이 황급히 머리를 조아렸다.

"잘못은 모두 저로 인해 생긴 것이옵니다. 아바마마, 한 번만 저와 넷째 형님에게 기회를 주시면 다시 안휘성으로 가서 깨끗하게 마무리를 짓고 오겠사옵니다!"

"그 입 닥치지 못할까! 너는 넷째의 그림자에 불과해! 시키는 일이나 잘하고 올 것이지, 엉뚱한 짓거리들이나 하고 말이야. 치수 공사에 필요한 자금 일이백만 냥을 호부에서 내주지 못할까봐 그래?"

강희는 좀체 분노를 삭이지 못했다.

"아바마마, 아신은 일부러 월권을 한 것이 아니옵니다. 아바마마를 기쁘게 해드린다는 것이 이렇게 됐사옵니다. 곧 가을장마가 시작되옵니다. 그런데 미리 예산을 확보해두지 않으면 자금 사정이 좋지 않은 호부에서는 당장 일이백 냥도 내놓을 수 없사옵니다. 그래서 사사롭게 결정을 했던 것이옵니다……."

그러나 강희는 좀체 분노를 가라앉히지 못했다. 나중에는 화가 너무 나는지 어이없다는 웃음을 지으면서 장정옥 등 상서방의 대신들에게 말했다.

"아직도 입이 살아서 저 헛소리하는 것을 좀 보게! 어제 호부의 장부를 건네받았는데, 아직 국고에 오천만 냥은 남았다고 하더구먼!"

"폐하……, 죄송하옵니다만 넷째 황자마마의 말은 사실이옵니다. 소인도 내막은 속속들이 모르나 호부의 장부와 국고의 실제 금액이 맞지 않는다는 것은 공공연한 비밀인 줄로 알고 있사옵니다."

강희의 말에 장정옥 옆에 있던 마제가 어색한 표정으로 말했다. 그러자 동국유가 대뜸 화제를 돌렸다.

"이번 일은 두 황자의 충심에서 비롯됐사옵니다. 그러나 사전에 폐하의 지시가 밑바탕이 됐어야 한다고 생각하옵니다."

강희는 마제와 동국유의 말을 통해 상서방 대신들의 의견이 묘하게 엇갈린다는 사실을 처음으로 느꼈다. 끓어오르던 분노가 차츰 가라앉으며 침착함을 되찾았다. 얼마 후 그가 안색을 다소 누그러뜨리면서 말했다.

"하기야 일부러 일을 망치려고 한 짓은 아닐 테지. 하지만 세상일이 생각처럼 그리 쉬운 것은 아니야. 태평성대일수록 큰일은 작게 만들고, 작은 일은 되도록 없애버리는 것이 좋아. 넷째, 너는 일에 임하는 자세가 똑 부러지는 것은 좋아. 하지만 조금 너그러워져야 할 필요가 있어.

아랫사람들도 저마다 고충이 있을 것이니, 일을 처리하기에 앞서 상대방 입장에서 생각해보는 자세가 필요하다고. 오늘은 이만 돌아가서 태자를 만나 봐. 나중에 짐이 다시 부를 테니."

강희의 질책에 윤진과 윤상 두 황자는 울컥해서 밖으로 나갔다. 그러자 강희가 한숨을 내쉬었다.

"윤상은 진중하지 못하고 욱하는 성미가 너무 지나쳐. 그러니까 늘 저 모양이지. 윤진은 꼼꼼하고 치밀하기는 해. 하지만 천성적으로 사람이 차가운 것이 흠이야. 하나가 부족하면 다른 하나가 채워주고 보완해 줘야 하는데, 저 둘은 참 걱정이야."

동국유는 강희의 말에 대답을 하지 않고 그저 웃기만 했다. 그러나 마제는 자신의 생각을 거침없이 토로했다.

"사람을 살갑게 대하는 장점이 있는 황자는 역시 태자전하와 셋째 황자마마, 아홉째 황자마마이옵니다. 그러나 일하는 자세는 넷째 황자마마 같은 분이 적격이라고 생각하옵니다!"

강희가 마제의 말을 듣고 나더니 장정옥에게 물었다.

"자네는 왜 말이 없나?"

"소인이 쭉 고민해 본 결과로는……, 안휘성에서 사실을 일부러 증폭시킨 것이 아닌가 하는 의심이 드옵니다. 그들의 말대로 소금장수들이 그토록 난리를 피웠다면 시시각각 촉각을 곤두세우고 있는 병부에서 아무런 움직임이 없었을 리가 없다고 생각하옵니다! 또 안휘성의 동향을 전문적으로 보고하는 대신들은 평소에는 시시껄렁한 사건을 가지고도 가랑이에 바람이 일 정도로 상주하러 다닌 사람들이옵니다. 그런데 그렇게 큰일이 있었는데도 보고를 하지 않았사옵니다. 그에 대한 의혹도 떨쳐버릴 수가 없사옵니다."

장정옥이 이맛살을 찌푸리면서 대답했다. 강희는 장정옥의 결정적인 한마디에 가만히 머리를 끄덕였다. 충분히 가능성이 있고, 일리가 있었다. 하기야 그렇게 큰 사건이라면 몇몇 지부들 중 최소한 한 명이라도 상주문을 올려야 하지 않았을까? 강희는 달아오르는 이마를 가볍게 두드리면서 찻잔을 집어 들었다. 사실 장정옥은 이미 감을 잡고 있었다. 사달은 윤진, 윤상 두 형제가 안휘성에서 세금에 해당하는 관리들의 화모은자를 올려 받은 것에서 비롯되었다. 그러자 화가 난 관리들이 소금장수들을 부추겨 일을 크게 만들었다. 두 황자가 물을 먹게 만들었던 것이다. 그러나 장정옥은 그런 사건의 진상을 적나라하게 설파하고 싶지는 않았다. 장정옥이 다시 입을 열었다.

"소인 생각에는 폐하께서는 이번 안휘성 사건에서 일단 손을 떼시는 것이 좋을 듯하옵니다. 사건의 진상을 확실히 규명한 후에 처리해도 늦지 않다고 생각하옵니다. 지금은 오히려 방금 마제가 언급했던 호부의 장부와 국고의 실제 금액이 맞아떨어지지 않는다는 사실이 더 큰 문제일 것 같사옵니다! 폐하, 다시 말씀드리지만 지금 급선무는 염정鹽政이 아니라는 사실을 명심하셨으면 하옵니다!"

강희가 그러자 몸을 앞으로 숙이면서 다그쳐 물었다.

"그러면 자네 생각에는 당장 해결해야 할 급선무가 뭔가?"

강희의 느닷없는 질문에 장정옥이 아랫입술을 잘근잘근 씹었다. 그러다 한참 후에야 입을 열었다.

"관리들의 기강을 바로 잡는 이치吏治이옵니다!"

"맞사옵니다! 관리들의 기강부터 바로잡아야 하옵니다! 이번에도 화모은자를 올려 받으려는 넷째 황자마마를 눈엣가시처럼 생각하던 안휘성 지방 관리들이 소금장수들을 부채질해 일을 더 크게 키운 것이 틀림없사옵니다!"

장정옥의 대답에 마제도 흥분했는지 바로 거들고 나섰다. 동국유 역시 마제의 말이 끝나자 황급히 한숨을 내쉬었다.

"지금 관리들의 탐욕은 정말 장난이 아니옵니다! 할 말은 아니겠으나 순치황제 때 같았으면 삼만 냥에서 오만 냥만 쓰면 지부 자리에 앉을 수 있었사옵니다. 그러나 지금은 십오만 냥도 모자랄 것이옵니다! 하기야 탐욕스레 긁어모으지 않으면 어디 가서 이런 돈을 모으겠사옵니까? 원래 돈을 적당히 받고 관직을 주는 제도는 삼번의 난을 평정하고 서정길에 오를 때 자금 부족으로 실시한 응급조치였사옵니다. 하지만 지금은 아예 관례가 돼버렸사옵니다. 돈이 있으면 관직을 살 수 있을 뿐만 아니라 높은 자리에 앉으면 그 본전을 뽑느라 더욱 혈안이 돼 검은돈을 긁어모으고 있사옵니다. 나아가 그 돈으로 다시 더 높은 관직을 사고는 하옵니다. 이렇게 해서 마치 눈덩이처럼 크게 굴러가는 것이옵니다……. 더 이상 관리들의 부정부패를 간과해서는 아니 되옵니다!"

마제가 동국유의 말에 신이 나서는 맞장구를 쳤다.

"동국유의 말이 맞사옵니다. 법을 집행하는 사람이 이토록 썩어서야 어찌 공정한 심판을 기대할 수 있겠사옵니까! 과거시험을 비롯한 각종 인재 선발 시험에서 공공연히 이뤄지고 있는 검은 거래에 대해서도 남녀노소 모르는 사람이 없을 지경이옵니다. 오죽하면 아이들마저 '수재秀才는 육백 냥, 거인擧人은 천이백 냥, 진사進士는 누구도 몰라!' 하면서 동요까지 만들어서 부르고 다니겠사옵니까? 정말 심각하기 이를 데 없사옵니다."

장정옥은 마제와 동국유가 신나게 떠드는 동안 말문을 닫고 있었다. 그가 아무것도 모르고 있어서 그런 것은 당연히 아니었다. 그는 금전을 둘러싼 관리들의 부정부패에 대해서는 사실 누구보다 많이 알고 있었다. 그럼에도 말을 못하는 것은 그 뿌리가 바로 강희에게 있다고 생각한 탓이었다. 장정옥의 생각은 틀렸다고 하기 어려웠다. 명주를 비롯해 고

사기, 여국주, 서건학 등은 모두 온 천하가 다 아는 탐관오리였다고 해도 과언이 아니었다. 하지만 강희는 그들의 죄를 묻지 않았다. 그럼으로써 매관매직과 부정부패는 고질적인 병폐가 돼 버렸다. 이런 상황에서 지금에 와서 하급 관리들의 과거를 캔다는 것은 그야말로 어불성설이라고 할 수 있었다. 자고로 털어서 먼지 안 나는 사람 없다고, 이런 식으로 이치를 한다면 무슨 문제가 불거져 나올지 모를 일이기도 했다. 장정옥은 또 동국유가 극구 이치를 주장하는 것은 태자를 의식했기 때문이라고 단정했다. 그럴 수 있었다. 가령 불 보듯 빤한 일을 태자에게 맡겨 이치가 제대로 이뤄지지 못하는 경우를 생각할 수 있었다. 그 경우 온갖 덤터기는 태자가 뒤집어쓸 수밖에 없다. 또 정리정돈이 의외로 잘 되면 이치를 주장한 동국유의 선견지명은 돋보이게 된다. 장정옥은 동국유가 그런 계산을 하고 있다고 믿어마지 않았다……. 장정옥은 겉으로는 웃으면서 속으로는 칼을 갈고 있는 동국유의 진면모를 확실하게 엿본 만큼 등골이 오싹해지지 않을 수 없었다. 그때 강희가 물었다.

"이치를 정돈하는 것에 대해서는 짐도 찬성해. 그렇다면 어디에서부터 착수하는 것이 좋을까?"

"이 문제와 관련해서는 넷째 황자마마께서 일가견이 있사옵니다. 또 조목조목 적어 올려 보낸 것을 소인이 태자전하께 넘겼사옵니다. 곧 폐하께 올릴 것이옵니다. 이번에는 전례가 없는 치탐치란治貪治亂 운동을 펼쳐 범죄자들을 강도 높게 일괄적으로 처벌해야 하옵니다! 예컨대 명주의 아들 규서, 탐관오리의 전형인 서건학과 여국주 등은 현재 법망을 피해 교묘하게 은둔해 있사옵니다. 따라서 이들부터 붙잡아 엄벌에 처해야 하옵니다. 그럼으로써 일벌백계의 효과를 올리는 노력을 해볼 필요가 있사옵니다. 뇌물을 수수한 금액이 천 냥을 넘어서는 자는 목을 베는 모습도 보여줘야 하옵니다. 그러면 탐관오리를 뿌리 뽑으려는 중

앙의 결연한 의지를 확실하게 보여줄 수 있다고 생각하옵니다. 이것은 넷째 황자가 올린 상주문의 내용 그대로이옵니다. 몇 년 사이에 효과가 없으면 망언을 퍼뜨린 죄를 달게 받겠다고 넷째 황자마마는 덧붙였사옵니다. 소인도 넷째 황자마마의 의사에 찬성표를 던지고 싶사옵니다!"

동국유는 장정옥의 말에 솟구치는 분노를 참지 못했다. 윤진이 칼을 대려고 하는 사람이 모두 여덟째 황자의 사람이라는 것이 확실해지고 있기 때문이었다. 그는 윤진이 잔인하고 매정하다는 소문이 공연히 난 것이 아니라고 생각하면서 홧김에 입가에 거품을 물고 아직 할 말이 남은 듯 앉아 있는 마제를 곱지 않은 시선으로 째려봤다. 그때 강희가 입을 열었다.

"넷째가 일처리를 매끄럽게 하는 재주는 있지. 그러나 아직 큰 흐름을 파악하지는 못한 것 같아. 치란治亂의 강도를 높여야 하는 것은 사실이야. 하지만 외환外患도 없고 내란內亂도 없는 현 시점에서 굳이 피비린내를 꼭 풍겨야만 최선인 것은 아니잖아! 짐의 생각에는 청렴한 관리들을 대거 격려하고 고무하는 것이 더 나을 것 같아. 예컨대 우성룡于成龍, 팽붕彭鵬, 장옥서張玉書, 장백년張伯年, 진빈陳瓚 등 이른바 청백리로 불리기에 손색없는 관리들을 살았든 죽었든 간에 충분한 보상을 해줘야 해. 더불어 명예를 추존함으로써 청렴한 관리로 남는 것이 얼마나 보람된 일인가를 보여줘야 한다고! 짐은 관리들의 부정부패를 정돈함에 있어서는 우선 쉬운 것부터 착수해 하나씩 어려운 문제에 도전해나가는 것이 중요하다고 생각하네."

"폐하의 심모원려는 소인들이 감히 따라갈 수가 없사옵니다. 소인 생각에는 먹물 좀 먹었답시고 늘 사변事變의 불씨를 일으키는 선비들부터 길을 제대로 들여야 한다고 생각하옵니다! 그들이 그 똑똑한 머리로 불온한 사상을 퍼뜨리고 우매한 백성들을 혼돈에 빠뜨리는 것은 악성 전

염병의 독성과 하나도 다를 바 없사옵니다. 도무지 약이 없다고 할 수 있사옵니다. 그러니 각 지역의 선비들에게 철저한 세뇌를 시키도록 독학督學들을 독려해야 하옵니다. 또 열흘마다 성훈聖訓을 달달 외우게 함으로써 올바른 생각이 머릿속에 싹트도록 해야 하옵니다. 더불어 이부에서 탐관오리를 붙잡는 대로 죄를 물어 응징하는 것도 필요하옵니다. 이 두 가지 방법을 동시에 사용하면 흙탕물도 천천히 맑아질 것이라고 믿어 의심치 않사옵니다."

"언제부터 우려먹은 구태의연한 수법을 가지고 도대체 뭘 어떻게 하겠다는 것인지……."

마제가 동국유의 말에 제동을 걸었다. 그러나 늘 황제의 외삼촌이라는 신분을 은근히 과시하는 동국유도 지지 않았다. 바로 마제의 인정사정없는 비난에 대뜸 얼굴을 붉히면서 맞받았다.

"성훈을 달달 외우게 해야 한다는 내 말이 못마땅합니까? 모르면 미리 가르쳐 사람을 만드는 것이 중요합니다. 그러지 않고 죄지을 때까지 기다렸다가 대놓고 죽여 버리기만 하면 만사형통하겠습니까?"

동국유가 자신을 한족이라고 은근히 우습게 보는 것에 대해 기분 나빠하고 있던 마제도 행여 질세라 목에 핏대를 세웠다.

"폐하의 성훈 열여섯 조항은 발표된 지 벌써 몇십 년은 됐사옵니다. 사서오경四書五經도 작년에야 편찬된 책이 아닌 것을 모르지는 않겠죠? 장담하건대 몰염치한 탐관오리들이 오히려 성훈을 더 잘 외우고 다닙니다. 뭘 모르면 덤비지나 말 것이지!"

강희는 처음에는 동국유와 마제의 말싸움을 조용히 듣고만 있었다. 그러나 갈수록 수위를 넘어서자 급기야 버럭 화를 내면서 둘을 엄하게 꾸짖었다. 그리고는 장정옥에게 물었다.

"자네 생각은 어때?"

장정옥이 황급히 무릎을 꿇었다.

“둘 다 일리는 있사옵니다. 다만 폐하의 말씀대로 너무 조급하게 서두를 것은 없다고 생각하옵니다. 당장 발등에 떨어진 불이라고 할 수 있는 것은 호부의 장부에 오천만 냥이 남아 있다는 국고가 실제로는 관리들이 너도나도 빌려가는 바람에 거의 바닥을 드러냈다는 사실이옵니다. 그것은 소인이 직접 확인한 바이옵니다. 지금 생각해보니 넷째 황자마마께서 지방에 내려가서 그렇게 할 수밖에 없었던 사정이 바로 여기에 있었던 것 같사옵니다. 차마 이 사실을 미리 폐하께 말씀 올리지 못하고 안휘성으로 내려갔던 것 같사옵니다!”

“자네 말을 들어보니 대단히 심각한 것 같군. 도대체 얼마나 남아 있기에 그러는가?”

강희가 다소 긴장한 표정을 지은 채 물었다. 그러자 장정옥이 무겁게 머리를 조아리면서 대답했다.

“소인이 직접 조사해본 바로는…… 최악이옵니다!”

“뜸들이지 말고 어서 말해! 도대체 얼마나 남아 있는 거야!”

“천만 냥도 남지 않았사옵니다…….”

“천만 냥?”

순간 강희는 갑자기 의자에 털썩 주저앉고 말았다. 어지럼증이 심해지면서 두 다리에 힘이 풀려버린 것이다. 얼굴도 하얗게 질렸다. 그는 몇몇 관리들이 돈을 빌려간다는 사실은 이미 알고 있었다. 그러나 국고가 바닥을 드러낼 정도인 줄은 감히 상상조차 하지 못했다. 강희는 실성한 사람처럼 맥을 놓고 앉아 있다 한참 후에야 깊은 한숨과 함께 입을 열었다.

“저것도 태자라고 믿고 조정의 살림을 맡겼더니……. 완전히 도둑고양이한테 생선가게를 맡긴 것과 전혀 다를 바가 없군. 이 지경이 됐는데도 짐을 속이고 있다니!"

"넷째 황자마마의 상주문은 바로 이런 현상을 표적으로 삼았던 것 같사옵니다. 그러나 근본적으로는 누가 돈을 얼마나 빌려갔느냐가 중요한 것이 아니옵니다. 관리들의 기강이 문란하다는 것이 더 문제이옵니다. 이 문제는 절대 소홀히 해서는 아니 되옵니다! 소인 생각에는 복잡다단한 이치는 쉽게 풀어나갈 수 있사옵니다. 우선 국고를 동나게 한 장본인들을 색출해 내는 것이옵니다. 그런 다음 다시 국고를 채워 넣게 하면 되옵니다. 그렇게 하는 것이 바람직할 것 같사옵니다. 나라에 돈이 없다는 것은 바로 집안의 쌀독에 거미줄이 쳐져 있다는 얘기가 아니겠사옵니까. 이 얼마나 심각한 일이옵니까!"

그러자 강희가 갈수록 증폭되는 분노에 마음이 조급해졌는지 머리를 번쩍 쳐들고 외쳤다.

"이덕전, 어디 있는가?"

"예, 폐하! 소인, 대령했사옵니다!"

강희가 부르자마자 부총관태감인 이덕전이 황급히 달려왔다.

"지금 빨리 운송헌韻松軒으로 달려가서 윤잉, 윤진, 윤상에게 호부의 장부를 전면적으로 조사할 준비를 하고 있으라고 전해. 구체적으로 어떻게 착수할 것인지 자기네들끼리 상의하고 결과를 내일 보고하라고 해!"

"예, 폐하!"

"명령을 전하라! 현직 호부 상서인 양청표梁清標는 나이가 많고 허약하기 때문에 퇴직을 권고한다!"

"예, 폐하!"

강희는 그제야 조금씩 안정을 찾아가는 듯한 표정이었다. 그래도 아직 화가 풀리지 않는지 오래도록 생각을 정리하는 것 같았다. 그가 한참 후 다시 입을 열었다.

"자네들의 의견은 사서오경이니 성유니 하면서 한참이나 엇갈렸어. 그러나 그게 결국은 이 나라를 잘 되게 하려고 그런 것이 아니겠나! 짐은 자네들의 의견충돌을 이런 식으로 좋게 생각하기로 했어. 태자 윤잉은 내가 보기에 너무 줏대가 없고 나약한 것 같아. 그러니까 자네들도 너무 비위를 맞춰주려고 노력할 필요는 없어. 그러다가는 집안을 말아먹게 될지도 몰라. 이번 일만 봐도 그렇지 않은가! 집안 살림을 도맡은 곳간지기가 쌀이 있는지 없는지도 모르고 있으니, 이게 말이나 되냐고! 오늘 말이 나왔으니 망정이지 하마터면 큰일날 뻔했잖아!"

강희의 어조는 나름 많이 부드러워져 있었다. 그러나 세 명의 대신은 그 속에 담긴 무게를 모르지 않았다. 동국유와 마제가 황급히 무릎을 꿇으며 머리를 조아렸다.

"예, 폐하! 이번 사건과 관련해서는 소인들도 책임이 많사옵니다. 죄를 물어주신다면 달게 받겠사옵니다!"

장정옥도 입장을 피력했다.

"차용증에 따라 빚을 해결하면 될 것 같기는 하옵니다. 그러나 원래 빚이라는 것은 앉아서 주고, 서서 받는다고 하지 않사옵니까? 결코 생각하는 것만큼 그렇게 쉽지만은 않을 것이옵니다. 소인은 태자전하와 함께 호부에 들어가 이 일에 미력이나마 보태고 싶사옵니다. 윤허해 주시옵소서!"

"누구도 손을 댈 필요 없어. 죽이 되든 밥이 되든 가만히 내버려둬! 자기가 빚은 독주라면 자신이 마셔야 하잖아."

강희가 장정옥의 제의에 준엄하게 거절의 뜻을 표했다. 이어 보충설명을 덧붙였다.

"황자들도 세 살 먹은 코흘리개가 아니야. 하나같이 삼사십 가까운 나이에 접어드는데, 아직도 자기가 저질러 놓은 일에 책임을 못 지면 어떻게 하겠어! 어찌 보면 이런 일이 터진 것이 황자들을 시험하고 단련시키는 계기가 될지도 몰라. 새옹지마塞翁之馬가 될 수도 있지. 자신이 저지른 것을 뒷감당할 재주가 없으면 곤란하다는 사실을 뼈아프게 실감하도록 해야 해. 먼발치에서 지켜보다가 정 인원이 부족한 것 같으면 시세륜 같은 사람을 몇 명 더 붙여주면 돼."

강희의 말이 이어지고 있을 때였다. 명령을 전하러 갔던 이덕전이 돌아와 아뢰었다.

"태자전하께서는 출타 중이셔서 뵙지 못했사옵니다. 넷째 황자마마와 열셋째황자마마께서는 내일 폐하를 알현할 것이라고 했사옵니다."

강희는 이덕전의 말을 듣고도 한참 동안 말이 없었다. 이어 좌중의 사람들에게 그만 나가보라는 손짓을 했다.

동국유 등이 밖으로 나오자 어두운 구름이 서쪽에서부터 천천히 밀려오고 있었다. 장정옥은 자신도 모르게 한숨을 길게 내쉬었다. 그러면서 속으로 생각했다.

'채무를 정리한다는 것이 말처럼 쉽지는 않을 텐데! 태자당은 큰일났어. 게다가 넷째 황자와 열셋째 황자는 또 태자에게 치도곤을 당할 수도 있고. 후유! 일이 너무 힘들군.'

5장

꿈꾸는 황태자

황태자 윤잉은 그 시간 조선朝鮮에서 온 사신使臣인 이중옥李中玉과 함께 아침을 먹고 있었다. 조찬을 마친 다음에는 한참 얘기를 나누었다. 그러다 보니 진시辰時가 다 돼서야 겨우 혼자가 될 수 있었다. 대신들이 올려 보낸 상주문 역시 운송헌으로 돌아와서야 읽어보게 됐다. 그러나 윤잉은 곧 후덥지근하면서도 갑갑한 기분을 느꼈다. 마음도 싱숭생숭했다. 자리를 박차고 일어나 태감인 하주아何柱兒를 거느린 채 호수 근처 버드나무 밑의 낚시터를 찾았다. 이제 33세인 그는 오삼계의 반란이 한창이던 해에 태어난 강희의 둘째 아들이었다. 원래 청나라 조상들의 가법家法에 따르면 태자를 세우지 않는 것이 원칙이었다. 그러나 강희는 인심을 안정시키고 흔들리는 나라의 기반을 확고히 다지기 위해 과감하게 파격적인 조치를 취했다. 그를 선뜻 황태자로 책봉한 것이다. 그의 생모인 황후 혁사리씨는 조정의 대신이었던 색액도索額圖의 조카로, 육궁의 살림을 도맡아 해오면서 깔끔하고 세련된 살림 솜씨를 인정받은 바 있었다. 유년 시절에는 강희와 죽마고우의 정을 나누기도 했다. 때문에 매일 함께하지는 않았어도 두 사람은 남다른 정을 느꼈다. 혁사리씨는 특히 황궁을 노린 주삼태자가 태감들을 매수해 난을 일으켰을 때 적지 않은 활약을 한 것으로 유명했다. 만삭이 된 몸으로 현장에 나와 강희를 보호하기 위해 몸을 사리지 않고 뛴 것이다. 이로 인해 그녀는 난산을 하게 되었고, 급기야 목숨까지 잃었다. 강희는 그런 가슴 아픈 사연이 있었던 탓에 혁사리씨가 남기고 간 자신의 혈육인 윤잉을 유난히 애지중지했다. 심지어 주위에서 과잉보호라는 생각을 할 정도로 가슴에 품어왔다. 태자 윤잉 역시 처음에는 괜찮았다. 무엇보다 고분고분 말을 잘 들었다. 독서나 무예 연습에도 열심이었다. 그 탓에 그는 유년기나 청소년기 때는 엄마 없는 설움이라는 것을 몰랐다. 강희의 사랑을 독차지하다시피 하면서 건실하게 자라는 것만이 그가 할 수 있는 일이었다.

그러나 이런 부자의 관계는 윤잉이 30세 되던 해에 금이 가고 말았다. 원인은 태자의 오른팔 역할을 하던 색액도가 결정적으로 제공했다. 태자의 입김에 불려 다니다시피 한 할아버지뻘의 그가 결코 용납할 수 없는 사고를 저지르고 만 것이다. 사실 색액도도 보통 사람은 아니었다. 무엇보다 강희의 집권 초기에 오배鰲拜의 세력을 타파하는 과정에서 불멸의 공훈을 세웠다. 또 아버지 색니索尼 때부터 청나라의 공훈 가족으로서 나라의 기틀을 세우는 데 크게 기여도 했다. 그러나 그는 늘그막에 병부상서인 경액耿額과 비밀리에 결탁해 정말 경악스러운 일을 저질렀다. 강희가 북경을 비운 틈을 이용해 정변을 일으키고자 한 것이다. 그런 다음 예전에 강희가 그랬던 것처럼 윤잉이 선황先皇의 '영전'靈前에서 즉위식을 올릴 수 있도록 하려고 계획했다. 하지만 이 엄청나고 음흉한 음모는 눈치에 관한 한 예리하기 그지없는 강희에 의해 바로 들통이 나고 말았다. 그는 즉각 병부상서 경액을 극형에 처했다. 또한 색액도도 체포해 감금했다. 물론 강희는 이 사건과 관련해 윤잉을 처벌하거나 대놓고 심한 말을 하지는 않았다. 그러나 평소 윤잉에게 적대감을 품고 있던 장황자長皇子 윤제胤禔를 비롯한 여덟째 황자 윤사, 아홉째 황자 윤당, 열째 황자 윤아는 이미 강희의 윤잉에 대한 경계의 마음을 충분히 읽을 수 있었다. 당연히 태자의 지위가 흔들리는 틈을 이용해 서로 열심히 주판알을 튕겼다. 윤잉 역시 그들의 움직임을 모를 리가 없었다. 하지만 처지가 처지인 만큼 대놓고 경계심을 보일 수는 없었다. 짐짓 모르는 척하고 있어야 했다.

윤잉은 무심히 수면 위의 낚시찌를 바라보고 있었다. 태감들이 호수에 물고기를 많이 사다 넣어 열심히 키우고 있었기 때문일까. 그는 금세 열 마리 정도의 물고기를 낚았다. 그러나 살생을 하지 않는 윤잉은 낚아 올린 물고기를 잠시 매만지기만 했다. 그리고는 바로 물속으로 돌려보내 줬다. 그가 물고기야 잡히든 말든 낚싯대를 드리워 놓은 채 딴 생각에 잠겨 있을 무렵 하주아가 마치 큰일이라도 난 것처럼 소리를 질렀다.

"태자전하! 곧 큰비가 내릴 것 같습니다. 어서 돌아가시지요!"

"그래?"

그러나 윤잉은 하늘을 쳐다보고는 대수롭지 않다는 표정을 지었다.

"사내가 호들갑을 떨기는! 비가 내리려면 아직 멀었어!"

그럼에도 하주아는 발을 동동 구르면서 안달했다.

"여름 소나기는 예고 없이 퍼붓지 않습니까? 비를 맞아 감기라도 걸리시면 소인은 바로 쫓겨납니다……."

아니나 다를까, 물비린내를 동반한 바람이 이내 심하게 몰아쳤다. 이어 순식간에 커다란 빗방울이 후드득 후드득 떨어지기 시작했다. 다급해진 윤잉은 낚싯대를 내던지고 머리를 감싸 쥔 채 허겁지겁 비를 피할 곳을 찾기 위해 달려 나오면서 외쳤다.

"하주아, 어서 운송헌에 돌아가 우비를 가져와. 나는 저쪽 어디에 숨어 있을 테니 빗줄기가 가늘어지면 와서 불러!"

윤잉이 말을 마치고는 바로 주위를 둘러봤다. 하지만 아무리 그래도 뿌얀 비안개 속에서 마땅히 비를 피할 만한 곳은 보이지 않았다. 그는 궁여지책으로 가산假山 속의 한 동굴로 뛰어 들어갔다. 순간 어두컴컴한 그곳에서 누군가의 발을 밟아버리고 말았다. 다 죽어가는 비명소리와 함께 젊은 여자의 욕설이 터져 나왔다.

"춘홍春紅이 네 이년! 눈은 살가죽이 모자라서 찢어놓은 줄 아니? 아이고, 발이야!"

"괜찮은가? 내 눈은 살가죽이 모자라서 찢어 놓은 게 맞나 보군."

윤잉이 웃으면서 말했다. 그러자 그를 알아본 여자는 얼굴이 귀밑까지 붉어진 채 황급히 몸을 웅크리고 머리를 조아렸다.

"어머, 어떡해! 태자전하, 죄송합니다. 저는 또 춘홍인 줄 알고……."

"그러면 어떻게 할래?"

"노비 정춘화鄭春華, 태자전하께 심한 욕을 한 죄로 처벌을 달게 받겠습니다!"

윤잉은 평소 성격이 원만하고 화를 잘 안 내는 것으로 유명했다. 정춘화의 자책에도 여전히 웃는 얼굴이었다.

"모르고 한 것은 죄가 아니야! 또 자네가 욕한 사람은 춘홍이니, 나하고 무슨 상관이 있는가? 바닥이 차가울 텐데 어서 일어나게!"

윤잉은 정춘화의 얼굴을 뚫어져라 바라봤다. 그녀는 기껏해야 열여덟 살 정도 돼 보였다. 몸매가 미끈하게 잘 빠졌을 뿐 아니라 곡선미가 뭇 남자들의 혼을 앗아갈 정도로 아름다웠다. 게다가 쑥스러움에 발그레하게 익은 사과처럼 상기된 두 볼에는 춤을 추는 듯한 모양의 보조개가 정말로 인상적이었다. 윤잉은 그만 넋을 잃고 말았다.

정춘화는 뭔가 이상한 느낌이 드는 모양이었다. 불타는 듯한 윤잉의 눈빛을 피하면서 주춤주춤 밖으로 나가려고 했다. 그러자 윤잉이 낚아채듯 그녀의 팔을 잡으면서 다급히 말했다.

"나가지 마! 비를 쫄딱 맞으려고 그래?"

팔을 잡힌 정춘화는 나가지도 못하고 머리를 쳐들 수도 없는 상황에서 어찌할 바를 몰라 했다. 그저 좁다란 벽에 기대어 선 채 머리를 한껏 숙이고 있었다.

"자세히 보니까 작년에 창음각에서 〈봉의정〉鳳儀亭을 공연할 때 자네를 본 기억이 나는 것 같군. 초선貂蟬이라는 여자로 나왔었지. 그때도 참 예쁘다는 생각을 했었는데 말이야. 그 뒤로 한동안 안 보이던데, 어디 갔었는가?"

정춘화가 이마의 땀을 훔치면서 대답했다.

"작년 삼월에 넷째 공주마마를 시중들기 위해 이쪽으로 온 이후로는 쭉 여기에만 있었습니다. 태자전하께서는 육경궁에만 계시고 여기는 자주 안 오셨기 때문에……, 그리고 저희 같은 천한 것들을…… 어찌 기억하시겠습니까?"

정춘화의 숨소리는 점차 가빠지기 시작했다. 가슴 역시 세차게 뛰었다. 아무래도 황태자 윤잉의 뜨거운 시선에 흥분이 되는 모양이었다. 또 쑥스럽기도 한 눈치였다. 어둡고 침침한 비좁은 통로에서 가까이 마주한 두 사람은 누가 뭐라고 해도 청춘 남녀일 수밖에 없었다.

"손이 참 예쁘군."

윤잉이 조금씩 그녀에게 다가갔다. 형언할 수 없는 처녀의 향기가 바람을 타고 간간이 코끝을 간질였을 뿐 아니라 온몸이 짜릿짜릿해지기 시작했던 것이다. 금세라도 불이 타오를 것 같은 그의 눈빛은 급기야 여자의 봉긋한 가슴을 탐욕스럽게 노려보기 시작했다. 정춘화는 조금씩 뒷걸음질을 쳤다. 그러나 눈빛은 점차 대담해졌다. 그러더니 조금 전의 수줍은 모습은 온데간데없이 사라졌다. 갑자기 몸짓에 애교도 흘러 넘쳤다. 윤잉은 자신의 몸에서 성적인 욕구가 주체할 수 없이 분출되는 것을 느꼈다. 독수리가 병아리에게 덮치듯 달려들어 끌어안았다. 정춘화도 흥분을 못 이겨 스스로 자신의 가슴 띠를 풀었다. 이어 둘은 순식간에 하나가 돼 땅바닥에 뒹굴었다. 윤잉은 여자의 알몸을 정신없이 탐닉했다. 이어 거칠게 숨을 몰아쉬었다.

"내일 당장…… 넷째 공주에게 부탁해…… 자네를 데려올 거야. 내 것으로 만들고 싶어……."

두 사람이 구름을 탄 채 두둥실 어디론가 떠다니는 듯한 기분에 사로잡혀 있을 때였다. 갑자기 밖에서 윤잉을 부르는 소리가 들려왔다.

"태자전하! 어디 계십니까?"

하주아의 목소리였다. 우비를 가지고 윤잉을 찾아 나선 모양이었다. 불덩이처럼 달아올라 있던 두 사람은 화들짝 놀랐다. 그럼에도 윤잉은 아쉬운지 정춘화를 껴안은 채 놓아주지 않았다. 그러자 그녀가 교태 가득한 얼굴로 수줍은 미소를 지어 보이고는 살짝 윤잉의 품에서 빠져나왔다.

"얼른 옷 입고 나가 보십시오! 들통이 나는 날에는…… 방법이 없잖아요? 조금 전에 말씀하신 대로 저를 데려가신다면야…… 제 몸은 태자전하께서 요리하시기 나름 아니겠습니까?"

두 사람은 더 이상 긴 얘기를 나눌 새도 없었다. 이미 하주아의 발소리는 가까이 들려오고 있었다.

"이상하네! 태자전하가 이쪽으로 비를 피해 들어오는 것을 봤다던데……. 그 계집애가 거짓말을 하지는 않았을 테고……."

하주아가 계속 중얼거리면서 가산 근처에서 두리번거리는 것 같았다. 윤잉은 더 이상 꿈속을 헤매고 있을 수 없다고 생각했다. 바로 옷을 대충 챙겨 입고 좁다란 동굴을 나섰다. 그런 다음 입구를 몸으로 가리며 꾸짖는 듯한 말투로 소리질렀다.

"누가 들으면 천지개벽이라도 일어난 줄 알겠어. 고래고래 소리를 지르고 다니면서 뭐 하는 거야? 내가 비 맞아 죽기라도 했을까봐 그래?"

하주아는 갑작스런 윤잉의 출현에 깜짝 놀랐다. 더불어 이상한 생각이 들었다. 동굴 입구에 떡 버티고 서 있는 윤잉의 어깨 너머로 그 안을 힐끔힐끔 들여다보기도 했다. 그러자 윤잉이 하주아의 팔을 잡아끌고는 서둘러 걸어갔다.

"미끄러져 넘어지셨나 봅니다, 온몸에 진흙이 가득한 것을 보니! 사정을 모르는 사람들은 괜히…… 소인이 시중을 잘못 들어 그런 줄로 오해하기 십상일 것 같습니다. 방금 넷째 황자마마와 열셋째 황자마마께서 이덕전으로부터 폐하의 명을 전달받고 오시는 길이라고 합니다. 폐하께 지의旨意를 전달받은 모양입니다. 어서 태자전하께 말씀드리라고 하셨습니다."

하주아가 눈을 가늘게 뜬 채 윤잉의 표정을 살피고는 조심스러운 웃음을 지었다.

윤잉은 한숨을 돌리고 나서야 비로소 자신의 차림새를 살펴봤다. 완전히 몰골이 말이 아니었다. 꼴불견이라고 해도 좋았다. 우선 단추 구멍이 서로 맞물리지 않아 상의가 건뜻 들려 있었다. 또 온몸이 흙으로 도배한 듯 골고루 진흙이 묻어 있었다. 심지어 내의까지 비죽 겉으로 드러나 있었다. 아무리 둔한 사람이라도 의심을 할 수밖에 없었다. 윤잉은 어쨌거나 빤한 거짓말을 억지로 둘러대면서 운송헌으로 돌아왔다. 미리 와서 기다리고 있던 윤진과 윤상의 눈이 휘둥그레졌다. 윤잉이 먼저 입을 열었다.

"들어가서 옷부터 갈아입고 나올게."

윤잉이 곧 옷을 갈아입고 나왔다. 그러자 윤진과 윤상이 남쪽으로 돌아서서는 강희의 지의를 정중하게 전했다. 윤잉이 일궤삼고一跪三叩를 올리며 대답했다.

"지의에 따르겠사옵니다."

윤잉이 말을 마치고는 두 아우와 함께 자리에 앉았다. 이어 차를 한 모금 마시고는 비가 그친 창밖을 바라보면서 다시 입을 열었다.

"열셋째, 빌려준 돈을 받는다는 것은 결코 쉬운 일이 아니야. 빌릴 때는 손이 발이 되게 빌어놓고는 빚을 받으러 가면 이를 갈면서 미워하는 법이지. 힘만 들고 생색이라곤 나지 않는 일을 자네가 이번에 맡게 된 것이 내 입장에서는 기분이 조금 그렇구나. 사실 재작년인가 폐하께서 열넷째를 시켜 호부의 장부를 조사하게 하려고 한 적이 있었어. 그러자 여덟째와 아홉째가 고북구의 군사 문제를 황급히 정돈해야 한다는 구실을 만들어 열넷째를 빼돌렸었지. 어때? 이 형이 멀리 서녕西寧으로 보내줄까?"

그러자 윤진이 웃으면서 말했다.

"여덟째는 집구석이야 어떻게 돌아가든 자기만 무사하면 된다고 생각하는 사람이니 사람들한테 미운털 박히기를 싫어할 수밖에요! 그러나 형님은 집안 살림을 도맡아 해온 입장에서 책임을 회피할 수 없게 돼 있잖아요! 그런데 저희들이 어떻게 나 몰라라 할 수 있겠어요? 발 벗고 나서서 형님을 도와드려야죠!"

윤상도 윤진의 말에 동조한다는 듯 눈을 깜빡거리면서 태자를 바라봤다.

"태자 형님이 저를 생각하는 마음을 제가 모를 리가 있겠어요? 넷째 형님 말대로 우리는 한 줄에 엮여 있는 처지예요. 생사고락을 같이 할 수밖에 없어요. 입술이 없으면 이가 시리다고 했습니다. 우리는 무슨 일이 있더라도 한데 뭉쳐야 해요. 태자 형님과 넷째 형님이 든든한 뒷심이 돼주신다면 저는 용감한 돌격대가 될 수 있어요!"

윤상이 말을 마치자마자 맑게 웃어 보였다. 윤잉은 언제나 한마음으로 자신을 걱정하는 두 동생의 마음 씀씀이에 사뭇 기분이 좋아졌는지 고마움을 표했다.

"기특하구나! 나도 가능한 한 도움을 주도록 노력할게. 내일 병부에 긴급서찰을 보내 시세륜을 데려오라는 명령을 내릴 거야. 넷째 네가 천거해서 육경궁으로 보내준 주천보朱天保와 진가유陳嘉猷는 젊은 나이임에도 불구하고 배짱이 두둑해. 게다가 매사에 아주 담대해. 그런 것들은 성발 인상적이라고 할 수 있어. 또 스승님께서도 너의 안목을 칭찬하셨어! 이번에 이 둘을 열셋째 너한테 붙여줄까?"

윤상은 윤잉의 부드럽고 자상한 말투에 가슴이 훈훈해졌다. 그러자 윤진이 이맛살을 살짝 찌푸렸다. 그는 주천보와 진가유가 여러 번 술좌석에서 귀에 거슬리는 직언을 한 탓에 태자와의 관계가 그리 매끄럽지 못하다는 사실을 알고 있었던 것이다. 그가 급기야 그답지 않게 서둘러 입을 열었다.

"주천보가 지나치게 고집스럽다는 얘기를 들은 적이 있어요. 또 윤상도 성격이 만만치 않습니다. 둘을 붙여 놓으면 티격태격하지 않을까요?"

윤진의 말에 태자가 웃으면서 말했다.

"그럴지도 모르지. 그러나 나는 주천보를 한번 키워보고 싶어. 경력을 조금 더 쌓게 해야 나중에 폐하께 천거할 명분이 생길 것 아닌가!"

윤상이 윤잉과 윤진의 대화를 말없이 듣고 있다 얼굴에 웃음을 흘렸다.

"넷째 형님도 참! 저도 주천보와 진가유 두 사람은 알아요. 시세륜도 알고요. 걱정하지 마세요, 잘 지낼 거예요!"

"바로 그 말이 듣고 싶었어! 나는 형제들 중에서도 윤상이와 그 아래 동생이 제일 사내다운 것 같다는 생각이 들어! 넷째 자네는 성숙하고 노련하긴 한데 조금 용기가 부족하지 않나 싶어!"

윤잉이 밝게 웃으면서 말했다. 사실 형제가 많으면 별의별 성격이 다 있게 마련이다. 또 인간성 역시 다양할 수밖에 없다. 강희의 아들들도 그랬다. 특히 태자의 입장에서 볼 때는 더욱 그렇다고 할 수 있었다. 심지어 겉으로는 간이고 쓸개고 다 빼줄 것 같이 다정하게 굴면서도 은근히 태자 자리를 넘보는 형제들이 있었다. 이를테면 만이와 아홉째, 열째, 열넷째 등이 대표적이라고 할 수 있었다. 모두 그들 나름대로의 거대한 포부를 가진 채 여덟째와 죽이 맞아 돌아갔다.

반면 셋째는 어느 쪽에도 기울어지지 않았다. 그저 부황의 후원을 등에 업은 채 대유大儒들을 거느리고 책을 편찬하는 데에만 전념했다. 때문에 윤잉의 입장에서는 그 많은 형제들 중에서 유독 넷째와 열셋째만이 비뚤어진 야심 없이 자신을 진심으로 대한다고 생각하고 있었다. 그 점에서는 강희 역시 비슷했다. 태자를 보좌할 수 있는 사람은 윤진과 윤상 둘밖에 없다고 생각했다. 이처럼 윤잉은 넷째와 열셋째의 충심에 대해서는 추호도 의심하지 않았다. 주천보와 진가유를 윤상에게 붙여주려고 한 것도 다 그 때문이었다. 그가 국고 문제를 멋들어지게 처리하도록 함으로써 은근히 자신을 깔보는 여덟째의 기를 꺾어버리겠다는 생각을 한 것이다.

세 형제가 열심히 더 얘기를 나누고 있을 때였다. 하주아가 당일 올라온 상주문을 한아름 안고 들어왔다. 그러자 윤잉이 상주문을 한쪽으로 밀어놓으면서 윤진에게 물었다.

"여덟째가 어제 저녁에 자네들 마중을 나갔었다면서?"

"태자 형님은 역시 귀신이네요! 저희가 북경에 도착하자마자 찾아왔더라고요. 약삭빠르기로는 하여튼 따라갈 사람이 없어요!"

이어 윤진은 윤사를 만난 자초지종을 윤잉에게 들려줬다. 귀 기울여 윤진의 말을 열심히 듣다 말고 윤잉이 물었다.

"자네 생각에는 방포를 어떻게 처리하는 것이 좋을 것 같은가?"

"글쎄요. 폐하께서 어떻게 풀어나가실지 모르겠네요. 상황을 봐서 서두르지 말고 침착하게 처리해야 할 것 같네요."

"그래! 그게 낫겠어!"

윤잉이 윤진의 말에 맞장구를 쳤다. 이어 하주아가 들여보낸 문서에 힐끔 눈길을 줬다. 내무부에서 선발해 올려 보낸 궁녀들의 명단이 눈에 보였다. 맨 앞에는 '정춘화'라는 이름도 적혀 있었다. 순간 윤잉의 가슴이 세차게 방망이질을 쳤다. 그는 점점 가빠오는 숨을 억지로 고르면서 두서없이 입을 열었다.

"있잖아……. 폐하께서는 방포의 사건을……, 대명세를 너무 심하게 다뤘다고 생각하시는 것 같아. 셋째가 방포를 보호하려는 움직임이 보이자 여덟째가 발 빠르게 뛰어다니는 것 같아. 자네도 방포를 끌어당길 생각이 있으면 선수를 치라고. 그렇게 할 생각이 없다면……. 음, 그래 알았어!"

윤잉은 매사에 수동적이고 나약한 것이 흠이기는 했으나 말을 할 때는 항상 조리가 있었다. 그런 그가 갑자기 앞뒤 조리가 없는 말을 두서없이 내뱉었다. 게다가 당황했는지 우왕좌왕하는 모습까지 보였다. 윤진과 윤상은 무슨 영문인지 몰라 어리둥절했다.

윤잉이 동생 둘의 표정을 읽고 아차 싶었는지 다시 정신을 가다듬고 말을 이었다.

"여보게, 넷째! 누가 뭐라고 해도 방포는 인재야. 자신을 구해준 은혜를 나 몰라라 할 사람이 아니라고. 그러니 여덟째가 나서기 전에 자네가 셋째하고 손을 잡고 먼저 방포에게 접근하는 것이 좋을 것 같아. 방포를 보호하겠다는 여덟째의 정식 요청 서류가 올라오면 내가 며칠 동안 눌러놓고 있을게!"

"여덟째의 머리는 참 비상하기 이를 데 없네요! 근래에 그 친구가 온갖 명분을 내세워 보호해준 사람만 해도 얼마나 되는지 몰라요! 강희 사십이 년에 색액도의 사건에 연루된 북경의 관리들 백사십일 명 가운데에서 쓸 만하다 싶은 구십여 명을 골라 이리 뛰고 저리 뛰고 하면서 보호해줬잖아요. 또 순천부에서 뇌물수수 사건이 터졌을 때도 무슨 수를 썼는지 서른 명이나 빼돌렸더라고요! 자기가 아무리 교묘하게 한다고 해도 누가 그 꿍꿍이속을 모를 것 같아요? 폐하께서 웬만하면 일을 크게 만들기를 원치 않으신다는 점을 악용한 거라고요!"

윤진이 냉정하게 말했다. 그러자 윤상이 얼굴에 웃음을 머금은 채 동조하고 나섰다.

"여덟째 형은 평소 파벌을 만들어서는 안 된다고 말하곤 했어요. 당을 마구 난립시켜서도 안 된다면서 입에 거품을 물었죠. 호소했다는 표현도 나쁘지 않을 것 같군요. 아니 두 눈을 붉히면서 감시했다고 하는 게 맞아요. 그런데 자기는 더 크게 해먹는군요! 몰래몰래 술 사주고 용돈을 찔러 넣어줘야만 당파를 만드는 건가요? 인생 끝났다고 한탄하는 사람들을 이런 식으로 거둬주면 그들은 그야말로 결초보은을 다짐할 것이 아니에요! 이번에 제가 호부의 장부를 조사하겠다고 나서면 또 사건에 연루된 자기 사람을 건져내느라 안간힘을 쓸 것이 뻔해요. 그때 가면 저도 형제고 뭐고 인정사정 보지 않을 거예요. 그러나 태자 형님은 걱정하지 마세요. 형님의 체면이 구겨지는 짓은 하지 않을 거니까요!"

윤잉은 두 아우의 말에 갈수록 머리가 복잡해졌다. 그게 답답했는지 곧 자리에서 일어나 한동안 방 안을 서성거렸다. 그러다 드디어 입을 열었다.

"자네들에게 누차 강조했듯 여덟째를 너무 나쁜 쪽으로만 생각하지는 마. 용도 새끼를 아홉 마리 낳으면 저마다 다 다르다고 하지 않는가. 더구나 우리는 인간이 아닌가. 이 많은 형제들에게 어찌 성격이 하나같이 똑같기를 강요하겠어? 아량이 넓고 배포가 큰 장점은 자네 둘 다 여덟째에게 배워야 해. 여덟째가 사람을 주워 심으면 나도 내 사람을 더 많이, 더 건실하게 꽂아 넣으면 되지 않겠는가!"

윤진이 태자의 말에 묵묵히 머리를 끄덕였다. 그러다 바로 한숨을 내쉬었다.

"맞는 말씀이기는 한데, 타고난 천성 때문인지 성격이 그리 쉽게 고쳐지지가 않네요. 저는 여덟째가 장덕명張德明을 불러 점을 본 것이 수상쩍어요. 황자면 그 위에 태자 형님이 있지 않습니까. 또 폐하께서도 계시죠. 그런데 더 이상 뭘 바랄 것이 있다고 점을 봐요? 현실에 복종하지 않고 계속 치고 올라가고 싶다는 뜻으로밖에 풀이가 되지 않잖아요! 흥! 머릿속은 온통 나쁜 생각으로 가득 차 있으면서 독실한 불교 신자라는 사실을 앞세운 채 매일 아미타불이나 중얼대면 누가 죄를 용서해 주나?"

"장덕명이라니요? 뭐 하는 사람이에요?"

윤상이 처음 들어보는 소리에 몹시 궁금해하면서 물었다. 윤잉 역시 궁금하긴 마찬가지였다. 또 밖으로 나돌면서도 북경에 앉아 있는 자신보다 주변 정보에 더 빠른 윤진에게 처음으로 불안감을 느꼈다.

"자네는 당연히 모를 테지. 태자 형님도 높은 자리에 계시면서 바쁘게 활동하시다 보면 못 들으셨을 수도 있어요. 제가 듣고도 말씀드리지 않으면 신하의 도리가 아니죠."

윤진이 당연하다는 듯 말했다. 그가 입에 올린 장덕명은 조정의 관리는 아니었다. 바람 따라 구름 따라 강호를 떠도는 이른바 별종 도사였다. 별종답게 큰소리도 적지 않게 치고 다녔다. 3년 전 북경에 와서는 자신이 원나라 장삼풍張三豊(무당파武當派의 시조)의 사제師弟로, 사천성 아미산峨眉山에서 수행을 한 지 300년이 넘었다는 허풍을 떨기도 했다. 그가 덧붙였다.

"호부의 원외랑員外郎인 아령아阿靈阿가 도술이 대단하다면서 장덕명을 소개시켜 줬어요."

그러자 윤상이 호기심이 발동한 듯 바싹 다가앉으면서 말했다.

"저도 한번 만나보고 싶네요! 그런데 아령아는 원래 여덟째 밑에 있었잖아요. 넷째 형님을 섬기고 싶어 했는데, 형님이 거들떠보지도 않으니까 호부로 간 것 아닌가요?"

"그렇지. 아령아의 품행이나 학식은 그런대로 괜찮은 편이야. 그런데 너무 관직에 연연하기 때문에 내가 멀리 했던 거지. 장덕명을 소개받기는 했으나 나는 점 같은 것은 보지 않아. 황자들이 사람을 마구 만나고 다녀서는 안 된다고 누차 폐하께서 지의를 내리신 데다 나 역시 현재의 모든 것에 만족하는 편인데 공연히 점까지 볼 필요가 있겠어?"

윤진이 별것 아니라는 듯 대답했다. 윤잉이 두 아우의 말을 들으면서 창밖으로 시선을 돌렸다. 그리고는 한참을 있더니 고개를 놀리면서 한숨을 내쉬었다.

"아우의 머리가 비상하기는 하나 조금 편파적인 약점이 있는 것 같아. 인재라는 것은 어떤 정해진 틀에 맞춰 찍어내면 안 된다고 봐. 어떤 분야에서 최고임을 인정받은 사람은 다 인재야. 뭘 하는 사람이냐는 전혀 중요하지 않지. 다음부터 장덕명과 같은 사람을 추천받으면 절대로 거절하지 마. 우리가 밀어내면 소인배들이 받아들여 사악한 쪽으로 써먹게 되지 않겠나!"

말을 마친 윤잉이 자리에서 일어나면서 덧붙였다.

"점심때가 다 됐구먼. 여기에서 점심을 먹고 가는 것이 어떤가?"

그러나 윤진과 윤상 두 사람은 윤잉의 호의를 정중하게 사양했다. 그리고는 바로 밖으로 나왔다.

6장

국고國庫를 채워라

윤상은 완전히 거덜이 난 국고를 채우라는 엄명이 떨어진 이튿날, 팔을 걷어붙이고는 주천보, 진가유와 함께 짐을 싸들고 호부로 들어갔다. 호부의 관리들을 모아놓고 자신이 호부에 둥지를 틀게 된 이유를 설명했다. 그런 다음 전임 호부 상서였던 양청표의 환송 잔치를 열어 섭섭하지 않게 해주어 떠나보냈다. 그는 이어 신임 호부 시랑인 시세륜이 아직 도착하지 않았기 때문에 자신이 잠시 호부의 업무를 대신하겠노라는 입장을 밝혔다. 출근 시간이 들쭉날쭉하는 관리들에게 오전 여섯 시 정각에는 반드시 아문에 도착할 것을 당부하는 등의 지시도 내렸다. 그런 다음 점심은 일률적으로 아문에서 해결해야 할 뿐만 아니라 저녁 당직을 서는 관리들은 무슨 일이 있더라도 자리를 지켜달라는 명령도 하달했다. 그게 끝이 아니었다. 지방에서 올라온 문서와 황제에게 전달해야 하는 상주문은 바로바로 윤상 자신에게 올려 보낸 다음 그날을 넘기는 일이 없도록 하라고 못을 박았다. 모든 조치들이 내려지자 그는 전임 호부 상서였던 양청표가 쓰던 서재로 자리를 옮겼다. 쉬는 시간도 없이 그 즉시 열심히 일에 매달렸다. 해이한 것은 기본이고, 축 늘어질 대로 늘어나 긴장이라는 것이 도대체 뭔지도 모르던 호부의 관리들은 그가 이삼일 동안 불이 번쩍나게 닦달하면서 정리정돈을 하자 서서히 달라지기 시작했다. 무엇보다 일을 대하는 자세가 그랬다.

윤상 역시 그로부터 8, 9일 지나자 완전히 호부의 업무에 감을 잡기 시작했다. 바로바로 태자에게 보고를 올리는 것 역시 잊지 않았다. 또 태자와 윤진, 그리고 여러 상서방 대신들에게 조언과 질책도 부탁했다.

윤잉과 윤진은 그의 부탁을 듣자마자 흔쾌히 수락하고는 곧바로 호부로 향했다. 둘은 자신들의 도착을 아뢰러 가는 당직자를 만류하고는 바로 의문儀門을 통해 안으로 들어갔다. 둘의 예상대로 호부의 대청 안팎은 지위 고하의 순서대로 앉거나 서 있는 사람들로 북적거렸다. 그들은 태자와 넷째 황자가 나타나자 일제히 무릎을 꿇은 채 머리를 조아리면서 외쳤다.

"태자전하 천세!"

윤상 역시 황급히 달려나왔다. 이어 두 사람에게 인사를 했다.

"지금 잠깐 뭐 좀 얘기하던 중이었어요. 밖에 당직을 서는 자들이 없었나요? 빨리 아뢰지 않고!"

"아니야, 됐네. 다들 그만 일어나지! 아우, 자네 옆에 나와 넷째 자리 좀 만들어 주게. 그리고 우리는 신경 쓰지 말고 자네 일을 보게!"

윤잉이 희색이 만면한 얼굴로 좌중을 둘러보면서 손을 저었다. 그러자 윤상이 두 형에게 자리를 마련해주고는 조금 전에 했던 말을 이어나갔다.

"여기에 자리한 여러분들은 다 둘째가라면 서러워할 대학자들이니,

내가 구구절절 도리를 설명하는 것은 필요 없다고 할 수 있소. 어떻게 보면 공자 앞에서 문자 쓰는 격이 될지도 모르겠소. 그러나, 다른 것은 몰라도 사람을 죽였으면 그에 상응한 대가를 치러야 하고, 또 빚을 졌으면 갚아야 하는 것은 천고불변의 진리요. 내 말이 구질구질하게 들릴지 모르겠으나 또 한 번 강조하지 않으면 안 되겠소. 어떤 사람은 내가 포악하고 돈에 눈이 어둡다고 말할 수도 있소. 하지만 현실은 나를 이런 쪽으로 몰아가고 있소. 정말 어쩔 수가 없구먼. 하지만 요즘은 좋게 말하면 기어오르려 하는 사람들이 많소. 신사적으로 처리하면 꼭 주먹을 휘두르게 만드는 사람들도 굉장히 많지. 이처럼 도의적으로 해결을 할 수 없다면 세게 나갈 수밖에!"

윤상이 말을 마치고는 날카롭게 번쩍이는 두 눈으로 좌중을 둘러봤다. 그러더니 두 손을 맞잡아 높이 들면서 다시 말을 이었다.

"우리 대청은 폐하께서 수십 년 동안 밤낮없이 심혈을 기울인 결과 지금의 번영과 부흥의 탄탄대로를 걷고 있소. 폐하의 노력이 없었다면 오늘의 대청은 만들어지지 않았을 거라고! 이 사실을 모르는 사람은 아무도 없을 거요. 우리 대청은 지금 마치 하늘을 향해 쭉쭉 뻗어가는 건실한 나무와도 같소. 그런데 파렴치한 버러지들 때문에 뿌리가 병들어가고 있다고. 양식이 있는 사람이라면 싱싱하던 나뭇잎이 누렇게 변해가는 것을 손 놓고 구경만 할 수는 없지 않겠소? 여러분들은 대청이라는 거대한 나무 그늘에서 아쉬운 것 없이 살고 있소. 그러나 나무가 썩어서 쓰러지면 뿔뿔이 흩어져 불난 집의 쥐새끼 신세가 되지 않겠소? 모든 희망이 둥지 속의 새알이 깨어지듯 박살날 것이 아닌가 말이오. 솔직히 나는 애써 이룩해 놓은 강산이 좀먹어 간다고 생각하면 자다가도 벌떡벌떡 일어나게 되오. 걱정이 돼서 자리에 앉아 있지도 못하고 서성이게 돼……."

윤상은 마치 지금의 연설을 하기 위해 몇 날 며칠을 머리를 싸매고 준비한 듯했다. 윤진은 그런 생각을 하자 큰 감동을 받았다.

"그런데 다른 사람들의 뒷조사를 하려면 우리 내부부터 켕기는 것이 없어야 하지 않겠소?"

윤상은 말을 할수록 흥분이 되는 모양이었다. 급기야는 그 흥분을 주체하지 못하고 자리에서 벌떡 일어섰다. 그러더니 다시 강약을 조절해 가며 큰 소리로 말을 이어 나갔다.

"호부아문은 일명 '수부'水部라고도 불리오. 나라의 재정을 총괄하기 때문에 시냇물처럼 깨끗한 부서가 돼야 한다는 백성들의 바람을 반영하는 별칭이 아니겠는가? 그러나 며칠 동안 내가 직접 조사를 해본 결과는 대단히 실망스러웠소. 창피하기 그지없소. 만민의 본보기가 돼야 할 호부의 관리들 중 왕홍서王鴻緒를 제외한 사람들 전부가 국고에서 돈을 빌려갔더군. 이제는 구린내가 풀풀 나는 똥물로 변해 버렸소. 나는 그런 호부가 정말 개탄스럽기 그지없네!"

윤상이 말을 잠깐 멈추고는 천천히 찻잔을 들어 차 한 모금을 마셨다. 이어 주천보에게 지시를 내렸다.

"우리가 이번에 조사한 내역을 지금 당장 불러 봐. 누가 얼마를 빌려갔다는 식으로 말이지. 확인해야 하잖아!"

윤상의 등 뒤에 시립하고 있던 주천보와 진가유는 같은 해 진사 시험에 합격한 사람들이었다. 동시에 육경궁 황자에게 천거된 인연도 있기에 상당히 친할 수밖에 없었다. 그러나 둘은 외관만큼은 완전히 딴판이었다. 우선 진가유는 안면이 날카롭게 각진 것이 무척이나 깐깐해 보였다. 반면 주천보는 여자처럼 부드럽게 생기기는 했으나 입 끝이 약간 치켜 올라가 있는 것이 인상적이었다. 강직한 성격을 대변하는 듯했다. 그는 곧 진가유로부터 무슨 명단인가가 적혀 있는 종잇장을 받아들었다.

그런 다음 목소리를 가다듬으면서 큰 소리로 읽어 내려가기 시작했다.

"시랑 오가모吳佳謨 일만 사천오십 냥, 원외랑 구조범苟祖範 사천이백 냥, 원외랑 우명당尤明堂 일만 팔천 냥, 주사 윤수중尹水中 팔천오백 냥…… . 이렇게 호부 관리들이 빌린 액수는 총 칠십이만 구천 냥이 되겠습니다."

좌중의 사람들은 누구도 윤상이 그토록 노골적으로 모든 것을 까밝힐 줄은 생각조차 못했다. 하나같이 얼굴이 하얗게 질린 채 전전긍긍했다. 그럼에도 그들은 곧 뭔가 불만이 있는지 이곳저곳에서 수군거리기 시작했다. 그 소리는 점점 커져서 마치 벌집을 터뜨려 놓은 것처럼 웅성거렸다.

"어떤가? 이의가 있는 사람은 지금 제기하도록 하게. 나중에 가서 어쩌고저쩌고 해봤자 소용없으니까! 신임 호부 시랑인 시세륜이 도착하기 전까지는 호부의 일인자인 오가모 자네가 먼저 말해보게. 빚을 언제 갚을 건가?"

윤상이 더위를 느낀 듯 윗도리 단추를 거칠게 풀고는 날카로운 시선으로 좌중을 훑어보았다. 그가 지적한 오가모는 호부의 밥을 먹은 시간이 제일 길다고 자부하는 호부의 최고참 관리였다. 당연히 자신의 위에 버티고 있던 양청표가 자의 반 타의 반 사직한 것을 제일 좋아한 사람이었다. 관례대로라면 자신이 그 빈자리를 메우게 될 것이 틀림없었으니까. 하지만 기대와는 달리 오랫동안의 관습은 윤상의 한마디로 바로 깨져버렸다. 그로서는 외부에서 사람을 데려온다는 말이 귀에 거슬릴 수밖에 없었다. 윤상이 자신부터 칼을 대려고 한다는 사실을 직감하자 안 그래도 화가 목구멍까지 차 있던 그는 바로 자리에서 일어나 읍을 하면서 퉁명스럽게 대답했다.

"갚지 못한다는 말은 하지 않겠습니다! 다만 저에게는 다 모으면 몇백 명은 족히 될 가족들이 있습니다. 열셋째 황자마마께서는 제가 낡은 암자라도 마련해 그들을 옮겨놓고 가산을 정리할 때까지만 조금 봐 주셨으면 합니다!"

"오가모! 방귀 뀐 사람이 성낸다더니, 뭘 그리 툴툴대는가? 척 보니까 열셋째 황자가 자네 체면을 그나마 살려주려고 먼저 행동을 보이도록 주문한 것 같은데! 그렇다고 해서 당장 집안이 쫄딱 망하고 거리에 나앉을 것처럼 불쌍하게 말할 것은 없지 않은가? 나는 자네 가문이 꽤나 탄탄한 경제력을 자랑하는 것으로 알고 있는데 말이야. 다른 것은 제쳐두고라도 과수원 쪽에 있는 건물만 팔아도 이만 냥은 나오지 않겠나! 이만 냥에 그것을 팔겠는가, 팔지 않겠는가? 판다면 내가 살 의향도 있네."

윤진이 오가모의 표정을 지켜보다 못해 나서더니 차갑게 내뱉었다. 호부의 늑대에 해당하는 그를 손아귀에 넣지 못하는 날에는 호부 내부를 청소하는 계획이 무산될 위험이 크다는 판단을 내렸던 것이다. 그러자 오가모가 질세라 바로 대꾸를 했다.

"넷째 황자마마, 이런 식으로 빚 독촉을 하는 것은 금시초문입니다. 제가 그래도 책을 세 수레 가까이나 읽은 선비 아닙니까! 지금 이런 말씀이 저의 체면을 살려주는 거라고요?"

그러자 윤진이 매서운 눈빛으로 오가모를 노려보았다.

"빨리 빚을 갚고 두 다리 쭉 뻗고 자라는데 무슨 불만이 있다고 그러는 거야? 윗물이 맑아야 아랫물이 맑은 법이야. 자기 집구석 하나 단속도 못하면서 어떻게 남에게 이래라 저래라 지시할 수 있겠어? 국고가 거덜이 났단 말이야. 정신 차려, 이 사람아!"

"알아듣도록 얘기했으니, 넷째 형님은 가만히 계셔도 돼요!"

윤상이 단호한 어조로 윤진을 달래듯 말했다. 이어 화를 내기는커녕 실실 웃으면서 오가모를 향해 다시 입을 열었다.

"자네가 땅을 팔든 집을 팔든 내가 관여할 바는 아니야. 내가 관심을 갖는 것은 오로지 돈을 언제 갚겠냐 하는 것뿐이야. 여러 사람들 앞에서 속 시원하게 얘기를 한번 해봐! 언제까지 기다려줄까?"

"열셋째 황자마마, 대단히 죄송합니다. 저는 갚을 능력이 없습니다!"

"그래? 좋아!"

윤상은 오가모의 대답을 예견이라도 했는지 안색이 조금도 흐트러지지 않았다. 이어 단호하게 외쳤다.

"여봐라!"

"예!"

윤진이 특별히 엄선해 보내준 시위들이 우렁찬 대답과 함께 바람처럼 달려와 대기했다. 윤상이 눈으로는 여전히 오가모를 쳐다보면서 시위들에게 말했다.

"돈이 없다고 하네? 그래서 빚을 못 갚겠다고 하는군! 그런데 어쩌지? 나는 천성이 사람을 못 믿는 고약한 버릇이 있는 사람이야. 그래서 내 눈으로 똑똑히 조사해봐야 직성이 풀리겠어. 진가유, 자네가 여기 네 사람과 순천부에서 몇 명을 더 데리고 오가모의 집으로 가도록 해. 다만 아무리 빚쟁이라도 너무 비정하게 해서는 안 돼. 그러니까 살만한 집만 한 채 남겨두고 나머지는 전부 가격을 매겨 올려 보내. 절대로 무례하게 굴어서는 안 돼! 알겠는가?"

"예, 잘 알겠습니다!"

시위들이 기다렸다는 듯 우렁차게 대답하고는 뒤돌아서 나갔다. 대청 안에는 이내 쥐 죽은 듯한 침묵이 감돌았다. 좌중의 사람들은 저마다 얼굴이 창백하게 질린 채 숨조차 쉬지 못하고 고개를 떨구었다. 윤상이 좌중을 조용히 훑어보면서 차분한 목소리로 물었다.

"또 못 갚겠다고 할 사람 있으면 나와 봐."

호부의 관리들은 윤상의 말에 꿀 먹은 벙어리처럼 말을 하지 못했다. 그러면서도 실성한 듯 후줄근하게 땀에 젖은 채 어깻죽지를 축 늘어뜨리고 있는 오가모와 감히 범접 못할 기세를 풍기는 윤상을 힐끔힐끔 번갈아 보며 눈치를 보았다. 그러자 윤상은 별의별 표정과 반응을 다 보이는 관리들은 아랑곳하지 않고 더욱 당당한 모습으로 목소리에 힘을 줬다.

"나는 남의 물건에 눈독을 들이고 자기 주머니에 넣지 못해 안달하는 사람들을 절대 봐주지 못하는 성격이야. 여러분에게는 참 안 됐으나 나는 내 손이 뻗을 수 있는 데까지는 끝까지 간섭하고 다닐 거야. 그렇다고 여러분을 녹봉에만 매달려 아등바등하는 그런 궁색한 경지로 내몰고 싶은 생각은 없어. 조정의 뜻도 그래. 국고만 제때에 채워 넣어준다면 지방관들의 인사치레 정도는 받을 수 있도록 눈감아줄 의향이 있네. 물론 정도가 지나쳐 뇌물 수준까지 가면 안 되겠지. 위험 수위에만 다다르지 않으면 봐줄 수 있다는 얘기야!"

"가을 추수가 끝나는 대로 빚진 사천 냥을 꼭 갚겠습니다."

마침내 누군가가 입을 열었다. 그러자 곧이어 오가모 옆에 앉아 있던 구조범이 몇 가닥 남지 않은 머리카락을 쓸어 넘기면서 한숨을 섞어 말했다.

"빚을 졌으니 갚아야죠. 내일 집에 연락해 천진天津에 있는 가게를 정리하도록 하겠습니다. 보름 정도 뒤면 갚을 수 있을 것 같습니다."

구조범의 말이 끝나기 무섭게 좌중의 사람들이 여기저기에서 경쟁적으로 한마디씩 했다. 별장을 처분하겠다는 사람이 있는가 하면 집을 팔겠다고 하는 사람도 있었다. 저마다 떠밀리듯 눈치를 보면서 겨우 나서는 듯해 보였으나 아무려나 짧은 시간 동안 거의 대부분이 철석같이 약속을 했다. 그러나 처음부터 끝까지 고집스럽게 입을 다물고 있는 사람도 있었다. 바로 우명당이라는 사람이었다. 급기야 윤상이 얼굴을 일그러뜨린 채 땅바닥만 뚫어져라 쳐다보고 있는 우명당을 향해 입을 열었다.

"자네는 좋고 있는가?"

"허리띠를 졸라 매면 빚을 갚지 못할 사람이 어디에 있겠습니까? 돈을 빌릴 때부터 어렵고 힘들어서 빌린 것은 아닙니다! 공정하게만 처리해주신다면 저는 불만이 없습니다."

우명당이 용감하게도 인상을 험악하게 구기면서 말했다. 그러자 윤상이 껄껄 웃으면서 말을 받았다.

"듣고 보니 이상하군! 어렵지도 않은데 돈은 왜 빌린 거야? 왕홍서처럼 뒤끝 깨끗하게 살면 되지 않는가! 또 내가 차용증에 적힌 금액대로 빚을 받는데, 공정하지 못할 것이 뭐가 있다는 말인가?"

윤상의 말에 좌중 사람들의 시선은 약속이라도 한 듯 일제히 입을 다물고 있는 왕홍서에게 쏠렸다. 우명당이 조소어린 어조로 말했다.

"제가 어찌 학명鶴鳴(왕홍서의 별칭)과 비교할 수 있겠습니까? 학명이야 지방으로 한 번만 내려갔다 오면 문생들이 적어도 몇 만 냥씩 주머니에 채워주는 충성을 보입니다. 그러니 돈줄이 마를 새가 없죠! 솔직히 제가 통 이해할 수 없는 것은 돈 좀 빌렸다고 왜 이렇게까지 닦달을 하느냐 하는 것입니다. 갚지 않겠다는 것도 아닌데 말입니다. 더구나 공공연한 뇌물수수는 눈을 감아 주는 경우도 있지 않습니까!"

"그러게 말입니다!"

"나도 돈을 가져다 바치는 문생들이 많으면 돈을 빌리라고 해도 빌리지 않을 겁니다!"

좌중의 어딘가에서 두 사람이 맞장구를 쳤다. 그러자 잠자코 있던 왕홍서가 몸을 뒤로 젖히면서 냉소를 흘렸다.

"내가 뇌물을 받아 챙겼다고 아우성을 치는데, 증거가 있으면 내놓아들 보세요! 왜요? 내가 우습게 보입니까? 입을 다물고 있으니까 할 말이 없어서 그런 줄 아는 모양인데, 내가 이참에 뇌물을 받은 호부의 관리들 명단을 모조리 공개해버릴까요? 나는 그래도 사람답게 살려고 하는데, 여러분들이 그렇게 못하도록 만들면 나더러 어떻게 하란 말입니까?"

왕홍서는 매부리코만 아니라면 얼굴의 모든 것이 남자답게 잘 생긴 사람이었다. 어떻게 보면 나약하게 보일 만도 했다. 하지만 그는 그렇지 않았다. 주위의 웬만한 공격에는 눈 하나 깜빡하지 않는 강단으로 유명했다. 또 머리 회전 역시 대단히 빨랐다. "천상에 머리 아홉 개 달린 구두조九頭鳥가 있다면 지상에는 호광湖廣 사람이 있다"는 말은 그라는 사람을 보면 확실히 틀린 말이 아닌 듯했다.

아무려나 윤상은 왕홍서에게 칭찬 한마디 했다는 이유로 사건이 엉뚱한 뇌물수수 쪽으로 흘러가자 순간적으로 당황했다. 당초의 주제가 빚 독촉이지 결코 뇌물수수 혐의를 캐는 것이 아니었기 때문이었다. 윤잉과 윤진 역시 상황이 심상치 않다고 생각했는지 걱정스러운 눈길을 윤상에게 보냈다. 그러자 윤상이 잠시 생각을 정리한 듯 입을 열었다.

"말할 것도 없이 뇌물수수 역시 방관해서는 안 되겠지! 반드시 그 책임을 묻고 먹은 것을 게워내도록 할거야! 다만 지금 당장은 국고를 채워 넣는 것이 급선무야. 그러니 뇌물수수 문제에 대해서는 잠시 미뤄두자고!"

"말이 나온 이상 우물쭈물 그냥 넘어갈 수는 없습니다! 우명당은 공공연히 제가 뇌물수수를 했다고 공언을 했습니다. 그런데 제가 이대로 가만히 있으면 그 말을 묵인하는 것이나 다름없지 않겠습니까? 황제폐하 앞이라도 할 말은 해야겠습니다. 제가 문생들한테서 뇌물을 받았다는 것은 전에 곽수郭琇가 명주明珠를 쓰러뜨릴 때의 일과 관련이 있습니다. 명주 주변의 사람들을 대거 엮으면서 잘못 전해진 것입니다. 물론 저는 명주와 가깝게 지내기는 했습니다. 그 이유만으로 당시 주변에서는 저를 매장시키려 했습니다. 그러나 시시비비가 엉망이 되고 진실과 거짓이 마구 뒤섞인 상태에서도 저의 결백은 밝혀졌습니다. 그 일은 그것으로 마무리되었습니다. 남경에서 열린 과거 시험 과정에서도 마찬가지였습니다. 저는 맹세컨대 단 한 푼도 받지 않았습니다! 물론 문생들 몇 명으로부터 사소한 선물은 받았습니다. 그러나 그것은 선생과 문생 간에 흔히 있는 예의 차원의 일입니다. 공자께서도 그에 대해서는 저술을 통해 피해서는 안 된다고 했습니다. 더구나 제가 받은 선물들은 돈으로 환산해 봐야 일백 냥에도 미치지 못합니다. 그런데 어떻게 뇌물이라고 할 수 있겠습니까? 저는 호부에서 삼년을 일했습니다. 조운 관련 세금을 걷는 것이 제 일이었으나 정말 청렴하게 일했습니다. 그것은 열셋째 황자마마께서도 다 아시는 일 아닙니까? 솔직히 저도 국고에서 돈을 빌린 적은 있습니다. 그저 조금 일찍 갚았을 따름입니다. 저 사람들이 무슨 앙심을 품고 저러는지 저는 정말 모르겠습니다!"

윤상과는 달리 왕홍서는 흥분했다. 자신의 무고함을 침을 튕기면서까지 해명했다. 그러자 우명당이 이를 악문 채 냉소를 터트렸다.

"그래, 큰소리칠 만도 하시겠죠! 든든한 황자마마가 뒤를 봐주니까! 돈을 빌리는 사람 따로 있고, 갚아주는 사람 따로 있으니 복이 터졌군요!"

윤상은 당초 괜히 사건을 복잡하게 만든다는 사실 하나 때문에라도 우명당을 혼내주려고 했다. 그러다 그의 마지막 한마디에 갑자기 마음이 바뀌었다. 신경을 곤두세우지 않을 수 없었다.

'황자가 대신 돈을 갚아줬다면 여덟째 형님일 가능성이 높아. 그런데 그 형님이 어디에서 그럴만한 여유가 생겼을까?'

윤상은 그런 생각이 뇌리를 스치자 다시 입을 열었다.

"우명당! 돈을 갚기 싫으면 그렇다고 솔직히 말하는 것이 낫지 않을까? 황자의 녹봉이라고 해봐야 너무나도 뻔해. 그런데 그런 선심을 베풀 여유가 어디 있다고 그러는 거야?"

그러자 우명당이 왕홍서를 향해 의미심장한 웃음을 지어 보였다.

"이것 봐요, 학명! 이만하면 다 털어놓을 때도 되지 않았습니까? 이 일은 하늘, 땅 그리고 우리 둘 외에는 아는 사람이 거의 없다고 할 수 있어요. 어때요, 그대의 입으로 말하는 것이 더 낫지 않겠습니까?"

"나는 그대가 무슨 소리를 하는지 모르겠어요. 누가 내 대신 빚을 대신 갚아준 적은 단언컨대 없어요!"

왕홍서가 드디어 발끈했다. 대청의 법률상 황자들은 절대 외관外官들과 사적으로 만나서는 안 됐다. 또 외관들 역시 황자들에게 아부를 했다가는 당장 파직되게 돼 있었다. 왕홍서는 늘 자신이 도학道學의 대학자라는 사실을 과시하면서 동료들을 무시해오던 것으로 유명했다. 그러다 우명당의 인정사정없는 까발림에 직면했으니 기분이 좋을 리가 없었다. 실제로 그는 좌중의 사람들 앞에서 마치 알몸이라도 드러낸 듯한 기분에 사로잡혔다. 기분이 몹시 나빠진 그가 급기야 거칠게 침을 내뱉으면서 악에 받쳐 쏘아붙였다.

"여기 태자전하를 비롯한 여러 황자들께서 자리하고 계시지만 저 왕홍서가 황자들께 아부를 하는 것을 본 적이 있으십니까? 황자마마들께서도 주머니 사정이 좋지 않아 돈을 빌리러 다니는 형편 아닙니까. 그런데 어떻게 남의 빚을 대신 갚아준다는 말입니까? 우명당, 당신 말조심 하시오!"

하지만 우명당은 왕홍서의 경고를 전혀 개의치 않았다. 오히려 어린이 재롱을 보는 듯 껄껄 웃었다.

"그런데 왜 그렇게 흥분을 하고 난리입니까! 황자들 중에도 돈 빌리러

다니지 않는 황자가 있어요! 내가 빚을 졌기 때문에 말에도 권위가 서지 않는 것 같은데, 돈부터 갚고 큰소리를 쳐야겠습니다. 그게 좋겠죠?"

우명당이 말을 마치자마자 바로 장화 속에서 은표 한 장을 꺼냈다. 그런 다음 두 손으로 윤상에게 바치면서 말했다.

"제가 빌렸던 돈 그대로입니다. 일만 팔천 냥입니다!"

윤상은 우명당의 갑작스러운 치기어린 행동에 어리둥절하지 않을 수 없었다. 바로 그때 윤잉이 먼저 물었다.

"쓰지도 않을 거면서 돈은 왜 빌렸는가?"

우명당이 윤잉의 닦달에 웃음을 띠며 대답했다.

"가서 줄만 서면 돈을 한 뭉치씩 빌리는 것이 가능합니다. 그런데도 가지 않으면 바보라고 도리어 놀림을 당합니다. 저도 무모한 행동인 줄은 알면서도 한번 따라 해봤습니다. 돈을 갚는 추세가 앞으로 한동안 지속될 것 같아서 드리는 말씀입니다만 열째 황자마마는 자신도 이십만 냥의 빚이 있으면서 누군가를 대신해 빚을 갚아줬다고 합니다. 이게 도대체 무슨 경우인지 모르겠습니다. 진짜 궁금해서 그러니까 태자전하께서 속 시원하게 대답 좀 해주셨으면 합니다!"

우명당의 갑작스런 말에 좌중에서는 한바탕 탄식이 터져 나왔다. 동시에 어불성설이라는 소리도 여기저기서 튀어나왔다. 몇째 황자를 찾아가 줄을 서야겠다는 둥 몇째가 더 힘이 세다는 둥 하는 비아냥거리는 소리들로 마치 벌집을 쑤셔놓은 것 같았다.

"그만! 조용히 하지 못해? 황자들의 부정이 사실이라면 한꺼번에 모조리 처리할 거야! 두고 보라고. 나는 한다면 하는 사람이야!"

윤상이 아수라장이 된 머릿속을 정리할 새도 없이 책상을 무섭게 내리치면서 고함을 내질렀다. 얼굴에서는 자신의 말마따나 분노를 동반한 결연한 의지가 읽히고 있었다.

왕홍서도 분노하고 있다는 점에서는 크게 다르지 않았다. 그는 호부에서 유일하게 빚이 없었다. 그 점에서 흠차황자들에게 점수를 딸 수 있었다. 그 자신도 이 정도면 되지 않았나 하는 생각으로 내심 시랑 자리에 오를 준비를 하고 있었다. 그런데 난데없이 애물단지 우명당이 나타났다. 게다가 돈을 대신 갚아준 열째 황자까지 물고 늘어졌다. 기분이 상할 대로 상한 그는 분노로 일그러진 얼굴을 든 채 윤잉에게 읍을 했다.

"태자전하께 드릴 말씀이 있습니다. 여기에서 하는 것이 좋겠습니까? 아니면 사적인 자리에서 말씀을 드릴까요?"

"여기에서 말해! 나는 뒷골목 같은 곳에 들어가서 들어야만 하는 비밀 얘기를 가지고 싶지 않아."

윤잉이 심드렁한 표정으로 대답했다. 예상과는 달리 여덟째 황자가 아니라 열째 황자가 빚을 대신 갚아줬다는 말에 왕홍서에 대한 경계심을 높이는 눈치였다.

"좋습니다. 말씀드리겠습니다! 그렇다면 태자전하께서 빌려 가신 사십이만 냥은 언제까지 갚으실 겁니까?"

왕홍서가 허리를 굽실거리면서 어색한 웃음을 지으며 말했다. 좌중의 사람들은 그때까지 서로 귀엣말로 뭔가를 수군대고 있었다. 그러나 왕홍서의 말에 갑자기 대화를 딱 그쳤다. 마치 세차게 흐르던 강물이 수문에 의해 딱 갇혀버린 듯했다. 당연히 강물의 위쪽에 해당하는 윤잉의 긴장은 급격히 수위가 올라갔다. 사람들은 일순 긴장한 나머지 숨을 힘껏 들이마셨다. 수많은 시선이 한꺼번에 윤잉에게 날아가 꽂혔다. 윤잉이 약간 불안한 기색을 보이면서 중얼거리듯 입을 열었다.

"내가 언제 국고의 돈을 빌렸다고 그러는가? 진가유, 자네는 기억나는 것이 있는가?"

"진 대인은 모르시는 일일 겁니다. 하주아가 육경궁의 수유手諭를 가지고 와서 가져 갔으니까 말입니다. 태자전하, 기억을 잘 더듬어 보십시오. 별장과 자택, 정원을 구입하실 때 돈을 빌려 가시지 않으셨습니까?"

왕홍서가 간사한 웃음을 흘리면서 한 걸음씩 바짝 윤잉에게 다가섰다. 윤잉은 그제야 통주에 별장과 정원을 매입하면서 42만 냥을 썼다는 사실을 떠올릴 수 있었다. 그동안 일이 너무 바빠 그 부분에 대해서는 그만 깜빡 잊고 있었던 것이다. 그는 화제가 돌고 돌아 결국에는 자신이 가장 먼저 코가 꿰여 버렸다는 사실에 화가 나지 않을 수 없었다. 그러나 억지로라도 눌러 참아야 했다. 한참 후 그가 숨을 고르면서 자리에서 일어선 채 말했다.

"그래…… 좋아! 내가 먼저…… 솔선수범하는 것이 도리지! 넷째, 열셋째! 천천히 마무리를 짓게. 나는 아바마마께 인사를 올려야 하니까 먼저 가네!"

윤잉은 말을 마치자마자 바로 횡하니 밖으로 나가버렸다. 화가 많이 난 듯했다.

좌중의 관리들은 애써 진정하느라고 하긴 했어도 누가 봐도 확연하게 볼이 부은 모습으로 황태자가 나가버리자 놀란 표정을 지은 채 당황했다. 그러나 왕홍서는 전혀 그렇지 않았다. 대수롭지 않은 듯 천천히 아주 여유있게 자리에 앉았다. 그런 다음 옆자리의 우명당이 내뿜는 담배 연기가 자신을 향하자 힘껏 불어 도로 우명당에게 날아가도록 했다. 윤상 역시 기분이 썩 좋지 않은지 무덤덤하게 앉아 있는 윤진을 보면서 입을 열었다.

"넷째 형님, 오늘은 이만하죠! 다들 돌아가 준비를 서둘러야 하니까요. 폐하의 뜻이 분명하시니, 우리 흠차들은 돈이 전부 걷힐 때까지 강경하게 밀어붙여야 해요."

윤상이 잠시 멈췄다 좌중의 사람들을 바라보면서 다시 큰 소리로 덧붙였다.

"여러분은 약속대로 기한을 맞춰주기 바라네!"

좌중의 사람들은 알겠다는 듯 고개를 숙였다. 이어 잔뜩 부은 얼굴들을 한 채 밖으로 걸음을 옮겼다.

"넷째 형님!"

커다란 대청에 덩그러니 두 형제만 남았을 때 윤상이 걱정스런 표정을 지으면서 윤진을 불렀다. 윤진이 무덤덤하게 그를 쳐다봤다. 윤상이 천천히 입을 열었다.

"보셨다시피 만만한 인간들이 아니죠? 태자 형님까지 걸고 넘어가는 것을 보세요. 저는 조금……."

윤진이 그 말에 동조한다는 듯 머리를 끄덕였다. 그러더니 걱정이 가득한 윤상의 등을 쓸어내려주었다.

"오늘은 머리가 복잡하니 이쯤 하자고. 자네 등이 흥건히 젖었군. 나가서 바람이나 쐬고 오는 것이 좋겠어."

윤진과 윤상 두 사람이 호부에서 나왔을 때는 이미 신시申時가 가까운 시각이었다. 날씨가 더워서인지 주변에는 행인이 별로 없었다. 그저 꼭 짜면 푸른 물이 뚝뚝 떨어질 것 같은 나뭇잎 사이로 자지러지는 매미소리만이 여름 특유의 한적함을 더해주고 있을 뿐이었다.

"태자 형님한테는 내가 가서 말할게. 세상에 쉬운 일은 없어. 오늘 일로 낙심해서는 절대로 안 돼. 옛날에 명나라의 영락永樂황제가 병사들을 거느리고 남경을 공략하기 위해 배를 타고 출정한 적이 있었지. 그런데 그때 그렇게도 바라던 바람이 불지 않았다고 해. 그래서 너무나도 실망해서 주저앉아 있었나 봐. 그런데 부하 한 사람이 다가오더니 교훈적인 말을 해줬다는군. '일단 움직입시다. 배가 느리더라도 가다보면 바람이 일 것입니다. 그러나 여기에 주저앉아버리면 평생을 기다려도 바람은 오지 않을 것입니다!'라고 말이야. 이 얼마나 철학적 의미가 깊은 말이야! 영락황제가 그 부하의 말을 귓전으로 들었더라면 명나라의 역사는 처음부터 다시 써야 했을 거야!"

윤진이 윤상과의 사이에 흐르던 한동안의 침묵을 깼다. 그러자 윤상이 머리를 들더니 한동안 윤진을 바라본 다음 말했다.

"형님이 키를 잡으세요. 제가 노를 젓겠습니다! 태자 형님을 위하는 일일 뿐 아니라 우리 모두를 위한 일인 만큼 최선을 다해야 해요. 잘하면 태자 형님이 빌린 그 사십이만 냥은 곧 갚을 수 있을 거예요!"

윤상의 말에 윤진이 의미심장한 표정으로 머리를 끄덕였다. 바로 그때 강 건너편에서 간간이 웬 여자의 노랫소리가 들려왔다. 처량한 곡조의 노래였다. 순간적으로 윤상은 아란을 떠올렸다. 그 바쁜 와중에도 문득 문득 생각나는 아란이었다. 그 뒤로 소식이 끊겨 아무런 연락도 주고받지 못했으나 그는 그 한 번의 만남의 여운이 이토록 길 줄은 생각도 못했다. 그가 숨을 길게 들이마시면서 뭔가를 말하려는 듯 입술을 실룩거렸다. 그러나 결국 아무 말도 하지 않았다.

7장

음욕淫慾에 무너지는 황태자

육경궁은 자금성의 대내大內 깊숙한 곳에 위치하고 있었다. 이 때문에 외신外臣들은 밤중에 일과 관련한 보고를 하기가 여간 불편한 것이 아니었다. 윤진과 윤상이 사람을 보내 윤잉을 윤진의 집으로 불러낸 것도 그 때문이었다. 둘의 생각은 분명했다. 윤잉을 설득해 집과 정원을 팔아 빚을 갚게 하는 것이었다. 예상 외로 그 일은 생각만큼 어렵지는 않았다. 하기야 태자부터 돈을 갚지 않으면 밑의 황자들이 순순히 따라올 리가 없었으니 그럴 만도 했다. 물론 윤잉으로서는 돈을 엄청나게 들여 황궁처럼 만들어 놓은 집을 팔아야 하는 것이 못내 아쉽기는 했다. 그러나 일을 제대로 처리하지 못해 강희에게 혼이 나고 눈 밖에 나느니 순리대로 가는 것이 그로서는 더 속이 편할 수 있었다. 그렇기는 해도 치밀어오르는 화를 주체하기는 어려웠다. 왕홍서가 여덟째를 등에 업은 채 안하무인으로 자신의 체면을 마구 짓밟아 버렸기 때문이었다. 사실 그의 입장에서는 자신이 황제와 신하들 사이에 끼어 어떤 대접도 제대로 못 받는 처지가 되고 말았다는 불평을 하는 것은 당연했다. 그 많은 황자들 가운데서 누구 하나만 잘못을 저질러도 동생을 제대로 지도하지 못했다는 이유로 부황의 가차없는 꾸중을 들었다. 게다가 일처리를 함에 있어서도 조그만 실수가 있었다 싶으면 바로 이른바 '여덟째 황자당'八皇子黨의 맹공격을 받기가 일쑤였다. 윤잉은 자신이 듣기 좋아 태자이지 실은 돌팔매질 상대에 불과하다는 생각을 하지 않을 수 없었다.

윤잉은 이리 뒤척이고 저리 뒤척이면서 긴긴 밤을 뜬눈으로 지새웠다. 그럼에도 시계소리가 네 번 울리자 납덩이처럼 무거운 몸을 일으키지 않으면 안 됐다. 그가 대충 세수를 하고 머리를 빗었을 무렵 밖에서 인기척이 들렸다. 윤진이 아침인사를 하러 온 것이다. 그가 윤진을 보며 한숨을 내쉬었다.

"아바마마께 인사를 올리러 가야겠어. 오늘 호부로 가서 어제 저녁 우리 둘이 상의한 결과를 윤상에게 들려줘. 내가 앞장설 테니까 황자들 누구 하나 빠져나갈 생각은 절대로 하지 말라고 해. 빨리빨리 움직여서 칠월 말 이전에 모든 것을 끝내버려야지! 호부의 몇몇 나부랭이들이 주둥아리 쳐들고 씹을 건더기가 없어져서 안됐구먼!"

윤잉은 말을 마치자마자 육경궁의 시위와 태감들의 경호를 받으면서 말을 달려 창춘원으로 향했다. 이어 자신의 서재에서 잠깐 쉬고 난 다음 바로 강희가 있는 담녕거로 발걸음을 옮겼다.

얼마 후 날이 밝아왔다. 담녕거에 도착한 윤잉의 눈에 이덕전李德全과 형년邢年이 태감들을 거느리고 청소를 하고 있는 모습이 들어왔다. 그는 허리를 구부정하게 숙인 채 담녕거에 들어섰다. 그때 강희는 따뜻한 온돌에 앉아 대신들의 보고를 듣고 있었다. 강희의 앞에는 마제를 비롯해 장정옥, 동국유 등 상서방 대신들이 차례로 서 있었다. 또 그 아래에는 관리 하나가 엎드린 채 상주문을 쓰고 있었다. 묵묵히 인사를 마친 윤잉은 말없이 한쪽으로 가서는 시립한 채 서 있었다.

"시세륜 얘기를 듣고 보니까 참 심각하군! 봉양鳳陽의 이재민들을 구제하라고 십만 섬이나 내려 보냈는데, 그중 이만 섬 정도만 겨우 이재민들에게 전달됐다니! 아주 무지막지한 인간들이로군. 손댈 것을 대야지 목숨이 경각에 달려 있는 이재민들을 구제할 양식을 빼돌린다는 말인가!"

강희가 이른 아침부터 모습을 나타낸 윤잉에게는 시선조차 주지 않은 채 세 명의 상서방 대신들을 향해 입을 열었다. 그러자 동국유가 먼저 나섰다.

"시 아무개가 말한 것은 그 지역의 몇몇 관리가 몰염치한 짓을 저질렀다는 것이옵니다. 결코 전체가 다 그렇게 썩었다는 얘기는 아니옵니다. 그러니 폐하께서는 너무 우려하지 않으셔도 되옵니다. 소인이 곧 명령을 내려 안휘 순무에게 진실을 철저하게 규명하라고 지시를 하겠사옵니다!"

그러나 마제는 동국유와는 완전히 생각이 달랐다. 미리 생각을 해왔는지 자신의 의견을 강경한 어조로 피력했다.

"시세륜의 말이 사실이라면 절대로 간과할 수 없사옵니다! 소인의 우견으로는 계속 수재민들에게 식량을 내려 보내봐야 소용없을 것 같사옵니다. 완전히 밑 빠진 독에 물 붓는 격일 것이옵니다. 지금부터 잠시 중단하는 것이 어떨까 하옵니다."

장정옥은 때로는 침묵이 만 마디의 말을 능가하는 힘이 있다고 생각하는 사람이었다. 그래서 너도나도 목소리를 높일 때는 말을 무척이나 아끼고는 했다. 하지만 그런 그도 마제의 말에는 참지를 못하고 그에 바로 입을 열었다.

"그건 아니 되옵니다. 식량 보내는 것을 중단하면 바로 수습불능의 민란이 일어날 수도 있사옵니다. 절대 안 된다고 생각하옵니다!"

"소인에게 임무를 맡겨 주시옵소서!"

좌중 대신들의 의견이 엇갈리자 엎드려 있던 시세륜이 머리를 조아렸다.

"삼 년 내에 봉양부鳳陽府를 깨끗하게 정돈하겠사옵니다. 만약 그렇지 못하는 날에는 군주를 기만한 죄를 달게 받겠사옵니다, 폐하!"

강희가 시세륜의 말에 자리를 고쳐 앉더니 잠시 후에 입을 열었다.

"식량은 계속 보내줘야 해. 봉양은 민풍民風이 거칠기로 소문난 곳이야. 자칫 반란이라도 일어나는 날에는 조정에서 파병을 해야 될 정도로 만만치 않은 곳이야. 만에 하나 진짜 파병을 하게 된다면 더 많은 식량을 낭비하게 되지 않겠는가? 그리고 시세륜은 앞으로 호부를 책임지고 열셋째 황자를 따라 국고를 채우는 직무를 충실히 하도록 하게. 그게 봉양의 일보다 훨씬 더 중요하니까 말이야. 태자와 넷째가 적극 협력할 테니까 소신껏 일해 보게. 짐은 자네들이 일을 어떻게 처리하는지 지켜볼 것이야."

"폐하! 폐하의 명령에 기꺼이 부응하고는 싶사옵니다. 그러나 소인이 과연 폐하의 기대에 부응할 수 있을지 모르겠사옵니다. 제 자신의 능력이 의심스럽사옵니다."

시세륜이 연신 머리를 조아리면서 말했다. 강희가 무척이나 겸손하게 들리는 그의 말에 머리를 끄덕였다.

"자네도 나름대로 어려운 점이 있을 것이라는 것을 짐이 모르지는 않네. 하지만 어떤 상황이 닥치더라도 짐이 뒤에서 힘껏 밀어줄 테니 소인배들의 수작을 두려워하지 말게!"

시세륜이 강희의 말에 씁쓸한 웃음을 지었다.

"소인배들의 작당을 두려워하는 것은 아니옵니다만……."

강희가 시세륜이 계속 자신 없어 하자 놀라는 기색을 하고 물었다.

"자네는 왜 자꾸 뒤로 빠지려고만 하나?"

"황송하옵니다! 도저히 선뜻 말을 용기가 나지 않사옵니다!"

시세륜이 황급히 대답했다.

"국고에 손을 댄 관리들이 너무 많아 끝이 보이지 않을 것 같아서 그러는 것인가?"

"폐하께 아뢰옵니다. 너무 많은 것이 아니옵고……, 일이 너무 엄청나옵니다! 소인이 상대하기에는 너무 어마어마하신 분들이 계셔서 심적 부담이 이만저만이 아니옵니다. 적지 않은 황자마마들, 심지어는 태자 전하께서도 예외가 아니십니다. 그러니 소인이 어찌 가슴이 떨리지 않겠사옵니까?"

시세륜이 말이 이어졌다. 순간 한쪽에 시립하고 있던 윤잉은 머릿속이 벌집을 쑤셔놓은 듯 아수라장이 되는 것 같은 기분을 느꼈다. 그럼에도 하염없이 팽창하는 무거운 머리를 억지로 가다듬으며 가만히 생각을 정리했다.

'어제는 호부에서 나를 대놓고 비난했어. 그러더니 오늘은 부황 앞에서까지 일개 신하가 서슴없이 나를 거론하면서 거침없이 짓밟고 지나가. 부황이 나를 푸대접하니까 이것들도 나를 우습게 보고 돌팔매질을 해대는 것이 아닌가!'

윤잉의 생각은 비관적으로 흘렀다. 그러자 정신도 아찔해졌다. 얼굴은 어느새 온통 식은땀으로 흥건해지고 있었다. 그는 너무나도 다급한 나머지 황급히 무릎을 꿇었다.

"아신이 삼 년 전 통주의 주周씨 가문의 가원家園을 사들일 때 호부에서 사십이만 냥을 빌린 적이 있사옵니다. 아바마마께서 벌을 내려 주시옵소서!"

시세륜은 사실 대놓고 황태자 윤잉을 비난하기는 했으나 그가 들어온 것을 보지는 못했다. 어조에 자신감이 넘친 것도 그 때문이었다. 그러나 그는 윤잉이 옆에 와서 무릎을 꿇자 깜짝 놀라면서 황급히 입을 열었다.

"소인이 조신하지 못한 채 불경스럽게 말한 점, 폐하와 태자전하께서 죄를 물어주십시오!"

"둘 다 일어나게!"

강희가 윤잉과 시세륜의 얼굴에 나타난 난감한 표정을 읽었는지 크게 웃으면서 손을 저어 보였다. 그런 다음 결연하게 말했다.

"군신과 부자 사이에는 기본적으로 이렇게 솔직하고 담백한 대화가 전제돼야 해! 윤잉, 짐의 말을 잘 새겨들어. 어제 호부에서 있었던 일은 짐도 벌써 다 알고 있어. 같은 말이지만 누가 어떤 마음으로 하느냐에 따라 듣는 사람에게는 약이 될 수도 있고 해가 될 수도 있어. 말귀를 못 알아듣는 나이는 아닐 테니 길게 말하지는 않겠어. 너뿐만 아니라 짐 역시 잘못된 점이 있으면 그 누구의 정문일침頂門一鍼이든 겸허하게 수용할 수 있어야 해! 당연히 좋은 의미에서 하는 충고여야 하겠지."

윤잉은 강희의 말을 들으면서 곰곰이 자신의 생각을 정리했다. 결론은 바로 나왔다. 시세륜과 윤진은 같은 배를 탄 사람의 입장에서 진심으로 배가 침몰되지 않기를 간절히 염원하는 뜻을 담아 사실을 까밝혔다. 반면 왕홍서는 같은 말을 했으나 말 속에 앙심을 품고 있었다. 그는 그 사실을 비로소 분명히 알 것 같았다.

"아신, 명심하겠사옵니다. 충심에서 우러나와 진정으로 제가 잘 되기를 바라는 마음을 담은 시세륜의 말을 고깝게 들을 수야 있겠사옵니까?"

그러자 강희가 웃음을 머금었다.

"그러면 됐어. 짐이 요즘 쭉 지켜보니까 국고를 채우는 일이 결코 만만치는 않을 것 같아. 이치吏治는 여기에서 돌파구를 찾아야 해. 그러나 이것을 제대로 처리하지 못하는 날에는 정말 곤란하다고! 국고에 돈 대신 차용증만 수북하게 쌓여 있으니, 갈이단의 잔여 세력이 냄새를 맡고 꿈틀대는 날에는 큰일이 나지 않겠어? 짐이 든든한 뒷심이 되어줄 테니 걱정 말고 잘 해봐!"

강희의 말이 끝나자 강희와 대신들은 형부에서 가을에 한 차례씩 집행하는 사형의 공정성 여부를 두고 한참 토론을 벌이다가 헤어졌다. 윤잉 역시 대신들을 따라 밖으로 나왔다. 평소에는 그럴 경우 홀가분했으나 이번만은 전혀 그렇지 않았다. 그야말로 마음이 복잡하기 이를 데 없었다. 그가 막 대문을 나설 무렵이었다. 갑자기 뒤에서 형년이 쫓아나오면서 말했다.

"태자전하, 잠깐만요! 폐하께서 다시 부르십니다."

윤잉이 발길을 돌려 다시 들어왔다. 그때 강희의 표정은 이미 많이 변해 있었다. 윤잉이 깜짝 놀라 황급히 무릎을 꿇었다.

"아바마마, 무슨……."

"무슨 일로 불렀냐는 얘기야?"

강희가 난처한 표정으로 엎드려 있는 윤잉의 앞에 버티고 선 채 노려보았다.

"아예 아비 얼굴에 먹칠을 해라! 너 때문에 언제까지 속을 태워야 하느냐고! 짐은 명주가 너를 해코지하려고 했을 때 그자의 집을 샅샅이 수색해서 뒤집어 엎어버렸었어. 또 색액도가 너에게 있어 별로 의롭지 못한 행동을 했을 때도 짐은 다짜고짜 그자를 가둬버렸어! 솔직히 너라고 그들의 일에 완전히 초연할 수 있는 입장은 아니잖아. 그런데 짐이 언제까지 너의 밑을 닦아줘야겠나! 짐한테 욕을 얻어먹고 애꿎은 남이

소納爾蘇 군왕郡王을 때려 분풀이를 했을 때를 대표적으로 꼽을 수 있지. 짐이 들고 일어나는 관리들을 다독이느라고 얼마나 노심초사했는지 알아? 그런데도 너는 뒤에 가서 투덜댔다고 하더군! 뭐 사십 년 가까운 세월 동안 황태자 자리에만 처박혀 있는 사람도 전무후무할 거라고 했다면서? 도대체 그게 무슨 뜻이야? 태자 너 정말 꼴 한번 좋구나! 솔선수범은커녕 나랏돈을 빼내 흥청망청 쓰기나 하고 말이야!"

윤잉은 속사포 같은 강희의 집중포격에 당황하지 않을 수 없었다. 그렇다고 대놓고 반발하는 것도 있을 수 없는 일이었다. 그저 죽어라 머리만 조아리면서 용서를 빌어야 했다. 강희가 주위에 다른 사람이 없다는 것을 다시 한 번 확인한 다음 나지막이 말했다.

"똑똑히 잘 들어! 우리의 세계에도 독불장군이 없기는 마찬가지야! 수隋나라의 문제文帝는 정말 영명하기 이를 데 없었어. 그럼에도 무능한 아들 때문에 천하를 영원히 주름잡으려던 야망이 그 자신의 대에서 영영 끝나버렸어! 짐은 네가 조업祖業을 이어받기를 원해! 그러니 가슴에 손을 얹고 곰곰이 생각을 해봐. 어떻게 해야 할지를 말이야!"

윤잉은 길게 엎드린 채 죽어라 머리를 조아리면서 떨리는 목소리로 대답했다.

"부황께서는 이제까지 저를 아낌없는 배려와 사심 없는 은혜로 키워주셨사옵니다. 또 이끌어 주시기도 했사옵니다. 정말 죽도록 감사를 드립니다. 뿐만이 아닙니다. 앞으로는 부황의 간절한 당부와 가르치심을 가슴에 아로새기겠사옵니다. 아신이 나약하고 일처리가 매끄럽지 못한 것이 사실이기는 하나 감히 부황을 원망하는 마음은 있을 수 없사옵니다……."

윤잉은 말을 마치자마자 바로 콧물을 훌쩍였다. 그러는가 싶더니 곧 흐느끼기 시작했다. 강희가 어깨를 들썩이는 서른이 훌쩍 넘은 아들의 모습을 한참 지켜보고 있다 한숨을 쉬면서 천천히 입을 열었다.

"그래, 알았어! 지금까지 한 말은 짐이 홧김에 한 말이야. 그러니 너무 신경 쓸 것은 없어. 하지만 너에게는 지금 때로는 보이고 때로는 보이지 않는 화살이 날아가고 있어. 짐이 그것들을 막느라 얼마나 힘이 드는지 몰라! 창업이 어렵다고는 하나 지키는 것은 백 배, 천 배로 더 힘들다는 것을 알아야 해. 천하를 이끌어 가려면 마지막 피 한 방울까지 쏟아낼 각오를 해야 하는 거야. 네가 지금처럼 노력을 기울이지 않고서는 이 강산이 네 손에서 어떻게 되겠어?"

강희는 말을 마치고는 의자에 털썩 주저앉았다. 눈물까지 글썽거리는 모습으로 보아 순간 지나간 추억들이 그의 뇌리에서 주마등처럼 스치고 지나가는 모양이었다. 천하를 일갈하는 용맹함으로 대청의 기반을 다졌던 젊은 날의 눈물 많고 정 많았던 강희는 초로의 나이에 접어들었음에도 눈물만큼은 여전했다. 윤잉은 금세 자신을 풍비박산낼 듯 화를 내던 부황의 두 눈에 눈물이 가득 고였다가 주름 잡힌 얼굴을 타고 흘러내리는 것을 보면서 마음이 찢어졌다. 급기야 무릎걸음으로 다가가 부황의 다리를 끌어안고 울음을 터트렸다.

"부황, 그만 화를 푸십시오. 제가 죽일 놈이옵니다. 이 불효자식, 이제부터라도 개과천선해 다시는 아버님 눈에 눈물이 나지 않게 해드릴 것을 약속하옵니다."

강희는 눈물을 쏟고 나자 가슴이 많이 후련해진 듯했다. 곧 눈가의 눈물을 닦으면서 자리에서 일어났다.

"스무 명이 넘는 황자들이 있어도 짐은 항상 네가 제일 안쓰럽고 품어주고 싶었어. 그건 네가 태자여서가 아니야. 너의 어머니 때문이지! 그 사람은 이 나라에 기여한 공로가 정말 커. 짐에 대해서도 인간적으로 너무 잘해줬어! 짐은 결코 잊을 수가 없어. 네가 착실하게 잘 해나가는데,

다른 황자들이 뒤에서 찌르려 든다면 짐은 당장 그놈들을 처치해버릴 거야. 두고 봐! 하지만 네가 스스로 무덤을 팔 경우에는 짐에 앞서 하늘이 먼저 벌을 내릴 것이야. 그만 가 봐라, 알아서 잘 하라고!"

윤잉은 뭐라 형언하기 어려운 기분을 안은 채 담녕거에서 나왔다. 그런 다음 운송헌으로 가지 않고 가마를 타고 자금성으로 돌아왔다. 물론 푹푹 찌는 여름에 거주할 만한 곳을 고르라면 창춘원이 훨씬 더 좋았다. 그러나 그는 담녕거와는 엎어지면 코 닿을 곳에 있는 운송헌이 왠지 무겁고 부담스럽게 느껴져서 싫었다. 가까이에 있을 경우 강희가 더욱 자주 불러들일 것이 틀림없다는 사실도 그가 운송헌으로 가지 않은 이유라면 이유라고 할 수 있었다. 그는 성격 자체가 닭의 벼슬이 됐으면 됐지 소의 꼬리는 되기를 거부하는 웅심이 대단한 사람이었다. 때문에 담녕거에서 살얼음판을 걷느니, 모든 것을 자기 마음대로 주무를 수 있는 육경궁이 좋을 수밖에 없었다.

"태자전하, 안색이 별로 좋아 보이지 않습니다. 더위를 드신 것은 아니십니까?"

태감 하주아가 육경궁 앞에서 대기하고 있다가 윤잉이 넋 나간 사람처럼 창백한 얼굴을 한 채 들어서자 종종걸음으로 쫓아다니면서 알랑거렸다. 그러나 윤잉은 대답할 기분이 아니었다. 그저 궁 안으로 들어가 물수건으로 얼굴을 닦는 것으로 대답을 대신했다. 그가 그제야 머리가 조금 개운해졌는지 웃으면서 말했다.

"그런 게 아니야. 폐하께 불려가서 좋은 소리 못 듣고 와서 조금 우울할 뿐이야. 왕 스승님 계신가? 오늘은 누가 왔다 가지 않았나?"

하주아가 기다렸다는 듯 대답했다.

"왕 어르신께서는 벌써 들어오셨습니다. 지금 서재에 계십니다. 오늘은 공보기公普奇와 도이陶異 두 분만 다녀가셨습니다. 아! 그리고 태의원의 하賀 태의가 복진福晉(왕비. 여기서는 태자의 부인을 일컬음)께 진맥을 해드리고 태자전하께서 부탁하신 환약이라면서 가져왔습니다. 여기 처방전도 있습니다."

공보기라면 윤잉의 유모 아들로, 승덕에서 군 지휘관으로 일하고 있었다. 북경에 왔다면 인사하러 온 것이 놀라울 것도 없었다. 또 도이는 공보기가 천거한 사람으로, 윤잉이 이미 그를 직예성의 감찰어사監察御使로 발탁하겠다고 대답까지 한 상태였다. 윤잉이 하주아의 말을 대수롭지 않게 받아들이면서 약봉지와 함께 태의가 보내온 처방전을 펼쳐 봤다.

> 백련꽃술 네 냥, 천속단川續斷(산토끼꽃과의 식물) 네 냥, 부추씨 두 냥, 구기자 네 냥, 우유와 함께 찐 황실黃實 네 냥, 복분자 두 냥, 붉은 하수오 네 냥, 호두 두 냥, 용골 세 냥, 금앵자金櫻子 세 냥, 백복령 두 냥, 인삼 약간……
> 이것들을 꿀과 함께 끓여 환丸으로 만들었음.

윤잉이 처방전을 한참 동안 살펴보다 피식 웃었다.

"재료들이 뭐가 이렇게 많아? 그런데 이 약은 어디가 좋지 않은 데 먹는 것이라고 했나?"

"잘 알아듣지는 못했습니다만 이걸 드시면 소년처럼 젊어지고 정력을 북돋운다고……."

하주아가 말을 하다 말고 약봉지에서 새카만 환약 두 개를 끄집어냈다. 이어 입안에 넣고는 질겅질겅 씹었다.

"달콤한 것이 맛도 좋네요!"

윤잉과 하주아 두 사람이 묘한 얘기를 주고받고 있을 때였다. 갑자기 등 뒤에서 윤잉의 스승인 왕섬王掞의 기침소리가 들려왔다. 이어 그가 천천히 다가왔다. 윤잉은 황급히 약을 소매 속에 감추고 돌아섰다. 이어 허리를 굽혀 정중하게 인사를 올렸다. 왕섬은 쉰 살 정도 되었으나 나이에 비해 더 많이 늙어 보였다. 그러나 찌는 듯한 날씨임에도 불구하고 추호의 흐트러짐도 없이 조주 등을 단 관복을 제대로 차려입고 있었다. 그는 오랫동안 방에 있다가 막 밖으로 나온 모양이었다. 햇살에 눈이 부셔 그런지 윤잉을 발견하지 못했다. 그러다 곧 윤잉을 알아보고는 황급히 맞절을 했다.

"날씨가 아무리 더워도 그렇지, 여기는 황제폐하께서 계시는 곳입니다. 제가 태자전하께서 옷차림에 조금 신경을 덜 쓰신 것 같아서 감히 말씀을 드리는 겁니다. 아는 사람들이야 아랫사람들이 제대로 챙겨드리지 못했다고 핀잔을 주겠으나 남의 말을 하기 좋아하는 자들은 꼬투리를 잡고 뒤에서 수군대지 않겠습니까! 소인은 어제 저녁 우명당을 만나고 왔습니다. 그리 아십시오. 자, 오늘은 어제에 이어 수나라의 역사에 대해 공부하겠습니다. 어서 서재로 들어가 주셨으면 합니다."

"오늘은 바쁜데 내일 공부하면 안 될까요?"

윤잉이 갑자기 엉뚱한 소리를 했다. 스승이 우명당을 만나고 온 만큼 수업시간에 좋은 소리 못 들을 것이 불을 보듯 뻔했기 때문이었다. 그럼에도 윤잉은 크게 짜증스러운 내색은 하지 않았다. 스승을 깍듯이 예우하라는 강희의 특별지시가 있었으니 그럴 수밖에 없었다. 그가 다시 입을 열었다.

"나는 지금 안에 들어가서 유호록 귀비와 덕 귀비에게 인사를 올려야 해요. 돌아올 때 날이 어둡지 않으면 시세륜도 접견해야 하고요. 내일은 나하고 넷째 모두 호부에도 나가지 않고 스승님의 강의를 듣겠습니다. 어때요?"

왕섬이 윤잉을 한참 쳐다보더니 할 수 없다는 듯 허리를 굽혔다.

"그러면 그렇게 알고 있겠습니다! 그런데 감히 부탁드리고 싶은 것이 있습니다. 오늘 저녁만큼은 더 이상 밖에 나가시지 않으셨으면 합니다. 공보기가 모처럼 태자전하를 만나 뵙는 것이니, 술자리가 불가피할 것이라는 것은 알고 있습니다. 그러나 자칫하면 술자리에서 다른 사람에게 꼬투리를 잡힐 행동을 할 수 있습니다."

왕섬은 조심스러워 하면서도 할 말은 다 했다. 그런 다음 내일 오겠다면서 밖으로 나갔다. 윤잉은 왕섬이 떠나자 등에 가득 지고 있던 무거운 짐을 내려놓은 듯한 홀가분한 기분을 느꼈다. 길게 숨을 내쉬면서 하주아에게 말했다.

"우리 어화원에 가서 바람이나 좀 쐬고 오자고!"

윤잉과 하주아는 곧 재궁齋宮을 지나 일정문日精門 북쪽으로 꺾어진 다음 곤녕문坤寧門 뒤의 어화원御花園에 도착했다. 하지만 그림 같은 창춘원에 비해 어화원의 경치는 영 볼품이 없었다. 왕섬의 잔소리가 끔찍하게 느껴져 그를 따돌리고 어화원으로 왔으나 크게 소득은 없었던 것이다. 윤잉은 잠시 돌아다니면서 시간을 끌다가 육경궁으로 돌아갈 생각을 하고는 수당壽堂 북쪽의 나무 그늘 밑으로 향했다. 그러다 갑자기 요의尿意를 느끼고는 허겁지겁 구석 쪽으로 달려가서는 시원하게 볼일을 보고 나왔다. 그때 얼마 안 떨어진 곳에서 궁녀 차림의 두 여자가 나무 그늘 밑에 돗자리를 펴놓고 앉은 채 바둑을 두고 있는 모습이 그의 시야에 들어왔다. 옆에는 과일 쟁반도 놓여 있었다.

윤잉은 불붙는 듯한 호기심을 주체하지 못하고 그쪽으로 조용히 발길을 옮겼다. 그야말로 숨죽인 채 다가간다는 표현이 옳았다. 그러나 풀을 스칠 때 나는 인기척은 막을 수가 없었다. 두 궁녀는 사방을 두리번거리다 곧 윤잉을 발견했다. 윤잉은 두 궁녀 중 한 명이 바로 창춘원의 가산 근처에서 비를 피하다 뜨겁게 정을 나눴던 정춘화라는 사실을 확인할 수 있었다. 그는 그만 두 눈이 휘둥그레지고 말았다.

"태자전하!"

정춘화 역시 당황한 모양이었다. 안색이 하얗게 질린 채 자리에서 일어나더니 몸을 반쯤 낮춰 황망하게 인사를 올렸다.

"옥체만강 하시옵소서! 영영寧嬰, 어서 태자전하께 인사를 올리지 않고 뭘 꾸물거려!"

그러자 윤잉이 그럴 필요 없다는 듯이 손짓을 하고는 정춘화에게 물었다.

"자네는 언제부터 이곳으로 배치를 받았는가?"

그녀가 바로 대답했다.

"원래는 경인궁景仁宮에 있었습니다. 오전에 납란 귀비를 만나 뵈러 왔었습니다. 그런데 귀비께서 저에게 이곳에서 지내라고 하셨습니다. 내일 짐을 싸서 이쪽으로 옮길 예정입니다……."

정춘화는 말을 마치자마자 바로 바둑돌을 거둬들였다. 윤잉은 그동안 문득문득 그리웠던 정춘화를 다시 한 번 뚫어져라 쳐다봤다. 역시 그의 눈은 정확했다. 그 사이 졸지에 궁중의 귀인貴人으로 품계가 서너 단계 껑충 뛰어오른 정춘화는 여전한 미모를 간직하고 있었다. 그는 망연자실한 표정을 짓다 한참 후에 입을 열었다.

"여기를 지나가다가 보니까 약 먹을 시간이 다 됐더군. 그래서 물 한 모금 얻어 마실까 해서 누구 없나 살펴봤지. 그런데 여기에서 자네를 만날 줄이야!"

윤잉은 말을 마치고 바로 약봉지에서 까만 환약을 무려 다섯 알이나 꺼냈다. 이어 바로 입 안에 집어넣었다.

원래 태의 하맹부賀孟頫는 윤잉 덕분에 태의원 부의정副醫正 자리에 앉게 된 인물이었다. 당연히 은공을 갚으려고 지극정성을 다했다. 조상 대대로 내려온 비법을 동원해 정력제를 만들어준 것은 바로 그 노력의 결과였다. 아니나 다를까, 정력제의 효력은 정말 대단했다. 더구나 한 알만으로도 남자의 자존심을 최대한 충족시켜주는 그 약을 무려 다섯 알이나 먹지 않았는가. 이제껏 많은 여자를 겪어본 그였지만 한창 나이의 윤잉으로서는 참는다는 것이 오히려 이상하다고 해야 했다. 그는 바로 참기 어려운 정열의 화염에 휩싸이고 말았다. 아랫배가 갑갑해지더니 여자가 알몸으로 달려드는 듯한 환각에 사로잡혔다. 그는 자신이 무슨 일을 저지를 것만 같은 느낌을 받았다. 게다가 눈앞에는 동굴 안에서 정사를 나눌 때 남다른 감동을 선사했던 정춘화가 턱하니 있지 않은가. 그의 괴로움은 곧 극에 달했다. 정춘화는 이상한 낌새를 챘는지 잠자리 날개처럼 얇은 저고리에 속옷이 훤히 비치는 옷차림을 한 채 해맑은 얼굴을 붉히면서 안절부절못했다. 윤잉이 불타는 눈빛으로 그런 그녀를 오랫동안 지켜보더니 곧 웃으면서 말했다

"내가 호랑이라도 된다고 생각하는 거야? 그렇게 무서워? 도망가려고 하지 마. 내가 바둑 한 수 가르쳐 줄까, 어때?"

"그게……."

정춘화는 몹시 조심스러운 눈치였다. 이제는 말단이나마 궁중의 여인이 되어 비빈의 자리도 넘볼 수 있는 신분이 됐으니 그럴 만도 했다. 더구나 자신과 윤잉 둘만 있는 것도 아니고, 각각 한 사람씩 수행이 있는 상황이 아닌가. 그녀는 노골적인 윤잉의 행동에 하주아와 영영이 눈치라도 채지 않을까 두려워 황급히 떨리는 목소리로 말했다.

"명에 따르겠습니다. 그런데 워낙 바둑에는 재주가 없어서……."

정춘화가 말을 마치자마자 허둥지둥 바둑알을 집더니 아무 곳에나 착점을 했다. 손이 가늘게 떨리고 있었다.

하주아는 순간 두 사람 사이가 심상치 않다는 것을 확신했다. 눈치 빠르게도 바로 영영에게 다가가서 말했다.

"두 분이 여기에서 바둑을 두시는 동안 우리는 마실 찻물이나 좀 가지러 갈까?"

하주아가 일방적으로 영영의 손을 잡더니 바로 다짜고짜 끌고 저 멀리로 사라졌다.

"춘화……, 그날 기억해?"

윤잉은 장애물들이 완전히 사라지자 더욱 과감해졌다. 정춘화의 손을 덥석 잡았다. 하늘을 뚫을 것 같은 욕정을 더 이상 참을 수가 없었다. 바둑은 이미 그의 마음속에서 저 멀리 떠나 있었다. 정춘화 역시 윤잉의 생각을 모르지 않았다. 손이 윤잉에게 잡히자 바둑알이 자연스럽게 손에서 떨어졌다. 한참 후 그녀가 옷매무새를 가다듬으면서 모기 소리만한 목소리로 말했다.

"이제는 피차의 신분이 장애가 됐습니다. 과거의 일은 더 이상 말씀하시지 마십시오……. 내세에나 다시 만나기를……."

"무슨 내세가 있다고 그래! 설사 있다고 한들 백년 가까운 세월을 누가 기다릴 수 있겠어! 그것보다는 지금 어우러지는 것이 황금 만 냥 이상의 값어치가 있지……."

윤잉은 치솟는 욕정을 더 이상 참을 수 없었는지 이미 솜처럼 부드러워진 정춘화의 허리를 와락 끌어안았다. 이어 며칠 굶은 호랑이처럼 그녀의 온몸을 뜯어먹기라도 할 듯 탐닉하기 시작했다…….

윤잉은 별로 어렵지 않게 정춘화와 몇 번의 운우지정雲雨之情을 나누었다. 당연히 하늘을 나는 기분이었다. 얼마 후 그는 현실로 돌아오자 허겁지겁 옷을 챙겨 입었다. 정춘화 역시 서둘러 머리를 매만졌다. 그러나 정사의 흔적은 너무나도 역력했다. 곧 찻물을 가지러 갔던 하주아와 영영이 돌아왔다. 하주아는 전체적인 상황을 꿰고 있으면서도 전혀 당황한 기색을 보이지 않았다. 하지만 애써 담담한 척하는 태도가 오히려 어딘가 약간 어색해보이기는 했다. 윤잉이 그런 하주아에게 말했다.

"곧 육경궁으로 가야 하니까 차는 마시지 않을 거야. 하주아, 자네 내일 황금 이백 냥을 꺼내 영영하고 나눠 가지도록 해. 내 장부에서 지출하는 것으로 하면 돼. 특별히 일을 잘해서 상을 주는 거야. 대신 밖에 나가 허튼소리 하면 안 돼. 조금이라도 그랬다가는 일가족이 성치 못할 거야!"

"예……. 태자전하!"

하주아와 영영 두 사람은 혼비백산한 얼굴로 알겠다는 듯 머리를 힘껏 조아렸다. 그리고는 바로 도망치듯 떠나갔다.

8장

황자들의 난투극

음력 칠월 칠석이 지났다. 북경의 가을바람은 서서히 시원하게 느껴지고 있었다. 들판에는 곡식도 싯누렇게 익어갔다. 매년 이맘때면 조정에서는 거국적으로 치르는 두 가지 일이 있었다. 하나는 각 성省에서 세금을 거둬들이는 일이었고, 다른 하나는 투옥 중인 범인들을 처형하는 일이었다. 사실 세금 징수는 별로 어려운 일이 아니었다. 독촉해서 거둬들이면 됐다. 그러나 범죄자들을 처형하는 일은 국전國典에 근거한 아주 큰일이었다. 그래서 조금 더 권위 있게 처리해야 했다. 그래서 강희는 자금성 양심전으로 돌아오는 선택을 했다.

다행히 날씨는 이미 많이 서늘해져 있었다. 강희는 그 틈을 이용해 서둘러 명전明殿을 참배했다. 이어 천단天壇에도 제를 올렸다. 또 낮에는 문무백관들을 접견했다. 밤이라고 쉬지 않았다. 태자와 상서방 대신들을 불러 형옥刑獄에 대한 상주문을 상의한 다음 결정을 내렸다.

그 사이 윤상이 야심을 품고 소매를 걷어붙였던 일도 노력한 결실을 보기 시작했다. 무엇보다 황태자가 앞장서서 빚을 갚았다. 그러자 다른 황자들 역시 적극적으로 돈을 마련해 자신들의 빚을 갚았다. 물론 열째 윤아가 말썽을 부리기는 했다. 고름을 짜듯 조금씩 내놓는가 싶더니 나중에는 못 갚겠다고 드러누운 것이다. 당연히 그로 인한 신경전은 불가피했다. 그럼에도 대세에 큰 영향을 주지는 않았다. 그럭저럭 모든 것이 잘 진행되는 편이었다.

얼마 후 추석이 가까이 다가오고 있었다. 예부에서는 해마다 그랬던 것처럼 천하 대사면을 실시했다. 50세 이상의 노인들 모두에게는 월병과 술도 선물했다. 궁 안팎에는 여기저기 궁등이 내걸렸다. 2000여 명에 이르는 육궁六宮의 태감과 궁녀들은 부지런히 이곳저곳을 드나들면서 꽃나무를 장식하거나 애기 머리만한 만두를 쪄내기도 했다. 강희는 이처럼 명절 분위기가 다분한 가운데 추석날 아침 일찍 덕릉태와 매병정梅秉正, 악륜대, 유철성 등 시위들을 거느리고 천궁전天穹殿, 종수궁, 흠안전 등을 차례로 찾아 향을 피웠다. 아침식사 후에는 언제나 그랬던 것처럼 백관들의 조하朝賀도 받았다. 그들은 무려 다섯 시간 동안에 걸쳐 만수무강萬壽無疆이나 가공송덕歌功頌德과 같은 토씨 하나 틀리지 않는 말을 따분하게 읊어댔다. 강희는 이때에야 비로소 수십 년 동안 들어온 그 말들이 지독하게도 의미 없는 것이 아닌가 하는 생각을 떠올렸다.

저녁 식사 후에는 이덕전이 양심전의 70여 명 태감과 궁녀들을 데리고 들어오더니 일제히 무릎을 꿇었다. 이어 가장 앞에 선 이덕전이 희색이 만연한 얼굴로 아뢰었다.

"오늘 저녁은 날씨도 맑아 만월滿月이 기대되옵니다. 이미 탐스러운 달이 모습을 드러내고 있사옵니다! 태자전하와 황자마마, 또 궁중의 귀비마마들 모두 어화원에서 대기하고 있사옵니다. 폐하께서는 휴식을 취하신 다음 옷을 갈아 입으셔야 하옵니다."

이덕전은 삼하현에서 곽수에게 혼이 난 이후부터는 각별히 모든 행동을 조심하는 버릇이 생겼다. 덕분에 강희의 신임은 갈수록 두터워졌다. 덕분에 육궁 총관태감이었던 장만강이 죽자 바로 부도총관副都總管이 될 수 있었다. 그가 강희가 옷 입는 것을 시중들면서 웃음 띤 얼굴로 말했다.

"방금 악륜대 시위께서 그러시더군요. 일부 황자들께서 황손까지 데려오고 싶어 한다고 말이옵니다. 그러나 폐하께서 어떻게 생각하실지 몰라 우선 말씀을 올리라고 하셨습니다."

강희가 잠시 뭔가를 생각하는가 싶더니 말했다.

"그럴 필요가 뭐 있는가. 황손들이 한두 명도 아니고, 백여 명은 되잖아. 그런데 큰 아이들이야 열일곱에서 열여덟 살 어른이 다 됐으니 괜찮지만 아직 젖먹이도 있잖아. 게다가 공주, 군주郡主, 유모, 시녀들까지 다 합치면 족히 천여 명은 될 것 아닌가. 짐에게 달구경을 하라는 거야, 아니면 한바탕 난리를 겪으라는 거야?"

그에 이덕전은 말은 못하고 그저 속으로 조용히 생각만 굴릴 뿐이었다.

'일반 서민들 같으면 달 밝은 밤에 가족 모두 오손도손 모여 앉아 월병과 포도를 먹으면서 얘기꽃을 피우는 것을 천륜으로 생각하지 않을까. 아기가 빽빽거리면서 우는 것조차도 즐겁게 여기겠지. 그러나 확실히 황실은 다르구나.'

그러나 강희의 속마음은 그 자신의 말이나 이덕전의 생각과는 많이 달랐다. 무엇보다 몇몇 황손이 천연두를 앓고 있는 것이 큰 이유였다. 부를 경우 다른 사람에게 옮길 염려가 컸던 것이다. 그렇다고 천연두를 앓고 있는 황손을 오지 못하게 하면 차별하느냐는 오해를 불러일으킬

소지도 없지 않았다. 바로 이런 이유 때문에 강희는 아예 황손은 단 한 명도 부르지 않기로 한 것이다.

잠시 후 이덕전이 큰 소리로 외쳤다.

"수레를 대령하라! 폐하께서 나가신다!"

강희가 탄 수레는 유시酉時 말 무렵에 어화원으로 들어섰다. 육궁이 총집합하는 자리인 탓에 당직자를 제외한 나머지 태감들은 모두 각자의 주인을 따라 황제를 맞이하기 위해 나와 있었다. 곧 강희가 희색이 만면한 얼굴로 정원으로 들어섰다. 그러자 요란스러운 북소리가 뚝 멈췄다. 대신 오색찬란한 꽃나무들이 눈부신 등불을 밝혔다.

동쪽으로 귀비 유호록씨를 필두로 혜비 납란씨, 영비 마가씨, 덕비 오아씨, 의비 곽락라씨, 성비成妃 대가戴佳씨, 정비定妃 만류합萬琉哈씨, 밀비密妃 왕씨, 근비勤妃 진陳씨, 양비襄妃 고高씨 등이 차례로 서 있었다. 또 아직 황자를 낳지 않은 진陳씨, 정鄭씨, 색혁도索赫圖씨 등 수십 명의 빈嬪들도 시립해 있었다. 그들은 저마다 신분에 어울리는 복장으로 단장을 하고 있었다. 그 때문인지 정원에서는 정성껏 치장한 여인들로 인해 평소와는 또 다른 그럴싸한 풍경이 연출되고 있었다. 아직 시집을 가지 않은 스물 한 명의 공주들 역시 유호록씨의 등 뒤에 조용히 서 있었다.

또 그들과 마주하는 서쪽에는 태자 윤잉을 비롯한 황자들이 차례로 대기하고 있었다. 모두 서른대여섯 명쯤 되었다. 그중에는 아직 어린 아이들도 있었다. 황자들 등 뒤에는 당연히 200여 명의 집사태감들이 일제히 자리를 잡고 있었다.

강희가 들어서자 곧바로 윤잉이 한 발 앞으로 나섰다. 이어 무릎을 꿇으면서 머리를 조아렸다.

"아신 윤잉이 여러 형제들, 또 후궁 및 모비母妃들과 함께 삼가 폐하의 안녕을 비옵니다!"

"오늘은 가족끼리의 잔치이니 만큼 겉치레 인사 따위는 하지 않아도 크게 문제없어! 올해는 짐이 너희들을 옆에다 끼고 있지 않을 거야. 휴가를 주겠다는 얘기야. 그러니 너희들은 각자 집으로 돌아가 가족들과 함께 명절을 쇠라고. 그게 좋지 않겠나?"

강희가 웃으면서 말했다. 좌중의 사람들이 미처 뭐라고 반응을 보이기도 전이었다. 평소 아들을 제일 많이 출산했다는 것에 늘 우쭐대고 다니던 의비 곽락라씨가 자신의 수행원들과 함께 합창하듯 말했다.

"폐하께서는 그야말로 인정미가 넘치시는 분이옵니다! 실로 성은이 망극하옵니다!"

곧 시원한 가을바람이 기분 좋게 불어오고 있었다. 그 바람은 하늘에 높이 걸린 보름달과 함께 인간 세상의 묘미를 만끽하도록 만들었다. 또 향불의 가느다란 연기는 월대月臺(달을 감상하기 위해 만든 대臺와 계단) 위에 있는 법기法器와 과일 등 음식들을 더욱 신령스럽게 보이게 했다.

강희가 조금 전과는 달리 엄숙한 표정으로 월대에 올라섰다. 그런 다음 은대야에 손을 씻었다. 한참 후 그가 두 손을 맞잡은 채 청명한 하늘을 향해 경건한 마음으로 읍을 한 다음 간절하게 기도를 올렸다.

"자고로 공들이기는 쉬워도 성공하기는 어렵습니다. 또 성공하기는 쉽더라도 그것을 지키기는 어렵다고 했습니다. 시작이 좋은 자는 결말을 조심해야 한다는 선인들의 말씀 역시 이 현엽玄燁이 잠시도 잊지 않고 염두에 두고 있는 바입니다. 짐은 결점투성이 인간으로 오래 사느니, 짧게 살다 갈지언정 티 없는 옥이 되고 싶습니다. 짐의 간절한 소망을 굽어 살펴 주시옵소서!"

강희가 기도를 마친 다음 바로 뒤로 한 발 물러섰다. 이어 다시 두 손을 맞잡은 채 하늘을 향해 세 번 읍을 했다. 그리고는 돌아서서 좌중을 향해 말했다.

"이제 그만 자리에 앉아 달구경이나 하지! 일곱 살 이하의 황자들은 모친들이 잘 챙기기 바라네. 음식은 너무 많이 들여보내 시끌벅적거리지 않도록 하고!"

음식상은 모두 30개가 마련됐다. 강희의 자리는 월대 바로 밑에 준비됐다. 음식은 강희의 당부와는 달리 화려하기 이를 데 없었다. 일반인들은 평생 듣도 보도 못한 이름의 음식들이었다. 과일 역시 그랬다. 합밀과哈密瓜와 여지荔枝까지 준비돼 있었다.

"올해 여름은 자네가 일을 잘 해준 덕분에 별 탈 없이 보낸 것 같아. 비록 호부는 열셋째 윤상이 책임지고 있다고는 하나 자네가 넷째와 함께 최선을 다해준 것에 대해 짐은 참 고맙게 생각하네."

강희가 자리에 앉자마자 흡족한 얼굴로 윤잉을 향해 말했다. 그러자 윤잉이 겸허한 자세를 취했다.

"모든 것이 부황께서 믿고 밀어주신 덕분이옵니다!"

강희가 다시 고개를 돌려 덕릉태에게 지시했다.

"자네들도 편히 앉아 음식을 들게. 또 어선방에 전해 음식을 새로 마련하라고 해. 그걸 육경궁에 들고 가 황태자비인 석石씨에게 상으로 주도록 해!"

강희가 말을 마치고는 바로 흐뭇한 표정으로 젓가락을 들었다. 그제야 사람들은 약속이나 한 듯 음식을 먹기 시작했다. 그러나 하나같이 음식 씹는 소리마저 내지 않으려는 듯 지나치게 조심스러워했다. 그러자 강희가 말했다.

"짐이 있어 이렇게 부자연스러워 할 줄 알았으면 진작 저쪽에 가서 대신들과 같은 상에 앉았을 것을 그랬네! 그러지 말고 누가 우스운 얘깃거리 있으면 좀 해보지그래. 짐이 상을 주겠어!"

윤잉은 많은 사람들 앞에서 수다를 떠는 것에는 상당히 서툴렀다. 하지만 위치가 위치인 탓에 먼저 나서지 않을 수 없었다. 그가 뭔가를 잠시 생각하더니 웃음 머금은 얼굴로 입을 열었다.

"이 얘기는 이 자리에서 생긴 일이라고 들었사옵니다. 작년에 파면을 당한 하기통夏器通이 재임 기간 중 사건을 하나 맡은 적이 있었습니다. 사건의 개요는 이렇습니다. 왕씨라는 자가 윤씨를 살해했습니다. 당연히 왕씨가 잡혔죠. 하기통은 그 왕씨로부터 사건의 전말을 들었습니다. 그러자 대뜸 왕씨를 욕하면서 '부부가 열심히 잘 살고 있었어. 그런데 왜 남의 여자 남편은 죽였어? 왜 멀쩡한 젊은 여자를 청상과부로 만든 거냐고? 이제 어떻게 할 거야? 내가 보기에는 당신이 처벌받는 것보다 죽은 윤씨의 마누라를 먹여 살리는 것이 더 낫겠어. 당신 마누라에게도 청상과부가 되는 맛을 보여줘야 될 것 아냐!'라고 했답니다."

윤잉의 얘기는 그야말로 썰렁했다. 그러자 강희가 잠시 어정쩡해 있다 혼자 크게 웃음을 터트렸다.

"그 하기통이라는 자는 명주의 추천으로 관직에 등용된 사람이었어. 어쩐지 짐이 보기에도 첫인상이 별로 안 좋았어. 역시 짐의 느낌은 백발백중이라니까. 명색이 진사라는 자가 무슨 그 따위야. 아무튼 얘기 재미있게 들었어! 짐이 고급 부채 하나를 선물로 주지!"

"저도 하나 하겠사옵니다!"

강희의 말이 끝나자 기다렸다는 듯 징황자인 윤제가 나섰다. 이상하게 목소리에 화가 잔뜩 묻어 있었다. 사실 명주의 집안 조카인 그로서는 그럴 수밖에 없었다. 외당숙이 이미 저 세상 사람이 된 것만 해도 슬픈 일인데, 그런 사람마저 괴롭히려 드는 윤잉에게 화가 난 것이다.

"사람들이 말하기를, 닭도 오덕五德이 있다고 하옵니다. 그런데 제가 전에 왕홍서의 집에 갔을 때 우연히 폐하께서 아끼시는 설사자묘雪獅子猫

(눈처럼 흰 털을 가진 사자처럼 생긴 고양이)에 대한 얘기가 나왔습니다. 다들 이 고양이도 오덕이 있다고 했습니다. 듣고 보니 그런 것도 같았습니다. 우선 그 고양이는 쥐를 보고도 잡을 생각을 하지 않습니다. 인仁이라는 덕목을 갖췄다고 볼 수 있겠습니다. 또 쥐와 생선 한 마리를 나눠 먹기까지 합니다. 의義를 갖춘 사실은 두말할 나위도 없죠. 그 고양이는 연회가 베풀어지면 저절로 알아서 잘도 찾아옵니다. 그러니 예禮를 깍듯이 갖췄다 해도 틀리지 않습니다. 게다가 맛있는 음식은 아무리 깊게 감춰놓아도 귀신같이 찾아냅니다. 지智를 갖췄다고 하지 않을 수 있겠습니까. 여기에 겨울만 되면 어김없이 먼저 아랫목에 가서 밤낮으로 엎드려 있으니, 믿을 신信이라는 단어를 가져다 붙여도……."

좌중의 사람들은 윤제의 말이 끝나기도 전에 한바탕 웃음보를 터트렸다. 강희 역시 배를 잡고 웃었다. 비빈들은 아예 저마다 손수건으로 입을 가린 채 웃음을 참지 못했다. 그때 열째인 윤아가 연회장으로 들어서고 있었다. 강희가 물었다.

"너는 어떻게 된 게 늘 다른 사람보다 조금씩 느린 거야? 게을러 터져 가지고서는! 늦게 온 대신 우리를 좀 웃겨봐!"

열째 황자 윤아는 직설적인 성격이었다. 뭔가를 속에 감춰두고 꿍꿍이를 꾸미는 야비한 짓은 하지 않았다. 때문에 강희는 그런 그를 무척이나 좋아했다. 물론 그는 자타가 인정하는 것처럼 약간 버릇없이 자라기는 했다. 그가 예의 그 성격대로 자리에 앉자마자 입을 열었다.

"별로 웃기지도 않는데, 괜히 부황과 형님들의 흥이나 깨지 않을지 모르겠사옵니다."

그러자 강희가 괜찮다면서 윤아의 등을 떠밀었다. 그가 잠시 태자를 비롯한 좌중의 사람들을 둘러봤다. 그러다 눈꺼풀을 위로 치켜 올리면서 깜빡거리더니 바로 얘기를 풀어내기 시작했다.

"아신은 몇 년 전 폐하의 지의를 받들어 산서山西에 간 적이 있사옵니다. 그곳에는 소설 《서상기》西廂記에 나오는 최앵앵崔鶯鶯이 살던 보제사普濟寺가 여전히 있더군요. 문제는 그 지방에 아주 좋지 않은 풍습이 하나 있다는 것이었습니다. 그게 뭐냐고요? 그쪽 사람들은 큰일을 보고 엉덩이를 닦을 때 대나무 꼬챙이를 사용합니다. 생각해 보세요. 소설 속의 최앵앵이나 홍낭紅娘은 모두 절세가인들 아닙니까? 그런데 그런 사람들이 대나무 꼬챙이로 뒤를 닦다니요? 그게 깨끗하게 닦이겠습니까?"

좌중의 사람들은 윤아의 얘기에 모두들 얼굴을 찡그렸다. 하기야 수준 낮은 우스갯소리였으니 그럴 만도 했다. 강희 역시 눈앞의 산해진미를 보고는 고개를 흔들지 않을 수 없었다.

"좋지 않아, 좋지 않다고! 흥을 깨는 얘기야! 다른 것으로 하나 바꿔서 해봐!"

"알겠사옵니다! 어떤 나라에 한 무리의 수적水賊들이 있었습니다. 그들이 어느 날 노략질에 나서서 상선 하나를 빼앗았다고 합니다. 그런데 그 배를 탈탈 털어보니 기가 막히게도 돈이 되는 물건이 하나도 없는 것이 아닙니까! 오로지 돈과는 거리가 먼 향기 나는 양초만 가득 실려 있었다고 합니다. 팔아봐야 푼돈조차 되지 않는 물건들이었죠. 그렇다고 버리기에는 또 아깝지 않았겠습니까? 결국 수적들은 머리를 맞대고 상의한 결과 묘안을 떠올렸습니다. 그것은 양초를 전부 태우는 것이었습니다. 하늘나라에까지 향기가 가도록 함으로써 그동안 자신들이 벌여온 도둑 행각에 대한 속죄의 마음을 옥황상제에게 조금이나마 전하고자 한 것이죠. 얼마 후 하늘의 옥황상제는 지상에서 올라온 향기를 맡았습니다. 이상한 생각이 들었겠죠. 그래서 도대체 누가 이렇게 큰 공덕을 베푸는 것인지 알아보라면서 천병天兵 한 명을 지상에 내려 보냈습니다. 곧 그 천병이 돌아와서 보고를 올렸습니다. '몇 명의 불쌍한 사람들이 눈물범벅이 되어 있었습니다. 또 그 옆에서는 그들의 양초를 빼앗은 몰지각한 강도 몇몇이 그것을 태워 옥황상제에게 아부를 하고 있었습니다!'라고 말입니다."

윤아는 노골적인 풍자가 담긴 이상한 억양으로 얘기를 끝냈다. 그러나 예상대로 좌중의 그 누구도 웃지 않았다. 그들은 뭔가 낌새라도 챈 듯 일제히 시선을 열셋째 황자의 탁자 위로 보냈다.

넷째 윤진은 셋째 윤지와 함께 장황자인 윤제의 탁자에 앉아 있다 갑작스럽게 화약 냄새가 서서히 풍기는 장면을 떠올렸다. 어떻게든 분위기를 전환시켜 어색한 국면을 무마해야 했다. 곧 안면근육이 예사롭지 않은 윤상을 의식하면서 황급히 화제를 돌리려고 했다. 그러나 안색이 무섭게 변해가는 강희의 표정에 주눅이 들었는지 선뜻 입을 열지 못했다.

윤상은 그럼에도 곧 아무렇지도 않은 듯 태연하게 술잔을 비웠다. 이어 고기까지 한 점 집어먹고는 술 주전자를 들고 윤아에게 다가갔다.

"열째 형님!"

"왜?"

"방금 그 얘기를 듣고 폐하를 비롯해 아무도 웃은 사람이 없습니다. 형님 자신까지도 말이죠. 그러니 벌주를 한 잔 마셔야 하지 않겠어요? 아우가 한 잔 올리죠!"

"좋지!"

윤아가 시원스럽게 받아들였다. 곧바로 술잔을 들더니 한 입에 털어 넣었다. 이어 윤상에게는 술을 따라줄 생각도 하지 않고 자리에 앉아 안주를 집었다. 윤상을 무시하고 있다는 느낌을 물씬 풍겼다. 윤상은 그래도 아랑곳하지 않았다. 자리로 돌아갈 생각은 아예 하지 않은 채 술 한 잔을 더 따라주었다.

"다들 웃지 않는 것을 보니 처음부터 우스운 얘기는 아니라는 거예요. 저는 열째 형님은 하나면 하나, 둘이면 둘 아주 분명히 하는 통쾌한 사람으로 알고 있었어요. 그래서 쭉 존경해마지 않았어요. 그런데 방금 한 얘기는 어쩐지 석연치가 않네요."

윤상은 예상대로 호락호락 넘어가지 않았다. 그러자 윤아 역시 오히려 잘 됐다는 듯 다리를 꼬면서 말했다.

"궁금한 게 있으면 물어봐도 좋아!"

분위기는 돌변했다. 그야말로 삽시간에 살얼음판으로 변해버렸다. 윤진은 진작부터 윤상이 일을 저지르지나 않을까 잔뜩 긴장하고 있었다. 그가 긴장을 늦추지 않은 표정으로 강희를 바라보았다. 강희는 그런 윤진의 생각을 아는지 모르는지 두 눈을 가늘게 뜬 채 술잔을 잡고 말없이 사태를 지켜보고 있었다.

"나도 속에 할 말이 있으면 꾹 참는 성격이 못 돼요. 생선 가시가 목에 걸렸을 때처럼 뱉어내야 속이 시원할 게 아닙니까? 양초를 도둑맞은 사람은 도대체 누구입니까? 또 옥황상제에게 아부를 떤 사람은 누구인지 알려주실 수 없을까요? 그리고 관청에서는 강도들을 붙잡아갔나요?"

윤상이 냉철하게 웃으면서 따지듯 말했다.

"오, 그게 궁금했는가? 그것은 어디까지나 들은 얘기야. 사실이 아니라고! 그러나 강도가 누구인지 몹시 궁금한 사람을 강도로 보면 크게 틀리지는 않을 거야! 방금 부황께서 왜 늦게 왔느냐고 물으셨지. 그러나 나는 말씀을 올릴 수 없었어. 크나 작으나 명절인데, 괜히 분위기를 깨지 않을까 싶어서였지. 알아? 지금 북경성 안의 전당포, 골동품가게마다 너의 이 열째 형의 물건이 없는 곳이 없어! 저당을 잡히고 돈을 빌렸기 때문이지! 또 너의 형수하고 조카들은 빈 집에서 웅크리고 앉은 채 울고 있다고. 믿어지지 않겠지만 지금 내가 입고 있는 이 옷도 셋째 형님한테서 빌려 입은 거라고!"

윤아가 냉소를 흘리면서 말했다. 격앙된 목소리가 몹시 흥분했다는 사실을 잘 말해주고 있었다. 그러나 윤상은 눈 하나 깜빡 하지 않았다.

"오! 이제 보니 옷을 빌려 입고 오느라 늦게 왔군요!"

윤상이 형을 비꼬는데도 강희는 여전히 가타부타 말이 없었다. 그저 조용히 귀만 기울이고 있었다. 그러자 윤아가 더욱 기세등등한 태도로 악을 썼다.

"너는 유난히 똑똑한 녀석이지. 아마도 북이라는 것은 살살 쳐도 소리가 잘 난다는 사실을 알 거야. 그런데 꼭 그렇게까지 해야 했어? 까놓고 말하면 네가 바로 그 몰염치한 강도라고!"

강희는 윤아의 말을 듣고서 비로소 윤상이 적극 나서서 추진하는 국채 회수 조치에 의해 황자들이 가산까지 팔아 빚을 갚는 지경에 이르렀다는 사실을 알게 됐다. 그야말로 기분이 묘했다. 윤상을 칭찬해야 하는데, 진짜 그래도 되는지 확신이 서지 않았던 것이다. 그가 그런 생각을 하고 있을 때 윤진이 큰 소리로 외쳤다.

"윤상, 이리로 와. 저런 갑갑한 친구하고 입씨름할 것이 뭐 있어!"

"내가 갑갑하면 형님은 찝찝해요? 믿어지지 않죠? 그러면 우리 집에 가서 보라고요. 그러면 될 것 아니에요!"

윤아가 작심을 했는지 윤진에게까지 악을 바락바락 써댔다. 그러나 그의 말이 채 떨어지기도 전에 윤진이 보란 듯 되받아쳤다.

"부황께서 너에게는 녹봉을 주지 않으셨는가? 뭐하느라 빌어먹게 생겨서 국고에 손을 댔다는 거야? 남들은 다 갚았는데, 어째 자네 혼자만 못 갚겠다고 드러눕는 건가? 방귀 뀐 놈이 성낸다고, 그래 놓고도 폐하의 속을 뒤집어 놓을 소리만 해대면서 말이야."

그러자 윤상이 맞장구를 쳤다.

"누가 아니랍니까! 넷째 형님, 정말 정곡을 찔렀네요!"

윤상의 말이 채 끝나기도 전이었다. 갑자기 이성을 잃은 듯한 윤아가 벌떡 일어서더니 그의 왼쪽 뺨에 솥뚜껑 같은 손바닥 세례를 날려버렸다. 이어 갑자기 얻어맞은 탓에 정신을 차리지 못하는 윤상에게 손가락질을 하면서 욕설을 퍼부었다.

"어떤 년이 가랑이가 헐어서 너 같은 새끼를 싸질렀는지 모르겠구나! 밥 처먹고 할 줄 아는 게 뭐 있어? 태자 형님을 졸졸 따라다니면서 아부나 떨고, 그 세력을 등에 업고 까불기나 하고 말이야!"

윤상은 부황의 면전이라는 사실을 완전히 잊어버리고 말았다. 바로 머리카락을 빳빳하게 세우고 성난 얼굴을 한 채 윤아에게 달려들었다. 이내 두 사람은 한 덩어리가 되어 치고받고 싸우기 시작했다. 하기야 윤상이 자신의 어머니를 욕되게 하는 말을 듣고서도 신사적으로 대한다는 것은 있을 수 없는 일이었다.

순식간에 장내는 완전히 아수라장이 돼 버렸다. 물론 일부 황자와 태감들이 난투가 벌어지자 둘을 뜯어말리려고 나서기는 했다. 그러나 강희의 무서운 표정을 읽고는 바로 그대로 돌아와 슬그머니 자리에 앉았다. 윤잉 역시 태자의 위엄으로 뜯어말려 봤으나 소용이 없었다. 장황자 윤제는 더했다. 짐짓 발을 두어 번 구르면서 혼내주는 척하는 것이 고작이었다. 또 나머지 황자들은 사태를 관망하기만 했다. 어떻게 하면 두 세력 중 하나에 편승해 이익을 취할까 하고 저마다 다른 속셈을 하는 듯했다. 아직 너무 어려 두 세력 어디에도 속하지 않는 어린 황자들은 당연히 그런 셈조차 하지 못했다. 그저 깜짝 놀라 울면서 저마다 유모의 품속으로 파고 들어갈 뿐이었다.

"말리지 마! 짐승보다 못한 자식들 같으니라고! 서로 때려죽이든 말든 마음대로 하라고 해!"

강희가 기어이 버럭 화를 냈다. 그는 평소에도 황자들이 티격태격하면서 별로 화목하게 지내지 못한다는 사실을 모르지는 않았다. 하지만 형제간에 서로 미워해 봤자 누가 황제의 신임을 더 받고 덜 받고 하는 것 때문에 일시적으로 그러는 것이려니 하고 단순하게 생각했다. 그러나 현실은 전혀 그렇지 않았다. 무엇보다 황자들끼리의 파벌이 너무나도 분명했다. 게다가 서로간의 싸움이 목숨을 내걸 정도로 치열했다. 그것도 자신의 눈앞에서 공공연히 벌어졌다. 강희는 바로 그런 현실에 인내심의 한계를 느꼈던 것이다.

강희의 고함소리에 장내는 바로 조용해졌다. 평소 사람을 대하는 강희의 원칙은 분명했다. 그것은 바로 친인척은 대신들, 황자들에게는 훈척勳戚들보다 조금 더 엄하게 요구하고 채찍질한다는 것이었다. 여덟째 윤사의 말을 빌리자면 이른바 '밖으로는 둥글고, 안으로는 모난' 그만의 독특한 대인 관계의 원칙이었다. 한마디로 절묘하다고 해도 좋았다. 때문에 황자들은 정도의 차이는 있어도 부황의 그런 원칙을 두려워하지 않을 수 없었다.

그럼에도 윤아와 윤상은 바로 그런 부황 앞에서 이성을 잃은 채 추태를 벌였다. 심지어 서로 피멍이 든 채 여전히 노려보면서 이를 갈기까지 했다. 물론 둘이 처한 입지가 많이 다르기는 했다. 예컨대 윤아의 경우는 이제 이렇게 된 바에야 갈 데까지 가보자는 식으로 볼썽사납게 일그러진 얼굴을 번쩍 쳐들 정도로 주위에 원군이 적지 않았다. 하지만 윤상은 달랐다. 주위에 가득한 사람들 가운데 확실하게 자신의 편을 들어줄 사람은 윤진밖에 없다고 해도 과언이 아니었다.

윤상은 그런 사실에 마음이 너무나 아팠다. 그는 결국 허전한 가슴을 달랠 길 없다는 듯 안면근육을 실룩거리더니 바로 눈물을 흘리고 말았다. 이어 강희 앞에 무릎을 꿇은 채 머리를 조아리면서 띄엄띄엄 입을 열었다.

"못난 아들이 천하의 몹쓸 짓을 벌였사옵니다. 부황께 이런 불경을 저질러서 대단히 죄송하옵니다……. 죗값을 달게 받겠사오나 한 가지만큼은 분명히 해주셨으면 하옵니다. 제 친어머니가 출가한 이유를 밝혀 주시옵소서. 결코 형제들의 입에 마구잡이로 오르내릴 만큼 비천한 여인은 아니었던 것으로 아옵니다."

윤상은 작심하고 평소 가슴에 담아둔 말을 꺼냈으나 더 이상 말을 잇지는 못했다. 말을 꺼내고 보니 설움이 더욱 북받치는 모양이었다. 강희는 전혀 예상 못한 윤상의 요구에 잠시 쩔쩔매면서 할 말을 잊었다. 하기야 윤상이 듣고 싶어 하는 것과 관련한 숨겨진 사연은 하룻밤을 지새워도 다 끝내지 못할 것이었다. 또 윤아가 먼저 걸고 넘어져 일을 크게 만들었으므로 윤상의 당돌함을 힐책하기도 조금은 그랬다. 강희는 뭔가 잠시 생각하고 나서 천천히 입을 열었다.

"너 그만, 일어나! 네 어머니는 원래 토사도 칸의 공주였어. 신분이 고귀하기 이를 데 없는 사람이었지. 몸이 시름시름 아프고 예기치 않은 재난이 잇따라 불가에 귀의했어. 본인이 비우는 지혜를 배우고 청정하게 살아갈 것을 원했기 때문에 짐이 그 의사를 존중해준 것 뿐이야. 어떤 놈이 날벼락을 맞고 싶어서 엉뚱한 소문을 퍼뜨리고 다니는 거야? 좋아, 그러라고 해! 그리고 윤아, 짐은 네가 하라는 공부는 하지 않고 나랏돈을 빌려 무엇을 했는지는 이 자리에서 묻지 않겠어. 그러나 짐이 눈감아 주는 것은 절대 아니라는 것을 명심해. 오늘 저녁에 짐 앞에서 저지른 불경은 분명히 인생이 살기가 지겨운 사람이나 할 수 있는 짓이야. 너, 세상 다 살았다고 생각하는 거야?"

"그런 것은 아니옵니다. 누군가가 이 아들을 죽음으로 몰아넣으려고 음모를 꾸미는 것이옵니다! 관보에서 보니 이번에 무리한 빚 독촉으로 스스로 목숨을 끊은 지방관이 무려 열세 명이나 된다고 했사옵니다. 저는 결코 열네 번째가 되고 싶지 않사옵니다! 폐하, 열셋째와 시세륜이 멀쩡하던 호부의 사람들을 인륜도 저버린 몰인정한 빚쟁이로 만들어버리고 말았사옵니다. 저는 부황의 손에 죽는 한이 있더라도 할 말은 끝까지 해야겠사옵니다. 솔직히 명색이 대국의 황자라는 사람이 걸칠 옷도 변변찮아 동분서주하면서 빌리러 다닐 정도라면 무슨 얘기가 더 필요하겠사옵니까?"

윤아는 아홉째 윤당과 함께 강희의 성격에 대해 평소 누구보다 깊이 있게 분석을 해온 터였다. 그 분석을 통해 수세에 몰려도 기죽지 않고 당당하게 대처하는 모습을 좋아한다는 사실도 확실하게 알아낼 수 있었다. 그가 고개를 빳빳하게 쳐든 채 내일 죽어도 괜찮다는 식으로 나온 것은 바로 그 때문이었다. 속이 상한다는 듯 눈물을 글썽거린 것 역시 크게 다르지 않았다.

강희는 관리들이 자살했다는 사실을 전혀 모르지는 않았다. 아니 관보에서 언뜻 보기는 했다. 그러나 그게 빚 독촉 때문인지는 전혀 몰랐다. 당연히 깜짝 놀라지 않을 수 없었다. 그렇다고 해서 윤아 앞에서 손톱만큼의 동정을 보일 수도 없었다. 틈새만 발견하면 마구 비집고 들어와 정국을 도루묵이 되도록 하고도 남을 황자가 바로 윤아라는 사실을 모르지 않았던 것이다. 더구나 그는 태자와 윤진, 윤상이 심혈을 기울여 겨우 실마리를 잡고 풀어나가기 시작한 엉킨 실타래가 다시금 뒤죽박죽이 되는 것은 절대 있을 수 없다고 생각하던 차였다. 강희가 윤아의 눈물어린 호소에도 불구하고 냉소를 터트렸다.

"태자를 비롯해 넷째, 열셋째의 모든 행동은 짐이 추진하는 정책의 반경을 벗어나지 않은 행위였어. 네가 뭘 안다고 함부로 주둥아리를 놀리고 그래! 변변치 못한 관리들 몇 명이 죽었기로서니, 뭘 그렇게 호들갑을 떨고 그러는 거야? 짐이 내일은 탐관오리 몇몇을 더 단죄할 거야!

윤아, 너는 머리에는 든 것 없이 나쁜 것만 배워가지고 엉뚱한 짓거리만 하고 다니는 것이 분명해. 그러니까 조심해. 오늘은 일단 어화원을 뒤죽박죽으로 만든 죄부터 물을 거야. 여봐라!"

"예, 폐하!"

이덕전이 강희의 일그러진 표정에 잔뜩 겁에 질려 있다가 덜덜 떨면서 대답했다.

"종인부宗人府(황족들을 감독하는 기관)로 데려가 곤장 열 대를 안긴 다음 사흘 동안 감금시켜라!"

9장

구체화되는 음모

강희는 밤새도록 뒤척이면서 잠을 제대로 이루지 못했다. 그러다 시계종이 여덟 번이나 울려서야 겨우 잠자리에서 일어났다. 그때 이덕전이 밖에 위동정이 대기 중이라는 사실을 보고했다. 또 자신이 열째 황자가 있는 종인부에 직접 다녀왔다는 얘기도 했다. 강희가 심드렁한 표정으로 물었다.

"그래, 윤아는 뭐라고 하던가?"

"소신이 갔을 때는 마침 태의가 약을 발라드리고 있었사옵니다. 열째 황자마마께서는 눈물을 비 오듯 흘리시면서 후회를 많이 하시는 것 같았사옵니다. 이번 일로 인해 폐하께서 화병을 얻지 않기를 간절히 빌기도 했사옵니다. 그 외에 다른 얘기는 없었사옵니다."

이덕전이 말에 강희는 아무런 응답도 하지 않았다. 그저 위동정을 불렀을 뿐이었다. 그는 뭐니 뭐니 해도 강희와 같이 보낸 시간이 가장 긴 일등시위였다. 또 유형乳兄(같은 젖을 먹고 자란 형)이기도 했다. 그러나 40~50여 년의 세월은 그를 너무나도 가슴 아프게 변화시켜버렸다. 무엇보다 장검을 찬 채 위풍당당하던 모습은 온데간데없었다. 게다가 가만히 있어도 손발을 쉬지 않고 떨기도 했다. 노구老軀라는 말이 무색하지 않았다. 그가 강희의 호출에 바로 들어와서는 계속 떨리는 그 몸을 주체하지 못한 채 무릎을 꿇고 머리를 조아려 인사를 올렸다.

"어서 일어나게. 얼굴 한번 보기가 이리 힘들어서야 원! 뭐가 바빠서 여태 코빼기도 보이지 않았는가? 작년에 자네가 학질에 걸렸을 때 짐이 준 금계랍金鷄蠟(염산키니네를 의미함)은 다 먹었는지 모르겠군. 이제는 괜찮지?"

강희가 온돌 마루에 앉아 따끈한 우유를 마시고 있다 반가운 얼굴을 한 채 말했다. 위동정이 그러자 황급히 대답했다.

"이제는 오가다 감기도 다 걸리고, 몸도 통 말을 듣지 않사옵니다. 길에서 풍한風寒에 걸려 며칠 늦는 바람에 폐하께 걱정을 끼쳐드렸사옵니다. 황송하옵니다! 폐하께서 하사하신 귀중한 금계랍은 아까워서 다 못 먹고 챙겨두고 있사옵니다. 소인은 아마 죽어도 이 병으로 죽을 것 같사옵니다. 오늘날까지 살아온 것도 폐하의 홍복에 힘입어서가 아니겠사옵니까!"

말을 마친 위동정은 나이에 걸맞지 않게 천진한 웃음을 머금었다. 강희가 그러자 한숨을 내쉬었다.

"그런 별로 좋지 않은 말은 하지 말게. 짐이 즉위한 후로 이미 강산이 네 번이나 바뀌었네. 그 동안 네 명의 보정대신들이 짐을 보필했어. 그 중에는 불운하게 최후를 마친 사람도 없지 않았어. 또 불명예 퇴진을 한 사람도 있었지. 게다가 짐을 진심으로 섬겼을 뿐 아니라 짐이 필요로 했던 사람들은 이제 거의 다 세상을 떠났어. 오로지 자네와 목자후, 무단 등 몇몇 오래된 시위들만 남아 있네. 자네들은 부디 짐과 함께 오래오래 있어줬으면 해!"

강희의 말을 들은 위동정 역시 한숨을 내쉬었다.

"그렇사옵니다! 웅사리도 최근 세상을 떠났사옵니다. 이제 폐하 곁에 있는 노인들은 갈수록 적어지고 있사옵니다. 이제는 다음 세대가 힘을 내야 할 때가 아닌가 싶사옵니다. 방금 서화문에서 대기하고 있던 중 조봉춘을 만났사옵니다. 그 역시 노색이 완연했사옵니다. 잠깐 방포에 대한 얘기가 오고가서 올리는 말씀입니다만, 소인은 운이 나빠서 대명세 사건에 말려들어 생명까지 위협받는 그가 참 안쓰럽사옵니다. 그가 죽으면 동성파桐城派의 문기文氣는 아마도 바닥에 떨어지지 않을까 싶사옵니다."

"자네가 몰라서 그렇게 말하는 것 같군. 넷째와 여덟째 모두가 자네와 같은 뜻을 비치기에 짐이 이미 사면을 시켰네. 태평성세에는 인재육성에 힘을 기울여야 해. 외신外臣들 중에 짐의 마음을 진정으로 읽을 줄 아는 사람은 역시 자네밖에 없군! 이런 일은 짐이 신경을 쓰지 않더라도 상서방에서 알아서 좀 해주면 얼마나 좋을까. 자기네들한테 책임이 돌아올까 봐 전전긍긍하면서 꿀 먹은 벙어리처럼 입만 다물고 있으니 원!"

강희가 웃으면서 말했다. 이어 잠시 뭔가 생각을 하는 듯하더니 시중드는 태감과 시녀들을 모두 내보내고 다시 입을 열었다.

"짐이 자네를 북경으로 부른 것은 한 가지 확인하고 싶은 일이 있어서야. 전에 짐이 남순南巡에 나섰을 때 양기륭이 비로원에 대포를 설치해 놓고 짐을 죽이려고 했던 일이 있었지? 그때 목자후와 자네가 사건 경위를 조사하러 갔었잖아. 그 당시 태자와 윤진이 도중에 자네들에게 부랴부랴 선물을 보냈지. 그때 뭘 보냈지? 나는 그것이 알고 싶네."

강희의 질문은 위동정이 전혀 예상하지 못한 것이었다. 위동정은 검게 변한 얼굴을 한 채 마땅히 할 말을 찾지 못했다. 그저 입만 실룩일 뿐이었다.

그것은 20년도 더 지난 일이었다. 당시 위동정과 목자후는 양기륭을 생포하고 양강 총독이자 강희의 외삼촌 항렬인 갈례의 서재를 기습한 적이 있었다. 그때 둘은 상서방 대신인 색액도가 갈례에게 보낸 서찰들을 발견했다. 색액도가 그 사건에 직, 간접적으로 개입했을 것이라는 의혹이 증폭되는 순간이었다. 그러나 두 사람은 때맞춰 도착한 태자와 윤진의 물건을 받는 순간 태자와 넷째가 그렇게 할 수밖에 없는 사연이 있으려니 하고 고민에 고민을 거듭했다. 결과적으로 서찰을 불태워 버리고 갈례를 석방하는 단안을 내렸다. 위동정은 이후 그 일이 새어나가지 않도록 20년 동안에 걸쳐 입이 부르트도록 목자후를 단속했다. 또 수많은 나날을 불안 속에서 지내왔다. 그 후 갈례는 연갱요에 의해 목이 달아났다. 색액도 역시 반역 혐의로 감금을 당했다. 위동정으로서는 그 일이 영원한 비밀로 남을 것이라는 생각을 했다. 안도의 숨을 조용히 내쉬었다. 그런데 누가 알았겠는가! 갑자기 강희의 입에서 뜻하지 않게 그와 관련한 날카로운 질문이 튀어나올 줄을.

"거미줄이 켜켜이 쌓였을 만큼 세월이 흘렀어. 그러니 두려워할 것은 없네. 사건의 전말에 대해서는 짐이 진작부터 알고 있었어. 짐은 그저 그 일에 태자가 얼마만큼 깊게 관여를 해 왔느냐가 궁금해서 물어보는 거야. 자네가 생각이 짧아서 그런지는 모르겠으나 그런 일을 끝까지 끌어안고 있을 필요는 없어. 그래봤자 폭탄은 자네 품속에서 터질 수밖에 없다고. 그 사실을 명심하게!"

강희가 경황없어 하면서도 입만큼은 꾹 다물고 있는 위동정을 쳐다보았다. 위동정은 강희의 말을 통해 그가 진실을 다 알고 있을 뿐 아니라 이제는 더 이상 감출 필요도 없고, 감출 수도 없게 됐다는 사실을 분명하게 알 수 있었다. 그러자 묘하게도 점점 마음이 편해졌다. 확실히 누구보다 강희의 성격을 잘 알고 있는 그다웠다. 그는 이 상황에서 손톱만큼이라도 거짓말을 했다가는 누구를 막론하고 엄청난 대가를 치르게 된다는 것도 모르지 않았다. 그가 곧 부들부들 떨면서 머리를 조아렸다.

"폐하께서 물으시지 않으셨다면 소인은 죽어서 가루가 되더라도 그 사실을 입 밖에 내지 않았을 것이옵니다! 그 당시 태자전하와 넷째 황자마마께서 소인에게는 옥여의玉如意, 목자후에게는 와룡대臥龍袋(만주족의 전통 마고자의 일종)를 보내주셨사옵니다. 그로 인해 그 엄청난 사건에 색액도와 태자전하가 연루돼 있다는 사실을 알았사옵니다. 소인은 정말 혼비백산하지 않을 수 없었사옵니다. 그렇다고 짧은 시간 내에 진실을 밝힐 수는 없었사옵니다. 그래서 두 분의 뜻을 받아들이기로 했던 것이옵니다. 폐하께 주군을 기만하는 용서받지 못할 죄를 지었사옵니다! 그러나 소인은 이십 년 동안 불안했사옵니다. 그 생각만 하면 잠자리에서도 벌떡 일어나 앉기도 했사옵니다. 하오나 소인의 어리석은 생각으로는 두 분이 그런 큰일을 모의할 수는 없었다고 생각하옵니다. 당시 태자전하의 나이가 열한 살, 넷째 황자마마는 일곱 살밖에 되지 않았는데, 어떻게 그렇게 할 수가 있었겠사옵니까? 모두가 색액도 혼자서 각본을 짜고 연출을 맡았을 것이라고 생각하옵니다."

위동정은 말을 하면서도 죽어라 머리를 조아렸다. 땀인지 눈물인지 모를 분비물이 그의 얼굴에서 끊임없이 흘러내리고 있다.

강희는 곧 신발을 끌고 땅에 내려섰다. 이어 뒷짐을 지고 창가로 걸어갔다. 그리고는 창밖의 붉은 담벼락, 노란 기와를 오래도록 바라봤다. 그가 한참 후에야 천천히 입을 열었다.

"윤잉이 전혀 몰랐다고는 할 수 없을 것 같아. 물론 색액도의 농간에 놀아났던 것이기는 하지. 이제야 맞아떨어지는구먼. 어쩐지……. 짐이 세 번째로 준갈이 쪽으로 출정을 했다가 길에서 몸이 좋지 않은 적이 있었어. 그때 태자를 불렀지 아마. 당시 대리시大理寺에서는 색액도에 대한 심문이 한창이었고. 그런데 웬일인지 태자가 혼이 나간 사람처럼 굴기에 색액도로부터 자유롭지 못하다는 느낌을 받았어. 색액도에게 가까이 가지 못했던 것은 막판에 발뒤꿈치를 물리지 않을까 싶어서 그런 것이 아닌가 보여! 이제 보니까 말이야."

강희가 잠시 말을 그치는가 싶더니 다시 입을 열었다.

"다 지나간 얘기야. 죄를 묻기는 뭘 물어! 입장을 바꿔 짐이 자네의 위치에 있었다고 해도 결과는 별로 다르지 않았을 거야. 태자든 자네들 중 그 누구든 작심하고 짐을 배신하지만 않는다면 실수는 어디까지나 용서받을 수 있어. 그걸 명심하게."

위동정은 그제야 강희가 20여 년 전의 그 일에 대해서는 더 이상 추궁하지 않으려 한다는 사실을 분명히 깨달았다. 동시에 윤잉에 대해서는 경계심을 늦출 수 없다는 뜻을 분명히 했다는 사실도 확실하게 감지할 수 있었다. 그가 가볍게 안도의 한숨을 내쉬면서 머리를 조아렸다.

"소인, 명심하겠사옵니다!"

사실 윤진의 추측은 틀렸다. 거의 신神과 같은 신통력으로 모든 것을 맞히는, 용하기 이를 데 없는 장덕명은 여덟째 황자 윤사를 만난 적이 없었다. 원래 장덕명을 그에게 추천해준 사람은 다름 아닌 열째 윤아와 왕홍서였다. 그러나 윤사는 귀신이니 점괘니 하는 것은 별로 믿지 않았다. 게다가 괜한 일로 강희의 눈 밖에 날 것을 두려워하지 않을 수도 없었다. 때문에 줄곧 장덕명을 만나주지 않고 한적한 곳에 방치해 뒀다. 그러던 그가 장덕명을 만나기로 한 것은 윤아가 풀려 나오고 상처가 거의 아물어갈 무렵이었다. 극비리에 심복인 왕홍서에게 장덕명을 데려오도록 지시한 것이다. 그리고는 한통속인 윤당과 윤아, 일등시위인 악륜대, 도찰원 어사인 명주의 아들 규서와 아령아도 함께 불렀다.

궁금증을 참지 못하고 가장 먼저 부랴부랴 달려온 사람은 악륜대였다. 그는 도착하자마자 흥미진진한 얼굴을 한 채 윤사와 윤당을 향해 읍을 하고 물었다.

"장 신선神仙(장덕명을 일컬음)은 어디 있습니까? 빨리 보고 싶군요!"

그러자 윤당이 서두르지 말라는 자세로 말했다.

"번갯불에 콩 볶아먹을 친구네그려. 신선인지 사기꾼인지는 지켜봐야 알지 않겠는가! 여덟째 황자께서 그 정체를 밝히고자 하니 괜히 멋모르고 끼어들지 말라고!"

"무슨 정체고 뭐고 할 것이 있다고 그래? 아홉째, 너도 참! 설사 그자가 용한 점쟁이라고 해도 뭘 물어볼 것이 있어야 말이지. 앞으로 아무리 못해도 왕위 하나씩은 돌아오지 않겠어? 그것도 조만간에. 또 길흉은 물어보고 자시고 할 것도 없어. 내가 격에 어긋나게 놀지만 않는다면 냉수 마시고 이를 쑤신다 한들 무슨 걱정이 있겠어!"

여덟째가 저녁노을에 금빛으로 물든 창밖을 바라보면서 윤당에게 싫지 않은 어조로 면박을 줬다. 마침 그때 윤아가 규서와 아령아를 대동하고 들어섰다. 또 그 뒤로는 50세 가량의 약간 뚱뚱한 노인이 조심스럽게 따라 들어오고 있었다. 윤아는 언제나 그렇듯 편한 옷차림에 하늘이 무너져도 그것이 이불인 것처럼 덮고 잘 것 같은 대수롭지 않은 인상을 하고 있었다. 그 모습을 본 아홉째 윤당이 물었다.

"자네는 맞으면 맞을수록 더 멋있어지는 것 같군. 이번에는 얼마나 주고 신형사愼刑司의 사람을 매수했는가?"

"신형사는 모두 여덟째 형님의 사람들로 채워져 있어요. 굳이 돈을 주고 살 필요가 있나요?"

윤아가 유들유들하게 웃으면서 말했다. 그러더니 뒤따라 들어온 뚱보 노인을 툭툭 쳤다.

"형님, 임백안이라는 유명한 꾀주머니예요. 이번에도 곤장을 들고 때리는 시늉을 얼마나 그럴싸하게 했는지 알아요? 저는 그저 죽어라 돼지 멱따는 소리만 냈지 뭡니까!"

여덟째가 윤아의 말에 슬쩍 냉소를 머금었다. 이어 뚱보 노인을 향해 천천히 입을 열었다.

"임씨, 자네는 아홉째 황자의 사람이 아닌가! 내가 함부로 가르치려 드는 것은 아니나, 앞으로는 황자들의 일에 관여하는 것을 자제해 줬으면 하네."

"여덟째 황자마마 말씀이 천만번 지당하십니다! 명심하겠습니다."

임백안이 행여 늦을세라 황급히 대답했다. 그때 밖에서 문지기가 들어와서는 장덕명이 왔노라고 보고를 올렸다. 여덟째는 곧 갈 테니 우선 일한당逸閑堂으로 데려가라고 지시하고는 바로 윤당과 윤아 일행을 보냈다.

"내가 이게 무슨 주책인지 모르겠습니다! 어떻게 하다 속세로 내려와 본의 아니게 물의를 빚고 다니는 것 같아 마음이 편치 않습니다. 여러 지체 높으신 분들께서 이상하게 생각하시지 않으셨으면 합니다!"

장덕명은 황자들 앞에서 전혀 조심스러워하는 기색이 없었다. 그저 상투적으로 길게 읍을 하고는 자리에 앉았다. 그러자 윤당이 자리에서 일어서면서 말했다.

"도사, 무슨 그런 걱정을 다하고 그러는 거요? 여덟째 황자께서 곧 도착할 거요. 이 자리에는 모두 선생을 흠모하는 사람들만 있으니, 편하게 마음을 가져도 되겠소!"

윤당과 장덕명 등이 한참 얘기를 나누고 있을 때였다. 밖에서 요란한 발자국 소리가 들려왔다. 그러자 왕홍서가 정신이 번쩍 나는 듯 자리에서 일어났다.

"여덟째 황자마마께서 도착한 것이 틀림없습니다."

왕홍서의 말에 좌중의 사람들 모두가 문어귀에서 여덟째 황자를 맞이할 준비를 했다. 그때 난데없이 똑같이 푸른 옷을 입은 가복家僕들이 천 신발을 신은 채 둥그런 모자를 착용하고 줄지어 들어서고 있었다. 모두들 나이가 스물일곱 살 정도 돼 보였다. 생긴 것도 고만고만했다. 또 그들 뒤에서는 아령아가 흥미진진한 표정을 지으면서 들어서고 있었다. 이어 바로 장덕명을 향해 인사를 했다.

"선장仙長, 이들 중에 여덟째 황자가 계시오. 어서 와서 인사를 올리도록 하오!"

좌중의 사람들은 갑자기 들이닥친 이들의 행동에 얼떨떨한 눈치였다. 심지어는 놀란 표정으로 아령아와 장덕명을 번갈아 바라보기도 했다. 그것이 꽤나 잘난 척할 것 같은 장덕명에게 여덟째를 찾아내라는 시험이라는 것을 모르는 사람은 없었다.

장덕명 역시 잠시 놀란 표정을 지었다. 그러고는 바로 냉소를 흘렸다.

"여덟째 황자마마께서 나를 그다지 반가워하지 않는 모양이네요! 마음이 텅 빈 깡통 같은 빈도貧道가 아무리 상대방이 왕공귀족들이라고 해도 뭐가 아쉬운 것이 있겠습니까? 이런 대접을 받으면서 여기 있는 것은 말이 안 되죠? 자, 그럼!"

장덕명이 바로 자리를 뜨려고 했다. 그러자 재빨리 윤당의 표정을 살피고 난 악륜대가 황급히 그를 붙잡았다.

"여기는 마음대로 들락날락할 수 있는 곳이 아니라는 것을 모르지는 않을 테죠! 여덟째 황자마마를 찾아낼 방법이 없을 것 같으니까 도망가는 게 아니오?"

"별일도 많구먼!"

장덕명이 발걸음을 멈추고 크게 웃더니 말했다.

"빈도는 자신감 넘친다는 뜻을 가진 목성木星의 기운을 타고 났습니다. 그래서 일찍이 내로라하는 가정을 박차고 나와 입산을 했죠. 또 이름만 대면 세상이 다 아는 스승님의 가르침을 받았습니다. 오묘한 삶의 이치를 깨닫고 인간과 신의 섭리를 도통하게도 됐죠. 그런 내 눈에 천하의 그 무슨 일들이 비껴갈 수 있겠습니까? 귀인貴人과 범인凡人은 영적으로 다른 기운을 뿜어냅니다. 가복 차림이 아니라 거지행색을 하고 쇠똥을 얼굴에 칠하고 다닌다고 해도 백광자기白光紫氣가 머리 위에 감도는 법입니다!"

장덕명은 말을 마치자마자 다짜고짜 앞으로 다가갔다. 그리고는 마지막으로 네 번째 줄 가운데에 있는 여덟째 황자를 앞으로 잡아당기면서 물었다.

"여덟째 황자마마가 아니십니까? 만약 아니라면 아홉째 황자마마, 열째 황자마마께서 빈도의 눈알을 파버리셔도 억울하지 않습니다!"

장덕명이 말을 마치고는 바로 여덟째를 향해 큰절을 올렸다. 이어 바로 돌아서서 나가려고 했다.

"선장! 불경을 저질러 황송합니다. 마음을 푸시고 차라도 한 잔 드시고 가십시오!"

여덟째가 보통이 아닌 듯한 장덕명의 성질에 은근히 놀랐는지 황급히 밖으로 나가지 못하도록 말렸다. 그리고는 그를 자리에 앉히고는 천천히 입을 열었다.

"전에 장황자께서 돼 먹지 않게 강호를 입에 올리는 웬 사기꾼에게 속아 넘어간 적이 있어 어쩔 수가 없었습니다."

"제가 어찌 감히 여덟째 황자마마께 화를 내겠습니까? 그저 천기天

機를 발설한 것 같아서 그럽니다. 언젠가는 천노天怒를 피해가지 못할 것이 두려울 따름이죠!"

장덕명이 말을 마치고는 조금 전의 당당함은 어디로 갔는가 싶게 머리를 깊이 숙였다. 장내에는 곧 무거운 분위기가 감돌았다.

좌중에서 장덕명을 알고 지낸 시간이 가장 긴 사람은 역시 왕홍서였다. 그 외에는 분위기를 띄울 사람이 없는 듯했다. 결국 그가 조심스럽게 입을 열었다.

"만세의 사표인 공자도 만백성을 교화시키라는 하늘의 뜻을 받고 내려온 성인입니다. 그러나 천인天人의 도리나 귀신에 대해서는 전혀 언급을 하지 않았다고 합니다. 공자는 그저 우주에 존재하는 모든 것은 그 존재를 함부로 논하지 말라는 말만 남겼습니다. 제가 궁금한 것은 선장께서는 어떻게 백광자기가 감도는 것을 볼 수 있었는가 하는 것입니다. 또 백광은 누구를 가리킵니까? 자기는 어디에서 오는지요?"

"보통사람들의 눈에는 당연히 안 보이겠죠. 산중에서는 늙은 원숭이가 한 번 길게 울부짖으면 백 마리 원숭이가 호응을 해옵니다. 또 강물에서는 교룡蛟龍이 분노하면 그 속에 노닐던 모든 생물들이 겁에 질려 벌벌 떨죠. 그들만의 언어와 몸짓을 그 누가 읽을 수가 있겠습니까? 마찬가지로 그대처럼 부귀를 누리고 있는 사람들이 어찌 산의 정기를 빨아먹으면서 기氣를 정화하고 신기神氣를 듬뿍 받은 산사람들과 같을 수가 있겠습니까? 지금 여덟째 황자마마의 가복들 머리 위에는 검은 안개 같은 기운이 감돌고 있습니다. 반면 아홉째 황자마마, 열째 황자마마의 주위에는 자기가 흐르고 있습니다. 또 유독 여덟째 황자마마와 그대에게서는 백기白氣가 눈에 띕니다!"

장덕명이 오래된 우물처럼 그윽한 눈빛으로 왕홍서를 바라보면서 말했다. 왕홍서는 길흉을 떠나 자신을 여덟째 황자와 같은 반열에서 얘기했다는 것에 놀라지 않을 수 없었다.

"뭐라고요? 제가 여덟째 황자마마와 같다는 말입니까?"

"한참 멀었죠! 그대는 창백한 기운이 있어요. 반면 여덟째 황자마마는 아홉째 황자마마, 열째 황자마마와도 다른 자광을 띠고 있어요. 뭔가 특이한 기백이 넘치는 기운이 꿈틀댄다는 겁니다!"

장덕명이 코웃음 섞인 말투로 대답했다. 여덟째가 묵묵히 듣고만 있다가 가복들을 전부 내보내고는 미소를 지으면서 말했다.

"나와 아홉째, 열째는 모두 똑같은 용의 자손입니다. 그런데 어떻게 다를 수가 있다는 말입니까?"

"용은 새끼를 아홉 마리 낳더라도 저마다 다르다고 했습니다. 명운이 다르다는 얘기입니다! 지금 여덟째 황자마마께서 왕으로 봉해진 상태라면 단언컨대 천자의 기를 타고 나셨다고 할 수 있습니다!"

장덕명이 냉정하게 대답했다. 그의 말이 떨어지기 무섭게 갑자기 차가운 바람이 몰려왔다. 좌중의 사람들은 약속이나 한 듯 오싹한 기분을 느꼈다. 잠시 침묵이 흘렀다. 한참 후 명주의 아들인 규서가 떨리는 목소리로 물었다.

"선장, 어찌 그런 얘기를 이렇게 가볍게 할 수가 있습니까? 자칫하면 구족九族이 위태로울지도 모르는데 말입니다!"

"빈도는 구족도 없는 사람입니다. 여기에 자리 잡은 사람들은 모두 여덟째 황자마마의 심복인 것 같아 직언을 했을 뿐입니다."

장덕명의 말이 끝나자마자 여덟째가 버럭 화를 내면서 고함을 질렀다.

"심심풀이로 데려왔더니, 못하는 소리가 없군! 지금 성명하신 천자께서 재위 중이시고 황태자가 정무를 보좌하고 있어. 두 분의 현덕이 두터운 것은 온 천하가 아는 일이야! 내가 당신의 머리통을 베어버리지 못할 것 같은가?"

장덕명이 여덟째의 말을 듣고는 화가 났는지 벌떡 자리에서 일어났다. 동시에 잠시 날카로운 눈빛으로 여덟째 황자를 노려봤다. 그러다 곧바로 자리에 털썩 주저앉았다.

"빈도는 신선이 아니니, 목을 치면 당연히 피가 나고 떨어져 나갈 것입니다. 하지만 빈도는 여덟째 황자마마와는 특별한 인연이 있는 것 같습니다."

말을 마친 장덕명이 안주머니에서 부채 하나를 꺼냈다. 그리고는 그것을 악륜대에게 건네주었다.

"장검으로 부채 손잡이를 내리쳐 보세요. 어떤 일이 벌어지나 보게."

장덕명의 말에 악륜대가 멍한 표정을 지은 채 주위를 빙 둘러봤다. 그러더니 천천히 허리춤에서 장검을 빼내 가볍게 부채 손잡이를 내리쳤다. 그와 동시에 손잡이가 발밑에 떨어졌다. 하지만 별다른 이상은 없었다. 그러자 사람들이 장덕명을 쳐다보면서 의아한 표정을 지었다. 장덕명이 기다렸다는 듯 말했다.

"여덟째 황자마마께서도 소매 속에 부채가 들어있을 겁니다. 한번 꺼내보십시오."

여덟째가 은근히 놀라면서 소매 안에서 부채를 꺼냈다. 순간 그는 대경실색하고 말았다. 멀쩡하던 자신의 부채 손잡이가 떨어져 나가 있었던 것이다. 사람들은 눈앞에서 벌어진 일에 놀라지 않을 수 없었다. 저마다 숨을 들이마시면서 서로를 번갈아 쳐다보았다. 장덕명은 자신의 실력을 충분히 보여줬다고 생각했는지 거만한 표정으로 의자 등받이에 몸을 기대더니 다시 입을 열었다.

"여덟째 황자마마, 보아하니 제 머리는 아직 떨어져 나뒹굴 운명은 아닌가 봅니다!"

순간 한참동안 넋이 나가 있던 윤아가 허허 웃으면서 화해를 시도했다.

"꺾일지언정 굽히지는 않는다! 뭐 그런 뜻 아닙니까? 성격이 마음에 듭니다. 방금 여덟째 황자께서는 농담을 하신 겁니다. 설마 도사의 목숨을 그리 쉽게 취하기야 하겠습니까? 여덟째 황자께서 황제 자리에 오르신다면 우리는 춤을 춰야 하겠죠. 그 머저리 같은 윤잉보다는 천 배, 만 배 낫지 않겠습니까?"

여덟째 역시 마치 꿈속에서 깨어난 듯 정신을 못 차리는 듯하더니 곧 혼잣말처럼 중얼거렸다.

"여보게, 아우! 이럴 때일수록 말을 가려서 해야 해. 이 바닥은 실수를 용납하지 않는 곳이라는 것을 명심해!"

그러자 장덕명이 의미를 헤아릴 수 없는 미소를 지었다.

"여덟째 황자마마께서는 그리 심각하게 생각하실 것 없습니다. 저는 반역을 일삼아 탈궁奪宮을 시도하라는 얘기를 하려는 게 아닙니다. 황태자 자리를 탈취하기 위해 자립하라는 뜻도 아닙니다. 그런데 뭘 걱정하십니까? 여덟째 황자마마께서는 가만히 앉아만 계셔도 척척 모든 것이 다 이뤄질 팔자입니다. 다만 자신감이 부족하기 때문에 방금 저에게 무례를 범한 대가로 어려움은 조금 겪게 될 것입니다."

말을 마친 장덕명은 가만히 한숨을 내쉬었다. 윤아는 그의 말에 좋아서 어쩔 줄 모르겠다는 듯 소매까지 걷어붙이고 마구 떠들기 시작했다.

"호사다마라고 하지 않았습니까? 성공은 따 놓은 당상인데, 그까짓 고생 조금 한다고 큰일이야 나겠습니까? 오늘 기분 좋네, 정말!"

윤아는 확실히 생각과 말이 가공되는 과정을 전혀 거치지 않고 즉석에서 튀어나오는 성격의 사람답게 직선적이었다. 그러나 아홉째 윤당은 달랐다. 말을 많이 아끼는 사람이라는 주변의 평가가 전혀 무색하지 않았다. 당연히 그는 속으로 나름의 주판알을 튕기고 있었다.

'저 장덕명이라는 자는 얼마 전 나를 만났을 때 '대귀'大貴의 관상을 타고 났다고 말했어. 그 말은 이미 황자의 신분인 내가 더 크게 된다는 것을 의미하는 것이었지. 분명히 태자 자리에 오른다는 얘기가 아니고 뭐야. 그런데 이건 또 뭔가? 여덟째 형이 황제가 된다고? 그렇다면 내가 결과적으로 여덟째 형에게는 못 미친다는 것이 아닌가!'

윤당은 장덕명이 쳐준 점의 결과를 그대로 받아들일 수가 없었다. 하지만 겉으로는 짐짓 아무렇지도 않다는 표정을 지었다.

"지금 백운관白雲觀에는 도장道長 자리가 비어 있소. 내일 내가 폐하께 그대를 천거하겠소. 앞으로 천하제일이라는 그 도관道觀을 맡아보시기 바라오!"

10장

빚을 갚는 황자와 버티는 황자

열째 황자 윤아는 예상대로 빚을 못 갚겠다면서 아예 드러누워 버렸다. 그 바람에 덤터기를 쓴 사람은 여덟째 황자 윤사였다. 그가 어떻게 마련했는지 무려 17만 냥을 윤아 대신 갚아준 것이다. 어쨌거나 꼼짝 못한 채 굴복을 했다고 할 수 있었다. 이처럼 강희가 분기탱천해 황자들까지 몰아붙인다는 소식은 바로 전국 곳곳에 전해졌다. 너 나 할 것 없이 천하의 모두가 놀란 것은 너무나도 당연했다. 이렇게 해서 황자들이 곶감 빼 먹듯 빌려간 부채들은 거의 모두 청산됐다. 윤진과 윤상은 대단히 기뻤다. 그러나 동시에 의문도 생겨났다. 장황자와 셋째 황자의 부채를 강희가 자신의 내탕금內帑金(황제의 개인 재산)에서 갚아준 것이 무엇보다 그런 의문을 증폭시켰다. 또 여덟째는 윤아, 윤당이 진 빚 17만 냥 등을 갚아줄 만큼 많은 돈이 어디에서 생겼는지도 의심하지 않을 수 없었다. 게다가 이왕 돈을 갚아줄 요량이었다면 왜 윤아로 하여금 떠들썩하게 집안의 재산을 팔게 만들어 추석날 저녁 그 아수라장을 만들게 했다는 말인가? 그러나 이제 막 호부의 업무를 시작한 시세륜은 윤진과 윤상처럼 이런저런 생각을 할 여유가 없었다. 그저 강희의 성원에 힘입어 아무런 두려움 없이 일에 박차를 가했다. 심지어 재무 업무에 밝은 휘하의 측근들을 총동원해 한 자리 숫자의 금액까지 받아내는 꼼꼼함을 보였다. 육부의 관리들로서는 그런 시세륜에게 겁을 집어먹지 않을 수 없었다. 그래서 그와 시선을 부딪치는 것조차 두려워하고는 했다.

하지만 실적은 점점 더 쌓여만 갔다. 강희 46년 봄에는 무려 3800만 냥이나 되는 돈이 국고에 들어왔다. 강희는 시세륜이 올린 실적에 만족했는지 그를 곧바로 비어 있던 호부 상서의 자리에 임명했다. 동시에 연말까지 깨끗하게 나머지 부채도 완벽하게 해결할 것을 요구했다.

시세륜은 호부 상서에 취임을 한 그날 지체 없이 가마를 타고 열셋째 황자 윤상의 자택을 찾았다.

“시 대인이 오셨다”

열셋째 황자 자택의 문지기들은 시세륜의 가마가 보이자 바로 달려들어 부지런히 인사를 올렸다. 그리고는 승진을 축하한다면서 술이나 한잔 할 수 있도록 용돈이라도 조금 달라는 성화를 부렸다.

“시 대인께서는 이제 대사도大司徒가 되셨습니다. 일품의 관리가 된 것이죠. 그런데 입을 싹 씻으실 겁니까. 아무래도 한잔 사셔야 하지 않겠어요?”

시세륜이 얼굴에 미소를 띠었다.

“경록재慶祿齋에 가서 술을 마시고 내 이름으로 달아놓게. 그런데 열셋째 황자마마께서는 안에 계신가?”

시세륜의 말이 떨어지기 무섭게 안에서 시녀 한 명이 나왔다. 그러더니 문지기들을 향해 말했다.

"무례하게 장난은 치지 마세요. 넷째 황자마마와 열셋째 황자마마께서 시세륜 어른을 기다리고 계시는데, 그러면 되나요! 이제 그만 하세요."

시녀가 말을 마치면서 바로 정중하게 시세륜을 향해 인사를 올렸다. 이어 묵묵히 길을 안내했다.

시세륜은 윤상의 자택에 비교적 자주 드나드는 편이었다. 때문에 문지기를 비롯해 시녀들까지 모르는 사람이 없었다. 당연히 자신을 정중하게 맞이한 시녀 역시 모르지 않았다. 바로 2년 전 윤상이 아플 때 셋째 황자 윤지가 보내준 시녀였다. 그녀는 약삭빠르고 예쁘장하게 생긴 것과는 달리 말수가 대단히 적었다. 또 미간에 자줏빛이 나는 점이 묘하게 하나 자리를 잡고 있었다. 때문에 윤상이 자고紫姑라는 이름을 붙여주었다. 시세륜은 말없이 자고를 따라 안으로 들어갔다. 얼마 후 윤상의 반가운 목소리가 들려왔다.

"아이고, 신임 상서 대인! 넷째 형님과 함께 진심으로 축하하오!"

"축하를 받을 일인지는 모르겠습니다. 오히려 미리 관을 짜놓고 나를 미워하는 자들이 돌팔매질을 할 때를 대비해야겠습니다. 춘추전국 시대의 상앙商鞅은 개혁을 부르짖었으나 오마분시五馬分屍(사람의 사지와 머리를 다섯 마리의 말에 매달고 각각 다른 방향으로 달리게 해 찢어버리는 형벌)를 당하지 않았습니까! 또 왕안석王安石(송나라 시대의 이름난 문인이자 정치가) 역시 개혁이 실패한 덕에 자신의 반산당半山堂에서 곤궁하고 쓸쓸하게 보냈죠."

시세륜이 윤진과 윤상 두 사람을 향해 읍을 하고는 자리에 앉았다. 윤진이 그의 말에 미소를 짓고는 잠시 말없이 앉아 있었다. 그러다 책상 위에 놓여 있던 꾸러미를 그에게 건네주었다.

"뒤통수 맞을 때는 맞더라도 승진은 축하드려야 하지 않겠는가. 전에 보니까 돋보기가 시원치 않은 것 같아서 하나 마련했네."

시세륜이 윤상이 선물로 주는 돋보기를 받았다. 이어 눈에 써보고는 목이 메는 듯 감사를 표했다.

"넷째 황자마마의 한결같은 마음에…… 뭐라 감사를 드려야 할지 모르겠습니다! 제가 오늘 두 분께서 사심 없이 이끌어주신 데 대한 고마움을 표하러 온 것이라면 얼마나 좋겠습니까? 그런데 반드시 그런 것만은 아닙니다. 사실은 그보다 더 중요한 일이 있어서 왔습니다. 어제 육경궁에서 태자전하를 만나 뵈었는데요, 이제는 국고도 거의 다 채워지고 있을 뿐 아니라 성과도 가시화돼 가고 있습니다. 그러니 이쯤 하면 손을 뗄 때가 된 것 같지 않느냐고 말씀하시더군요. 심지어 그만 진가유와 주천보를 철수시키는 것이 좋겠다고까지 말씀하셨습니다. 제 생각에는 두 분 황자마마께서 태자전하를 좀 설득하시는 게 어떨까 싶습니다. 솔직히 아직 봉강대리들한테 천만 냥 정도를 더 받아내야 합니다. 더구나 모두들 워낙 거물들이라 태자전하의 도움이 절실히 필요한 상황입니다. 이런 상황에서 태자전하께서 저렇게 나오고 계십니다. 정말 곤란합니다!"

사실 윤진과 윤상도 시세륜이 도착하기 전에 똑같은 일로 머리를 맞댄 채 고민하고 있던 차였다. 윤진이 잠시 생각에 잠기는 듯하더니 바로 입을 열었다.

"시 대인 생각에는 여태 빚을 갚지 않고 있는 총독과 장군들은 도대체 무슨 생각을 하고 있는 것 같소?"

"제가 보기에는 한마디로 말씀드리기 곤란할 것 같습니다. 우선 정말 갚을 여력이 없어서 골머리를 앓고 있는 사람도 있을 것입니다. 그러나 대개의 경우 다른 사람 눈치만 살피면서 시간을 질질 끄는 사람이 더 많을 것으로 생각합니다."

윤진이 다시 물었다.

"그 중에서 정말 가진 것이 없어서 갚지 못하는 사람은 누구누구일 것 같은가?"

시세륜이 웃으면서 대답했다.

"광주 장군 무단에게 빌려간 십만 냥 중에서 나머지 삼만 냥을 갚으라고 독촉장을 보냈습니다. 그런데 배째라는 식으로 나오더군요! 돈 나올 구멍이라고는 없다고 하면서 말입니다. 나중에는 나에게 백성들의 피를 빨아먹는 흡혈귀라도 돼 빚을 갚으라는 뜻이냐고 도리어 화를 냈습니다. 목자후와 위동정 역시 사십오만 냥을 갚았으나 둘 합쳐 아직 백만 냥 이상의 빚이 남아 있는 상태입니다."

시세륜의 말이 끝나기 무섭게 윤상이 뭔가 깨달은 듯 무릎을 탁 쳤다.

"넷째 형님! 이 사람들이 무슨 생각을 하고 있는지 알겠어요!"

"나는 태자 형님의 생각을 알 것 같아!"

윤진이 바로 한숨을 섞어 말했다. 그러자 시세륜은 몇 사람을 거론한 자신의 말이 두 황자에게 커다란 계시를 줬다는 사실에 어리둥절한 표정을 지었다.

"두 분 마마, 무슨 일이십니까? 지금은 막판입니다. 이삼십 명밖에 남지 않았습니다. 지금까지 해왔듯 그렇게 독촉을 하면 별 무리는 없을 겁니다!"

그러나 윤상은 비관적이었다.

"그리 쉽지는 않을 거야. 갚을 사람들이면 진작에 갚았지! 그 사람들은 지금 하나같이 위동정의 눈치만 보고 있는 게 틀림없어. 그러나 위동정은 곧 죽어도 빌려간 돈을 내놓을 수 없는 처지야. 듣자하니 그 사람은 폐하께서 남순을 하실 때 돈을 많이 빌려 썼다고 하더군. 이번 일은 예상 밖으로 어려울 것 같아!"

시세륜은 국고를 거덜 낸 당사자들의 연결고리가 황제에게까지 이어진다는 사실에 조금 놀랐다. 그 탓에 숨을 길게 들이마셨다. 그때 윤잉이 들어왔다. 세 사람은 즉각 자리에서 일어나 공손히 태자를 맞이했다.

윤잉은 휑하니 들어와서는 인사 따위는 필요 없다는 손짓을 보냈다. 이어 자리에 앉자마자 굳은 얼굴로 물었다.

"시세륜! 진가유가 그러더군. 자네가 그 두 사람을 보내주지 않는다면서? 왜 그러는가?"

시세륜이 태자의 질책에 황급히 대답했다.

"신이 어찌 감히 항명을 하겠습니까? 그저 태자전하께서 애초에 국고가 깨끗하게 정리될 때까지 손을 놓으면 안 된다고 말씀하셨기 때문에 그렇게 할 수밖에 없었습니다. 아직은 일부가 남아 있는 상태이기도 하고요. 태자전하께서 이 시점에 사람을 철수시키시면 마무리를 앞두고 인심이 흩어질까 걱정스럽습니다. 하지만 조정에서 진가유, 주천보 두 사람을 다급하게 필요로 한다면 얘기가 달라질 수도 있지 않을까 합니다."

윤잉은 시세륜이 자신을 제쳐놓고 먼저 윤진과 윤상을 찾아 일을 상의했다는 것 때문에 사실 마음이 상했다. 하지만 애써 내색하지 않으려 노력했다.

"받을 것이 있으면 악착같이 받아내야겠지. 그러나 그 두 사람이 조정을 너무 오래 떠나 있어서 이제는 돌아올 때가 됐다고 생각하네. 오천만 냥의 국고 가운데에서 돌아온 금액만 삼사천만 냥은 되지 않는가? 이제는 더 이상 새지 않게 유지하는 것이 중요해. 나머지는 갚을 수 있으면 어련히 갚지 않을까 싶어. 고삐를 너무 옥죌 필요 없이 여유를 가지는 것이 좋겠어."

태자의 말에 윤진이 앞으로 나섰다. 윤상과 시세륜의 힘으로는 도저히 태자를 움직일 수 없다는 사실을 그는 잘 알고 있었던 것이다.

“이것은 마치 경사가 급한 길에서 수레를 밀고 올라가는 격이 아닌가 싶네요. 죽을힘을 다해 떠밀다가 마지막 몇 발자국을 남겨두고 맥을 놓아버린다면 수레는 다시금 산 아래로 굴러 떨어지겠죠. 태자 형님, 이건 너무 위험한 짓이에요!”

“넷째! 내가 지금 양심전에서 오는 길이야. 위동정 그 사람 집안은 가산을 다 내다 팔았다고 하더군. 이제는 빡빡 긁어도 전 재산이 백 냥 정도밖에 안 남았다고 해! 그 사이 빚 독촉에 죽은 사람만 서른여섯 명이야. 이대로 나갔다가는 정말 목자후나 위동정도 목을 매달지 몰라. 그런 날에는…… 아휴, 끔찍해!”

윤진의 말에 태자가 걱정을 표했다. 소름이 돋는다는 표정을 한 채 말도 잇지 못했다. 윤상 역시 가슴이 철렁했는지 황급히 윤잉에게 물었다.

“폐하께서는 뭐라고 하셨어요?”

“무서워서 말도 못 붙여봤어. 하지만 안색이 좋지 않으셨어. 아무래도 내가 말한 대로 이만하고 손 떼는 것이 낫겠어!”

태자의 말에 윤진이 심각한 표정을 지었다.

“결과를 생각해 보셨습니까, 태자 형님? 이렇게 어영부영해버리면 불과 삼 년 이내에 국고는 또다시 밑바닥을 보일 것이 틀림없습니다. 제가 악담을 하는 것이 절대로 아닙니다. 그때 가서는 지금보다 상태가 훨씬 심각해질 거라고요!”

그러자 윤잉이 이를 악물었다.

“국고를 봉해버리겠어. 한 푼도 새어 나가지 못하게 말이야!”

윤상은 태자의 말에 피식 웃었다.

“이전에는 국고를 봉하지 않아서 이렇게 됐을까요?”

시세륜 역시 몸을 움찔거리면서 한마디 거들었다.

"여기에서 멈춰버리면 마누라와 자식만 빼고 가산을 다 팔아 빚을 갚은 관리들은 억울해서라도 더욱 더 검은돈에 손을 댈 겁니다. 앞문으로 승냥이를 막으면서 뒷문으로 호랑이를 불러들이는 것과 다를 것이 뭐가 있겠습니까?"

윤잉은 세 사람이 모두 반대하고 나서자 서서히 화가 났다. 급기야 목소리를 높였다.

"정 그렇게 끝까지 해보고 싶다면 더 이상 말리고 싶지는 않아."

윤잉은 그럼에도 터져 나오는 울분을 억지로 참는 듯했다. 붉으락푸르락해진 얼굴을 한 채 윤진을 향해 다시 입을 열었다.

"주천보와 진가유도 당장 궁으로 불러들이지 않겠어. 다만 나는 성공을 하더라도 숟가락 들고 덤비지 않을 거야. 또 혹 무슨 불찰이 있더라도 책임도 지지 않겠어. 어때?"

세 사람은 너무나 무책임하게 불평을 토로하는 윤잉의 말에 짓눌려 머리를 조아릴 뿐 말을 하지 못했다. 윤잉이 그들의 모습을 바라보다 그예 길게 한숨을 내쉬었다.

"후유! 처음부터 이 일을 맡지를 말았어야 했어! 자네들이 알아서 하라고!"

윤잉은 말을 마치자마자 휭하니 밖으로 나가버렸다. 그러자 윤상이 옷을 툭툭 털면서 일어나더니 윤진에게 말했다.

"모든 것이 자유로운 분이네요. 빠지고 싶으면 빠지고, 그저 통보만 하면 되니까요!"

윤진은 태자의 성격을 너무나도 잘 알고 있었다. 윤잉은 진짜 그런 사람이었다. 줏대도 없고 갈대처럼 변화무쌍할 뿐만 아니라 사고가 터졌을 경우 부하를 위해 책임을 떠안는 대장부는 절대 못 됐다. 그러나 아무리 친한 윤상이라고는 하지만 그런 말은 쉽게 뱉을 수 없었다. 윤진이 머리를 숙이고 오랫동안 생각에 잠긴 듯하더니 조용히 입을 열었다.

"나름대로 그럴 만한 이유가 있겠지. 대신 내가 책임을 지지. 무슨 일이 생기면 다 내가 떠안겠어. 걱정하지 말고 밀고 나가."

"넷째 형님!"

윤상이 윤진을 불러놓고 잠시 말을 하지 못했다. 순간적으로 눈앞의 넷째 형이 태자였으면 얼마나 좋을까 하는 생각이 들었던 것이다. 그러나 그것은 정말 부질없는 생각이었다. 잠시 머릿속으로 상상해보는 것만으로 충분했다. 그가 다시 말을 이었다.

"오늘부터 모든 것을 저에게 맡기세요. 넷째 형님이야말로 한 발 물러나 계세요. 호부 문제는 나하고 시 대인 두 사람이 나서도 충분해요. 더구나 우리도 만일의 사태에 대비하지 않을 수 없어요. 같은 가마솥에 들어가 쪄죽을 이유는 없잖아요……."

시세륜은 아버지에 못지않은 열정적인 사람이었다. 조금 전까지만 해도 끝까지 소매를 걷어붙이고 최선을 다하겠노라고 열변을 토로한 데는 다 이유가 있었다. 하지만 그의 열정도 윤잉의 실망스러운 태도에는 영향을 받지 않을 수 없었다. 찬물을 끼얹기라도 한 것처럼 열정이 식어버렸다. 그가 기운 없이 입을 열었다.

"다른 일이 없으면 저는 그만 가보겠습니다."

"그래, 가서 일 보게."

윤상이 마치 스스로에게 용기라도 불어넣으려는 듯 정신을 바짝 차리고 자세를 고쳐 앉았다. 이어 단호하게 덧붙였다.

"나는 아직 흠차라는 신분을 유지하고 있어. 이 직분을 이용해 빚을 갚지 않은 총독과 순무, 포정사 이상의 관리들을 삼 개월 내에 북경으로 불러들일 거야. 내가 어떻게 하나 두고 보라고. 간다면서? 멍청히 서서 뭐해?"

윤상이 발걸음을 멈추고 귀를 기울이는 시세륜에게 핀잔을 주었다. 그러자 시세륜은 곧바로 물러났다. 윤진이 멀어져가는 그의 뒷모습을 바라보면서 나지막이 말했다.

"윤상, 방금 시세륜이 있어서 솔직히 내가 가만히 있었어. 나에게 한 발 뒤로 빠지라고? 늑대들이 도처에서 으르렁거리고 있는데, 혼자서 어떻게 하려고 그래?"

윤상이 심각한 표정으로 대답했다.

"형님, 정세가 그다지 낙관적이지 못한 방향으로 기울어져 가는 것 같아요. 우리도 살길을 마련해야 하지 않겠어요? 모르기는 해도 태자 형님 전하는 무슨 냄새를 맡은 것 같아요. 장기판을 예로 들면 차車와 마馬를 버리는 한이 있더라도 필사적으로 장將을 살리려는 것과 같아요. 우리 둘은 모두 태자 형님의 장기판 위에 있는 마에 불과해요. 제가 보기에 그 형님은 형제간의 정에는 전혀 관심이 없는 것 같아요. 솔직히 저런 사람이 제일 무서워요. 생각이 짧고 마른 장작 같아서 불씨만 만나면 무작정 타오른다고요. 주위를 싹 쓸어버리기도 하고요. 그런데 형은 저와는 다르잖아요. 저야 열넷째와 마찬가지로 어차피 막나가도 이상할 것이 없어요. 원래부터 근본이 없는 존재로 푸대접받아 왔는데 뭐 아쉬울 것이 있겠어요. 하지만 넷째 형님은 계란에 비유하면 노른자와 같아요. 이 기회에 형을 파내 버리려고 눈독들일 자들이 많을 거예요. 각별히 조심하셔야 하지 않겠어요?"

윤상은 담담하게 털어놓았으나 듣는 윤진은 그렇지 않았다. 마냥 코흘리개 같았던 어린 동생의 마음 씀씀이에 감격하지 않을 수 없었다. 눈물이 핑 돌았다. 윤상은 확실히 누가 뭐라고 해도 의리의 사나이가 분명했다. 윤진이 안색이 하얗게 질리는가 싶더니 피가 나도록 입술을 질끈 깨물었다.

"우리 둘이 사건을 너무 험하게만 생각한 것으로 판명이 났으면 좋겠어. 내 생각에는 위동정이 진 빚은 폐하께서 막판에 도와주실 것 같아! 태자 형님의 처사는 참 답답해. 또 네가 나를 생각해주는 마음은 고마워. 그러나 받아들일 수는 없어."

"형님, 제 말 좀 들어주세요!"

윤상의 눈에 갑자기 눈물이 맺혔다. 그러나 억지로 눈물을 흘리지 않으려고 노력을 했다. 그가 눈을 깜박거리면서 덧붙였다.

"저야 최악의 경우를 당하더라도 아직 홀몸이니까 걱정할 것이 없어요. 그러나 형님은 아니잖아요! 형님까지 잘못되면 저는 누구를 믿고 살겠습니까? 불쌍한 이 아우를 진정으로 생각해 주신다면 제 말 대로 해주세요!"

윤상의 두 눈에서는 참았던 눈물이 흘러내렸다. 그러자 윤진이 애써 진정을 하면서 윤상의 어깨를 감싸 안아주었다.

"오늘 우리 둘은 왜 나쁜 쪽으로만 생각을 할까? 이래서는 안 되는데. 사실 모든 것이 우리의 기우일지도 몰라. 그러니까 자, 기운을 내자고. 그런데 은근슬쩍 홀몸이라면서 신세타령을 하는구나. 그래 어디 봐둔 여자라도 있냐? 말만 하면 이 형이 도와줄게."

억지로 농담을 하며 분위기를 바꾸려는 윤진의 말에 윤상이 눈물을 훔치더니 피식 웃었다. 이어 솔직하게 의중을 밝혔다.

"진짜 한 명 있어요. 출신이 너무 천한 탓에 감히 형님한테 말씀드리지는 못했죠!"

윤진은 예상치 못한 윤상의 대답에 자기도 모르게 빙그레 웃음이 나왔다. 그런 다음 머리를 허공에 쳐들고 생각을 가다듬더니 바로 물었다.

"혹시 아까 그 자고라는 여자냐?"

그러자 윤상이 머리를 저었다.

“자고는 이미 제가 거둬들였어요. 며칠 후에 첩으로 들일 거예요. 제 말은 제대로 된 안사람 말이에요!”

“출신이 그리 중요하지는 않아! 그런데 만주족이냐, 한족이냐?”

윤진이 고개를 갸웃거리면서 물었다.

“……한족이에요.”

“그건 안 돼.”

“그럴 줄 알았어요. 사실은 형님도 아는 여자예요!”

윤상이 갑자기 익살스럽게 웃었다. 윤진이 놀랍다는 표정을 지었다. 이어 잠시 생각을 하더니 웃음 띤 얼굴로 다시 물었다.

“누군데? 내가 아는 여자라고? 궁금하다, 어서 말해봐.”

윤상이 쑥스러운 표정을 한 채 대답했다.

“형님, 저는 발 씻은 물을 흠뻑 맞고도 뭐가 그렇게 좋은지 아란을 영 잊지 못하겠어요. 내가 강하진에서 구해준 여자 말이에요. 형님도 기억나지 않나요? 그런데 보름 전에 담자사潭柘寺에 놀러갔다가 우연히 만났어요. 여덟째 형이 후원하는 연극단이 그곳에 왔었는데, 그 속에 있더군요. 적선루謫仙樓에서 연극공부를 하고 있는 모양이더라고요. 여덟째 형 집에 들어갈지도 모른다고 하더군요. 아직은 들어가지 않았을 텐데, 조금 늦으면 빼내오기가 힘들어질 것 같아요.”

윤진이 윤상의 말을 듣고 나더니 기가 막힌다는 표정을 지었다. 이어 단호하게 반대의 입장을 밝혔다.

“말도 안 되는 소리를 하고 있군! 그런 여자를 어떻게 정실부인으로 맞아들인다는 말이냐?”

“아무튼 저는 좋더라고요. 한 번만 도와주세요!”

윤상이 결코 농담 같지 않은 어조로 말했다. 표정도 진지했다. 윤진은 윤상의 말에 깊은 생각을 하는 듯 오랫동안 침묵했다. 그러더니 한참 후에야 위로의 말을 건넸다.

"내가 도와주기가 싫어서 그러는 것이 아니야. 내가 나서기에는 너무 어려운 문제라서 그렇지. 신분은 제쳐둘 수 있어. 그러나 조상의 가법을 무시하고 한족 여자를 정실로 맞아들인다는 것은 곤란해. 엄청난 장벽에 부딪힐 것이 뻔해!"

"하긴 우리 대청의 조정에서도 비극적인 종말을 고한 경우가 있었죠. 강희 사십 년에 어떤 황자가 폐하의 명령을 받고 지방 순시를 떠났어요. 그러다 더위를 먹었는데, 투숙한 역관에서 운명처럼 낙호여자樂戶女子(죄지은 자의 딸로 관청에 속한 채 음악을 연주하는 기생)를 만나게 됐죠. 황자는 그 여자의 지극정성으로 기력을 회복할 수 있었어요. 이후 둘은 금기를 범하는 줄도 모르고 불타는 사랑을 했었죠. 결국 그 황자의 넋을 쏙 빼간 여자는 조정의 엄벌을 받았어요. 나무에 매달려진 채로 불에 타 죽었죠. ……황자는 여자의 긴 머리채가 화염 속에 휩싸이던 찰나의 그 애절하고 뭐라고 형언할 수 없는 눈빛을 영원히 잊을 수가 없을 거예요! 실제로 그 일을 겪고 난 황자는 여린 마음에 커다란 상처를 입고 말았죠. 폐하께서는 사내답지 못하게 못나 터졌다고 비난했지만 황자는 어느새 사람이 확 바뀌고 말았어요. 다시는 송곳으로 자신의 눈을 찌르는 짓은 하지 않을 것이라고 다짐하기도 했다죠?"

윤상이 넋 나간 듯 멍하니 창밖을 바라보면서 혼잣말처럼 길게 얘기를 했다. 그러자 윤진의 얼굴이 점차 하얗게 질려가기 시작했다. 윤상이 입에 담은 사건은 바로 자신의 얘기였던 것이다.

"입 닥치지 못해! 너, 내 마음을 갈기갈기 찢어버려야 속이 시원하겠냐?"

윤진이 성난 사자처럼 머리털을 곤두세웠다. 그러더니 쏜살같이 윤상의 뺨을 후려갈겼다. 순간 윤상은 벌겋게 부어오른 얼굴은 아랑곳하지 않은 채 털썩 무릎을 꿇으면서 울먹였다.

"넷째 형님, 이러는 제 마음은 편한 줄 아세요? 형의 가슴을 칼로 도려내는 제 마음은 오죽하겠어요? 형이 그렇게 아프다면 아끼는 동생의 마음도 이해가 가실 것 아니에요."

"그래, 충분히 이해가 간다. 우리는 어쩌면 이렇게 하는 짓이 똑같으냐?"

윤진이 눈물로 호소하는 윤상을 안쓰러운 표정으로 바라봤다. 그런 다음 오랫동안 고민한 다음 무겁게 입을 열었다.

"이 형에게 시간을 다오. 대책을 강구해 보자. 우선 아란의 호적을 만주족으로 바꿔주는 것이 시급할 것 같아. 그리고 천천히 노력하자꾸나. 이 일은 우리 둘의 목숨이 달린 문제야. 무슨 일이 있어도 비밀을 지켜야 한다고. 그렇지 않아도 우리 둘을 잡아먹지 못해 이를 가는 자들이 도처에서 눈에 불을 켜고 있으니 말이야!"

11장

버티는 빚쟁이들

그로부터 20일이 지났다. 드디어 십만 냥 이상에 이르는 국고의 빚을 지고 있던 외관外官들이 하나둘씩 북경으로 불려오기 시작했다. 그들은 저마다 북경에 공관公館이 있었다. 당연히 그곳에 머물면서 자신들의 연줄을 찾느라고 노력했다. 황자를 비롯해 힘깨나 쓰는 지인들의 집 문턱이 닳도록 쫓아다니기 시작한 것이다. 또 어떤 사람들은 먼발치에서 촉각을 곤두세운 채 그들의 눈치만 힐끗힐끗 살피고 있었다. 어떻게 하든 시간을 벌어 위동정과 무단, 목자후가 도착하기만을 기다리겠다는 심산인 듯했다. 하기야 위동정 등이 조정의 제일가는 외관들이었으니, 따라 움직이기만 하면 별 무리가 없을 수도 있었다. 그러던 4월 23일, 윤상은 남경의 순무아문으로부터 좋지 않은 전갈을 받았다. 위동정이 심한 학질로 인해 목숨이 위태로운 탓에 본의 아니게 북경으로 들어오라는 명을 어길 수밖에 없게 됐다는 얘기였다. 그 소식이 퍼지자 육부의 관리들은 마치 그런 불길한 소식을 고대하기라도 했다는 듯 당장에 조정의 무리한 빚 독촉 때문에 위동정이 병을 얻었다는 소문을 퍼뜨리고 다녔다. 이로 인해 소문은 삽시간에 파다하게 퍼져나갔다. 당연히 분위기가 좋지 않을 수밖에 없었다. 설상가상으로 그 이튿날에는 목자후가 북경으로 출발하기 직전에 급사했다는 급보도 날아들었다. 조정 안팎의 여론은 더욱 들끓었다. 기름이 끓는 가마가 따로 없었다.

그러자 왕홍서, 아령아, 규서를 중심으로 한 경관京官들은 저마다 경쟁적으로 상소문을 올렸다. 평소 눈엣가시처럼 생각해오던 시세륜을 아예 이참에 매장시키기 위해 탄핵하려는 움직임을 본격적으로 보이기 시작한 것이다. 내용도 악랄했다. 우선 그가 작심을 하고 정국을 혼란에 빠뜨렸다는 주장을 펼쳤다. 또 무리하게 빚 독촉을 하는 바람에 멀쩡하고 착한 여자들을 하루아침에 창녀로 내몰았다는 모함도 잊지 않았다. 성실한 관리들을 땅 투기꾼과 뇌물을 수수한 범죄자로 내몰았다는 주장도 있었다. 대리시大理寺와 홍로원鴻盧院에서도 잇따라 집단적인 움직임을 보였다. 북경에는 전에 없는 팽팽한 긴장감이 감돌았다. 물론 그들은 흠차인 윤상을 향해 정면으로 화살을 겨누지는 않았다. 그러나 그들이 윤진과 윤상의 오른팔 역할을 해오던 시세륜을 쓰러뜨림으로써 둘의 날개를 꺾어 버리려 한다는 것을 모르는 이는 거의 없었다.

윤상은 목자후까지 죽었다는 소식을 접했을 때는 정말 당황하지 않을 수 없었다. 하지만 곧 정신을 추슬렀다. 또 시세륜에 대한 격려도 잊지 않았다. 그는 시세륜에게 다시 한 번 힘을 실어준 다음 총독과 순무 회의를 준비하도록 지시했다. 그런 다음 곧바로 서화문에 있는 육경궁으로 윤잉을 찾아 나섰다.

"그러게 내가 뭐라고 했어! 발등에 불이 떨어지니 속이 시원해? 내가 몸을 사릴 수밖에 없었던 이유가 다 있었다고. 바로 인명사고가 날까봐 염려했기 때문이었지. 이제 목자후까지 죽었어. 어떻게 할 거야? 방금 폐하께서 상서방 대신들과 예부의 상서들을 부르셨어. 아마 지금쯤은 양심전에서 목자후에게 어떤 시호를 내려주실지 고심하고 계실 거야. 아이고, 머리야! 먼저 호부로 가서 사람들을 불러놓고 있어. 점심 먹고 바로 갈 테니까."

윤상은 육경궁을 나섰다. 그러나 두 다리에 이미 맥이 풀려 있었다. 그는 곧 주저앉을 것만 같았다. 모습도 후줄근할 수밖에 없었다. 얼마 후 그는 건청문의 천가天街를 걷다 사색에 잠긴 채 영항永巷에서 걸어 나오던 윤진과 마주쳤다.

"양심전에 갔다오는 길이에요?"

윤상이 어두운 안색을 한 채 힘없는 목소리로 물었다. 그러자 윤진이 윤상을 위로해 주었다.

"인간의 생로병사는 우리 주변에서는 늘 있는 일이야. 그러니 너무 걱정하지 마. 이럴 때일수록 정신을 바짝 차려야 해. 호랑이에게 물려가도 정신만 차리면 산다고 했어. 혹 뭐가 잘못 되더라도 다 내 탓이야. 너와 태자 형님하고는 무관한 거라고. 부황을 만나 뵈려면 지금 들어가. 무단도 안에 있어. 반드시 빚을 갚겠노라고 약속을 하더라고!"

윤상은 윤진의 말을 듣자 마음이 한결 든든해졌다. 다시 발걸음이 가벼워졌다. 그가 몇 걸음을 막 내디뎠을 때였다. 갑자기 윤진이 그를 불러 세우더니 장화 속에서 종이 한 장을 꺼내 손에 쥐어줬다.

윤상은 황급히 종이를 펼쳤다. 정황기正黃旗 기주旗主의 서명 외에는 아무것도 쓰여 있지 않은 종이었다. 맨 밑에는 내무부의 도장도 찍혀 있었다. 윤상이 약간 어리둥절한 표정으로 물었다.

"이것을 왜 저한테 주시는 거예요?"

윤진이 의미심장한 표정을 한 채 껄껄 웃었다. 순간 윤상은 그의 표정과 모습에서 아란의 호적문제를 떠올렸다. 얼굴을 붉히면서 자연스럽게 머리를 숙였다. 그러나 마땅히 할 말이 떠오르지 않았다. 그저 윤진의 진심을 읽고 코끝이 찡해졌다. 그는 애써 눈물을 감추면서 말 대신 다시 한 번 깊숙이 상체를 숙인 채 인사를 했다. 이어 가슴을 쭉 펴고 안으로 들어갔다.

양심전에서는 강희와 무단의 대화가 이어지고 있었다.

"왔어? 일단 저쪽에 가서 기다려."

강희가 별 표정의 변화 없이 지시했다. 이어 감기가 든 듯 콧물을 훌쩍이면서 무단을 향해 다시 입을 열었다.

"위동정의 병세가 참 걱정이군! 자네, 가는 길에 그냥 지나치지 말고 남경에 들러보는 것이 좋겠네. 목자후까지 갑자기 이렇게 되고 보니 짐도 좀 두려운 감이 없지는 않네."

무단은 강희의 진심어린 말에 깊은 감동을 받았다. 그러더니 백발이 성성한 머리카락을 쓸어 넘기면서 떨리는 목소리로 아뢰었다.

"소인이 소홀했던 탓도 있사옵니다. 북경으로 빨리 올라오라는 지시를 받고 급히 서두르다 보니 잘 챙겨주지 못했사옵니다."

강희가 무단의 말을 듣고 나더니 다시 골똘하게 생각에 잠겼다. 그러다 이내 고개를 돌려 윤상을 바라보았다.

"이 일의 총 책임자인 자네 생각은 어떤가?"

윤상이 머리를 약간 숙이며 대답했다.

"위동정, 목자후, 무단 세 사람은 우리 조정에 지대한 공헌을 한 덕망 높은 원로 중신임에 틀림이 없사옵니다. 하지만 국채 청산은 폐하께서 직접 관여, 추진하시는 작업이옵니다. 그런 만큼 이 세 사람은 누구보다 백관들의 모범이 돼 폐하의 성명聖明하심에 부응해야 한다고 생각하옵니다. 사정이 여의치 않다면 적어도 언제까지 갚겠다는 약속은 해줘야 하옵니다. 그래야 특정인들에 대해서는 사정을 봐준다는 소인배들의 입도 막아버릴 수 있사옵니다. 더불어 나름대로 심혈을 기울인 일이 순조롭게 끝날 수 있을 것 같사옵니다. 물론 그들이 정 빚을 못 갚으면 폐하께서 은혜를 베풀어 주실 수도 있사옵니다. 그러나 설사 그렇더라도 폐하께서 직접 결정하셔야 하옵니다. 그렇게 하면 밑에서 공공연하게 불만을 토로할 수 없을 것이옵니다. 이 아들의 어리석은 생각입니다만 부황께서 현명한 판단을 해주시기 바라옵니다!"

"그래?"

강희가 날카로운 시선으로 윤상을 오래도록 쳐다봤다. 그러더니 갑자기 크게 웃음을 터트렸다.

"그 생각은 네가 아니라 넷째의 뜻이겠지? 장정옥, 마제, 그리고 방금 윤진도 그런 식으로 얘기한 것이 아니었나?"

옆에 시립해 있던 마제가 자신의 이름이 거명되자 바로 입을 열었다.

"넷째 황자마마와 열셋째 황자마마의 말씀은 모두 맞사옵니다. 하지만 당장 시세륜의 처지가 어려운 것도 사실이옵니다. 그 사람은 최악의 경우를 생각한 나머지 가족을 모두 고향으로 돌려보낸 모양이옵니다. 문제는 그것만이 아니옵니다. 태자전하와 넷째 황자마마, 열셋째 황자마마를 겨냥한 일부 세력들의 음모가 절정에 달하고 있기 때문에 시세륜을 탄핵하려는 움직임이 더욱 거셀 수밖에 없다는 사실도 문제이옵니다. 소인의 어리석은 생각으로는 시간적 여유를 조금 가지고 위동정 등의 일을 마무리 지었으면 하옵니다."

그러자 윤상이 숯검정 같은 눈썹을 한데 모으면서 입을 열었다.

"아바마마, 여기까지 온 이상 한 발자국도 물러서서는 아니 되옵니다. 위동정 등을 예의 주시하는 사람들이 무척이나 많사옵니다. 인간적인 감정에 사로잡혀 그들을 봐줄 경우 모든 고생은 수포로 돌아갈 것이옵니다! 많은 사람들이 저에게 이를 갈고 있다는 것은 잘 알고 있사옵니다. 그러나 그러면 그럴수록 저의 의지는 더욱 결연해지고 있사옵니다."

윤상의 단호한 어조에 강희의 눈빛이 갑자기 달라졌다. 조금 전의 예리한 시선과는 다른 부드러운 눈빛이 윤상을 향해 가기 시작한 것이다. 아마도 며칠 전 윤잉이 이제 이번 일에서 그만 손을 떼고 싶다는 식으로 더듬거리면서 얘기했던 정경을 떠올리는 듯했다. 아무래도 그에게는 윤상이 윤잉과 대비되면서 더욱 돋보일 수밖에 없을 터였다. 곧이어 그가 천천히 입을 열었다.

"열셋째 등이 짐에게 위안이 돼 주는구나! 다 나라를 위하고 궁극적으로는 백성들에게 이로운 일이니 만큼 다른 걱정은 하지 말고 마음 가는 대로 잘해 보도록 해라. 태자가 처음과는 달리 쭈뼛거리고 있으나 그것은 짐이 알아서 처리할 문제야. 또 위동정 등도 척하면 삼천리를 내다보는 사람들이야. 너를 도와주지는 못할지언정 바짓가랑이를 잡지는 않을 거야."

윤상은 강희의 말에서 위동정 등을 대신해 빚을 갚아줄 의사를 가지고 있다는 사실을 읽을 수 있었다. 그는 속으로 쾌재를 불렀다. 그가 막 머리를 조아리고 자리를 뜰 무렵 강희가 웃으면서 다시 입을 열었다.

"짐이 무단을 대신해 자네에게 허락을 받으려고 하네. 오늘 짐이 무단을 데리고 궁을 나가서 바람을 좀 쐬고 와야겠어. 무단이 모처럼 북경에 왔는데, 호부에 들어가 자네 훈시만 듣다 가게 할 수는 없지 않은가. 지금 시위들은 유철성과 덕릉태를 빼고는 통 믿을 수가 없어서 그래!"

윤상이 즐거운 기분으로 호부로 돌아왔을 때는 오시午時가 다 된 무렵이었다. 그는 내친김에 북경 외의 지역에서 올라온 수십 명의 외관들을 전부 집결시켰다. 이어 자리에 앉자마자 방금 양심전에서 오갔던 대화내용을 요약해 들려줬다. 그러면서 빚을 갚을 수 있다는 식으로 그들의 사기를 북돋아줬다.

"여러분들은 누가 뭐라고 해도 나라의 기둥이고 걸출한 재목들이야. 방금 무단 장군이 폐하께 올 가을 중으로 돈을 갚겠다는 약속을 철석같이 했어. 또 위동정을 대신해 장담도 했지. 위동정 역시 올 가을 내로 빚을 청산할 것이라고 말이네. 어떤가? 여러분의 생각을 좀 말해보게나."

그러나 좌중의 관리들은 윤상의 격려에도 고개를 갸웃거렸다. 위동정과 무단이 가을에 빚을 갚는다고 한 말을 믿지 못하겠다는 모습들이었다. 하기야 윤상이 강희의 의중을 점친 것에서 보듯 그들 역시 위동정과 무단의 재산상황을 손금 보듯 알고 있는 터였으니 그럴 만도 했다. 윤상 역시 그런 분위기를 간파하고는 다시 한 번 입을 열어 각자 생각들을 말해보라고 닦달했다. 그제야 비로소 복건 제독인 좌진방左振邦이 마른기침을 하면서 입을 열었다.

"빚을 졌으면 갚는 것은 당연합니다. 하오나 열셋째 황자마마께서도 아시다시피 하관下官의 일 년 녹봉은 고작 일백육십 냥입니다. 그렇다고 문관들처럼 눈 먼 돈이 생기는 것도 아닙니다. 게다가 성격상 곧 죽어도 백성들의 피를 빨아먹는 흡혈귀는 되고 싶지 않습니다. 돈 갚는 기간을 오 년 정도 연장해주셨으면 합니다."

좌진방이 비교적 노골적으로 운을 떼자 비로소 관리들은 너도나도 나서면서 한마디씩을 거들었다. 빚을 짊어지고 있기를 원하는 이가 어디 있느냐는 둥 이번에 북경으로 오는 노자도 빌렸다는 둥 하여간 온갖 이유를 다 갖다 붙였다. 일부는 윤상이 나이가 어린 만큼 마음도 여릴 것이라는 추측을 하고 저마다 울상을 지으면서 자신들의 처지를 거지에 비유하기도 했다.

"정말 그 정도로 심각하다는 말인가?"

윤상이 갑자기 무슨 꾀가 생각난 듯 눈빛을 반짝였다. 그러더니 시세륜을 불러 귀엣말로 뭔가를 지시했다. 시세륜의 안색이 바로 변했다. 이어 조용히 되물었다.

"괜찮겠습니까?"

윤상이 단호한 표정으로 입을 열었다.

"모든 책임은 내가 질 거야."

시세륜이 밖으로 나갔다. 윤상은 기다렸다는 듯 좌중을 둘러보면서 차갑게 말을 이었다.

"일단 차라도 한 잔 마시면서 깊은 얘기를 나눠보자고. 설마 산 입에 거미줄이야 치겠는가. 그러나 진짜 거미줄을 치게 생기게 된다면 좋아. 그런 사람은 오늘 중으로 우리 집에 들어와. 가족들을 다 데리고 와서 살아도 괜찮아. 당분간 내가 먹여 살려줄 수도 있어! 여봐라, 차를 내오너라."

윤상이 시원스럽게 외쳤다. 그러나 대답하는 관리는 단 한 명도 없었다. 윤상은 우선 분위기 반전을 위해 찻잔을 들었다. 은근히 목이 말랐던 관리들 역시 저마다 조심스럽게 차를 마셨다. 윤상이 좌중의 표정을 살피면서 말을 이었다.

"내가 이래 보여도 나이에 비해 아는 것은 조금 많아. 여러분은 그 사실을 염두에 뒀으면 하네. 조정 관리들의 녹봉이 많지 않은 것은 사실이지. 그러나 거기에만 매달려 사는 이도 거의 없다는 것은 공공연한 비밀이 아닌가? 모르긴 해도 지방관들이 일 년 사시사철 바리바리 싸들고 오는 것만 해도 어마어마할 걸? 또 군량미에서도 해마다 꽤나 남는다고 하던데, 그런 돈은 다 어디 갔다는 얘기인가?"

윤상의 목소리는 갈수록 커졌다. 좌중의 관리들은 하나같이 꿀 먹은 벙어리가 되고 말았다. 윤상을 마냥 덤벙대기만 하는 풋내기로 보다가 된통 당하고 만 것이다.

그때 관리들의 표정이 저마다 일그러지더니 안절부절 못하는 눈치를 보였다. 곧 토할 것만 같은 괴로운 표정을 짓는 이도 있었다. 대부분은 참다 못해 안색이 파리하게 질렸다. 하기야 그럴 수밖에 없었다. 윤상이 차에 약을 타라고 시켰던 것이다. 아니나 다를까, 좌진방이 먼저 욱하고 구역질을 했다. 이어 그 자리에서 아침에 먹었음직한 오리찜과 비둘기 요리를 질펀하게 토해냈다.

억지로 참고 있던 다른 관리들 역시 더 이상 참을 수가 없는 모양이었다. 저마다 먹은 것들을 마구 토해내기 시작했다. 멀쩡하던 호부의 대청에는 갑자기 악취가 진동했다. 차를 마시지 않은 채 옆에 시립만 하고 있던 아역들은 저마다 코를 움켜쥔 채 오만상을 찌푸렸다.

"흥!"

윤상이 무겁게 콧방귀를 뀌면서 자리에서 천천히 몸을 일으켰다. 그런 다음 눈에 힘을 준 채 좌중의 관리들을 노려보면서 물었다.

"오늘 아침에 배춧잎이나 무 조각을 먹은 사람이 누가 있나? 그렇게 청렴한 관리가 있으면 한번 나와 봐! 내가 즉각 폐하께 상주문을 올려 국채를 바로 탕감해줄 테니까!"

좌중의 관리들은 그제야 윤상이 놓은 덫에 걸려들었다는 생각을 했다. 저마다의 얼굴에는 화가 난 기색이 역력했다. 그때 마침 윤잉이 두루마기 자락을 움켜잡고 계단을 올라 안으로 들어섰다. 당연히 느닷없는 악취에 멈칫하면서 코를 막고 물었다.

"도대체 무슨 냄새가 이렇게 역겨운 거야?"

"태자전하! 저는 휘하의 병사들을 거느리고 전쟁을 대비하는 거친 놈이라 직설적인 화법밖에는 모릅니다. 태자전하께서 저희들이 마음에 드시지 않으면 단칼에 목을 쳐 날려 보내 버리십시오. 이런 식으로 사람을 가지고 놀지 마시고 말입니다!"

좌진방이 윤잉을 보자마자 발치에 무릎을 꿇고는 악에 받친 목소리로 말했다. 사태와 관련한 모든 일을 추진한 장본인이 자신이면서도 일부러 모르쇠를 놓는다고 생각한 것이다. 참지 못할 정도로 화가 치밀었는지 얼굴도 벌겋게 상기돼 있었다. 윤잉으로서는 전혀 영문을 몰랐으므로 경악을 금치 못했다.

"아닌 밤중에 홍두깨도 유만부동이지! 자네들은 자타가 공인하는 나라의 충신들이야. 그런데 누가 함부로 대한다는 말인가?"

"그 이유는 열셋째 황자마마께 여쭤보십시오! 저희들이 도대체 무슨 그리 대단한 죽을죄를 지었다고 이렇게까지 막다른 골목으로 내모는 겁니까? 이런 수모를 당하고…… 버러지보다 못한 대접을 받다니……."

좌진방은 항의를 계속하려고 하다가 끝내 말을 잇지 못했다. 그리고는 대성통곡을 하기 시작했다. 다른 관리들 역시 그의 말에 동조한다는 듯 무릎을 꿇은 채 일제히 훌쩍거렸다. 그때 윤상이 자리에 앉더니 말했다.

"태자 형님, 실은 제가 차에 몰래 약을 탔어요. 모두들 뱃가죽이 등에 가 붙었노라고 하도 울상을 짓기에 실상이 궁금해 조금 무리를 해봤어요. 결과는 방금 보셨던 대로입니다. 기름진 음식을 너무 먹었으니 장을 적당하게 청소해 주는 것도 나쁘지는 않을 것 같네요."

"말도 안 되는 소리!"

윤잉이 갑자기 큰 소리로 윤상의 말허리를 잘랐다. 사실 윤잉은 윤상이 결코 만만치만은 않은 노회한 지방의 관리들 틈에서 행여 꼬투리라도 잡힐 일을 하지 않을까 우려돼 서둘러 찾아왔던 터였다. 또 아직 빚을 갚지 않은 관리들의 채무 상환 시한을 연장시켜 주자는 생각이 강했기 때문에 서둘러 달려왔다. 말하자면 그는 일을 원만하게 수습하기 위해 양측을 다독거리고자 하는 의지를 다지고 있던 참이었다. 그가 한참 수습책을 골똘히 생각하는가 싶더니 드디어 입을 열었다.

"다들 일어나! 원숭이도 나무에서 떨어질 때가 있다고 했어. 열셋째 황자가 자네들에게 못할 짓을 했다는 생각은 들어. 그러나 이렇게까지 할 수밖에 없었던 열셋째 황자의 처지도 이해해 줬으면 하네."

좌중의 관리들은 그제야 차에 구토 증세를 일으키는 약을 탄 일이 윤잉과는 무관하다는 사실을 알았다. 완전 죽을상을 하던 조금 전과는 달리 얼굴 표정이 다소 누그러졌다. 윤잉이 말을 이었다.

"빚은 반드시 갚아야 하네. 이것은 폐하의 의지이기도 해. 무조건 따라야 한다고. 내가 굳이 재차 말하지 않아도 알겠지. 또 오늘 이 자리에서 약속하겠어. 앞으로 십 년이라는 시간을 주겠네. 자네들 생각은 어떤가?"

"영명하신 태자전하, 천세!"

"역시 태자전하께서는 저희들의 입장을 진심으로 생각해 주시는 분이 아닌가 싶습니다. 마지막 피 한 방울을 파는 한이 있더라도 반드시 약속을 지킬 것을 맹세합니다. 더불어 태자전하의 은혜를 잊지 않고 결초보은 하겠습니다!"

좌중의 관리들은 언제 그랬냐 싶게 바로 얼굴에 웃음을 띠기 시작했다. 온갖 미사여구로 윤잉을 칭송했다. 결과적으로 윤상만 천하의 나쁜 놈으로 찍히고 만 것이다. 윤상은 화가 머리끝까지 치밀었다. 그러나 바로 현장에서 윤잉과 목덜미를 잡은 채 싸울 수도 없는 일이었다. 급기야 그는 발을 무섭게 굴러 보이고는 휭하니 문께로 향했다.

"잠깐만!"

윤잉이 윤상을 황급히 불러 세웠다. 이미 그는 윤상의 돌출 행동에 화가 많이 난 상태였다. 그러나 일촉즉발의 지경에 다다른 윤상을 자극하기도 두려웠다.

"자네는 대수롭지 않게 생각하겠으나 이번 일이 어떤 파장을 몰고 올지는 누구도 상상할 수가 없어! 늦어도 내일 아침이면 북경 전역이 시끌시끌하게 될지도 몰라. 달걀에서 뼈를 찾는 시늉까지 하는 어사들은 가뜩이나 먹잇감이 어디 없나 쑤시고 다니는 것이 현실이야. 그러니 자네는 남한테 꼬투리를 잡힐 일을 자진해서 한 것이나 다름없어. 알겠어?"

"저는 겁날 게 없어요! 그저 부황께서 맡겨주신 임무를 끝까지 충실하게 수행하지 못했다는 자책감만 들 뿐이에요! 두고 보세요. 악담을 하는 것이 아니라 반년도 못 돼 겨우 채워놓은 국고는 또다시 바닥이 날 거예요. 그때 가서는 나라 전체가 기아에 허덕이는 사태가 초래될지도 몰라요!"

윤상이 단호하게 말했다. 관자놀이가 불끈불끈 뛰면서 표정이 무서울 정도로 일그러지고 있었다. 윤잉 역시 기분이 좋은 것은 아니었다. 하지만 그로서는 불난 집에 부채질 해봐야 득될 것이 없다는 생각을 먼저 하지 않을 수 없었다. 애써 진정을 했다. 그럼에도 윤상의 고약한 성격과 넷째 윤진의 말만 고분고분 잘 듣는 그의 행동이 불쾌한 것은 어쩔 수 없었다. 하지만 그는 윤상 앞으로 한 걸음 다가가서 한결 부드러워진 말투로 말했다.

"다 넷째가 자네를 너무 오냐, 오냐 한 탓인 것 같구나."

"그런 것 없어요! 성인의 말일지라도 옥에 티가 있는 것처럼 사기꾼의 말이라도 진실이 있습니다. 저는 누구 입김에 휩쓸려 다닌 것이 아닙니다. 제 스스로의 판단하에 움직이는 거예요!"

그러자 윤잉이 냉소를 흘렸다.

"자네하고 무모한 입씨름은 하지 않겠어. 그런데 한 가지 일러둘 것은 있네. 나라를 다스린다는 것은 마치 작은 생선을 요리하는 것과 같

아. 솥에 넣고 마구 휘저어버리면 정체를 알아볼 수 없을 정도로 망가지게 되는 법이지. 부황께서는 연세가 높으셔서 기력이 예전 같지가 않아. 이럴 때일수록 우리 모두는 정신을 바짝 차려야 해! 이 강산은 언제인가는 내가 물려받게 될 거야. 때문에 나는 지금부터 인仁을 치국治國의 근본으로 여긴 공자의 사상을 조금씩이나마 구현하도록 노력할 생각이야."

윤잉은 아무런 반응도 없이 화가 난 기색만 역력한 윤상을 힐끗 쳐다봤다. 그리고는 윤상보다 휑하니 밖으로 먼저 나가버렸다.

12장

윤상의 구애를 거부하는 아란

윤상은 한동안 멍하니 윤잉의 뒷모습을 바라보기만 했다. 뒤통수를 심하게 얻어맞은 기분이 그럴까 싶었다. 속마음도 완전히 뒤엉킨 검불처럼 뒤죽박죽이 되고 있었다. 시세륜과 우명당이 핏기가 없는 그의 얼굴을 안쓰러운 표정으로 바라보더니 입을 실룩거렸다. 뭐라고 말하려는 듯했다. 그러자 윤상이 바로 손을 내저었다.

"아무 말도 하지 마. 국고를 일단 봉하도록 해. 거둬들인 국채의 현황과 관련한 표를 만들어 폐하께 상세히 보고를 올릴 준비나 해. 무슨 일이 생기면 주저하지 말고 나를 찾아와. 내 마음은 이미 시위를 벗어난 활과 같아서 되돌릴 수 없어. 나를 믿어주면 돼."

윤상은 말을 마치고는 바로 예전의 패기만만한 모습으로 돌아가 성큼성큼 호부의 의문을 나섰다. 그러면서 고함을 질렀다.

"말! 내 말 어디 갔어?"

윤상은 얼마 후 달리는 말에 정신없이 채찍질을 가하고 있었다. 그가 등골에 땀을 줄줄 흘리면서 달려온 곳은 다름 아닌 서화문이었다. 한시라도 지체 없이 강희를 만나야 할 필요성을 느꼈기 때문이었다. 그가 서화문에 다다르자 왕구王狗라는 이름의 어린 태감이 윤상에게 아뢰었다.

"폐하께서는 아침 어선御膳을 드시고 무단 시위를 데리고 출궁하셨습니다. 내일 다시 만나 뵙기를 청하셔야 할 것 같습니다."

윤상이 발걸음을 돌리려다 말고 갑자기 멈춰 서서 물었다.

"자네, 양심전에서 일한다고? 태자전하께서 오늘 폐하께 다녀가셨는가?"

"오늘은 태자전하를 뵙지 못했습니다! 폐하께서는 열셋째 황자마마를 만나시고 나서 바로 출궁하신 것으로 알고 있습니다."

왕구가 의아스러운 얼굴을 한 채 대답했다. 윤상의 기색이 예사롭지 않다는 사실을 눈치챈 듯했다.

이제 더 이상 말이 필요 없었다. 윤잉은 강희의 명령도 없이 국채 상환과 관련한 일을 자신의 마음대로 결론을 내버린 것이다. 윤상은 속이 상했다. 홧김에 수행원들을 돌려보내고 혼자서 봉춘각逢春閣으로 향했다. 그는 울적한 마음을 달래기 위해 술잔을 연신 비웠다. 취기로 몽롱해진 눈을 비비면서 자리에서 일어나 밖으로 나온 것은 오후 다섯 시가 넘어서였다.

그는 말을 탈 생각도 하지 못한 채 비틀거리면서 선무문을 지나쳤다. 그러다 바람을 타고 들려오는 대나무 잎의 부스럭대는 소리에 잠시 발걸음을 멈췄다. 이어 취한 눈동자를 깜박이면서 길을 따라 쭉 뻗은 분홍색 담벼락을 바라봤다. 붉은 칠을 한 대문 위에는 '태백풍절'太白風節이라고 휘갈겨 쓴 검은 편액이 걸려 있었다. 문의 양 옆에는 상당히 정성을 기울여 쓴 해서체의 글도 적혀 있었다.

호기롭게 말술을 마시는 것은 연燕나라와 조趙나라의 비분강개하는 선비들의 유풍이고,
조금씩 술을 따라 마시면서 낮게 노래를 부르는 것은 오吳나라와 월越나라의 풍습이리니.

윤상은 그 글을 보자마자 바로 딸꾹질을 했다. 술을 마신 데다 갑자기 불어온 찬바람을 맞은 탓이었다. 그는 입가를 치켜 올리면서 얼굴에 실소를 흘린 채 가만히 뇌까렸다.

"어떻게 하다 여덟째 형이 가기歌妓들을 키우는 적선루까지 오게 됐지?"

윤상은 발걸음을 옮기지 않은 채 그 자리에 멍하니 계속 서 있었다. 그때 등 뒤에서 누군가의 목소리가 들려왔다.

"열셋째 황자마마가 아니십니까?"

목소리의 주인공은 적선루에서 일하고 있는 왕씨였다. 그가 반색을 하면서 다가왔다.

"황자마마께서 모습을 보이지 않으시니, 아란 누님이 식음을 전폐하고 있지 않습니까? 애처롭게 목까지 빼든 채 기다리지 뭡니까! 정말 안쓰러워서 지켜볼 수가 없어요!"

말을 마친 왕씨가 곧 윤상을 적선루로 안내했다. 이층 계단을 오르면서 큰 소리로 고함을 질렀다.

"오씨! 열셋째 황자마마께서 오셨어. 술을 좀 데우고 아란 누님을 대기시키라고!"

"뭐라고? 여덟째 형님의 연극단 배우가 손님도 받는가? 아란은 술을 파는 여자가 아닌 것으로 알고 있는데?"

윤상이 계단을 오르다 말고 잠시 발걸음을 멈췄다. 아란이 뜯고 있는

비파 소리가 들려온 것이다. 이전처럼 애절한 느낌이 다분한 비파 소리였다. 그가 아란의 비파 소리에 섞인 채 들려오는 노랫소리에 잠깐 귀를 기울이는가 싶더니 다시 냉소를 흘렸다.

"명색이 여덟째 형님의 연극단 단원이 아닌가. 그런데 몰래 데려다가 술이나 팔게 하고 말이야. 간덩이가 부은 거야?"

"그건 아닙니다. 걱정하지 마십시오! 소인이 어찌 감히 그런 짓을 하겠습니까! 저희 임 대인이 와 계셔서 잠시 불렀을 뿐입니다. 전에도 임 대인은 열셋째 황자마마께서 아란 누님을 원하신다면 여덟째 황자마마께 말씀드려 보내드리라고 말씀하셨습니다. 아란 누님은 아직 진짜 처녀이니까 걱정하지 마십시오. 누가 감히 아란 누님의 털끝 하나라도 건드리겠습니까!"

왕씨가 황급히 웃음을 지어보였다. 윤상은 그의 너스레를 듣는 둥 마는 둥 하다가 의자에 털썩 기대앉았다. 이어 장화를 벗고 두 발을 탁자 위에 올려놓았다.

"주절주절 무슨 말이 그렇게 많아! 가랑이가 찢어지도록 달려가 빨리 아란을 데리고 와!"

윤상은 마음이 조급했다. 심한 흥분에 가슴이 떨렸다. 하기야 곧 아란을 만나 이제부터 당당한 정황기 소속에, 자신의 여자로 살자는 얘기를 어떻게 할까 하는 생각을 하고 있었다.

얼마 후 가벼운 발걸음 소리와 함께 비파를 껴안은 아란이 고개를 살포시 숙인 채 사뿐히 들어섰다. 이어 윤상을 향해 깊숙하게 허리를 굽혀 인사를 올렸다.

윤상은 언제 봐도 싫증이 나지 않는 아란의 얼굴을 뚫어지게 쳐다봤다. 동시에 가슴이 시원하게 뚫리는 여유와 편안함이 느껴지는 것을 어쩌지 못했다. 이상하게 그녀만 보면 늘 그랬다. 윤상은 곧 안색이 약간 창백해 보이는 탓에 누구라도 보호해주고 싶은 본능을 유발하게 만드는 아란을 옆자리에 자연스럽게 앉혔다. 그리고는 얼굴에 웃음을 가득 띠운 채 물었다.

"얼굴이 그전보다 훨씬 안 돼 보이는군. 어디 아픈가? 오늘은 노래를 들으러 온 것이 아니네. 그동안 자네를 향한 내 노력이 곧 결실을 맺게 될 것 같아. 그래서 흥분을 주체하지 못하고 찾아온 거야. 이것 좀 보라고."

윤상이 넷째 윤진의 도움으로 만든 아란의 전적轉籍 문서를 꺼내 보였다. 이어 떨리는 목소리로 덧붙였다.

"이것만 있으면 우리는 훨씬 더 가까워질 수 있어! 오늘부터 몸가짐을 비롯해 걸음걸이 등의 사소한 행동에도 신경을 쓰는 습관을 길러야 해! 황실의 마나님이 되는 것이 그렇게 쉽고 멋있는 것만은 아닐 테니까!"

그러나 아란은 윤상의 진심어린 말에 전혀 감동하지 않았다. 아니 그러기는커녕 오히려 윤상을 매정하게 밀어냈다.

"열셋째 황자마마, 노비의 노래를 듣고 싶으시다면 목이 터져 피가 흐르는 한이 있더라도 소임을 다할 것입니다. 하지만 하늘과 땅 차이인 신분의 차이를 애써 극복하려는 노력은 하지 않으셨으면 합니다."

윤상은 아란의 반응이 이토록 싸늘할 줄은 미처 생각조차 못했다. 남들은 온갖 수단과 방법을 가리지 않고 비집고 들어오고 싶어 하는 곳이 황실이었으므로 그녀의 반응은 너무나 예상 외였던 것이다. 그가 놀라면서 다그쳐 물었다.

"지금 농담한 거지?"

"노비가 어찌 실없는 소리를 할 수 있겠습니까? 노비는 순정을 바친 사람이 있습니다. 여기까지 올 수밖에 없었던 것은 오로지 빚 때문이었습니다. 이년이 이곳에서 열심히 일하면 노비에서 풀어주기로 약속을 단단히 받았습니다. 임자가 있는 남의 여자를 강탈하는 것은 황자의 고귀한 신분에 위배되는 행위가 아니겠습니까?"

아란이 정색을 했다. 윤상으로서는 찬물을 끼얹는 것 같은 차가운 기운이 머리에서부터 발끝까지 신속히 퍼지는 순간이었다. 급기야 그의 안면 근육이 지나친 흥분으로 무섭게 푸들거렸다. 곧 성질이 폭발할 지경이었다.

마침 그때 임백안이 껄껄 웃으면서 들어섰다. 곧이어 아란의 눈치를 힐끔 보는가 싶더니 바로 윤상에게 머리를 조아렸다.

"소신 임백안이 열셋째 황자마마께 인사 올립니다!"

"음, 그래."

윤상은 짤막한 대답과 함께 서서히 정신을 추스르기 시작했다. 조금 기분이 가라앉는 것도 같았다. 그는 2년 동안 호부의 일을 봐오면서 임백안이라는 이름을 귀에 딱지가 앉을 정도로 수없이 많이 들었다. 하지만 실물을 본 적은 없었다. 윤상이 처음 대면하는 그는 50세를 전후한 나이에 둥글넓적한 얼굴을 하고 있었다. 관상도 착해보였다. 또 약간 부은 듯한 눈이 매우 인상적이었다. 윤상은 내로라하는 관직도 없고 알아주는 권문세도가의 뒷받침이 있는 것도 아닌 이 사람이 어떻게 육부아문을 자신의 집 드나들 듯하면서 막후조종을 하는 것인지 궁금하기 이를 데가 없었다. 그렇게 잠시 생각을 하던 윤상이 얼마 후 입을 열었다.

"당신이 그 이름도 유명한 '불사조' 임백안인가? 아란의 몸값이 얼마나 되는지 말해보게. 내가 이 아이를 데려가야겠어!"

"황자마마, 무슨 말씀을 그렇게 섭섭하게 하십니까? 황자마마를 섬길 수 있는 기회가 생긴 것만으로도 소인은 무한한 영광으로 생각합니다! 돈 얘기는 하지 마십시오. 지금 당장 데려가셔도 좋습니다!"

임백안이 만면에 웃음을 흘리면서 말했다. 그러자 윤상이 몸을 뒤로 젓히더니 단호하게 말했다.

"북경에서 나 열셋째 황자가 공짜 싫어하는 것을 모르는 사람은 없을 것 아닌가? 나는 주고받는 데 있어서는 정확한 사람이라고! 얼마면 되겠는가? 말해보게!"

임백안이 윤상의 말에 황급히 자리에서 일어나 허리를 굽실거렸다. 그러더니 비굴한 웃음을 지었다.

"정 그러시다면 소인도 더 이상 고집을 부리지 않겠습니다. 그것이 결코 예의는 아닌 듯합니다. 아란의 몸값은 스무 냥입니다. 또 그동안의 교육비와 숙박비, 몸치장 비용도 있습니다. 모두 합쳐 그냥 백 냥만 주십시오."

윤상과 임백안의 흥정이 이처럼 별 탈 없이 끝나갈 무렵 아란이 불쑥 입을 열었다.

"이봐요, 임씨! 나는 애초부터 당신한테 팔려온 것이 아니잖아요. 우리 낙호여자들은 노래 부르고 연주하는 것을 본업으로 삼고 있어요. 그러나 몸은 절대 팔지 않아요. 나는 여기 들어올 때 두 해 동안 높으신 분들의 기분을 맞춰주고 그 대가로 빚을 갚고 나가도록 약속이 돼 있잖아요. 그런데 어째서 당신이 팔고 싶다고 해서 마음대로 파는 거예요? 열셋째 황자마마, 노비가 당돌하기 그지없는 처사인 줄은 알지만 할 말은 해야겠습니다. 노래가 듣고 싶으시면 언제든지 최선을 다해 시중들겠습니다. 하지만 노비를 돈 주고 사셔서 데려갈 생각은 접어주셨으면 합니다!"

"이 세상에 안 되는 것이 어디 있다고 그래!"

임백안이 기분이 상했는지 바로 인상을 험악하게 구기면서 뇌까렸다. 슬슬 여자 장사라면 이골이 난 그다운 본색을 드러내는 듯했다.

"북경北京뿐만이 아니야. 소주蘇州에 있는 147곳의 낙호들이 감히 내 말을 무시할 수 있다고 생각해?"

그러나 아란은 임백안의 윽박질에도 하나도 두려울 것이 없다는 태도였다. 윤상은 아란이 앙탈을 부리자 화를 주체하지 못하고 자리에서 벌떡 일어섰다. 이어 아란을 노려보면서 말했다.

"그만하지 못해! 주제파악도 못하는 것 같으니라고! 나는 낙호의 계집들은 상종도 말라던 넷째 황자 형님의 말에 설마, 설마 했었어. 그런데 과연 그런 얘기가 나올 법도 하구나. 내가 눈이 삐었지!"

윤상이 이빨 사이로 짜내듯 욕설을 내뱉은 다음 문을 박차고 나갔다. 그리고는 쿵쿵거리면서 계단을 내려갔다. 동시에 그의 등 뒤에서 찰싹! 하는 뺨 때리는 소리가 울려 퍼졌다. 곧이어 마룻바닥이 크게 울리는 소리 역시 메아리쳤다. 아마도 아란이 맞아 쓰러진 모양이었다.

"머저리 같은 년, 쌤통이다!"

윤상은 연신 욕을 하면서 계단을 내려가고 있었다. 어떻게든 자신의 여자로 만들어 보려고 쏟아 부었던 그간의 노력을 떠올리자 화가 머리 끝까지 치밀었다. 바로 그때 문 어귀에서 집사인 조복흥趙福興의 모습이 보였다. 그가 물었다.

"무슨 일 있나?"

"좋은 일이옵니다! 일곱째 황자마마께서 춘향거春香居에서 술을 사신다고 황자마마를 부르라고 하셨습니다! 양주揚州에서 유명한 요리사를 특별히 데려왔다고 합니다! 황자마마께서 분명히 좋아하실 거라고 하셨습니다!"

조복흥이 만면에 웃음을 가득 머금고 있었다.

"좋기는, 이 미친놈아!"

윤상이 바로 애꿎은 그의 귀싸대기를 후려갈겼다. 이어 횅하니 나가버렸다.

강희는 호부에서 벌어지는 국채 상환 문제를 둘러싸고 벌어진 황자들 간의 갈등에 대해서는 전혀 모르고 있었다. 그래서 아침을 먹은 다음 편한 마음으로 무단만 거느린 채 평상복으로 궁을 나섰다. 소리 소문 없이 움직이기는 했으나 서화문을 나서면서부터는 상황이 달라졌다. 동국유와 마제가 역시 사복 차림으로 따라붙은 것이다. 강희가 먼발치에서 따라오는 둘을 발견했다.

"무단, 큰일 났군! 저 사람들이 어떻게 냄새를 맡고 따라 나섰지? 모처럼 단출하게 둘이서 한가한 하루를 보내려고 했더니……. 아무튼 잠시도 제대로 된 자유를 누릴 수가 없어. 백운관에 새로 온 장덕명이라는 주지가 도통했다고 소문이 아주 자자하다지, 아마. 우리 이참에 그쪽으로 한번 가보자고, 어떤가?"

강희는 동국유와 마제에게 신경도 쓰지 않은 채 말했다.

"폐하!"

그러자 마제가 헐레벌떡 쫓아와서는 걱정스런 표정을 지어 보였다. 그는 원래 불교를 못마땅하게 생각했다. 또 초능력자를 자칭하고 다니는 사이비 도사들 역시 많이 봐왔다. 때문에 강희가 그런 곳에 발을 들여놓는 것을 우려의 눈길로 바라볼 수밖에 없었다. 게다가 백운관은 멀리 서편문西便門 밖에 자리를 잡고 있을 뿐 아니라 인적도 드물었다. 아무리 무단이 일등시위이기는 하나 많은 나이를 고려하면 경호를 전담하는 것은 아무래도 무리였다. 또 자신 역시 무예에는 문외한이 아니던가. 만에 하나 발생할 위기에 제대로 대처하지 못하면 어떻게 하나 하는 생각을 가질 수밖에 없었다.

그가 근심에 싸인 얼굴을 한 채 입을 열었다.

"백운관은 너무 멉니다. 걸어가기에는 무리이옵니다. 그렇다고 말이나 가마를 동원하기에는 너무 요란스럽사옵니다. 사람들의 이목을 끌게 되옵니다. 가까운 정양문에 가서 색다른 음식이나 맛보시고 오후에 일찍 돌아오시는 것이 좋을 듯하옵니다. 태자전하의 주사함奏事函도 그때쯤이면 도착할 것이옵니다."

그러자 무단이 말했다.

"글쎄, 정양문도 좋기는 해요. 그런데 아까 지나가다 보니까 오늘 사형 집행이 있을 예정이라는 게시문이 붙어 있더군요. 괜히 폐하의 좋은 기분을 상하게 해 드릴까봐 염려스럽네요."

무단의 말에 강희가 껄껄 웃었다.

"그게 뭐가 대수인가! 사람을 파리 잡아 죽이듯 하던 마적 출신이 이제는 광동 제독이 됐다고 오히려 담이 작아진 모양이지? 자, 정양문으로 가보자고!"

강희가 말을 마치고는 곧 발걸음을 정양문 방향으로 옮겼다. 이어 걸어가면서 다시 입을 열었다.

"태평스러운 시대를 오래 살다보면 사람들이 너나없이 피를 두려워하기 마련이야. 전에 태자비 석石씨가 연극구경을 간 적이 있었지. 그때 사람 죽이는 장면이 있었는데, 빨간 물감을 보더니 그만 기절해 버렸지, 왜. 윤잉도 거의 혼비백산하고 말이야. 그래서 짐이 막 뭐라고 했었지! 짐은 자랑을 위한 자랑을 하는 것이 아니라 여덟 살 때 이미 사람을 죽이는 경험을 했어. 열다섯 살 때도 조정에 저항하는 무리들의 목을 베기도 했지. 어디 그뿐인가. 서정西征에 나서서도 많은 피를 봤지. 오늘의 태평성대는 수많은 사람들의 목이 땅에 떨어지면서 이뤄진 것이야. 솔직히 윤잉이 오배 같은 사람을 만났더라면 어떻게 됐을까 하는 생각을 가끔 하고는 해. 그러면 정말 소름이 끼쳐."

강희 일행은 도란도란 얘기를 나누면서 얼마 후 정양문 남쪽에 다다랐다. 거리는 강희 즉위 초기의 모습은 거의 사라지고 없었다. 큰길과

작은 골목들이 뒤섞여 있었을 뿐 아니라 가게들이 즐비해 그야말로 발 디딜 곳이 없을 정도로 사람들로 북적거렸다. 과거 같으면 명절 때나 볼 수 있음직한 흥청거리는 모습이 도처에 펼쳐지고 있었다. 오래된 사찰을 방불케 하는 정적이 감도는 자금성에 비하면 완전히 별천지나 다름없었다. 멀리 떨어져 있지 않음에도 분위기는 완전히 달랐다.

무단과 마제, 동국유는 촉각을 곤두세우면서 강희의 주변에 대한 경계에 몰입했다. 그러나 강희는 그들과는 전혀 다른 생각을 하고 있었다. 백성들의 생활이 갈수록 윤택해진 것이 눈에 확연하게 보이는 데다 삶에 대한 애착으로 가득찬 저마다의 얼굴들을 대하자 흐뭇한 생각이 들었던 것이다. 감개가 무량하다고 표현해도 좋을 정도였다. 그는 수시로 환호성이 터져 나오는 인파를 비집고 들어갔다. 때로는 유랑극단의 공연을 구경하는가 하면 관제묘 옆에서 돗자리를 깔고 있는 길거리 점쟁이의 제법 그럴싸한 거짓말도 들어주었다. 김이 모락모락 나는 만두가게 앞에서는 뜨거워 호호 불면서 만두를 먹었다. 당호로糖葫蘆라는 길거리 음식을 먹으면서 그림의 탁본을 사는 여유 역시 보였다. 얼마 후 그가 흥미진진한 표정을 지으면서 말했다.

"여기에서 유리창琉璃廠(골동품이 많기로 소문난 명소)이 멀지가 않아. 우리 그리로 가서 책시장이나 둘러보자고. 동향광董香光의 작품을 살 수 있으면 좋겠구먼."

강희 일행이 유리창 방향으로 발걸음을 돌려 한참이나 걸어가고 있을 때였다. 저 멀리서 온통 흰색 물결에 휩싸인 사람들이 장례 깃발을 든 채 관을 메고 강희 일행 쪽으로 움직이는 모습이 보였다. 손을 이마에 얹고 바라보던 마제가 이상하다는 듯 말했다.

"꽤나 괜찮게 사는 가문인 것 같네요. 그런데 관을 묻으러 가면서 북소리도 울리지 않은 채 저렇게 조용할 수가 있나요?"

그러자 강희가 웃었다.

"그러게 자네를 책벌레라고 하지 않겠나! 오늘 사형을 당하는 구운생邱運生의 가족들이잖아. 시신을 거두러 오는 거겠지. 나이 육십에 얼마나 비극적인 종말이야. 빚을 안 갚는다고 열여섯 살밖에 안 된 그 집 딸을 겁탈했다고 하잖아. 애가 홧김에 자살을 했지!"

동국유는 강희의 말을 듣고서야 비로소 한때 시끄러웠던 사건의 주인공인 구운생을 떠올렸다. 더불어 채 피어보지도 못하고 떨어진 꽃 같은 소녀 역시 머리에 그리는 듯했다. 그가 조용히 한숨을 내쉬었다.

얼마 후 죄수를 태운 마차가 모습을 드러냈다. 순천부 부윤府尹인 융과다隆科多가 사형 감독관으로 말을 타고 앞장을 서고 있었다. 그 뒤로는 주홍색 영전令箭을 치켜든 집행관들이 따랐다. 사람들이 큰 구경거리라도 생긴 양 어느새 여기저기에서 벌떼같이 몰려들었다. 그때 강희의 등 뒤에 바싹 붙어 있던 동국유가 놀란 어조로 소리를 질렀다.

"범인이 왜 저렇게 젊습니까?"

"이제 보니 그렇군!"

강희 역시 동국유의 말을 듣고 형구를 목에 걸고 있는 범인을 눈여겨보다 크게 놀랐다. 범인은 땟물이 흐르는 꾀죄죄한 모습을 하고는 있었으나 고작 서른 살을 갓 넘긴 것 같은 젊은이가 분명했다. 환갑을 넘긴 구운생이라고 보기에는 정말 무리였다. 젊은이는 굵고 긴 머리채를 드리운 채 초연한 표정을 짓고 있었다. 눈도 지그시 감고 있는 것이 담담하기 이를 데 없었다. 강희는 혹시 자신이 착각하지 않았나 싶어 다시 한 번 범인의 앞에 걸려 있는 명패를 살펴봤다. 틀림없는 '겁탈 살인범 구운생'이었다. 순간 강희는 말없이 칼날같이 예리한 시선을 마제와 동국유에게 보냈다.

그 눈빛에 혼비백산한 마제와 동국유는 어쩔 줄 몰라 했다. 특히 동국유는 사형 감독관인 융과다가 자신의 조카인 탓에 입장이 마제보다 더 난감했다.

얼마 후 그가 강희의 시선을 도저히 어떻게 할 수 없다고 생각했는지 마침내 입을 열었다.

"세상에, 어떻게 이럴 수가! 폐하, 소인이 가서 잘 알아보고 오겠사옵니다!"

"그럴 것 없어. 현장에 가보면 더 잘 알 테니까."

강희가 살얼음이 낀 것 같은 차가운 얼굴을 한 채 내뱉었다.

강희 일행이 채시구菜市口(북경에 있는 번화가로, 사형장이 있음)에 있는 사형장에 도착했을 때였다. 구경꾼들은 이미 인산인해를 이루고 있었다. 마제와 동국유는 안간힘을 써서 겨우 안쪽으로 비집고 들어간 다음 강희를 편한 자리에 앉혔다. 그러나 둘은 심장이 튀어나올 것만 같은 긴장감에 계속 사로잡혀 있어야 했다.

이윽고 범인이 끌려나오더니 한가운데 세워진 굵은 기둥에 단단히 결박당했다. 감독관 융과다가 범인 구운생의 죄명을 폭로하는 글을 읽기 시작했다.

강희는 귀를 바짝 세우고 들어봤다. 사건의 전말은 평소 알고 있던 것과 같았다. 다만 나이를 60세에서 29살로 고쳤을 뿐이었다. 누군가 이 사건에 개입해 조작을 한 것이 분명했다.

얼마 후 융과다가 사형을 앞둔 범인에게 술을 따라줬다. 그러자 구경꾼들 사이에서 원색적인 욕설이 돌멩이처럼 마구 날아들었다. 그러나 범인은 시종일관 두 눈을 꼭 감은 채 담담한 표정으로 일관했다.

한낮의 태양빛은 음산한 사형장에 따뜻한 햇살을 비췄다. 융과다는 품 안에서 시계를 꺼내 한번 살펴보더니 망나니들을 향해 큰 소리로 외쳤다.

"정오가 됐다! 망나니들!"

"여기 있습니다!"

"집행하라!"

"예!"

13장

돈에 팔려온 사형수

융과다의 명령에 검은 얼굴을 한 두 명의 망나니가 큰 목소리로 대답하면서 푸줏간에서나 볼 수 있는 큰 칼을 들고 앞으로 나섰다. 융과다의 마지막 신호를 기다리는 듯했다.

"잠깐만!"

마제가 더 이상 지켜보고 있을 수만은 없었던지 다급하게 소리쳤다. 그는 어쩌다 일이 잘못 됐는지 알 수가 없었다. 그렇다면 구운생의 사건을 전담해 처리해왔던 자신이 끝까지 투명하게 일처리를 하지 못했다는 책임을 면치 못할 것은 너무나도 분명했다. 하지만 천만다행으로 비극은 아직 빚어지지 않았다. 그가 곁눈 한 번 주지 않은 채 잔뜩 어두운 표정으로 꼼짝 않고 앉아 있는 강희를 힐끗 쳐다보는가 싶더니 다시 한 번 크게 소리를 질렀다.

"잠깐!"

사형장에서는 의외의 사고가 워낙 많이 일어나고는 했다. 때문에 병사들이 주위에 물샐틈없이 진을 치고 있었다. 그들은 아마도 범인을 빼돌리려는 움직임이 있는 것으로 상황을 파악한 듯했다. 바로 황급히 달려들어 범인을 둘러싼 채 저마다 장검을 뽑아들고 경계에 나섰다. 그러자 동국유가 원하지 않는 방향으로 사건이 번지는 것을 우려한 듯 목을 빼들고 손으로 손나발을 만들어 크게 외쳤다.

"융과다! 나 셋째 삼촌 동국유야! 마 대인도 계셔! 어서 이리로 와봐!"

강희는 당초 마제가 검은돈을 받고 사건을 조작한 장본인이 아닐까 하는 의심을 한 바 있었다. 하지만 그가 사형집행을 중지시키려고 하는 움직임을 보고는 순간적으로 생각을 달리 했다. 다소 안심이 되는지 굳은 표정이 풀어지는 기색이 얼굴에서 여실히 읽혔다. 아무려나 융과다가 허둥지둥 달려왔다. 이어 동국유가 틀림없다는 사실을 확인하고는 입을 열었다.

"셋째 삼촌, 여기는 어쩐 일이세요?"

"이 자식아, 눈은 여자 엉덩이나 훔쳐보려고 달고 다니는 거야? 폐하께서 계시잖아!"

동국유가 갑자기 버럭 화를 냈다. 융과다는 느닷없이 동국유가 나타나는 바람에 어리둥절해 허둥지둥 달려오느라 정신을 차리지 못했다. 그러다 곧 무단 옆에 무표정한 얼굴로 먼 곳을 주시한 채 앉아 있는 강희를 발견했다. 원래 순천부順天府는 지방 각 부의 수장인 지부知府와는 많이 달랐다. 우선 북경과 지방이라는 차이가 있었다. 또 황제가 관리들을 직접 선발하는 것도 순천부가 지방과 다르다면 다른 점이었다. 융과다는 바로 천자의 발밑과 눈앞에 있다고 해도 과언이 아닌 그런 순천부의 일인자였다. 승진이 무척이나 빨랐던 것이다. 그럼에도 일처리는 마치 말단 관리들처럼 꼼꼼했다. 영악한 그로서는 뭔가 일에 차질이 생긴 것이 분명하다고 판단하지 않을 수 없었다. 강희까지 현장에 동원된 것을 보면 큰 문제가 있음이 틀림없었다. 그가 불에 덴 듯 화들짝 놀라면서 그 자리에 털썩 무릎을 꿇었다. 이어 죽어라 머리를 조아렸다.

“성가聖駕가 왕림하신 줄 몰라 뵌 죄 죽어 마땅하옵니다. 폐하, 소인을 부르셨사옵니까?”

강희가 차가운 눈빛으로 융과다를 뚫어져라 쳐다봤다. 자세에서부터 많이 익은 얼굴이라고 생각하는 표정이었다. 하지만 어디에서 봤는지 기억이 나지 않는 모양이었다. 그가 드디어 융과다에게 물었다.

“자네, 무관 자리에 있다가 문관으로 바꾼 거지? 사실 순천부의 일인자로 올라올 수 있었다는 것은 대단한 행운이야. 장래가 촉망된다고 볼 수도 있지. 큰 사고만 치지 않는다면 제독이나 순무까지는 무난하게 할 수 있을 거야. 그렇지 않은가?”

“예, 폐하…….”

융과다는 뭐라고 대답해야 할지 몰라 그냥 얼버무렸다. 사실 그는 강희와 면식이 적지 않았다. 강희가 세 번째 준갈이로 친정親征을 떠났을 때 직접 수행한 친병이기도 했다. 뿐만 아니었다. 강희를 구해준 적도 있었다. 그러나 귀인은 많은 일을 기억하지 못한다는 말처럼, 강희는 생명의 은인이나 다름없는 그를 잘 알아보지 못했다. 융과다로서는 못내 아쉬울 수밖에 없었다. 하지만 그렇다고 감히 먼저 그 일을 입에 올릴 수는 없는 노릇이었다. 그가 그런 생각을 하면서 아리송한 강희의 말뜻을 확실하게 파악하기 위해 머리를 한참 굴리고 있을 때였다. 갑자기 저 멀리서 요란한 말발굽 소리가 뽀얀 먼지를 일으키면서 가까워지고 있었다. 구경꾼들은 겁에 질린 나머지 우왕좌왕하면서 바로 뿔뿔이 흩어졌다. 그 모습을 본 무단이 웃으면서 말했다.

“보군통령아문의 조봉춘趙逢春이옵니다, 폐하. 여기에서 무슨 사고가 발생한 줄 알고 달려오는 것 같사옵니다!"

조봉춘은 오랫동안 무단의 휘하에서 활약했던 부하였다. 때문에 무단은 그가 장검을 허리춤에 찬 채 강희 앞에 나타나자 아무 부담 없이 나무랄 수 있었다.

"검 내려놓지 못해! 폐하의 부름도 계시지 않았는데, 도대체 왜 소란을 떨어서 폐하를 놀라시게 하고 그러는 거야? 그만 물러가라고!"

"그러지 말고 잠깐 있어 보게."

강희가 무단과 조봉춘에게 이왕 왔으니 굳이 갈 필요가 없다는 요지의 지시를 내렸다. 이어 바로 앞에서 무릎을 꿇고 있는 융과다를 향해 다시 입을 열었다.

"조정에서는 자네에게 잘못한 것이 손톱만치도 없어. 그런데 자네는 돈을 얼마나 받아먹었기에 이런 지저분한 짓을 저지르고 다니는가? 인생이 지겹고 막가는 사람이 아니고서야 어찌 진범을 빼돌리고 억울한 원혼을 만들 수가 있다는 말인가? 진짜 구운생은 어디에 숨겼는가?"

융과다는 강희의 호통에 금시초문이라는 반응을 보이면서 놀라워했다. 동시에 높은 자리에 앉아 있는 '셋째 삼촌' 동국유를 곱지 않은 시선으로 힐끗 쳐다봤다. 촌수로 따지면 동국유는 그에게 셋째 삼촌뻘이기는 했다. 하지만 그는 늘 동국유가 이웃사촌보다 못한 친척이라는 생각을 했다. 이유는 있었다. 무엇보다 그의 아버지가 세상을 떠난 이후 동국유를 비롯한 친척들의 태도였다. 도움을 주기는커녕 피해만 잔뜩 입혔다. 이로 인해 그의 어머니는 화병까지 얻어 아버지의 뒤를 따라야 했다. 물론 동국유가 피해를 입히는 데 적극적으로 관여했다고 하기는 어려웠다. 하지만 그의 집안이 피해를 입을 때 팔짱을 낀 채 마치 강 건너 불 보듯 한 것은 분명한 사실이었다. 게다가 그는 동국유로부터 오랫동안 조카로 인정조차 받지 못했다. 그러나 그가 현령이 되면서부터 동국유의 태도는 놀랍게도 확 달라졌다. 스스로 삼촌임을 자처하고 다니기도 했을 정도였다. 그는 그런 동국유의 행동 자체가 너무 싫었다. 때문에 이번에도 말로는 셋째 삼촌이라고 그러면서 무슨 덤터기를 만들어 자신에게 덮어씌우지 않을까 하는 우려를 떨쳐버리지 못했다. 그가 다시 동국유를 힐끗 쳐다보면서 입을 열었다.

"작정을 하고 혼란을 일으키고자 하는 자들의 망언을 믿으셔서는 아니 되옵니다, 폐하! 그럴 리가 있겠사옵니까!"

동국유는 융과다의 말이 자신을 향한 화살이라는 사실을 바로 눈치챘다. 속에서 화가 불끈 치밀어 올랐다. 결국 그는 얼굴을 붉히면서 고개를 휙 돌려버렸다. 강희는 융과다의 말에서 그가 배짱이 보통이 아니라는 느낌을 받았다. 기가 막히는지 무단을 향해 웃어 보이면서 혀를 찼다.

"허허, 이 친구 한 술 더 뜨는군. 망언까지 운운하니 말이야. 안 되겠어, 범인이라는 자를 불러와!"

곧 두 명의 병사가 새끼줄로 동여맨 짐짝처럼 구운생이라는 사람을 질질 끌고 왔다. 이어 병사 한 명이 범인의 종아리를 걷어찼다. 그러자 범인은 맥없이 털썩 주저앉더니 길게 엎드렸다. 장내에는 잠시 침묵이 흘렀다. 드디어 강희가 물었다.

"자네, 이름이 뭔가?"

"어르신께 아뢰옵니다. 구운생이라고 하옵니다!"

범인이 꼿꼿하게 엎드린 채로 대답했다.

"어디 사람인가?"

"밀운密雲현이 본적이옵니다."

"가족은 어떻게 되나?"

"아들 셋, 며느리 셋이옵니다."

"손자는 없는가?"

범인이 잠시 머뭇거리더니 대답했다.

"있습니다."

실제로 진짜 구운생에게는 손자들이 있었다. 큰손자가 이미 스무 살이었다. 하지만 깊이 꼬치꼬치 물으면 신상명세에 대해 대답하기가 쉽지 않을 터였다. 그래서 범인은 강희가 그 사실을 물어오지 않을까 내심 걱정을 했다. 그러나 의외로 강희는 깐깐하게 캐묻지 않고 다른 화제를 입에 올리면서 다시 물었다.

"자네가 죽음으로 내몬 여자 아이 이름은 뭔가? 또 누가 그 아이를 자네 집에 데려다줬는가?"

범인, 즉 가짜 구운생일 수밖에 없는 남자가 뭔가 불안한지 잠시 움찔했다. 그리고는 더욱 떨리는 목소리로 짜증이 난다는 듯 대답했다.

"곧 목이 떨어져 나갈 텐데 구질구질하게 그런 것은 왜 묻습니까? 제가 죽지 않겠다고 발버둥을 치는 것도 아니고, 순순히 사형 집행에 응하는데 뭐가 문제라는 말입니까?"

마제가 남자의 무례함에 분통이 터진 듯 앞으로 나서더니 큰 소리로 주의를 줬다.

"어디에서 까부는 거야, 이 자식이!"

"자네 말씨가 이상해서 그래! 자네는 누가 들어도 산동 사람의 말투가 아닌가! 밀운현에서 누군가의 유혹을 떨치지 못하고 목숨까지 내건 것이 분명해. 도대체 어떻게 된 일인가? 구운생이 뭘 줬기에 목숨까지 내놓는 건가?"

강희가 마제를 말리면서 말했다. 범인은 자신의 허를 찌르는 강희의 말에 적이 놀란 모양이었다. 충격이 가시지 않은 얼굴을 들어 강희를 바라보았다. 이어 뭐라고 말하려 했다. 그러나 곧 머리를 숙이면서 혼잣말처럼 중얼거렸다.

"아무튼 저는 구운생입니다. 곧 죽어도 저는 구운생이라고요……."

"자네는 절대로 진짜 구운생이 아니야! 구운생이 겁탈한 아이는 황영아黃英娥라는 여자 아이야. 구운생의 며느리가 꼬드겨 데리고 들어갔던 거야. 자네가 도대체 올해 몇 살인데, 며느리가 있다는 말인가?"

강희가 단호하게 쐐기를 박아버렸다.

"……."

"구운생은 환갑이 지난 사람이라고! 속임수를 쓰더라도 비슷하게 해야지. 여보게, 젊은이! 시간 낭비하지 말고 그만 실토를 해봐! 무슨 사연이 있었기에 여기까지 오게 됐나? 진실을 얘기해야 도와주기라도 하지!"

강희가 어이없다는 표정을 지었다. 강희의 확신에 가까운 말에 가짜 구운생은 패배를 인정하는 듯 머리를 깊숙이 숙였다. 이어 코를 훌쩍거렸다. 그때 근처 한 가게의 주인이 초조한 기색으로 강희를 바라보다 조심스럽게 입을 열었다.

"폐하, 소인이 들은 얘기가 있사옵니다. 돈 있는 자들은 죽을죄를 짓고도 대신 죽어주기를 원하는 사람까지 쉽게 구할 수 있다고 하옵니다. 그것을 재백압宰白鴨(돈과 권세가 있는 사람들을 대신해 죄를 뒤집어쓴다는 의미)이라고 하옵니다. 심판관들이나 사건에 관련된 모든 관리들에게 돈을 싸들고 분주하게 찾아다니면 진짜 그렇게 할 수 있다고 하옵니다. 어떤 집행관들은 내막을 뻔히 알면서도 그 범죄의 고리가 어디까지 연결돼 있는지 몰라 잠자코 있다고도 하옵니다. 보복이 두려워 잠자코 있을 수도 있고요……."

가게 주인의 말에 가짜 구운생은 뻣뻣하게 나오던 처음과는 달리 한껏 주눅이 든 표정이었다. 그러더니 점차 어깨를 들썩거렸다. 이어 큰 소리로 오열을 터뜨리고 말았다. 두 손이 뒤로 묶인 채 죽어라 머리를 땅바닥에 짓찧으면서 띄엄띄엄 말을 내뱉었다.

"아버지……, 불쌍한 아버지……. 이런 천하의 불효자 놈도 아들이라고……. 죄송합니다, 아버지……."

가짜 구운생은 하염없이 눈물을 흘리면서 오열했다. 지켜보는 이들의 가슴을 흔들어 놓기에 충분했다. 강희는 너무나도 어처구니없는 일이 공공연하게 자행되고 있다는 사실에 몸이 떨릴 정도로 화가 치밀었다. 그러나 보통 거구가 아닌 사나이의 절망어린 눈물 앞에서는 마음이 다소 누그러질 수밖에 없었다. 그가 천천히 입을 열었다.

"자네…… 자네, 이러지 말고 어서 말해봐. 어떻게 된 일인지 말이야. 짐은 모든 것을 관장할 수 있는 이 나라의 군주야! 짐이 정의의 손을 들어줄 테니 걱정 말고 말해보게."

강희는 바로 가짜 구운생의 포승을 풀어줄 것을 주위에 명령했다. 그는 자신이 온갖 건방을 떨면서 말대답을 했던 사람이 다름 아닌 황제라는 말에 기절할 듯 놀랐다. 바로 울음을 뚝 그치고는 죽어라 머리를 조아린 채 눈물 섞인 목소리로 덜덜 떨면서 아뢰었다.

"소인의 아버지를 살려주시옵소서, 폐하! 소인의 아버지인 장구여張九如라는 분이 지금 밀운密雲현에 있는 구운생의 집에 볼모로 잡혀 있사옵니다. 소인이 죽지 않았다는 사실을 알면 그자들은 곧 소인의 아버지에게 마수를 뻗칠 것이 틀림없사옵니다. 폐하, 제발 부탁드리옵니다……."

"알았네."

강희가 수염을 쓸어내리면서 융과다에게 시선을 돌렸다.

"이게 순천부의 일이라는 것은 알겠지? 그럴싸하게 관까지 들고 시체를 거두러 온 구운생의 식구들을 전부 잡아서 가둬! 이 젊은이의 아버지가 잘못되는 날에는 자네도 무사하지 못할 것이라는 사실을 명심하게!"

"잘 알겠사옵니다, 폐하!"

융과다가 강희의 협박조의 명령에 연신 머리를 숙였다. 이어 정신을 바짝 차린 얼굴로 직접 병사들에게 명령을 내렸다.

"세 개의 조로 나뉘어 움직여. 한 조는 가능한 한 빨리 구운생의 집을 포위해 원흉을 생포하도록 해. 다른 한 조는 여기 남아 시체를 거두러 온 식구들을 잡아넣고. 나머지는 밖으로 빠지는 길목을 막아. 우리 모두의 목숨이 달린 문제이니까 차질이 없도록 해!"

융과다는 지시를 마치자마자 바로 밖으로 뛰쳐나갔다. 그제야 강희가 웃음을 띠고 가짜 범인을 향해 말했다.

"이제 말할 수 있겠지? 자네 이름이 뭔가? 또 무슨 사연이 있었는지 말해보게!"

알고 보니 젊은이는 윤상이 만난 바 있는 산동성 신성新城 사람인 소금장수 장오가였다. 원래 그의 아버지 항렬의 형제 열 명은 모두 내로라하는 무림의 고수들이었다. 때문에 난세에는 표국鏢局(요즘으로 치면 귀중품 무장 호송업체. 어지러운 시절일수록 사업이 잘 됨)을 열어 아주 잘 살았다. 하지만 강희 20년 이후로는 전쟁 같은 난세의 형국이 완전히 정리된 탓에 표국의 수요가 거의 사라지다시피 했다. 이로 인해 그의 가문은 표국 사업을 포기하고 농사에 매달렸다. 하지만 가문의 가족 수에 비해 땅이 너무나 부족했다. 게다가 모두들 농사 경험이 없었다. 매년 흉작을 면치 못하는 것은 당연한 일이었다. 가문의 경제는 자연스럽게 몰락을 향해 서서히 치달았다. 게다가 어느 해에는 큰 불이 일어나 모두가 거의 빈 몸으로 집을 빠져 나오다시피 했다. 살 길은 더욱 막막해졌다.

장오가는 물에 빠진 사람이 지푸라기라도 잡는 심정으로, 궁여지책으로 형제들과 함께 소금장사에 뛰어들었다. 하지만 워낙 심한 규제와 고래 싸움에 애꿎은 새우들만 난타를 당하는 소금 밀매의 현실 앞에 장오가의 형제들은 무릎을 꿇을 수밖에 없었다. 그런 와중에 그들 형제는 산동성에 극심한 가뭄이 들었다는 좋지 않은 소문을 들었다. 당연히 가족이 걱정스러웠다. 급기야 그들은 몇 날 며칠을 강행군해 달려간 끝에 고향에 도착했다. 그러나 그들의 눈앞에는 처참한 현실만이 기다리고 있을 뿐이었다. 그 많던 대가족은 모두 굶어죽고 두 사람만 덩그러니 남아있었던 것이다.

"아무리 가뭄이 극심하다고 해도 그렇지. 어떻게 그토록 많은 사람이 전부 다 굶어 죽을 수가 있나 그래! 에이, 과장을 해도 유분수지! 그 당시 산동 지역의 식량 사정은 짐이 잘 알아. 그래서 짐이 특별히 아령아를 보내 구호 식량을 대대적으로 풀었잖아!"

강희가 놀란 나머지 입을 크게 벌리면서 믿지 못하겠다는 반응을 보였다. 장오가가 과장을 한다고 판단한 듯 화도 약간 난 것 같았다.

강희의 말에 장오가가 가슴 절절한 어조로 말을 이었다.

"폐하, 성심聖心은 충분히 이해가 가옵니다. 그러나 당시 백성들에게 전달된 구호 식량은 불과 오 분의 일도 되지 않았사옵니다! 저희 형제가 돌아갔을 때는 넷째 숙모와 아버지만 살아남아 있었사옵니다. 두 분은 우리를 부둥켜안고 통곡을 하시더니, 이제는 죽어도 여한이 없을 거라고 하시면서 사람 살 곳이 못 되는 이곳을 빨리 떠나라고 닦달을 하셨사옵니다. 못 먹어 뼈만 앙상한 그 참상은 이루 말할 수가 없었사옵니다! 그 와중에도 현에서는 외지에 나갔다 돌아온 사람들에게 지난해 못 갚은 세금을 내기 전에는 움직일 생각을 하지 말라는 지시를 내렸사옵니다!"

강희가 충격을 받은 듯 한동안 침묵을 지켰다. 그러다 한참 후 다시 입을 열었다.

"그건 조정의 명령에 따른 거야. 그쪽 지역에 땅을 버리고 밖으로 떠도는 사람들이 하도 많아 농사를 지을 사람이 없는 것이 큰 골치였어. 농민들을 다시 땅에 붙들어 매기 위한 궁여지책이었다고. 하지만 세금을 내라는 재촉은 하지 않았어! 또 설령 세금을 내라고 했을지라도 그쪽은 짐이 영원히 세금을 올리지 않겠다고 약속한 곳이야. 세금이라고 해봤자 몇 푼 안 될 것이 아닌가!"

"폐하! 하지만 소인의 가족은 원래 대가족이었사옵니다. 인두세人頭稅만 해도 정말 만만치가 않사옵니다! 어쩔 수 없이 돈을 빌려 세금을 내고 농사지을 준비를 하고는 했사옵니다. 그런데 돈을 빌려준 악덕 지주가 글쎄 터무니없이 높은 이자를 요구하는 것이 아니겠사옵니까? 소인은 그자가 아버지 멱살을 잡고 호통을 치는 모습에 이성을 잃었사옵니다. 결국 몽둥이를 잘못 휘둘렀사옵니다. 그 바람에 인명사고가 나버렸고요! 소인은 살인범이 돼 산동성을 떠나 외지에서 떠돌 수밖에 없게 됐사옵니다."

강희는 말없이 장오가의 기구한 사연에 귀를 기울이면서 가끔씩 깊은 한숨을 내쉬었다. 그러나 가슴이 너무 아픈 듯 입은 열지 못했다.

"아버지께서는 저를 외지로 떠나보내고 당신은 자수하시겠다고 말씀하셨사옵니다. 우리 부자를 체포한다는 산동성 일대에 나붙은 포고문을 보시면서 그런 생각을 굳히셨죠. 그러나 소인은 살아도 같이 살고 죽어도 같이 죽어야 한다는 생각에 끝내 아버지를 설득할 수 있었사옵니다. 그리고는 아버지를 등에 업고 산동성을 벗어났사옵니다."

"그런데 어쩌다 구씨 가문과 악연으로 엮이게 된 거지?"

강희의 물음에 장오가가 한숨을 내쉬며 대답했다.

"세상이 넓고도 좁다는 사실을 그때서야 느꼈사옵니다! 우리는 산동을 떠나 하남과 산서에서 무술을 보여주는 시범을 하면서 연명을 했사옵니다. 그렇게 떠돌다 보니 시간이 많이 흐르게 됐사옵니다. 언제인가는 부자들이 많다고 소문난 직예로 가게 됐사옵니다. 그 도중에 그만 구운생에게 걸려들고 말았던 것이옵니다. 알고 보니 그자는 죽은 악덕 지주와 먼 친척이 되는 사이였사옵니다. 재수가 없으면 뒤로 넘어가도 코가 깨진다고 하지 않사옵니까? 그렇게 해서 꼼짝없이 구운생 그 자의 집에서 머슴살이를 하지 않으면 안 되게 됐사옵니다. 그러던 중 구운생이 사고를 쳤사옵니다. 이후 온갖 유혹과 협박이 저에게 가해졌사옵니다. 결국은 제가 넘어가고 말았사옵니다. 관청에 넘겨져 살인범으로 죽느니, 아버지의 여생이나마 편하게 해드리는 조건으로 목이 달아나는 것이 나을 것이라는 판단을 했던 것이옵니다!"

장오가의 눈에서는 또다시 눈물이 줄줄 흘러내렸다. 강희 역시 마음이 한없이 무거워졌다. 큰 바위에 짓눌리기라도 한 듯 숨도 가빠지고 갑갑해졌다. 태평성대라고 큰 자부심을 느끼는 대청의 뒷골목의 현주소가 이 정도밖에 안 되는가! 그는 정말 자신이 들은 얘기를 믿을 수가 없었다. 하지만 당사자에게 직접 들은 만큼 믿지 않을 수도 없었다. 그는 급기야 부끄러움에 머리가 숙여지는 것을 어쩌지 못했다. 그러나 일단은 살인범인 장오가를 구제해줘야 할 명분을 찾는 일이 무엇보다 시급했다. 강희가 거기에 생각이 미치자 바로 마제에게 물었다.

"장오가 저 친구가 용서받을 수 있는 길은 없을까?"

마제는 강희의 속마음을 점치고도 남을 사람이었다. 황급히 웃음을 지어보이면서 여유 있게 대답했다.

"사실 장오가는 흉악범이라고 하기 어렵사옵니다. 그러나 지금 시급히 해결해야 할 것은 그게 아니옵니다. 구운생이 어디에까지 선을 달아놓았는지를 파악하는 것이 훨씬 더 중요하옵니다. 또 이번 사건에 개입한 사람 중에 거물급은 없는지를 밝혀내는 것도 가볍게 할 수 없사옵니다.

폐하를 감쪽같이 속인 기군죄欺君罪는 국법에 저촉되는 만큼 결코 그냥 넘어갈 수는 없사옵니다!"

동국유가 마제에 밀려서는 안 되겠다고 생각한 듯 부랴부랴 나섰다.

"장오가는 계획된 살인을 한 것이 아니옵니다. 실수였던 것으로 보여지옵니다. 또 아버지에 대한 효도가 극진하옵니다. 효로 천하를 다스려 온 우리 대청에서 이처럼 보기 드문 효자를 죽일 수는 없지 않겠사옵니까?"

강희는 동국유의 말이 다소 억지스럽다고 생각했다. 그러나 굳이 입을 열어서 그를 머쓱하게 만들지는 않았다. 냉정하게 판단하면 사형에 처하는 것이 원칙이나 자신이 살려내고자 마음을 먹었기 때문이다. 그가 곧 조봉춘에게 물었다.

"선박영善撲營은 이제 자네 구문제독의 휘하에 있는가?"

조봉춘이 넋을 놓고 강희의 말을 듣고 있다 갑작스런 질문에 황급히 대답했다.

"색액도가 실각한 후 선박영은 사실상 보군통령아문의 관할하에 들어왔사옵니다. 아직은 악륜대와 소인이 공동으로 책임을 지고 있사옵니다."

조봉춘의 대답에 강희가 다시 말을 이었다.

"그건 그렇고 장오가는 일단 옥신묘로 압송해야겠어. 원리원칙을 무시하고 짐이 저자의 효성 하나만 보고 파격적인 대우를 하는 만큼 다른 사람들의 이목을 신경 쓰지 않을 수는 없어. 그러니 족쇄를 채워 사흘 동안 가뒀다가 다시 방법을 강구해 보자고. 무예실력이 괜찮은 것 같으니까 선박영으로 보내는 것이 좋겠어."

강희의 지시대로 장오가는 곧 압송돼 나갔다. 강희가 웃음을 거두고는 동국유와 마제에게 말했다.

"미관말직에조차 앉아본 적이 없는 구운생이 그야말로 관가를 휘젓고 다니고 있었어. 관리들도 떡 주무르듯 했어. 짐은 그 사실에 대단히 놀라지 않을 수가 없어! 우리 내부의 부정부패가 어느 정도인지를 여실히 드러내 보여주는 사건이라고 해도 과언이 아니야! 즉각 형부에 짐의 명령을 전해. 내일부터 관련 문서들을 모두 봉인封印하고 올 가을 사형에 처하기로 했던 범인들을 전부 재수사한다고 말이야. 또 형부에 대해서는 시랑에서부터 사관司官, 각 성省의 안찰사에 이르기까지 신상정보를 빼내 철저한 뒷조사를 할 거야! 이럴 때는 정말 왕사정이 그립군. 아쉽게도 병 때문에 고향에 내려가 있으니……. 하기야 모르지, 나쁜 자식들의 등쌀에 못 이겨 병을 핑계로 휴직계를 냈는지도. 법제가 이렇게 썩어 있으니 정말 개탄스러운 일이야!"

마제가 강희의 말이 끝나기 무섭게 아부하듯 아뢰었다.

"영명하시옵니다, 폐하! 이 일은 나라 안팎이 들썩거릴 대사인 만큼 누군가 이끌어줄 사람이 필요하옵니다!"

"그렇지."

강희는 마제의 말에 찬성을 표하고는 바로 생각에 잠겼다. 사실 바로 눈앞에 있는 동국유와 마제에게 모든 일을 맡기면 더할 수 없이 좋을 터였다. 그러나 강희 입장에서는 둘도 완전히 믿기는 조금 그랬다. 더구나 장정옥은 자리를 비울 수 없는 처지에 있었다. 강희가 한참을 고민하더니 결정을 내렸다.

"태자는 국채 문제로 골치 아픈 사람이야. 넷째 황자와 열셋째 황자 역시 태자와 함께 움직여야 하니 이 일에 매달릴 여유는 없어. 다들 여덟째 황자가 일을 잘하고 머리가 비상하다고 하니, 이번에 한번 맡겨보는 것이 좋겠어."

강희가 말을 마치고는 곧 자리에서 일어나 밖으로 나갔다. 그 뒤를 마제가 뒤따라가면서 조심스럽게 입을 열었다.

"오늘 본의 아니게 폐하를 놀라시게 해드렸사옵니다. 정말 큰 죄를 지었사옵니다. 벌을 달게 받겠사옵니다!"

"다행이지 않은가?"

강희가 발걸음을 멈추고 고개를 돌렸다. 이어 의미심장한 표정을 지으면서 덧붙였다.

"자칫 오늘이 자네들의 제삿날이 될 뻔했던 것은 사실이니까. 기무機務에 충실하고 조정의 수레바퀴가 제대로 돌아가도록 윤활제 역할을 하는 것이 재상으로서의 직책이잖은가!"

강희가 마제에 이어 이번에는 엉거주춤 서 있는 동국유를 향해 입을 열었다.

"융과다가 아주 눈에 익어 보이더군. 자네 동씨 가문의 사람이 확실하지?"

동국유가 흠칫 놀라는 표정을 지었다. 그러나 바로 분위기 파악을 하고는 황급히 대답했다.

"소인의 친척 조카입니다. 폐하께서 준갈이로 친정을 떠나실 때 수행한 적이 있사옵니다."

강희가 잠시 기억을 더듬더니 알겠다면서 머리를 끄덕였다. 이어 바로 수레에 올라 궁으로 향했다.

14장

태자, 점괘에 흔들리다

윤상은 적선루에서 아란에게 면박을 당하고 나온 탓인지 마치 큰 병을 앓고 난 사람처럼 안색이 파리해졌다. 그럼에도 불구하고 저녁나절이 다 돼 자택으로 돌아온 그는 다시 술을 마시기 시작했다. 그런 심상찮은 그의 행동에 측실인 자고는 무척이나 당황했다. 이유가 뭔지 알아내기 위해 조복홍을 불러 물어보았다. 하지만 그 역시 아는 것은 별로 없었으니 그녀의 속 타는 마음을 시원스럽게 풀어주지는 못했다. 급기야 그녀는 술 깨는 데 좋다는 국물을 황급히 준비하게 하고는 윤상을 조심스럽게 말렸다.

"노비가 주제넘게 황자마마의 일에 간섭해서는 안 된다는 사실은 잘 압니다. 하지만 건강을 해치시지 않을까 우려가 돼 용기를 내서 말씀드리는 바입니다! 술이라는 것은 여자와 마찬가지로 멀리 하면 할수록 좋다고 생각합니다. 지난번 열째 황자마마께서 술을 드시고 일에 차질을 빗은 적이 있다고 말씀하지 않으셨습니까. 그래서 폐하께 혼이 났다고도 그러셨잖아요. 열셋째 황자마마께서도 술 때문에 사람들의 입방아에 오르내린다면 저 같은 노비들은 어깨에 힘이 빠집니다."

"여자와 마찬가지라고? 자네도 여자이면서 뭘 그래? 내가 적선루에 갔다 온 것을 질투해서 그러는 거지? 걱정하지 마. 자네를 찬밥 신세가 되게 하지는 않을 거야! 그런데 여자는 멀리 할수록 좋다는 말은 꼭 들어맞는 말인 것 같아. 자, 자! 마셔, 같이 마시자고!"

윤상이 딸꾹질을 하면서 권했다. 그러나 자고는 술잔을 요리조리 피했다. 윤상이 그런 그녀를 보고 웃었다.

"사실은 여자만 나쁜 것이 아니야. 남자는 더…… 더 나쁜 놈들이지! 의리니 예의니 하는 원칙들을 만들어 놓고는 자기네들은 하나도 지키지 않아. 모든 것은 다 성인들이 속세 사람들을 교화하기 위해 만들어 놓은 허구에 불과해!"

윤상은 술이 목구멍까지 올라왔는지 괴로워했다. 자고가 그런 그를 안쓰럽게 지켜보다 가볍게 등을 두드려줬다. 이어 젖은 목소리로 조용히 입을 열었다.

"세상사가 다 그렇고 그런 게 아니겠습니까? 그 진리를 아신다면 집에 계시는 시간을 많이 가져야 합니다. 밖의 일에는 손을 떼시는 것이 좋을 듯합니다! 셋째, 넷째, 여덟째, 아홉째는 말할 것도 없고 태자전하, 황제폐하께서 하시는 일에도 앞으로는 신경을 쓰지 마세요. 뭐 좋은 게 있다고 그래요? 아무리 열심히 해도 욕바가지만 뒤집어쓸 뿐입니다."

"그래, 맞아! 자네, 그래도 머리는 꽤나 쓸 만하군! 오늘에야 알았어!"

윤상이 취기가 몽롱한 실눈을 뜬 채 박수를 치면서 말했다. 그때 조복흥이 살그머니 머리를 내밀었다 쏙 빠져나갔다. 윤상이 그 모습을 발견하고는 황급히 불렀다.

"이리로 오지 못할까! 어디라고 감히 엿듣고 그래!"

"맹세코 일부러 엿들은 것은 아닙니다. 시세륜, 우명당 대인께서 사람들을 데리고 와서 황자마마를 만나 뵙기를 요청하기에 와 봤습니다. 오늘은 좀 그렇고 내일 다시 오라고 하겠습니다."

"내일은 내일 할 일이 따로 있지."

윤상이 갑자기 강희가 입버릇처럼 하는 말을 입에 올렸다. 그러더니 단호하게 말했다.

"들어오라고 해!"

윤상의 말이 떨어지자마자 시세륜과 우명당이 들어왔다. 또 그 뒤로는 40~50명은 족히 될 것 같은 장교들이 하나씩 모습을 드러냈다. 모두 윤상이 호부로 들어올 때 직접 양성한 녹영병 중에서 엄선해 데리고 온 장교들이었다. 대청은 삽시간에 빈틈없이 꽉 찼다. 그러나 사람들의 표정은 밝지가 않았다.

"인사 따위는 필요 없어! 앉아! 편하게 앉으라고! 자고, 의자를 더 가져와야겠어!"

윤상이 뭔가 심상치 않은 일이 있다는 것을 직감한 듯 다리를 꼰 채 상체를 의자 등받이에 벌렁 뉘었다. 이어 사람들이 자리에 앉기를 기다렸다가 조용히 물었다.

"호부에 무슨 일이 있는 거야?"

시세륜과 우명당이 서로의 얼굴을 마주 바라봤다. 잠시 후 우명당이 먼저 입을 열었다.

"호부에 무슨 일이 있는 것은 아닙니다. 방금 저희들은 폐하와 태자 전하를 뵙고 왔습니다. 그리고 열셋째 황자마마에게 작별인사를 올리기 위해 들렀습니다……."

"작별이라니? 가기는 어딜 간다는 거야? 그게 무슨 소리야?"

윤상이 벌떡 일어나 자세를 고쳐 앉더니 다그쳐 물었다. 시세륜이 웃음을 잃지 않은 채 한숨을 내쉬었다.

"폐하께서 급히 결정하신 모양입니다. 소인은 산동성 순무, 명당은 운남성 포정사로 발령이 났습니다. 상서방에서는 이미 어지御旨를 작성해 내려 보낼 준비를 열심히 하고 있는 것으로 압니다. 늦어도 모레 아침에는 북경을 떠나야 할 것 같습니다……."

시세륜의 표정은 갈수록 흐려졌다. 말끝을 채 맺지 못했다.

"내가 차에 약을 탄 사건 때문에 그러는 거야? 자네들에게까지 불똥이 튄 것인가?"

윤상의 표정이 갑자기 험악하게 일그러졌다. 흥분이 지나친 듯했다. 곧이어 자리에서 벌떡 일어나더니 고함을 질렀다.

"조복흥! 가마를 대. 폐하를 만나 뵈어야겠어!"

그러자 우명당이 황급히 윤상을 눌러 앉혔다.

"황자마마! 고정하십시오. 저희들은 계급이 강등당한 것은 아닙니다. 직급은 그대로입니다!"

우명당은 윤상을 말리는 척하기는 했으나 더 할 말이 있는 듯했다. 입도 실룩거렸다. 그러나 이내 입을 다물었다. 윤상은 우명당의 태도에서 그가 뭔가 비밀스러운 얘기를 하고 싶어 한다는 것을 간파할 수 있었다. 바로 옆에서 시중을 들고 있던 자고에게 단호하게 지시했다.

"자고, 태감들을 데리고 그만 나가 봐!"

윤상의 취기 몽롱하던 눈은 어느덧 날카로운 빛을 발하고 있었다. 시세륜이 그런 윤상을 만족스러운 눈매로 바라보더니 천천히 입을 열었다.

"폐하께서는 소신들을 떠나보냄으로써 지켜주시려고 하는 것입니다. 그렇게 크나큰 속뜻을 가지고 계시다는 것을 분명히 아셔야 합니다. 넷째 황자마마께서도 삼십육계 줄행랑이라는 우스갯소리까지 하시면서 공감을 하셨습니다. 열셋째 황자마마, 굳이 콕 집어내지 않더라도 마마께서는 누구보다 호부 살림에 대해 잘 아실 겁니다. 이대로 간다면 얼마 지나지 않아 악몽이 또다시 되풀이되지 말라는 법이 없습니다. 정말 그럴 위험이 큽니다. 그때가 되면 손발을 걷어붙인 채 달려들었다 흐지부지 마무리를 해버린 우리 모두의 입장은 어떻게 되겠습니까? 한마디로 불을 보듯 뻔한 게 아니겠습니까?"

윤상은 이치에 맞는 시세륜의 말을 듣고는 두 손으로 이마를 감싸고 심각한 표정을 지었다. 그리고는 그의 어깨를 두드리면서 말했다.

"술이 과했는지 머리가 너무 아프네. 길게 얘기하지 말자고. 그건 그렇고 호부 상서, 자네의 빈자리는 누가 메우게 되는가? 소문은 못 들었나? 또 날개 꺾인 나는 이제 어떡하지?"

"잘 모르겠습니다만 폐하께서는 아령아를 상서 자리에 앉힐 뜻을 내비치신 것 같습니다. 하지만 열셋째 황자마마, 그런 걱정은 하지 마십시오. 폐하께서 저희들의 앞날까지 챙겨주시는데, 설마 황자마마를 나 몰라라 하시겠습니까?"

우명당이 시세륜 대신 서둘러 대답했다. 윤상에게는 꽤나 위안이 되는 말이었다. 윤상은 아직 아물지 않은 상처가 덧나지 않을까 하는 생각으로 미리 와서 위안을 해주는 두 사람의 마음 씀씀이에 감동을 받았다. 눈시울이 붉어졌다. 그가 애써 감정을 자제하면서 묵묵히 차를 마시다 입을 열었다.

"자네들도 너무 괴로워하지 말게. 이 길이 막힐 경우 저 길을 택하면 돼. 다 막히면 조금 쉬어 가면 되고! 나중 일은 어느 누구도 모르는 거야. 내가 덤벙대면서 골 빈 사람같이 보여도 이 날이 올 줄을 미리 다 각오하고 있었어!"

윤상이 말을 마치고는 안방으로 들어갔다. 이어 뭔가를 들고 나와 왼쪽 첫 자리에 앉은 관리를 향해 말했다.

"포이혁包爾赫, 이걸 좀 읽어봐."

윤상이 건넨 것은 병부의 도장이 찍힌 문서였다.

"위임장이네요! 열셋째 황자마마, 이건……."

포이혁이 무슨 영문인지 몰라 어리둥절한 표정을 짓다가 상체를 깊이 숙였다. 윤상이 조금 전과는 달리 희색이 만면한 얼굴에 흐뭇한 미소를 지었다.

"그래 맞아, 위임장이야! 자네를 비롯한 필리탑畢里塔, 장우張雨, 단부귀段富貴 등은 말이야……. 아, 소영蕭英과 윤이진倫爾津도 있군. 아무튼 여기 자리한 장교들은 내가 엄선해 데리고 왔어. 별 탈 없이 키워왔던 내 친병들이지. 알아서 척척 잘 따라와 주었고. 매사에 최선을 다하는 것은 두말할 필요가 없지. 그것이 하도 고마워서 어떻게든 나를 따라다닌 보람을 느끼게 해주고 싶었어. 조금 우아한 문관으로 다시 태어나게 해주고 싶었지. 녹봉도 올려주고 싶었고……. 오늘 몇 명이나 왔지? 하나, 둘, 셋…… 마흔여섯 명이네. 여덟 명이 안 왔군. 하지만 이 자리에서 약속을 하지. 자네들 모두에게 천총千總의 직함을 주겠네! 내일 조봉춘을 만나 일을 추진할 거야."

윤상이 말을 마치자 바로 고개를 뒤로 젖혔다. 그러더니 크게 웃어젖혔다. 하지만 눈가에서는 눈물이 주르륵 흘렀다. 수십 명의 장교들은 그 모습을 보고 일제히 그 자리에 무릎을 꿇으며 상심에 젖은 채 고개를 숙였다. 곧 그들을 대표해 윤이진이 나섰다.

"열셋째 황자마마! 이 마당에……, 저희들의 운명을 걱정하시니 뭐라고 고마움을 표해야 할지 모르겠습니다. 처음 북경에 들어올 때는 사실 두려움이 없지 않았습니다. 그러나 지금은 열셋째 황자마마를 위해

서라면 설사 지옥이라도 흔쾌히 들어갈 수 있는 각오가 돼 있습니다!"

그러자 누군가가 제안을 했다.

"폐하께 시세륜 대인을 남겨줄 것을 청원해 봅시다. 우리 끝까지 한 번 해봅시다!"

"자네들 마음은 고맙네. 그러나 이미 엎질러진 물이야! 폐하께서는 시세륜과 우명당의 앞날을 점치시고 안전지대로 보내주시기 위해 결심하셨을 거야. 폐하께서 그렇게 하시는데, 나라고 어찌 여러분들의 장래를 걱정하지 않을 수 있겠나? 가만히 앉아 한데 삶겨 죽을 이유는 없지 않는가?"

윤상이 탄식을 내뱉었다. 그러자 시세륜이 불길한 말이 나오면서 분위기가 예사롭지 않게 흘러간다고 생각했는지 황급히 자리에서 일어났다.

"열셋째 황자마마, 내일이면 떠나야 합니다. 그런데 준비를 하나도 못 해서……."

"알았네, 그만 가보게."

윤상이 시세륜과 우명당의 손을 잡았다. 그러더니 좌중을 향해 덧붙였다.

"떠날 때 내가 배웅해주겠네. 내가 쓰러지지 않는 한 반드시 어느 곳에서든 재기할 기회는 충분히 있다는 것을 명심해! 물론 내 코가 석자나 빠졌으니 뭐라고 장담은 못하겠어. 그러니 자네들도 속마음을 터놓고 싶으면 만나서 얘기하도록 하게. 편지는 웬만하면 하지 말고. 무슨 뜻인지 알겠지?"

윤상이 말을 마치고는 애써 눈물을 감췄다. 동시에 그만 가보라는 손짓을 했다. 사람들은 다시 한 번 윤상의 의리 있는 행동에 큰 감동을 받고 아쉬운 발길을 돌렸다.

윤상은 술을 과하게 마셨을 뿐 아니라 심신이 극도로 피곤했던 탓에 자리에 눕자마자 그대로 곯아떨어졌다. 그야말로 꿈 한 번 꾸지 않고 푹 잤다. 그가 잠에서 깨어났을 때는 다음날 진시辰時가 지난 무렵이었다. 윤상이 자신이 깬 것을 자고가 귀신같이 알고 들어오자 바로 지시했다.

"사람을 상서방에 보내도록 해. 오늘 하루 아파서 못 나간다고. 또 조趙씨를 보군통령 조봉춘에게 보내서 내가 저녁에 보자고 한다고 전해."

자고가 옷 입는 시중을 들어주면서 말했다.

"방금 넷째 황자마마가 보낸 대탁戴鐸이라는 사람이 다녀갔습니다. 급한 일이 있다면서 넷째 황자마마께서 뵙자고 하셨답니다. 마음도 울적하실 텐데 바람도 쐴 겸 한번 다녀오시는 것도 나쁘지는 않을 것 같습니다."

윤상이 자고의 말에 양치질을 하다 말고 푸우! 하고 물을 내뿜으며 웃었다. 이어 싫지 않은 어조로 자고를 힐책했다.

"자네가 뭔데 가라마라 하는 거야!"

윤상의 마음은 말과는 달리 가는 쪽으로 완전히 기울었다. 넷째 형이 부른다는데 가지 않을 그가 아니었던 것이다. 그는 우유 한 잔을 비우고 황급히 밖으로 나왔다. 그의 눈에 아직 문 앞에서 기다리고 있는 대탁의 모습이 보였다.

"무슨 일이 있는가?"

대탁은 지방에서 지부 자리에 있는 사람이었다. 윤진이 오래 전부터 부려온 사람이기도 했다. 때문에 북경에 올 때마다 윤진의 집에 있으면서 황자들 간의 심부름도 곧잘 했다. 그가 윤상의 물음에 황급히 대답했다.

"여덟째 황자마마께서 오늘 아침에 폐하의 명을 받고 형부아문을 봉해버렸습니다. 지금 여덟째 황자마마 댁의 친병, 시위, 태감들은 모두 형부로 갔습니다. 그래서 여덟째 황자마마 댁은 완전히 텅텅 비었다고 합니다. 순천부의 사람들 역시 같이 움직인다고 하더군요. 그러나 태자전하조차도 자세한 것은 잘 모르고 계시는 것 같습니다. 지금 태자전하와 셋째 황자마마 모두 넷째 황자마마 댁에 계십니다!"

윤상은 대탁의 말을 듣는 순간 가슴이 철렁했다. 형부는 조정의 생사대권을 잡고 있는 이른바 기밀 부서라고 할 수 있었다. 그런데 사전에 충분한 검토도 없이 하루아침에 뜬금없이 봉해버릴 수 있다는 말인가? 게다가 태자 역시 어안이 벙벙해 있다니, 그게 도대체 무슨 말인가? 윤상은 몹시 혼란스러웠다.

윤상은 곧바로 대탁과 함께 집사인 조복흥을 앞세우고 말을 달렸다. 한참 후 옹화궁雍和宮 쪽문 앞에서 내린 다음에는 말고삐를 조복흥에게 던져주고 즉각 뒤뜰에 있는 정원으로 발길을 옮겼다. 윤진이 아끼는 식객인 오사도鄔思道의 서재가 있는 곳이었다. 윤상은 중요한 일이 있을 때마다 그곳으로 사람 부르기를 좋아하는 윤진의 습관을 모르지 않았다. 그래서 거침없이 가산을 지났다. 이어 단풍나무 숲도 가로질러갔다. 과연 얼마 후 태자와 셋째 윤지, 윤진 등이 약속이나 한 듯 정자에 앉아 있는 모습이 그의 눈에 들어왔다. 그들은 숨을 죽인 채 지팡이에 의지하고 서 있는 웬 깡마른 서생의 점괘를 지켜보고 있었다.

"잠깐 계십시오. 소인이 달려가 아뢰겠습니다."

대탁이 말했다. 윤상은 성질 괄괄한 사람답지 않게 그의 말에 머리를 끄덕이고는 조용히 기다리기로 했다. 집안사람과 측근들을 대하는 데 있어 지극히 엄격한 윤진 휘하 사람의 행동다웠기 때문이었다.

점을 치는 사람은 다른 사람이 아니었다. 바로 마흔 살 남짓 먹었음직한 오사도였다. 그는 강희 23년에 남경의 5백여 명 거인들을 인솔해 과거시험 부정을 저지른 시험관에 대한 탄핵안을 올린 바 있었다. 그런 다음 기세도 사납게 과거 시험장에 들이닥쳐 시험관들의 부패상을 폭로했다. 당연히 화제가 될 수밖에 없었다. 결국 조정의 체포령을 피해 도피하지 않으면 안 됐다. 그런 그를 위험을 무릅쓰고 몰래 도와준 사람이 다름 아닌 윤진이었다. 이후 윤진과 다시 만나게 된 그는 정식으로 윤진의 식객이 됐다. 하지만 대외적으로는 그처럼 하찮은 신분에 불과했어도 현실은 달랐다. 윤진으로부터 스승 못지않은 예우를 받은 것이다. 그는 외부에 어마어마한 자택을 하사받았을 뿐만 아니라 윤진의 정원에도 자신만을 위한 서재를 가질 수 있었다. 당연히 집안의 그 어느 누구도 지독한 고문을 당해 다리를 절룩거리는 그를 함부로 대하지 못했다. 윤상은 윤진과 윤지, 그리고 태자 윤잉에게 인사를 건네고 옆에서 조용히 오사도가 점을 치는 현장을 지켜봤다. 턱을 괸 채 한참 뭔가를 생각하던 오사도가 드디어 천천히 입을 열었다.

"태자전하께서는 길흉吉凶을 물으셨습니다. 직언을 해서 죄송합니다만 그다지 좋은 점괘가 나오지는 않았습니다. 소위 '태괘'泰卦라고 하는 것이……."

셋째 윤지가 오사도의 말에 실소를 했다.

"나는 육십사괘 중에서 제일 길한 점괘가 태괘라고 알고 있어. 그런데 선생은 어째서 불길하다고 하는 거지?"

오사도가 즉각 의미심장한 웃음을 지었다.

"맞는 말씀입니다. 그러나 그것은 어디까지나 일반 사람에 한해서입니다. 이것은 태자전하의 운명을 점치는 점괘입니다. 때문에 나라와 백성들의 운명을 점치는 것과 다름없습니다. 그러니 큰 틀에서 생각해야 합니다. 태자전하는 화火의 운명을 타고 났습니다. 뿐만 아니라 지금은 그 불길이 극성極盛에 달하고 있습니다. 또 그것은 최상을 뜻하는 '태'泰를 의미합니다. 사람들은 누구나 상서로운 이 글자를 원합니다. 그러나 최고봉에 오르고 나면 허탈합니다. 이유가 있습니다. 그 다음부터는 내려가는 일밖에는 남지 않기 때문입니다. 복福 속에는 화禍가 숨어 있습니다. 또 화에는 복이 깃들어 있습니다. 흉凶이 극에 달하면 길吉한 일이 생깁니다. 더불어 길이 최고조에 오르면 나쁜 일이 생깁니다. 이는《역경》에서 분명히 가르치고 있습니다."

오사도의 말은 마치 풀린 실타래처럼 거침없이 술술 쏟아져 나왔다. 어릴 때부터《역경》을 공부해 내용을 잘 알고 있는 황자들은 바짝 긴장하지 않을 수 없었다. 윤잉 역시 그랬다. 하기야 그럴 수도 있었다. 무엇보다 여덟째 윤사가 수水, 윤당이 금金의 운명이었으니 말이다. 여기에 열째 윤아까지 포함할 경우 그와 동생들 셋과는 확실히 타고난 불협화음이 있다고 해도 좋았다. 물은 불을 끄고, 화력이 약한 불로는 금을 녹이지 못하니 말이다. 한마디로 셋 모두는 저마다 태자의 위치를 호시탐탐 노리고 있다고 볼 수 있었다. 윤잉은 얼굴이 하얗게 질린 채 깊은 한숨을 내쉬기만 할 뿐 말이 없었다.

"셋째 형님! 저는 이미 금이 간 항아리 신세입니다. 깨지고 박살나는 것은 그다지 두렵지 않아요. 형부아문을 봉한 사실을 왜 태자 형님도 몰라야 하는지 제가 아바마마께 찾아가 여쭤볼 거예요. 제가 운을 떼 놓으면 셋째와 넷째 형님이 여유를 가지고 진언을 하시는 게 어때요?"

윤상이 얼른 화제를 바꿨다. 한발 늦게 오기는 했으나 여덟째의 돌출 행동에 대한 얘기가 오갔음직한 분위기를 이미 파악한 것이다. 그는 말을 마치자마자 바로 나가려고 했다. 그러자 윤진이 황급히 그를 불러 세웠다.

"가기는 어디를 가! 괜히 무모한 짓을 해서 불나방 신세를 자초하려고 그러는 거야? 우리가 한 넝쿨에 엮여 있다는 사실을 모르는 사람이 어디 있어?"

오사도가 잠자코 듣고만 있다 씩 웃으면서 입을 열었다.

"소인이 몇 마디 직언을 한 것은 다른 뜻이 있어서 그런 것이 아닙니다. 그저 태자전하께서는 이런 경우를 염두에 두시고 매사에 소신껏 움직이시라는 의미에서 한 말입니다. 그러나 너무 성급히 서두를 것은 없습니다. 황태자로서의 중임을 떠안고 계신 지난 세월 동안 강산이 세 번도 넘게 바뀌었습니다. 어느 누가 감히 쉽사리 마수를 뻗칠 수 있겠습니까? 좋은 일은 결과를 묻지 말고 꾸준히 밀고 나가야 합니다. 그러다 보면 반드시 노력에 상응한 열매를 얻을 수 있게 돼 있습니다."

윤잉은 오사도의 해명을 곁들인 말을 듣고 마음이 한결 편해졌다.

"피가 되고 살이 되는 명언이야. 구운생 사건은 여덟째에게 조사하라고 하지 뭐, 까짓것! 죄지은 것이 없으니 한밤중에 봉창을 두드린들 겁날 것이 뭐 있겠어? 윤지, 가자고. 자네가 새로 편찬한 《패문운부》佩文韻府를 한번 봐야겠어."

윤잉이 말을 마치고는 바로 윤지를 데리고 먼저 자리를 떴다.

"태자전하가 위험해지고 있어! 정말 위험해. 마치 달걀을 쌓아놓은 것 같은 형국이야!"

오사도가 윤잉과 윤지의 뒷모습을 바라보면서 혼잣말처럼 중얼거렸다. 오싹할 만큼 차가운 기운이 흐르는 말이었다. 윤진과 윤상은 그의 말을 듣자 다시 가슴이 옥죄어오는 기분을 느꼈다. 그러나 윤진은 애써 담담한 척했다.

"너무 겁주지 말게. 안 그래도 잠자리가 뒤숭숭한 사람들이야. 어제 저녁 내가 무단에게 물어봐서 상황을 잘 알아. 폐하께서 이번에 여덟째에게 이 일을 맡긴 것은 태자 형님이 국채 문제 때문에 너무 바쁘셔서 그래. 마땅히 떠맡길 사람이 없어 임시변통으로 결정한 것이라고. 나는 분명히 그렇게 들었어. 별것 아닌 것을 가지고 너무 사람을 들볶는 것 아닌가?"

"임시로 결정한 것일 뿐 아니라 모든 것이 기우라면 태자전하와 여러 황자마마들께서는 어찌 그렇게 당황하시는 겁니까? 지금의 천자께서는 그야말로 전무후무한 걸출한 군주이십니다. 그분의 사전에는 결코 별것 아닌 사소한 일이 없으시다는 것을 넷째 황자마마께서도 잘 아시지 않습니까! 폐하께서는 전부터 태자전하에게 여러 가지로 불만을 품고 계셨습니다. 국고를 채우는 일을 맡긴 것은 태자전하에게 점수를 딸 기회를 준 것이었습니다. 대내외적으로 증폭되고 있는 태자전하에 대한 불만의 목소리를 잠재우려는 깊은 뜻이 있어서 그런 것이라고 할 수 있습니다. 그런데 태자께서는 불명예스럽게도 중도하차해 스스로 공든 탑을 무너뜨리셨습니다. 스스로 위기를 자초했습니다. 폐하의 실망이 오죽하겠습니까? 기대가 크면 실망 역시 큰 법이니 말입니다. 시세륜과 우명당을 밖으로 내보낸 것은 나라의 기둥을 보호하려는 의도가 밑바탕에 깔려 있는 것으로 풀이해도 됩니다. 또 이번에 여덟째 황자마마에게 형부를 정돈하도록 하신 것은 그 분의 재능을 알아보시고자 했기 때문입니다. 당연히 여러 황자마마들의 의사를 들으실 필요가 없으신 겁니다. 물론 아무도 모르게 형부를 봉해버렸다는 사실은 조금 예사롭지 않은 것 같기는 합니다. 이처럼 군신과 부자 사이에 믿음이 바닥을 드러내고 있으니 실로 가슴 아픈 일이 아닐 수 없습니다. 소인이 직언을 하자면 넷째 황자마마든 여덟째 황자마마든 황자들이 정치에 깊숙이 관여하는 것은 나라로서는 부담스러울 수밖에 없습니다. 이 도리를 폐하께서 모르실 리가 없지 않을까요?"

오사도가 정곡을 찔렀다. 얼굴은 당연히 기쁜 표정이 아니었다. 말을 마치고 나서는 깊은 한숨을 내쉬었다.

순간 윤진과 윤상의 눈길이 마주쳤다. 그러나 둘은 약속이나 한 듯 바로 시선을 피했다. 둘 모두 '태자당'의 일원으로 태자가 잘못되면 자신들 역시 온전하지 못할 것이라는 두려움에 휩싸였던 것이다. 한참 후에 윤진이 먼저 의견을 밝혔다.

"윤상의 말대로 조금 무리를 해서라도 형부를 빼앗아오는 것은 어떨까?"

"늦었다고 봅니다. 건물이 무너지려고 할 때 나무막대기 하나로 지탱할 수는 없습니다. 한두 사람의 의지로는 불가능하지 않겠습니까?"

오사도가 머리를 저었다. 그러나 윤진은 포기하지 않았다. 오히려 오사도를 향해 허리를 깊이 굽히면서 더욱 적극적으로 나왔다.

"나와 선생은 고락을 같이 해온 햇수가 십 년을 넘어가는 지기라고 해도 과언이 아니네. 그러니 한 수만 가르쳐 주게!"

"한 발 물러나서 조용히 사태를 주시하십시오. 공자가 이르기를, 멈출 줄 아는 사람만이 안정을 찾을 수 있다고 했습니다. 차분한 마음이 뒷받침돼야 정확한 판단을 할 수 있습니다. 또 올바른 생각이 밑바탕이 돼야 무언가를 얻을 수 있습니다. 넷째 황자마마, 그동안 마마께서 제게 베풀어주신 은혜를 갚을 수 있는 길은 다른 데 있지 않습니다. 이럴 때 대책 마련에 일조를 하는데 있습니다. 성치 않은 육체에 비해 그나마 온전한 머리로 말입니다. 며칠만 시간을 주십시오."

오사도는 담담했다. 이어 뒤도 돌아보지 않고 지팡이에 몸을 의지한 채 천천히 자리를 떴다.

윤진과 윤상은 잠시 말을 하지 못했다. 사태가 심각하게 돌아간다는 것을 너무나 뼈저리게 느꼈기 때문이었다. 윤진이 고민에 흠뻑 젖어 있는 윤상을 바라보는가 싶더니 곧 마음을 추스른 듯 웃으면서 말했다.

"걱정하지 마! 태자 형님이 무사하기를 기원하는 우리의 마음은 한결 같아. 혹시라도 무슨 일이 생긴다 하더라도 동생 자네에게는 내가 있잖

아. 깨진 항아리니 뭐니 하는 불길한 얘기도 더 이상 하지 말고. 형이 지켜줄 테니 당당함을 잃지 말았으면 해!"

"형님!"

윤상의 눈에는 어느덧 눈물이 그렁그렁 맺혔다. 따뜻한 모성애의 부재로 늘 가슴 한구석이 허전했던 그에게 윤진은 단순히 형제 이상의 애정이 있었다. 그는 애써 눈물을 참으면서 웃음을 지어 보였다.

"일곱 살 때 다른 형들이 저를 방에 가둬두고 괴롭힌 적이 있었죠. 그때 형님이 황태후마마께 말씀드려 눈물범벅이 된 저를 풀어줬습니다. 또 안아주기도 했죠. 저는 그게 분명하게 기억이 나요. 처음부터 저에게는 넷째 형님밖에는 없었던가 봐요. 형제간에 등을 돌리면 남보다 못하다는 얘기가 정말 실감이 나네요. 태자 형님이고 여덟째 형님이고 모두가 넷째 형님만 없으면 저를 동네 거지 취급할 거예요. 저에게는 뭐니 뭐니 해도 형님이 있어야 해요. 형님이 안 계시는 저의 삶은 상상하는 것조차 두려워요!"

윤진은 자신의 존재가 윤상에게 있어서는 삶 그 자체라는 것을 모르지 않았다. 때문에 윤상을 볼 때마다 더욱 더 마음이 아팠다. 또 윤상을 위해 자신을 다잡았다. 윤진이 이번에도 역시 한없이 추락하려는 분위기를 바꾸려고 했다.

"나중의 일은 다시 얘기하자. 어떻게 될지 누가 감히 알 수 있겠어. 자, 자 그러지 말고 석선루에 갔던 얘기나 해봐! 덕분에 기분전환 좀 해보자."

그러나 윤상은 윤진의 배려에도 불구하고 좀처럼 기분이 나아지지 않았다. 오히려 축 늘어지더니 자리에 털썩 주저앉았다. 그의 입에서 얼마 후 아란에게 보기 좋게 딱지를 맞은 얘기가 흘러나왔다. 윤진이 자초지종을 다 듣고 나서 입을 열었다.

"완전히 백팔십도로 일이 틀어진 것을 보면 뭔가 이상해. 아란도 그렇고, 그 정체불명의 점쟁이 장덕명도 그렇고 말이야. 다 임백안이라는 자가 데려왔다는 것이 아무래도 미심쩍어. 육부에 발이 얼마나 넓은지 모른다고 하잖아. 아란을 미끼로 무슨 수작을 꾸몄던 것이 아닌지 모르겠어!"

윤상이 윤진의 말을 듣더니 바로 그날의 기억을 더듬었다. 그러고 보니 그랬다. 아란이 돌변한 것은 확실히 이상했다. 또 임백안이 아란을 설득하는 느낌을 받았던 기억도 살아났다. 그렇다면 임백안이 여자를 통해 나를 염탐이라도 하려 했다는 말인가? 윤상은 자신이 봐도 너무나 엉뚱한 생각이 들자 갑자기 실소를 터뜨렸다.

"아! 예, 차라리 잘 됐어요. 지금 상황 돌아가는 것을 봐서는 정말 그래요. 아란을 데려다 놓고 공연히 고생만 시킬 것 같네요."

"사향은 가루가 돼 날아다녀도 그 향은 지울 수가 없다고 했어. 아란도 나름대로 무슨 어려움에 봉착했는지 몰라. 천천히 여유를 갖고 지켜보자고."

윤진이 상심이 가시지 않은 듯한 윤상의 얼굴을 슬며시 쳐다보았다.

며칠 후 윤상은 호부의 일에서 손을 떼라는 조서를 받았다. 임시로 아령아가 호부 상서를 맡는다고 했다. 지휘는 여전히 윤잉과 윤진으로부터 받는다고도 했다. 더욱 이상한 것은 윤상이 엉뚱하게 형부로 발령이 난 것이었다. 그와 동시에 여덟째 윤사와 함께 억울한 사건은 없는지 철저히 조사하라는 명령도 떨어졌다. 윤상은 인사 명령을 받자마자 며칠만 시간을 달라던 오사도의 말이 떠올라 황급히 넷째 윤진의 집을 찾았다. 하지만 오사도는 이미 남쪽으로 떠나고 없었다. 윤상은 할 수 없이 윤진에게 조언을 구했다. 윤진이 대답했다.

"폐하께서도 나름대로 너를 합류시킨 이유가 있으실 거야. 성질만 좀 죽이면 무리 없이 잘 해낼 수 있어! 아바마마께서 너를 무풍지대인 여덟째 밑으로 보낸 것은 다 너를 위해서라는 것을 명심해. 모난 돌이 정 맞는다고 했어. 두루뭉술하게 여덟째와 잘 지내면서 나름대로 눈치껏 일해."

15장

여덟째 황자 윤사의 활약

장오가를 구운생으로 둔갑시킨 이른바 가짜 범인 사건은 조야를 떠들썩하게 만들었다. 여덟째 황자 윤사가 성지聖旨를 받들고 스스로 엄선한 부하들을 거느리고 형부로 들어간 것도 그 때문이었다. 수많은 황자들 중에서 독자적으로 그토록 무거운 임무를 수행하는 것은 사실 그가 처음이었다고 해도 좋았다. 아무리 그가 배짱이 좋다고 해도 어깨가 무거울 수밖에 없었다. 또 무척이나 바쁘기도 했다. 그는 궁으로 들어가 황제를 알현하고 형부로 돌아와서는 곧바로 천뢰天牢(조정이 직접 관장하는 감옥)를 봉했다. 무엇보다 죄수들에 관한 정보가 새나가지 못하도록 했다.

주위 사람들은 그의 결단성과 대담한 일처리에 완전히 탄복했다. 무서워하기도 했고, 어떤 이는 의아스럽게 생각했다. 형부의 분위기는 삼엄하기 이를 데 없었다. 하기야 보군통령아문에서 파견한 우림군羽林軍들이 형부의 담벼락을 따라 빽빽이 늘어서 있었으니 그럴 만도 했다. 그 날도 그랬다. 여덟째 윤사의 수레가 도착하자 융과다가 황급히 달려오면서 아뢰었다.

"황자마마, 명령대로 사관司官 이상의 관리들을 전부 한곳에 집결시켜 사무를 보게 했습니다. 감독 기능을 높이도록 한 것입니다. 형부의 안전을 담당하는 병사들은 원래 모두 구문제독 조봉춘 군문의 부하들입니다. 그러나 군문께서는 소인에게 지휘권을 넘겨주셨습니다. 여덟째 황자마마를 열심히 보필하겠습니다."

"자네 마음이 가상하네. 그러고 보니 자네는 문무를 겸비한 인재로군! 잘 지키고 있다가 무슨 움직임이 있으면 곧바로 나에게 통보하도록 하게."

여덟째는 말을 마치고는 곧 형부의 관리들이 전부 모여 있는 장소로 이동했다. 대문을 지키고 있던 아역이 크게 외쳤다.

"여덟째 황자마마께서 납신다!"

여덟째 윤사는 푸른색 비단 관복을 입고 동주東珠가 박힌 모자를 쓰고는 위풍당당하게 걸었다. 장검을 든 16명의 시위와 32명의 태감들도 뒤를 따랐다. 대기하고 있던 관리들은 저마다 허둥대면서 무릎을 꿇었다. 소매를 쓸어내리는 소리에 바람이 일 정도였다. 나무 위에 앉아 있던 새들은 그 광경에 놀랐는지 푸드득거리면서 날아갔다.

만주족 상서인 상태이桑泰爾와 한족 시랑인 당재성唐賚成이 한 발 앞으로 나서더니 머리를 조아렸다.

"죄신들을 대표해 삼가 폐하의 안녕을 빌며, 흠차 대인께 인사를 올립니다!"

여덟째 윤사가 가벼운 미소를 지은 채 두 사람을 일으켜 세운 다음 관리들에게도 일어나 앉으라는 손짓을 보냈다. 이어 한가운데 앉아 천천히 입을 열었다.

“본 패륵貝勒이 성지를 받고 형부로 온 지 벌써 일주일이 지났네. 그동안 수고들 많았어!”

여덟째가 연이은 밤샘 작업으로 안색이 창백한 관리들을 둘러본 다음 덧붙였다.

“이 나라에 형부라는 기관을 설치해 여러분들로 하여금 일을 하도록 만든 것은 법제를 강화하기 위해서라고 할 수 있지. 또 악을 응징하고 선을 장려해 착한 백성들이 두 다리 쭉 뻗고 자게 하려는 의도도 있어. 못된 인간들이 있으면 교화시키고, 법을 무시하는데 이골이 난 구제불능인 자들은 양민들과 격리시켜야 해. 그게 형부가 해야 할 일이라고. 그런데 지방도 아니고 어떻게 천자의 발밑인 북경에 가짜 범인 사건이 발생할 수가 있나! 실로 형부의 치욕이 아닐 수 없어! 본 패륵이 며칠 동안 다그쳐 조사해본 바로는 사형수 마흔여덟 명 가운데 무려 네 명이 가짜 범인이라는 사실이 밝혀졌어. 대명천지에 어떻게 이런 일이 있을 수 있나! 여러분들은 폐하께서 내주시는 조정의 녹봉을 먹고 있는 사람들이야. 그런데 백성들을 자식처럼 사랑하는 폐하의 기대에 부응하지는 못할지언정 이런 배은망덕한 짓을 저질러서야 되겠는가?”

여덟째 윤사의 안색이 무섭게 변했다. 그러는가 싶더니 관리들이 화들짝 놀랄 정도로 탁자를 내리치면서 버럭 고함을 질렀다.

“융과다, 들어와!”

융과다는 평소 부처님으로 통하던 여덟째 황자가 우레같이 무섭게 화를 내는 모습에 무척이나 놀랐다. 그러나 행동은 빨랐다. 부름을 듣자마자 들어와 허리를 굽실거리면서 대답했다.

“하관, 대령하였습니다!”

“상태이와 당재성의 정자頂子를 떼어내!”

"예, 황자마마!"

융과다는 대답을 마치자마자 안색이 파리하게 질린 상태이에게 다가갔다. 그러나 당재성은 놀라지 않았다. 대수롭지 않은 표정을 지을 뿐 아니라 더 나아가 얼굴에 냉소를 흘리면서 스스로 거칠게 정자를 잡아 뜯어 융과다에게 건네주기까지 했다.

여덟째가 예상 외로 강하게 나온 것은 다분히 의도적이라고 해도 좋았다. 평소 부드러운 인상을 준 것이 형부에서 일하기에는 치명적인 약점이 될 것이라는 판단하에 부임 직후부터 된서리 같은 차가운 인상을 심기로 했다고 볼 수 있었다. 그는 자신의 뜻이 먹혀 들어간다는 생각에 은근히 만족하면서 명령을 내렸다.

"나머지 관리들은 오늘부터 당분간 집에 갈 생각을 하지 말고 아문에서 생활하도록 해. 그러나 죄 없는 사람을 괴롭힐 생각은 없으니 걱정하지는 말게."

여덟째는 훈계를 마치고는 바로 자신의 방으로 돌아갔다. 그가 막 한숨을 돌리고 있을 때였다. 아홉째 윤당이 희색이 만면한 얼굴로 들어서고 있었다. 여덟째가 반색을 했다.

"몸이 많이 좋지 않은 줄 알고 바쁜 일만 처리해 놓고 병문안을 가려고 했더니, 자기 발로 찾아왔네? 안색은 괜찮아 보이는군. 건강을 잃으면 다 잃는 것과 다름없어. 조심해야지!"

윤당은 웃기만 할 뿐 말이 없었다. 여덟째가 주위의 시중드는 사람들을 내보내자 그제야 자리에 앉은 윤당이 입을 열었다.

"저 역시 형님이 궁금해서 찾아온 것이 아니겠습니까? 형님은 멀쩡해 보여도 오히려 어딘가 아픈 것처럼 보여요. 내가 의원이라도 불러올까요?"

윤당은 농담을 거의 하지 않는 사람이었다. 또 사람이 쉽게 접근할 수 있는 푸근한 인상도 아니었다. 때문에 그의 입에서 그런 살가운 말이 나왔다는 것은 의외라고 해야 했다.

여덟째 윤사는 적이 경악했다. 저 친구가 왜 저런가 하고 잠시 오리무중에 빠졌다. 그가 물었다.

"아닌 밤중에 홍두깨도 아니고, 무슨 얘기야? 말이라는 것은 상대가 알아듣게 해야지!"

"그래서 등잔 밑이 어둡다고 하나 봐요! 형님, 스무 명도 훨씬 넘는 황자들 모두가 나이의 다소에 관계없이 형님을 높이 받드는 이유가 어디에 있는지 알아요?"

윤당이 석연치 않은 웃음을 흘렸다. 여덟째 윤사는 머리를 절레절레 흔들었다.

"받들다니? 나는 모르겠는데? 내가 평소 많이 베풀고 누구에게든지 상처가 되는 언행을 삼가는 편이기는 하지. 그래서 다들 나하고 가까이하기를 원하기도 하고. 나는 그 정도로만 알고 있어!"

윤당이 여덟째를 뚫어지게 쳐다보더니 다시 입을 열었다.

"그런데 요즘은 달라진 것 같네요. 관리들을 혹독하게 다루는 것을 보니까 형님이 만리장성 같은 인맥을 스스로 무너뜨리려는 것이 아닌가 하는 생각이 들었어요."

여덟째가 잠시 윤당의 말속에 숨어 있는 가시를 가려내겠다는 듯 잠시 침묵을 했다.

"나는 명령을 받고 임무를 수행하는 중이야. 그런데 난데없이 만리장성을 무너뜨린다고? 내 만리장성이 누구라는 얘기야? 그리고 내가 어떤 식으로 무너뜨린다는 것인지 조금 자세하게 말해주지 않을 텐가?"

그러나 윤당은 윤사의 물음에는 아랑곳하지 않았다. 그저 문 입구로 걸어가더니 누군가를 불렀다.

"열넷째, 들어와 봐! 여덟째 형님이 기다리고 계셔!"

윤당은 할 말을 다 했다는 듯이 온다간다 소리도 없이 휑하니 밖으로 나가버렸다. 곧이어 노란 허리띠를 두른 열넷째 윤제胤禵가 등 뒤에 50살 전후의 남자를 데리고 들어섰다. 여덟째는 대번에 남자가 임백안이라는 것을 알아보았다. 속으로 놀랐지만 짐짓 아무렇지도 않은 척했다. 그가 열넷째에게 물었다.

"북경에는 언제 돌아왔어? 섬서 쪽에 가뭄이 심하던가?"

"오래간만이에요, 형님!"

윤제가 공수를 했다. 그는 스무 살로, 황자들 중에서는 드물게 넷째 윤진과 같은 엄마에게서 태어났다. 따라서 생김새는 윤진을 많이 닮았다. 하지만 성격은 오히려 열셋째 윤상의 판박이로 비교적 호탕한 편이었다.

"형님, 얼마간 떨어져 있었더니, 그새 몰라보게 달라지신 것 같네요. 이제는 눈을 비비고 형님을 다시 봐야 하겠어요! 그 까칠하고 콧대 높던 형부의 관리들을 순식간에 고분고분하게 길들여 놓았으니 말이에요! 저마다 혼이 빠진 어리벙벙한 것이 마치 어미 잃은 강아지들 같더군요!"

열넷째가 말을 마치고는 혼자서 껄껄거리면서 웃었다. 여덟째는 침묵하고 있는 임백안을 힐끗 쳐다보고는 윤제를 향해 말했다.

"넷째 형님하고 같은 어머니 배 속에서 나온 것이 맞는가? 조금 듬직할 때가 됐는데, 아직도 아무 말이나 툭툭 하니 말이야. 아랫것들이 들으면 웃겠어!"

여덟째가 악의 없이 윤제를 꾸짖고는 바로 얼굴을 돌려 임백안에게 말했다.

"임백안, 아홉째가 부리는 사람이라 내가 왈가왈부할 입장은 아니야. 그러나 여기에서 만났으니 한 가지 물어야겠네. 형부에는 무슨 볼일이 있어서 왔는가? 듣자하니 여섯째와 일곱째 형님, 열다섯째의 빚을 모두 자네가 대신 갚아줬다더군. 자네는 돈 버는 재주가 비상한가 보네? 그런데 이제는 그짓도 싫증이 나서 형부를 기웃거리는 건가? 누구 부탁을 받고 왔나? 형부는 이미 과거의 형부가 아니야. 내가 앉아서 지키는 한 되도록 드나들지 않는 것이 좋을 거야!"

여덟째가 말을 마치고는 찻잔을 들었다. 임백안이 이때다 하고 생각했는지 상체를 숙이면서 아뢰었다.

"소인은 운남성에서 약장사를 해서 돈을 좀 모았습니다. 그러나 큰부자는 못 됩니다. 이 정도 먹고 살만한 것도 모두 아홉째 황자마마께서 힘껏 밀어주신 덕분입니다. 비록 배운 것이 없어 무식하긴 하지만 나무가 커야 그늘이 시원하듯 황자마마들께서 마음이 편하셔야 소인의 나날도 즐거울 것 같아서 그랬던 것입니다. 돈이라는 것은 죽어서 짊어지고 갈 것도 아닌데 네 것 내 것 따질 것이 뭐 있겠습니까? 실은 열째 황자마마의 십만 냥도 소인이 경덕景德진에 있는 가게를 팔아 갚아드리려고 했었는데……."

여덟째 윤사는 사실 임백안이 윤제를 따라 형부로 온 이유가 궁금했던 터였다. 그럼에도 임백안은 엉뚱한 소리만 해대고 있었다. 그가 결국 임백안을 하찮은 벌레 대하듯 흘겨보면서 냉소조로 말했다.

"정성이 지극하시군! 곧 고목에 꽃피는 날이 오겠는데?"

임백안은 여덟째의 비아냥에도 주눅들지 않았다.

"여덟째 황자마마께서 조금 오해가 있으신 것 같습니다. 소인의 뜻은 장사만 해서는 그 많은 돈을 만질 수 없다는 얘기입니다. 모두가 여덟째 황자마마를 비롯한 여러분들이 도와주신 덕분입니다. 한 예로 전에 여덟째 황자마마께서 장덕명을 불러 점을 보신 것을 들 수 있습니다. 그때은 만 냥을 상으로 주셨지 않았습니까? 그런데 그 사람이 도사는 그렇게 많은 돈이 필요 없다면서 저한테 주지 뭡니까! 그러니 여덟째 황자마마께서 간접적으로 저한테 상을 준 것이나 다름없게 됐죠. 솔직히 말씀드려서 황자마마들 가운데는 조금 위험한 일을 하는 분들이 있습니다. 우선 운남雲南에서 광산업을 하는 분이 있습니다. 그런가하면 흥안령興安嶺 금광업자들로부터 세금을 정기적으로 받아 챙기는 분도 있죠. 어디 그뿐이겠습니까. 몰래 인삼을 캐는 분도 있는 실정입니다. 듣기 거북하시겠지만 지금 말씀드린 그런 곳에는 소인의 부하들이 나가 있습니다. 주변의 입을 철저히 단속하고 있기에 망정이지 아니면 정말 큰일이 납니다. 물론 상부상조를 해오기는 했습니다만."

임백안의 입에서 폭탄 같은 말이 물 흐르듯 줄줄 쏟아져 나왔다. 수십 번도 더 외웠음직한 말이었다.

여덟째는 임백안의 말에 머리가 터질 것만 같았다. 임백안의 말 중에서 점과 관련한 얘기는 그 자신이 무덤까지 안고 가고자 했던 비밀인 탓이었다. 사실 황자들이 점을 보는 것은 황실에서 엄금하는 것이었다. 장덕명을 불러 점을 본 사실이 들통 나면 태자 자리를 찬탈하기 위한 음모를 꾸민 것과 다를 바 없었다. 황자가 뭐가 아쉬워서 장래의 운명을 점치느냐고 물으면 입이 백 개라도 해명할 길이 없게 된다. 꼼짝없는 반역자 신세가 돼야 했다. 여덟째는 경황이 없는 중에도 아홉째 윤당이 임백안을 불러다 놓고 슬며시 빠져나간 이유를 비로소 알 것 같았다.

임백안이 그런 여덟째의 속마음을 꿰뚫어 보기라도 한 듯 허리를 굽실거리면서 말을 이었다.

"황자마마! 이런 일은 국수와 마찬가지로 퍼져서는 안 된다는 것을 소인도 잘 알고 있습니다! 솔직히 형부의 몇몇 친구들의 부탁을 받긴 받았습니다. 그래서 황자마마께 잘 봐주십사 부탁을 하려고 쉽지 않은 걸음을 했습니다. 일반인들도 그렇겠습니다만 특히 관직에 있는 사람들 중에는 털어서 먼지 안 나는 사람이 어디 있겠습니까! 우성룡이나 시세륜 같은 관리는 거의 없다고 보는 것이 아마 맞을 겁니다. 저는 잘 나가시는 분이 대수롭지 않은 것을 가지고 인심을 잃으신다면 너무 유감스럽지 않나 생각합니다. 인심이라는 것은 한번 돌아서면 그걸로 끝이니 말입니다!"

임백안은 조용조용히 부드럽게 얘기했다. 그러나 말하는 내용이나 힐끔힐끔 쳐다보는 눈빛은 예사롭지 않았다. 위협하는 것 같기도 했고 사정하는 것 같기도 했다. 또 경고인 것 같기도 하고 조용히 권유를 하는 것도 같았다.

여덟째는 쓰레기 같게만 보이던 임백안이 슬슬 두려워지기 시작했다. 갑자기 자신의 권력을 이용해 죽여 버리고 싶은 생각이 굴뚝같이 치밀어 올랐다.

살의가 폭발하려는 아슬아슬한 그 순간 마침 열째 윤아가 씩씩대면서 들어섰다. 그러나 그는 편한 옷차림을 한 임백안을 미처 알아보지 못했다. 대신 열넷째를 발견하고는 어깨를 부여잡은 채 반색을 했다. 이어 흥분한 얼굴을 들어 여덟째를 향해 말했다.

"형님! 제가 순천부에 가서 샅샅이 조사해봤습니다. 그 결과 순천부에 있는 사형수 여덟 명 가운데 세 명이나 가짜라는 사실을 밝혀냈어요! 임백안 그 자식, 그냥 놔둬서는 안 되겠어요. 돈 받고 범인을 바꿔치기하는 데는 아주 이골이 났던데요? 아홉째 형님까지 잘못되지 않게 주의를 줘야겠어요. 짐승보다 못한 임백안 이 자식, 없애버리든지 무슨 수를 써야겠어요!"

윤아가 흥분을 주체하지 못하고 침을 튕겼다. 그러자 한쪽에 물러서서 있던 임백안이 입을 열었다.

"열째 황자마마, 그 죽일 놈의 임백안이 여기 있습니다. 열넷째 황자마마께서 자수하라고 데려다 주셨습니다!"

윤아가 임백안을 발견하고는 화들짝 놀랐다. 하지만 곧바로 크게 화를 냈다.

"어쩐지 여기저기 돈을 많이 퍼준다고 했어! 한나라 때에 임안任安이라는 아주 현명하고 착한 충신이 있었지. 그 사람을 어떻게 알고 그 이름을 표절했나? 인간의 탈을 쓴 짐승 같은 놈!"

윤아가 다짜고짜 있는 힘을 다해 임백안의 빰을 갈겼다. 임백안이 마치 술 취한 사람처럼 휘청댔다. 그의 빰에는 순식간에 손가락 자국이 선명하게 났다.

"열째 황자마마, 머리가 떨어져 나가도 사발만한 상처만 남을 뿐입니다. 꼭 이렇게까지 해야겠습니까?"

임백안이 느닷없이 한 대 얻어맞자 강하게 나왔다. 얼굴 표정도 험악해졌다. 하지만 그는 바로 꼬리를 내렸다. 곧 한결 누그러진 어투로 말을 이었다

"소인이 이래봬도 열째 황자마마 밑에서 충성을 다했던 적도 있습니다. 말을 끝까지 하게만 해주신다면 저 뿐만 아니라 태감 하주아 역시 고마워할 겁니다!"

임백안은 윤아의 취약한 부분을 노리고 바로 칼을 들이댔다. 그러자 윤아가 임백안을 향해 더욱 눈을 부라리면서 소리를 질렀다.

"멀쩡한 하주아까지 끌어들여 뭘 어쩌겠다는 거야? 이게 죽으려고 환장했구먼!"

임백안은 윤아의 엄포에도 굴하지 않았다. 오히려 소름끼치는 웃음까지 지으면서 더욱 강하게 나왔다.

"잊으셨나본데요, 이 년 전 열째 황자마마 댁의 집사가 지시를 받고는 저한테 설련雪蓮을 얻으러 왔었습니다. 아마 기억이 나실 겁니다. 태

의 하맹부가 태자전하께 약을 지어드리는데 꼭 필요한 약재라고 했었죠. 소인이 알기로는 설련은 남자의 정력제를 만드는 것 외에는 쓰이지 않습니다. 하주아도 이 사실을 잘 알고 있습니다! 태자전하에게 강한 정력제를 복용케 하고자 했던 열째 황자마마의 행동에 일조를 한 것이나 다름없죠. 이것이 소인이 열째 황자마마를 위해 충성한 것이 아니고 뭡니까? 만약 폐하께서 아신다면 어느 누구도 성치 못할 것은 불 보듯 뻔한 사실 아니겠습니까?"

순간 윤아는 여덟째 못지않게 살의를 느꼈다. 장검에 손을 얹은 채 임백안에게 바짝 다가갔다.

"열째 형님, 잠깐만요! 누군가 해코지할까봐 아홉째 형님이 잘 지켜주라고 저에게 신신당부한 사람이에요. 저 사람 부하들이 입방아를 찧어대는 날에는 여덟째 형님의 힘으로는 도저히 버틸 수가 없을 거예요. 호미로 막을 수 있으면 막는 것이 좋을 것 같아요!"

열넷째 윤제가 황급히 말리고 나섰다. 여덟째는 이미 아홉째 윤당과 열넷째 윤제가 임백안이라는 무기를 내세워 자신의 손발을 묶으려 한다는 의도를 간파하고 있었다. 안 그런 척하고는 있었으나 속으로는 경악을 금치 못했다.

그는 결국 임백안을 당분간 건드려서는 안 된다는 생각을 하고는 껄껄 웃으면서 분위기를 무마하려고 나섰다.

"오늘 보니 임백안 자네 대단한 사람이군! 그냥 자네의 용기를 시험해 보느라고 그랬어. 그러니 고깝게 생각은 하지 말게. 자네 부탁은 염두에 두고 있겠네. 돌아가서 아홉째에게 전하게. 저녁을 먹은 다음 내가 찾아간다고 말이네."

임백안은 쾌재를 부르면서 나갔다. 그러자 윤아가 눈을 부라리면서 윤제를 나무랐다.

"너는 왜 다 된 밥에 코를 빠뜨리고 그러는 거야? 바로 죽여 버렸어야 했는데 말이야! 아홉째 형님과 열넷째 너를 그렇게 보지 않았는데, 도대체 무슨 일인 거야? 둘째 태자 형님과 넷째 형님, 열셋째는 지금 호부에서 죽을 쑤고 있어. 이제는 우리가 점수를 딸 기회가 왔다고! 딴 주머니 차고 싶으면 속 시원하게 한번 말해봐. 이제라도 늦지 않았으니까 헤어져서 각자 제 갈 길을 가자고! 언제가 됐든 임백안 그 자식은 내 손에 죽을 거야!"

윤아는 날뛴다는 표현이 과하지 않을 정도로 흥분했다. 그런데도 여덟째는 시름에 잠긴 표정을 지은 채 말이 없었다. 반면 윤제는 윤아의 꾸지람을 듣고서도 뭐가 좋은지 히히 웃고 있었다.

"그렇게 말씀하시면 섭섭하죠! 열셋째 형님이 왜 쪽박을 찼겠어요? 주제파악 못하고 무리하게 반대 방향으로 나가는 무모한 행동을 감행했기 때문이죠. 여덟째 형님은 만에 하나 실패하면 결과는 훨씬 더 비참할 거예요! 빚 독촉으로 잘못된 황자는 없어요. 그러나 지금 여덟째 형님은 인명사고가 날지도 모르는 험악한 사건을 다루는 폭풍지대에 놓여 있어요. 칼날을 잡고 있는 중이라고요! 형이 잘못하면 몰매를 맞을까봐 아홉째 형님이 저에게 임백안을 데리고 와서는 경종을 울리게 했던 거예요!"

여덟째는 윤제의 말에도 일리가 있다고 생각하니 절로 한숨이 나왔다.

"아홉째가 역시 한발 앞서가는구나. 하지만 형부의 고질병을 고치지 않으면 안 돼. 게다가 나는 성지를 받은 몸이야. 아무런 성과도 올리지 못하면 나중에 폐하께 할 말이 없지 않겠어? 너희들이 뭐라고 해도 다 좋아. 나는 세상이 떠들썩하게 몇 건의 실적은 올려야겠어!"

"여덟째 형님이 그렇게 생각하신다면 저는 오늘 다리품을 완전히 헛

팔았네요. 파고들다 보면 뿌리가 형 자신에게 닿을 수도 있다는 사실을 명심하세요."

윤제의 말에 여덟째 역시 모든 것을 각오한 듯 나지막이 대답했다.

"내가 왜 그걸 모르겠어. 내가 챙긴 수많은 검은돈 중에는 사형수를 바꿔치기하면서 받은 돈도 있는 걸. 하지만 나는 기세등등하게 짐을 싸 가지고 형부로 들어왔어. 용두사미로 종지부를 찍는다면 꼴이 우습게 될 것 아닌가. 윤제, 그렇게 생각하지 않아?"

여덟째의 말에 윤제 대신 열째 윤아가 알겠다는 듯 빙그레 웃었다.

"무슨 뜻인지 알겠어요! 우렛소리가 클수록 빗방울이 작아요. 그러니까 땅이 살짝 젖도록 하려면 되도록 우렛소리를 크게 내야 한다는 얘기가 되겠군요? 악명 높은 몇 놈을 처형해 눈가림이라도 해야……."

"입 닥치지 못해!"

여덟째가 속마음을 들킨 것처럼 깜짝 놀라더니 고함을 질렀다. 얼굴은 살얼음이 낀 듯 차가웠다. 그가 덧붙였다.

"뭘 안다고 아무 소리나 하고 그래? 지금 나라의 이치吏治가 이 모양이야. 황자로서 가슴 아픈 일이 아닐 수 없어! 그러나 방금 얘기했듯 너무 깊게 파고들면 뿌리가 흔들려. 그렇게 되지 않을까 조심스럽다는 얘기야. 하지만 강도 높은 수사는 앞으로 몇 번 이뤄질 거야. 탐관오리들로 하여금 꼬리를 사리게 만들기는 해야지!"

윤아가 공감을 한다는 듯 머리를 끄덕였다.

"하늘 높은 줄 모르고 까부는 임백안 그 자식을 해치우지 못한 것이 아쉽네요! 오늘 속 시원하게 날려버려야 했는데!"

여덟째가 동의한다는 듯 바로 자리에서 일어나 뒷짐을 지고 실내를 서성였다. 그가 이번에는 윤제에게 물었다.

"나도 순간적으로 살의를 느끼기는 했어. 그러나 참기를 잘했다는 생각이 들어. 열넷째, 아홉째가 '백관행술'百官行述이라는 문서를 만들었다고 하더군. 그것도 그 사람이 보관하고 있다면서?"

윤제가 대답했다.

"저도 얼마 전에 알았어요. 아홉째 형님이 그러더군요. 몇몇 퇴직한 관리들이 재임기간 중의 행적이 불투명해 조사가 끝나는 대로 함께 올려 함에 넣어 밀봉할 거라고 해요. 어디에 보관할지는 임백안이 알아서 할 거라고 하더군요!"

"그러니 더더욱 임백안을 건드려서는 득될 것이 없다는 얘기가 될 수 있겠군. 아홉째한테 전해. 내일 저녁 내가 임백안을 보자고 한다고 말이야!"

여덟째의 말이 막 끝날 무렵이었다. 몇 명의 시위가 장황자와 열셋째 윤상을 호위하고 들어섰다. 장황자는 여덟째가 황급히 자리에서 일어나 인사를 하기도 전에 입을 열었다.

"지의旨意가 계신다!"

여덟째는 재빨리 무릎을 꿇었다. 이어 머리를 조아렸다.

"성유聖諭를 경청하겠사옵니다!"

장황자는 나라 국國자 모양의 희고 살집 좋은 얼굴을 하고 있었다. 그러나 부스럼이 가득한 것이 보기에 크게 좋지는 않았다. 그가 여덟째를 힐끗 쳐다보더니 목소리를 가다듬고 천천히 지의를 읽어 내려가기 시작했다.

"열셋째 황자 윤상은 오늘부터 윤당, 윤아와 함께 형부로 가서 흠차대신 여덟째 황자의 일을 돕는다!"

"알겠사옵니다, 폐하!"

여덟째와 윤아가 머리를 조아리면서 동시에 대답했다. 잠시 후 열넷째가 인사를 했다.

"오랜만에 큰형님을 만나 뵙니다. 풍채가 날로 멋있어져서 참 부럽네요. 그런데 큰형님은 모처럼 만났어도 어째 따뜻한 말 한마디 해주지 않으세요? 저는 섬서에서 돌아오면서 다른 사람은 몰라도 큰형님 선물만은 특별히 챙겼는데!"

여러 황자들은 열넷째의 말에 서로 마주 보면서 크게 웃었다. 그때 기다렸다는 듯 윤상이 입을 열었다.

"여덟째 형님, 제가 또다시 형님 밑으로 왔네요! 형님 얼굴에 먹칠하는 일은 하지 않을 테니까 걱정하지 마세요!"

여덟째가 황급히 말을 받았다.

"형제간에 만나자마자 무슨 그런 얘기부터 하고 그래! 나는 열셋째 자네와 열넷째의 성격을 제일 좋아해. 솔직하고 당당한 모습이 보기에 좋아. 어릴 적에는 성격이 이렇지가 않았어!"

윤상이 다시 여덟째를 향해 입을 열었다.

"형님! 방금 형부 문 앞에서 큰형님을 기다리고 있다가 누구를 봤어요. 형님의 집에 있는 임백안 비슷한 사람이 대문을 나서는 것 같았어요! 그런데 몇 번이나 불렀는데도 대답이 없었어요. 그사람 귀가 잘 안 들리나 보죠?"

부드러운 목소리였다. 그러나 날카롭기가 이를 데 없었다. 순간 여덟째를 비롯한 몇 명은 가슴이 뜨끔했다. 잠시 후 여덟째가 껄껄 웃으면서 말했다.

"우리 집에는 임백안이라는 사람이 없어. 아홉째네 집에 있었나 보군. 그러나 말이 많아서 아홉째도 내보냈다고 들었어. 잘못 봤겠지. 세상에는 비슷한 사람이 얼마나 많다고!"

윤상은 여덟째의 해명에도 불구하고 머리를 갸웃거렸다. 그러나 더 이상 따질 수는 없는 일이었다. 결국 어색한 웃음으로 마무리할 수밖에 없었다.

좌중의 황자들은 한참동안이나 웃고 떠들면서 한담을 나눴다. 그럼에도 머릿속으로는 각자 주판알을 굴리면서 딴 생각을 열심히 하고 있었다. 당연히 겉으로는 아무런 내색을 하지 않았다. 얼마 후 그들은 조용히 흩어졌다.

16장

강희의 분노

세상을 뜨겁게 달궜던 호부의 국고 환수 문제는 2년 반 만에 윤상이 형부로 발령이 나면서 흐지부지돼 버리고 말았다. 가을에 접어들어서는 아예 빚 독촉이 사실상 중단되었다. 이에 따라 완전히 형세가 돌변했다. 바람막이가 없는 호부의 하급 관리들이 졸지에 애꿎게 난타를 당하게 된 것이다. 시세륜과 우명당이 강희의 배려에 의해 안전지대로 옮겨간 것이 그나마 다행이었다. 급기야 그들은 하나 둘씩 파면됐다. 외면적인 구실은 너무나도 많았다. '나이가 많다', '병이 들었다', '사람 됨됨이가 정직하지 못하다'는 등등의 구실이 내걸렸다. 하지만 명령을 받고 가혹할 정도로 빚 독촉을 한 충성심이 결국에는 쫓겨나는 신세를 자초하고 말았다는 사실을 조정 내에서 모르는 사람은 없었다.

이렇게 되자 아령아의 간덩이도 서서히 부어올랐다. 호부 상서로 부임한 지 보름도 되지 않았는데도 이미 국고를 활짝 열어젖히는 대담함까지 보였다. 우선 '사정이 딱한' 경관京官들을 구제해줘야 한다면서 십만 냥을 가볍게 꺼낸 것이다. 물론 금액이 크다고는 할 수 없었다. 그러나 그의 부하들에게는 그것이 바로 꿈틀거리는 욕구를 촉발시켰다. 실제로 일부는 사정이야 어떻든지 간에 무조건 돈을 빌리려는 움직임을 보였다. 그뿐만이 아니었다. 잎이 무성한 돈나무를 심어준 아령아를 백성들의 수호신인 것처럼 칭송하면서 글을 올리는 사람들도 많아졌다.

반면에 대놓고 비난하지 않기는 했으나 태자 윤잉의 처지는 갈수록 비참해졌다. 게다가 중도 하차한 입장에 있었던 만큼 아령아 세력들에게는 더욱 눈총을 받았다. 윤진과 윤상을 볼 면목도 없게 되었다.

강희는 그런 사실을 알고 있으면서도 아무런 반응을 보이지 않았다. 그러나 추석이 지나 국고에 다시 구멍이 뚫려 이미 1400만 냥이 빠져나갔다는 사실을 확인하고서는 비로소 그 심각성을 깨달았다. 그러나 아무런 대책 없이 대로하기에 아령아의 세력은 눈덩이처럼 커져만 가고 있었다. 황제인 그로서도 일단 주춤해야 했다. 당초 그의 국정 계획은 나름 괜찮았다. 처음 단계는 성황리에 끝나지 못했으나 대부분의 국채를 거둬들인 다음 국고를 확실하게 지킨다는 것이었다. 이어 장오가 사건을 계기로 이치吏治에 착수하려고 했다.

그러던 어느 날, 추석이 지나고 딱 3일째 되는 날이었다. 여덟째와 아홉째의 공동 상주문이 올라왔다. 상주문에는 역대의 상서와 시랑 모두 보기 드문 청렴한 관리들이었다는 사실을 적시하고 있었다. 또 직예와 순천부, 지방을 통틀어 고작 "한두 명의 미꾸라지가 흙탕물을 일으켰습니다"라는 내용도 적혀 있었다. 전국적으로는 30여 명의 뇌물수수, 공금횡령 범법자들을 색출해 엄벌에 처했다고 강조했다. 가짜 범인 사건에 대해서는 "조사 결과 다행히 장오가 한 명 외에는 없었습니다"라고 그럴듯하게 적고 있었다.

"온통 허튼소리뿐이군!"

강희가 신경질적으로 상주문을 한쪽에 확 내던졌다. 이어 깊은 한숨을 내쉬었다. 그리고는 양심전 문어귀에 선 채 빡빡 깎은 정수리를 매만지면서 멍하니 앞을 바라봤다. 한참 후 등 뒤에 서 있던 장정옥을 의식하고 조용히 물었다.

"여덟째와 아홉째가 올려 보낸 상주문을 자네들도 읽어봤나? 황태자가 뭐라고 그래? 또 마제, 동국유의 의견은 어떤가?"

장정옥이 우울한 표정을 짓고 있다 한참 후에 상체를 숙이면서 대답했다.

"거의 다 읽어본 것으로 알고 있사옵니다. 태자전하께서는 별다른 말씀 없이 폐하께서 보시도록 빨리 올려 보내라고 했사옵니다. 여덟째 황자마마를 형부에 파견하신 것은 폐하께서 독단적으로 결정하셨기 때문에 태자전하께서는 뭐라고 의견을 말할 입장이 못 됐던가 봅니다. 태자전하께서 형부에 필요한 일이 있다면 명령에 따르겠다는 의사를 폐하께 전하라고 하셨사옵니다. 소인들 생각에는 여덟째 황자마마께서 아직까지는 열심히 노력하시는 것 같사옵니다. 다만 가짜 범인 사건이 장오가 하나뿐이라는 것은 좀 석연치가 않사옵니다. 이건 소인 혼자만의 생각이옵니다. 마제와 동국유는 특별한 말을 하지 않았사옵니다!"

"말을 하지 않았다는 것은 아무 생각이 없다는 얘기가 아닌가. 짐이 장오가 사건과 맞닥뜨리지 못했더라면 가짜 범인 사건은 영원히 묻혀버릴 뻔했어. 장오가뿐이라는 사실이 설득력이 없다는 것을 그 친구들은 왜 모를까? 짐은 아들들조차 솔직하지 못하다는 사실이 심히 우려스러워! 그런데도 윤잉과 윤진은 벙어리인 척 팔짱만 끼고 관망하고 있어. 윤상은 일이 뜻대로 되지 않으니 심통을 부리느라 토라져 있고 말이야. 형부의 몇몇 황자들은 한데 엉켜 돌아가면서 애비 눈을 가릴 생각이나 하고. 짐이 모를 줄 알아? 집안 도둑이 무섭다는 말은 이래서 나온 소리야!"

강희가 냉소를 흘렸다. 강희의 말이 지나치다고 생각했는지 장정옥이 황급히 대답했다.

"황자마마들께는 상처가 될지 모르는 말씀이옵니다. 그다지 심한 정도는 아니옵니다."

"어렸을 때부터 황궁에서 성현들의 책을 읽으면서 자랐다는 애들이 그 정도 사리판단을 못할 정도로 미련하지는 않을 거야. 뭔가 다른 꿍꿍이속이 있다고 볼 수밖에 없어!"

강희는 여전히 얼굴에서 냉소를 지우지 않았다.

"설마 그럴 리가 있겠사옵니까? 폐하께서 황자마마들에게 의심이 지나치셔도 아니 되옵니다."

장정옥이 다시 한 번 간절하게 말했다.

"그럴 리가 없다는 증거가 어디 있는가? 이런 일은 자네가 짐보다 훨씬 더 잘 알 텐데, 흥! 고양이도 늙으면 쥐를 피해 다니게 돼 있어. 이것들이 지금 합심해서 늙은 고양이를 괴롭히고 있는 것이 아니고 뭔가! 짐한테서 우려먹을 것이 더 이상 없으니 어서 빨리 죽으라고 기도하고 있을지 모르지! 짐이 저승에 가면 자리싸움이나 벌일 음모를 꾸미면서 말이야!"

강희가 마치 속사포로 내뱉듯 말하면서 숨을 몰아쉬었다. 순간 음력 8월이었음에도 불구하고 찬바람이 몰아쳤다. 장정옥은 등골이 오싹해져 몸을 한껏 움츠렸다. 한동안 군신 두 사람은 어느 누구도 입을 열지 않았다. 곧 서풍이 일기 시작하는가 싶더니 궁의 담벼락 모서리의 마른 풀들이 부르르 몸을 떨었다.

"폐하……."

부총관태감인 형년이 나지막하게 강희를 부르면서 동쪽 별채에서 나왔다. 손에 털조끼가 쥐어져 있었다. 그는 강희에게 조끼를 입혀주었다.

"바람 끝이 차갑사옵니다. 감기라도 드시면 어떻게 하시려고 홑옷차림으로 나와 계시옵니까? 요즘 같은 날씨에는 특히 폐하의 건강이 염려스럽사옵니다. 따끈한 인삼차 한 잔 드시는 것이 어떻겠사옵니까?"

강희가 머리를 끄덕였다. 이어 털조끼를 벗더니 장정옥에게 입혀 주었다.

"자네가 입어. 양심전에서 당직을 설 때 입고 있으면 추위를 막는데 한몫할 거야. 짐이 나이는 자네보다 많아도 건강상태는 자네보다 나을 거야! 형년, 자네는 육경궁에 가서 왕섬, 주천보, 진가유 등을 불러오도록 해. 올 때는 잊지 말고 태자의 공책을 가져오라고 전하게. 요즘 공부는 제대로 하는지 좀 봐야 하겠어!"

마침 그때 악륜대가 들어와 아뢰었다.

"왕섬과 주천보가 만나 뵙기를 청했사옵니다."

강희가 미소를 지었다.

"형년이 걸어가는 고생을 하지 않아도 됐으니 잘 됐군. 그렇지 않아도 부르려던 참이었어."

강희는 말을 마치고는 궁전으로 들어가 인삼탕 한 그릇을 비웠다. 이어 왕섬을 먼저 부르고 주천보는 잠시 대기하도록 했다. 곧 왕섬이 볼 때마다 수척해보이는 얼굴을 한 채 어좌를 향해 삼궤구고의 대례를 올렸다.

"이 친구야, 짐은 여기 있네. 이쪽 온돌께로 오게! 내일 이덕전을 시켜 근사한 안경 하나 마련해주라고 해야겠어. 나이도 많은데, 이제 대례는 올리지 않아도 괜찮네. 마음만 있으면 그걸로 족해."

근시까지 심한 왕섬이 빈 어좌를 향해 절을 올렸던 것에 강희는 실소를 금치 못했다. 왕섬 역시 웃음을 머금었다.

"소인은 하루가 다르게 멍청해지는 것 같사옵니다. 전에 부部에 있을 때는 그런대로 폐하의 용안을 종종 뵈었사옵니다. 그런데 이제는 궁으로 들어와 더 가까워졌는데도 오히려 뵐 기회가 없사옵니다."

강희는 진심어린 왕섬의 말에 감명을 받았다. 그래서일까, 자신도 모르게 왕섬을 자신의 옆에 끌어당겨 앉혔다.

"짐도 요즘 들어 부쩍 고독해지는 것 같아. 몇몇 노인들을 만나 옛날 얘기라도 하고 싶고 그래. 그건 그렇고, 자네 허리에 부스럼 난 것은 다 나았는가? 환부를 깨끗하게 자주 씻어줘야 하네. 짐이 보내준 약이 부족하면 사람을 보내 더 가져가도록 하게."

강희의 인정미 넘치는 말에 왕섬이 노구를 일으켜 절을 올리면서 울먹였다.

"마음만 있었지 달리 폐하께 보탬이 돼드리지 못해 황송하옵니다. 폐하께서 베풀어주신 은혜를 언제나 갚을는지……."

장정옥은 옆에서 허심탄회한 두 사람의 대화를 듣고 있다 자신도 모르게 감동을 받았다. 가슴속에서 따뜻한 물결이 소용돌이치는 것을 느꼈다.

"자네 나이로 봐서는 진작 퇴직을 권유했어야 했네. 이광지에게 그랬던 것처럼 자네도 북경의 좋은 곳에서 요양할 수 있도록 해주려고 했었네. 그런데 태자 곁에는 아직 자네 같은 사람이 있어줘야 해. 그래야 짐도 안심할 수 있을 것 같아. 그래서 욕심을 부리는 것이기도 하고. 그러나 극구 자네를 만류한 것은 태자야. 굳이 원망하려면 태자에게 하라고."

강희가 미소를 지으면서 농담 아닌 농담을 했다. 왕섬이 강희의 농담에 정색을 했다.

"폐하와 태자전하는 일심동체이옵니다. 어찌 분리해서 생각할 수가 있다는 말씀이옵니까! 폐하와 태자전하께서 거둬주신 은혜를 잊지 않고 이곳에 뼈를 묻을 각오로 일하겠사옵니다."

강희가 머리를 끄덕였다.

"말은 고마우나 나이가 있으니 무리하지 말게. 일과 휴식을 적당히 겸하도록 하게. 태자가 잘못하는 일이 있으면 짐에게 곧바로 연락하게. 짐이 알아서 처리해줄 테니까."

왕섬은 강희의 말에 떨칠 수 없는 의혹에 사로잡혔다. 강희가 연이어 두 번씩이나 태자를 자신과 별개의 존재인 것처럼 얘기했기 때문이었다. 그가 정중하게 읍을 하면서 다시 아뢰었다.

"소인이 방금 말씀 올렸다시피 폐하와 태자전하는 일심동체이옵니다! 폐하께 직언을 하듯 태자전하께도 폐하를 통하지 않고 직언을 할 것이옵니다! 폐하의 말씀을 거역하여 죽을죄를 지었사옵니다!"

왕섬의 고집에 강희가 크게 웃었다.

"피는 정말 못 속이는군! 자네 할아버지(왕섬의 할아버지는 명나라의 유명한 문인인 왕형王衡이다)와 성격이 어찌 그리도 똑같을 수가 있는가! 자네 말도 맞기는 해. 짐의 말은 너무 틀에 얽매일 필요는 없다는 얘기야. 자네가 직접 부딪치기 껄끄러우면 짐이 중재를 한다는 뜻으로 받아들이면 좀 좋겠나! 가을에 짐이 승덕으로 사냥을 떠나려고 해. 그때는 태자만 데리고 갈 테니 자네는 북경에 남아 병 치료나 잘하라고. 주군을 따른다고 해서 반드시 꽁무니를 졸졸 따라다녀야 하는 것도 아니니까 말이네."

왕섬이 잠시 생각하더니 입을 열었다.

"실은 오늘 폐하를 만나 뵙고 여쭤볼 말씀이 있었사옵니다. 어제 육경궁에 가보니 시위가 전부 낯선 얼굴들로 바뀌어 있어 조금 황당했사옵니다. 그건 삼 년에 한 번씩 바꾼다고 해도 내년 봄쯤 돼야 가능한 일이 아니옵니까. 그런데 어찌하여 미리 바꿨는지 궁금하옵니다. 소인의 건강을 배려하셔서 사냥길에 따라나서지 않게 해주시는 점은 황송하고 고마울 따름이옵니다. 언제쯤 떠나실 예정이옵니까?"

강희가 왕섬의 말에 순간적으로 깜짝 놀랐다. 얼마나 놀랐는지 혼잣말을 하듯 반문했다.

"시위가 전부 바뀌었다고? 내무부에 가서 짐이 알아봐야겠군. 물론 영시위내대신領侍衛內大臣인 동국유에게 시위들을 마음대로 지휘할 권한이 있기는 하지."

사실 강희가 왕섬을 부른 것도 그 일과 관련이 있었다. 말하자면 그에게 조언을 구하려 했던 것이다. 내무부에서는 언제인가부터 태자 윤잉이 몇몇 시위들과 여러 차례 육경궁에서 밤늦도록 술을 마시면서 뭔가를 논의했다는 정보를 접하고는 했다. 당연히 불미스러운 일이 벌어질 경우 책임이 불가피해질 것을 우려하지 않을 수 없었다. 급기야 동국유의 허락을 받고 미리 시위들을 바꿔버리는 조치를 취했다. 태자당의 비밀을 제대로 전달할 수 있는 황친이나 귀족 자제들을 엄선해 육경궁에서 당직을 서도록 한 것이다.

강희는 바로 그런 최근의 상황과 관련해 태자당에 대한 의견을 물어보고자 했다. 그러나 왕섬이 한사코 '황제와 태자는 일심동체'라는 주장을 고집하는 바람에 더 깊이 있는 얘기를 꺼내지 못했다. 강희가 다시 말을 이었다.

"짐은 음력 팔월 십구일 경에 승덕으로 떠날 예정이네. 그 동안 잘 치료받고 마음 편히 지내게. 지금 왕사정이 앉아 있던 형부상서 자리가 비어 있네. 만상서滿尙書(만주족 상서. 청나라는 각 부에 한족, 만주족 두 상서를 두었음)인 상태이의 자리도 누군가 메워야 하네. 짐의 생각에는 자네가 형부상서를 겸해줬으면 하는데, 어떤가?"

말을 마친 강희가 바로 장정옥에게 지시를 내렸다.

"여덟째가 올려 보낸 상주문을 가져오게. 짐이 어비御批를 하겠네."

"예, 폐하!"

장정옥이 황급히 정전正殿으로 달려가 상주문을 가져왔다. 강희가 소매를 걷고 잠시 생각하더니 붓끝에 주사朱砂를 찍고는 글을 쓰기 시작했다.

> 상주한 내용이 사실이라면 짐은 큰 위안을 느낀다. 그러나 처벌이 너무 가벼운 느낌이 없지는 않다. 그러나 자네 성격이 그렇다고 생각한다. 나무랄 뜻은 결코 없다. 제형관提刑官(지금의 법의관에 해당) 마진오麻進吾가 뇌물을 받고 무고한 사람의 목숨을 바꿔치기 했으니 원래대로 하면 교형絞刑의 형벌을 내려야 한다. 그러나 참斬하는 것으로 바꾸도록 한다. 또 사관인 주덕민周德民, 유방劉方, 황경주黃敬舟 등 17명은 해임하고 영원히 등용하지 않는 것으로 한다. 상태이와 당재성은 정자頂子를 떼어내고 유임을 시켰으나 그러지 말고 서북쪽 서녕西寧의 군대로 보내 복무하도록 하는 것이 바람직할 것 같다. 공백이 생긴 형부상서 자리는 태자태부太子太傅이자 대학사인 왕섬을 앉히라! 또 구운생 사건 같은 것이 장오가의 사례 하나뿐이라는 것은 참 묘한 일이구나.

강희는 글을 다 쓴 다음 먹이 번지지 않게 후후 불어 말렸다. 이어 바로 접어 왕섬에게 건네주었다.

"팔을 걷어붙였던 호부의 일이 용두사미로 끝난 것은 짐도 잘 아네. 하지만 인명이 돈보다 더 중요한 것은 사실이지 않은가. 형부가 돌아가는 것이 신통치가 않아 다시 이쪽에 비중을 두게 됐네. 자네 말을 빌리자면 내일 모레 관속에 들어갈 노인한테 형부를 맡기는 것은 경험이 풍부한 자네가 형부의 질서를 바로잡기에는 적임자라는 생각이 들어서네. 지금 사람의 목숨이 달려 있는 형부는 가짜 범인 사건이 발생할 정도로 엉망이 됐어. 그렇다고 너무 부담을 가질 것은 없네. 평소에 하던 대로만 하면 돼. 자네 성품으로 보면 적어도 큰 사고는 없을 거라는 확신이 드네. 당분간 병 치료 잘 하고 괜찮아지면 부임하게. 어려운 점이 있으면 바로 짐에게 얘기하고."

강희의 말속에는 가시도 내포돼 있는 듯했다. 그것은 왕섬에게 이제 그만 태자의 일에서는 손을 떼라는 얘기일 수 있었다. 그런데 태자태부라고 부르는 것으로 봐서는 꼭 그렇지만은 않은 듯도 했다. 왕섬은 이해가 안 되는지 한참을 주저했다. 그러다 천천히 입을 열었다.

"《춘추》에서 이르기를 '크고 작은 옥사獄事는 비록 잘 살피지 못하더라도 반드시 정으로 하라'는 말이 있사옵니다. 소신은 폐하의 뜻을 잘 받들어 일을 처리하겠사옵니다."

왕섬이 나가자 곧 주천보가 들어왔다. 그는 스무 살의 나이에 이미 태자를 따라다닌 동궁東宮에서의 세월이 3년째로, 성격이 조용한 편이었다. 그가 먼저 어좌를 향해 읍을 하고는 다시 큰 걸음으로 강희가 있는 동원각東暖閣으로 향했다. 이어 능숙하게 대례를 마치고는 지혜가 번뜩이는 눈빛으로 강희를 바라보면서 지시를 기다렸다. 옆에 있던 장정옥이 주천보의 눈빛에 매료된 듯 흡족한 미소를 지었다.

"짐이 무슨 소문을 들은 게 있어서 자네한테 확인해보려고 불렀네. 오월 단오절 때와 칠월 칠석에 태자가 육경궁에서 시위들을 데리고 술을 마셨다고 하더군. 사실인가?"

강희가 금세 된서리라도 내릴 것 같이 흐린 얼굴로 주천보를 보면서 물었다.

"예, 폐하! 술자리에 배석한 시위들 중에는 병부상서 경액耿額도 있었사옵니다. 또 시위 악선鄂善, 제세무齊世武, 탁합제托合齊 등도 있었으나 외부의 신료들은 없었사옵니다. 경액은 폐하께서 태자시위를 겸하게 하신 것으로 알고 있사옵니다."

주천보가 흠칫 놀라며 대답했다

"그렇다면 왕섬, 진가유와 자네는 왜 참석하지 않았나?"

주천보는 강희가 꼬치꼬치 캐어묻자 순간적으로 당황하는 표정을 보였다.

"왕섬은 몸이 좋지 않아서 못 간 것으로 알고 있사옵니다. 소인과 진가유는 호부에 있다 보니 궁으로 돌아가지 못했사옵니다."

강희가 주천보의 말에 처음으로 웃어 보이면서 물었다.

"태자가 왜 시위들을 불러 술을 마셨는가? 술자리에서 무슨 얘기가 오갔는지 혹 알고 있나?"

나지막하기는 해도 가시가 있는 날카로운 질문이었다. 장정옥은 옆에서 듣고 있다 강희가 오늘 했던 말들을 떠올리며 대충 꿰어 맞춰보기 시작했다. 갑자기 심장의 박동이 빨라지기 시작했다. 주천보는 이런저런 생각을 해볼 새도 없이 황급히 머리를 조아렸다.

"태자전하께서 주변의 가까운 신하들을 위로하기 위해 술자리에 부르는 것은 그다지 이상할 것이 없다고 생각하옵니다. 폐하! 소인은 동궁에서 태자전하의 참모 신하로 있으면서 한 번도 그런 행동에 대해 의혹을 품어본 적이 없사옵니다. 어떤 얘기가 오갔는지는 전혀 모르옵니다. 폐하께서 궁금해하신다면 소인이 당사자들을 불러오겠사옵니다."

"주천보! 지금 자네는 폐하께서 물으시는 질문에 대답하고 있어. 무슨 말 모양새가 그런가!"

장정옥이 참다못해 끼어들었다. 그러자 강희가 웃음 띤 얼굴로 장정옥을 밀어냈다.

"괜찮아. 태자가 별 볼 일은 없어도 다행히 신하들 복은 있는 것 같군. 짐이 보기에는 저마다 정인군자임에는 틀림없어. 주천보, 윤잉은 짐의 아들이야. 몇 마디 묻는다고 해서 의심한다고 보면 안 되지. 다만 윤잉이 태자로서의 입지가 약화된 것은 사실이네. 윤잉이 호부의 일에 간섭한 탓에 젖 먹던 힘까지 다해 겨우 산중턱까지 밀고 올라간 수레가 다시 곤두박질치게 됐으니까. 그런 와중에도 형부의 사정이 시급해 여덟째를 파견했네. 그런데 불과 며칠이나 됐다고 경액 등 몇몇 시위들이 밑에서 말이 많다면서? 경액은 색액도 집안의 종 출신인데, 태자가 그것들과 함께 죽이 맞아 돌아가니 짐이 궁금하지 않겠나?"

주천보가 머리가 떨어져 나가라 조아리면서 대답했다.

"자고로 군주의 예지叡智를 따를 사람이 없다는 말이 있사옵니다. 폐하께서는 정말 영명하시옵니다. 하오나 부자 사이가 원만하지 못하면 집안이 시끄럽게 된다고 했사옵니다. 또 군신의 사이가 불신으로 차 있으면 나라가 어려움에 처한다는 말도 있사옵니다. 우리 대청의 황태자전하는 전 왕조의 황태자와는 격이 다르다고 생각하옵니다!"

주천보의 말이 끝나기 무섭게 강희가 장정옥을 향해 고개를 돌렸다.

"오늘 어떻게 된 거야? 다들 윤잉을 싸고도느라 정신이 없군. 윤잉은 짐이 잘 알지. 지나치게 나약하고 의지가 약한 짐의 둘째 아들이야. 그러나 황태자로 있는 수십 년 동안 쭉 지켜본 바로는 인仁과 효孝 두 가지만은 괜찮아. 짐이 인정해. 주천보, 말이 나왔으니 말인데 짐이 황태자를 대하는 태도가 전 왕조와 어떻게 다른 것 같나?"

"폐하! 태자전하께서는 소인들과 같이 하는 자리에서 늘 감격에 목이 메어 하시옵니다. 폐하께서 삼십육 년을 하루같이 극진한 배려를 아끼시지 않는다고 말이옵니다. 그런데 근래에 와서 태자전하의 말이 교묘하게 와전되고 있는 것 같사옵니다. 찬탈을 꿈꾼다는 말도 안 되는 소문이 무성하게 나돌고 있사옵니다. 이에 대해서는 태자전하 본인도 경악을 금치 못하고 있사옵니다!"

주천보가 다급하게 대답했다. 이어 침을 꿀꺽 삼키면서 다시 말을 이었다.

"이런 유언비어가 나돈다는 것은 소인배들이 이간질을 하기 때문이라고 생각하옵니다!"

강희가 예리한 눈빛으로 주천보를 쳐다보았다.

"헛소문이야 어디에나 다 있는 법이니까. 그건 그렇고 계속해 보게."

"태자전하께서는 폐하의 아낌없는 은총을 받고 있사옵니다. 복장이나 외관을 비롯한 용모 등 여러 가지 면에서도 전 왕조의 태자에 비해 결코 손색이 없다고 생각하옵니다. 그러나 황자마마들이 태자전하의 일에 간섭하는 경우는 일찍이 없었던 이색적인 풍경이 아닐 수 없사옵니다. 황자마마들께서는 툭하면 흠차의 신분으로 지방순시를 떠나거나 조정의 여러 부서를 시찰하고 있사옵니다. 이로 인해 그 권력이 차츰 강해지고 있사옵니다. 더불어 이 때문에 태자전하의 권력이 상대적으로 약해진 것 같은 느낌을 주위에 줄 수 있사옵니다. 그렇다고 태자전하에게 황자마마들의 행동을 제한할 권한도 없사옵니다. 폐하, 태자전하의 힘이 약화되면 황자마마들은 서로가 시기하고 비교하면서 커갈 수밖에 없사옵니다. 따라서 그에 아부하는 세력이 생기게 됩니다. 그러면 언제인가는 태자전하에게 반항할 수 있는 여건이 마련될 수도 있사옵니다. 그 경우 사태는 심각해질 수밖에 없을 것이옵니다!"

주천보가 말한 내용은 장정옥이 여러 번 직언을 하려다 아직껏 하지 못하고 있는 말이었다. 때문에 장정옥은 말할 것도 없고 강희조차 경악을 금치 못하겠다는 표정으로 주천보를 바라봤다. 강희가 입을 열었다.

"짐도 생각했던 부분이네. 그러나 짐은 무작정 전 왕조를 답습할 생각은 전혀 없네. 멀리 갈 것도 없이 명나라만 봐도 그래. 위기감 없이 하루하루 허송세월하면서 자란 황자들이 나라가 망할 때 속수무책이었지 않은가. 그런 것을 보면 짐은 황자들에게 경쟁을 붙이고 적당히 자극도 줄 거야. 그것이 긴 안목으로 보면 장점이 더 크다고 생각해!"

강희의 말에 주천보와 장정옥은 크게 놀랐다. 강희의 입에서 그런 얘기가 나올 줄은 꿈에도 생각지 못했기 때문이다.

"그렇다면 이렇게 하는 것이 취약점은 없다는 말인가?"

강희가 스스로 반문을 했다. 이어 다시 자신이 생각한 답을 입에 올렸다.

"물론 있지! 제일 큰 걱정은 황자들이 사사롭게 당파를 만드는 거야. 그럴 경우 파벌 간의 싸움이 일어날 온상이 만들어질 수밖에 없어. 그래서 태자에 대한 짐의 요구가 높을 수밖에 없는 거야. 자극이 없으면 나태해지기 마련이라고. 조정의 일을 열심히 하는 아우들에게서 적당히 자극도 받아가면서 추격을 당하지 않으려면 신발을 벗어 손에 들고라도 열심히 뛰어야 해. 나는 그런 이치를 태자가 스스로 터득하게 하고 싶었어. 만약 태자가 평소의 무능함에서 탈피하지 못하더라도 걱정할 것은 없네. 어쨌거나 이 대청을 이끌어갈 사람은 애신각라 성을 가진 사람이야. 절대로 다른 사람에게 넘어가지는 않아. 솔직히 명나라의 영락황제는 조카인 건문建文황제보다 더 뛰어나지 않았나! 그래서 그가 조카를 죽이고 황제 자리도 차지했고. 그래도 주원장의 아들 아닌가 말이야!"

"폐하!"

주천보가 갑자기 금세 하늘이라도 무너질 듯 허겁지겁 엎드렸다. 그런 다음 머리를 조아리면서 말을 이었다.

"폐하의 말씀을 듣고 있노라니 등골이 오싹해지옵니다. 아무리 승자는 왕후王侯가 되고 패자는 도둑이 되는 세상이라고는 하나 군주는 신하의 영원한 등대와 같사옵니다. 폐하께서 흔들리시면 아니 되옵니다. 모자는 아무리 낡고 볼품없어도 신발이 될 수 없사옵니다. 또 장화는 아무리 새것이라도 머리에 쓸 수 없사옵니다. 나라의 운명과 관련된 사안인 만큼 폐하께서는 말씀을 신중하게 해주셨으면 하옵니다!"

강희가 당돌하기 이를 데 없는 주천보의 말에 껄껄 웃었다. 틀린 말이 아니라고 생각한 듯 고개를 끄덕였다.

"마지막에 한 말은 짐이 홧김에 한 말이야. 그러니 너무 흥분하지는 말게. 누군가에게 집착하면 할수록 그에 대한 요구도 높아져. 나아가 서로가 괴로울 정도로 닦달을 하게 돼 있어. 짐은 태자가 짐을 능가하는 황제가 되어주기를 간절히 바라고 있어. 자네도 동궁에서 태자를 더욱 열심히 보좌해주게. 당연히 일탈을 일삼는 행동을 저지르는 황자들에 대해서는 짐이 주의를 줄 것이야! 그러나 자네의 말처럼 황자들을 정국에 개입시키지 않는 것은 고려하지 않겠어. 그게 최선은 아니야. 일을 하지 않으면 사람은 멍청해지기 마련이네. 먹고 마시고 생각 없이 몰려다니기만 하면 고깃덩어리나 다름없지 어찌 사람이라고 할 수 있겠나? 태자 하나만 바라보고 있다가 나라가 위기에 부딪쳐 봐. 그때 가서 마땅히 조언을 구할 황자 하나 없다면 얼마나 창피스러운 일인가? 그만 나가보게."

주천보가 나갔다. 크고 넓은 양심전에는 강희와 장정옥 두 사람만이 남았다. 둘은 순간 깊은 생각에 잠겼다. 한참 후에 장정옥이 먼저 입을 열었다.

"폐하, 승덕으로 떠나실 채비를 소인이 해드리는 것이 어떻겠사옵니까?"

"아니, 마제보고 하라고 해. 또 동국유는 북경에 남아 있어야 해."

강희가 말을 마치고는 한숨을 내쉬었다. 이어 덧붙였다.

"자네도 오늘 짐의 말이 충격적으로 들렸을 거야. 하지만 일반 서민들처럼 다정다감한 혈육의 정은 기대할 수 없는 것이 황실 아닌가. 짐이 직접 나라를 다스린 지 이제 오십 년이나 됐어. 그동안 그 많은 황자들에게 감정적으로 치우쳤더라면 어떻게 됐겠어! 늘그막에 손 털고 뒷방에 나앉아 편안한 만년晩年을 보내기에는 아직 해야 할 일이 많아. 가지도 치고 거름도 뿌리고 해야 해. 지금 아이들이 하는 것으로 봐서는 짐의 노년은 불안하기 그지없네! 위험해. 정말 두렵네!"

17장

수렵대회

장오가는 운 좋게도 새롭게 호위護衛(경호원에 해당)에 선발됐다. 만주족도 아니고 훈척勳戚의 자제도 아닌 그가 호위가 됐다는 사실은 실로 파격이 아닐 수 없었다. 그러나 자세히 보면 크게 무리한 것은 아니었다. 무엇보다 선박영 총관인 조봉춘이 그가 사형장에서 강희의 특별 은혜를 입어 사면되는 모습을 봤다는 사실이 주효했다. 게다가 강희를 오래 모신 무단이 입이 마르도록 장오가의 효심을 칭찬했던 것도 나름 약발이 있었다. 그러나 기적旗籍(팔기八旗에 속한 호적. 주로 만주족, 몽고족이 많이 소속됨)이 없었기 때문에 당분간 황제 근처에는 가까이 갈 수 없었다.

처음 자금성에 들어왔을 때 그는 거의 촌닭과 다름없었다. 눈이 부신 황궁의 금빛 찬란함에 넋을 잃을 정도였다. 당연히 다 비슷비슷한 곳들이라 어디가 어딘지 도무지 분간하지 못했다. 그래서 처음에는 시키는 대로 융종문 밖에 있는 초소에서 이틀 동안 경비를 서기만 했다. 그랬음에도 그는 자신이 어쨌거나 대단한 곳으로 오게 됐다는 사실이 실감나지 않을 정도로 정신을 차리지 못했다. 말할 것도 없이 황친이나 고관대작의 자제들이 대부분인 호위들은 장오가를 노골적으로 멸시했다. 궂은 일과 힘든 일은 전부 장오가에게 시켰다. 몸종이 따로 없었다. 그는 처음에는 고분고분 말을 잘 들었다. 애써 분도 삭였다. 그러나 시간이 흐르면서 달라지기 시작했다. 우선 심한 반항심을 가지게 됐다. 똑같은 호위 신분인데 너무 기죽을 필요는 없겠다는 생각을 했다.

강희는 예정대로 8월 19일 사냥 길에 올랐다. 그러면서 호위들을 전부 데리고 떠났다. 장오가로서는 비로소 강희를 가까이에서 섬길 수 있는 기회를 맞은 것이다. 어련御輦(황제가 타는 수레)이 밀운현을 지나자 날씨가 갑자기 변덕을 부렸다. 보슬비가 내리는가 싶더니 어느새 천둥이 치고 우렛소리도 요란해졌다. 급기야 폭우가 쏟아지기 시작했다. 삽시간에 안개가 뽀얗게 시야를 가렸다. 어련 행렬의 발밑은 완전히 흙탕물이 돼 버리고 말았다. 사람들의 옷과 얼굴은 온통 흙으로 도배가 됐다. 그럼에도 시위 악륜대는 앞에서 길을 헤쳐 나가고 있었다. 확실히 먼 길을 떠날 때 황제 옆에 바싹 붙어 다니면 이것저것 신경이 쓰이고 여간 피곤한 것이 아닌 듯했다. 원래 그는 강희의 수레를 호위하는 덕릉태와 유철성과는 달리 멀리 떨어져 있었다. 그래서 다행이라고 생각했던 참이었다. 그러나 날씨가 변덕을 부리면서 모든 것이 바뀌고 말았다. 그는 길을 헤치고 나가기가 너무나 힘이 드는지 괜히 새로 들어온 애송이 호위들에게 분풀이를 하기 시작했다. 시어머니 역정에 애꿎은 강아지 걷어차는 며느리가 꼭 그 짝이었다. 얼마를 더 가자 산에서 굴러 내려와 길 한가운데를 막은 돌이 보였다. 그는 즉각 장오가에게 돌을 옮기라는 명령을 내렸다. 또 얼마 후에는 빗물에 길이 끊기자 장오가에게 보수할 사람을 데리고 오라는 지시도 내렸다. 길이 미끄러워 수레가 앞으로 움직이지 못했을 때는 장오가를 시켜 뒤에서 밀도록 했다. 이렇게 해서 장오가는 여기저기 불려 다니면서 다른 호위들보다는 몇 갑절이나 더 힘을 썼다. 궂은 날이었으니 더욱 힘이 들었다. 그는 급기야 온몸의 뼈가 부서지는 듯한 통증을 느꼈다. 아무 곳에나 쓰러져 자고 싶은 충동을 불러오는 극도의 피로감이 몰려왔다. 경사가 급한 비탈길을 만나 몇 백 대의 수레를 밀어 올렸으니 당연한 결과였다. 그러다 잠시 길옆의 바위에 걸터앉아 장화에 붙어 있는 진흙을 떼어내고 있었다. 그러나 악륜대는 그 꼴도 보지 못했다. 강희의 수레 앞에 서 있다가 갑자기 쏜살같이 말을 달려오더니 채찍으로 장오가의 등을 사정없이 내리쳤다. 그러면서 욕설을 퍼부었다.

"지지리도 못 생긴 자식이 게으르기는 제일 게을러! 못 일어나? 누구 앞이라고 감히 앉아서 쉬는 거야?"

장오가는 울분이 머리끝까지 치밀었다. 그러나 애써 참았다. 그는 악륜대가 마음대로 자신을 괴롭히는 이유를 모르지 않았다. 강희가 비가 새는 자신의 수레를 버리고 비빈인 정춘화의 수레로 옮겨갔기 때문이었다. 장오가는 채찍이 다시 날아오지 않을까 두려워 바로 바위 위에서 일어섰다. 그러다 몰려오는 어깨통증에 잠시 멈칫했다. 그러자 악륜대가 신경질적으로 그를 밀쳤다. 그 바람에 진흙길 위로 벌렁 나가떨어지고 말았다. 결국 장오가는 참았던 분노를 한꺼번에 터트렸다.

"야, 내가 네 몸종이야! 네가 뭔데 나를 짐승 부리듯 하는 거야! 힘이 남아돌면 집구석에 가서 마누라나 괴롭힐 것이지."

악륜대는 별 볼 일 없는 촌닭 신참이 바락바락 대들자 더욱 화가 치미는 모양이었다. 바로 장오가를 잡아먹기라도 할 듯 소리를 질렀다.

"너, 오늘이 네 놈 제삿날이 될 줄 알아! 내가 이 바닥에서 잔뼈가 굵었지만 너같이 무식하게 용감한 놈은 정말 처음 봤다. 잡종새끼 같으니라고! 말해봐, 너 도대체 뭘 믿고 까부는 거야? 그래봤자 그 잘난 조봉춘에다 내일모레 죽을 무단박에 더 있겠어? 그것들을 저울에 달아보라고. 몇 냥이나 나가나!"

악륜대가 경멸조의 말을 뇌까리면서 또다시 장오가에게 채찍을 내리쳤다. 장오가는 황제를 따라 밖으로 나온 이상 아무리 힘든 일이 있어도 웬만하면 참고 넘어가려고 했다. 그러나 더 이상 참지를 못했다. 물론 죽여 버리고 싶은 마음은 애써 꾹꾹 눌렀다. 곧 그가 악륜대에게 달려들더니 채찍을 거칠게 낚아챘다. 철사에 쇠가죽을 씌워 만든 채찍이었다. 무기로 사용해도 손색이 없을 듯했다. 장오가가 냉소를 흘리면서 말했다.

"인간보다는 채찍이 훨씬 훌륭하군! 내가 비천한 신분이라고 아무 이유 없이 채찍에 얻어맞고도 고개를 숙인 채 가만히 있을 줄 알았어? 다시 한 번 까불었다가는 죽여 버릴 거야!"

장오가는 말을 마치자마자 순식간에 쇠가죽 채찍을 몇 토막 내더니 아무렇게나 내던져 버렸다. 순간 악륜대는 이성을 잃었다. 바로 칼을 뽑아들더니 옆에서 구경하던 시위들 몇 명에게 고함을 쳤다.

"뭘 하는 거야? 주인도 몰라보는 개새끼를 묶어버리지 않고!"

"누가 누구의 주인인가?"

갑자기 등 뒤에서 강희의 목소리가 들려왔다. 강희가 앞에서 소동이 생긴 것을 알고 덕릉태와 유철성을 데리고 달려온 것이다. 그는 지칠 줄 모르고 내리는 장대비 속에서 무서운 표정을 지었다.

"짐이 한참 들어봤는데, 자네 참 저질스럽기 그지없더군! 황친과 고관대작의 자제라는 이유 하나로 시위가 된 것이 뭐 대단한 벼슬을 가진 것으로 착각하고 말이야. 착각하지 마! 황친은 마음대로 사람을 짓밟아도 된다고 누가 가르쳤어?"

"잘못했사옵니다, 폐하!"

악륜대가 무릎을 꿇고 빌었다. 그러나 얼굴에는 복종하지 않는다고 씌어져 있었다. 강희는 악륜대의 행동이 이번이 처음이 아니라는 사실을 알아차렸다.

"짐의 판단이 틀리지 않다면 자네는 아마도 여덟째가 자네를 고작 감숙甘肅 장군 정도로 추천했다는 것에 불만을 품은 거야. 그 꼬락서니 해가지고는 그 자리도 과분해. 흥! 주제넘게 비양고 자리를 넘봐? 비양고 발뒤꿈치도 못 따라가는 녀석이! 무단은 비록 한족 관리이기는 하나 40년 동안 그 실력과 인간성을 인정받은 시위야. 자네하고는 격이 달라도 한참 다르지. 그럼에도 무단에게까지 폭언을 일삼은 저의가 뭐야? 짐한테 불만이 있는 거야?"

"그건 절대 아니옵니다, 폐하! 소인은 전쟁터에서 공을 세우지는 못했사옵니다. 그러나 폐하의 남순 행차에 여러 번 따라다녔사옵니다. 나름대로 임무를 충실히 완수했다고 자부하옵니다. 하지만 주제넘게 높은 자리는 올려다본 적도 없사옵니다. 폐하께 심려를 끼쳐드리지 않도록 앞으로 열심히 노력할 것을 약속하옵니다!"

악륜대가 변명을 늘어놓았다. 그러나 말에 이상한 여운이 남았다. 강희는 그럼에도 당장 반박할 근거가 충분치 않다고 생각했다.

"뿌린 대로 거둔다는 것을 명심해. 짐은 절대 최선을 다한 사람을 저버리지 않아. 능력이 있고 없고를 떠나서 말이지. 하지만 짐의 눈을 피해갈 것이라 생각하고 까불었다가는 큰코다칠 줄 알아. 이 날씨에 짐이 숲 속에서 밤을 새워야겠어?"

강희는 더 이상 악륜대를 몰아붙이지는 않았다. 이내 수레로 돌아갔다. 악륜대는 이를 악문 채 장오가를 눈이 빠지도록 줄기차게 흘겨보고는 곧 앞장서서 어가 행렬을 정돈하기 시작했다.

강희는 수레에 앉아 가을빛이 유난히 짙어가는 창밖을 내다보면서 애써 담담해지려고 마음을 먹었다. 그러나 생각을 하면 할수록 악륜대의 표정과 행동거지 등이 수상쩍게 느껴졌다. 급기야 그가 휘장을 걷고는 유철성에게 명령했다.

"뒤에 가서 장정옥을 좀 불러오게!"

장정옥과 마제는 그때 우비를 입은 채 황자들의 수레 뒤를 따르고 있었다. 눈치 빠른 장정옥은 행렬이 한참 멈춰 서 있는 동안 분명 앞에서 무슨 일이 있었을 거라는 짐작 정도는 하고 있었다. 혹시나 강희가 부르지 않을까 싶어 미리 준비를 하고 있었다. 때문에 강희가 부른다는 말에 황급히 말을 달려 강희의 수레 근처로 갈 수 있었다. 그가 이마의 빗물을 훔치면서 아뢰었다.

"폐하, 소인 장정옥이 대령하였사옵니다!"

"수레 안으로 들어오게!"

"그건……."

"괜찮아, 들어와."

장정옥은 어쩔 수 없이 강희의 수레를 향해 읍을 하고는 조심스럽게 올라탔다. 차체가 잠시 흔들렸다. 그러나 곧 안정을 되찾았다. 두 사람은 잠시 아무 말도 하지 않았다. 여덟 필의 건장한 노새가 흙탕물을 저벅거리면서 달려가는 소리만 단조롭게 두 사람의 귀를 건드릴 뿐이었다.

"안색이 조금 창백하신 것 같사옵니다, 폐하. 어디 옥체가 불편하시옵니까? 아니면 누구 때문에 화가 나셨사옵니까? 태의를 부르는 것이 어떻겠사옵니까?"

장정옥이 먼저 조심스럽게 입을 열었다. 하지만 강희는 손을 저었다. 그럼에도 가타부타 말은 없었다. 대신 숨소리는 점점 거칠어져 갔다. 장정옥은 이상한 생각에 뒤쪽 창문을 통해 밖을 바라봤다. 태감들이 너무 바싹 따라붙고 있는 것 같았다. 그가 곧 머리를 내밀고 지시했다.

"형년, 태감들에게 조금 떨어져서 오라고 하게. 자네만 가까이 있으면 되니까."

강희가 머리를 끄덕였다. 그제야 표정도 한결 부드러워졌다. 자신의 속마음을 너무나 잘 아는 세심한 장정옥의 처사에 만족한 듯했다. 그는 곧 악륜대가 괜히 트집을 잡아 애꿎은 장오가를 괴롭힌 사실과 관련한 전말을 자세하게 장정옥에게 들려줬다. 이어 덧붙였다.

"짐은 며칠 동안 까닭없이 불안했네. 이번 사냥 길에 무슨 사고가 생길 것만 같은 불길한 예감도 들고 말이야. 시위들이 가까이 따라다니는 것이 마냥 좋기만 한 것은 아닌 듯해. 어쨌거나 마제는 정직한 반면 사람이 너무 좋은 것 같아 걱정스러워. 그건 그렇고 오늘 악륜대의 행동을 무심코 한 실수로 봐야 하겠나, 아니면 뭔가 불순한 동기가 있었다고 해야 하나. 자네 생각은 어때? 즉각 다른 부서로 쫓아버릴까?"

장정옥은 강희의 물음에 즉답을 하지 않았다. 그저 창밖을 내다보면서 하염없이 생각에 잠겼다. 그러다 한참 후 입을 열었다.

"덕릉태는 성실한 몽고 사나이이옵니다. 또 유철성은 폐하께서 친히 흙탕물에서 건져 올려주신 은혜를 가슴 깊은 곳에 간직하고 사는 사람이옵니다. 이 둘은 염려하실 필요가 없으실 것 같사옵니다. 다만 악륜대는 많이 다르옵니다. 우선 여덟째 황자마마와 외사촌 간이라는 배경이 있사옵니다. 게다가 폐하께서 남순을 하실 때 여러 번 호위 임무를 완수하기도 했사옵니다. 그는 그런 것들에 대해 너무 지나치게 자부심을 가지면서 경우에 어긋나는 일을 종종 하는 것 같사옵니다. 솔직히 불안하옵니다. 그런 만큼 그가 더 이상 폐하의 주변에 접근하지 못하도록 하겠사옵니다. 소인이 마제와 상의해 승덕에 도착하자마자 조치를 취하도록 하겠사옵니다."

강희가 장정옥의 일사천리의 말에 머리를 끄덕였다.

"악륜대 이 자식이 지금 태자의 처지가 이전과 같지 않다는 것을 생각하고는 엉뚱한 생각을 하는 거야. 틀림없이 그런 생각을 하고 있어. 그런데 악륜대 대신 누구를 그 자리에 앉히는 것이 좋겠나? 조봉춘은 어떤가?"

"조봉춘이라……."

장정옥이 잠시 생각을 가다듬었다. 그러다 곧 머리를 흔들면서 다시 입을 열었다.

"선박영에는 충분히 믿을 만한 사람이 없사옵니다. 아무래도 안 되겠사옵니다. 더구나 조봉춘은 보군통령아문까지 관리하고 있사옵니다. 역시 힘들다고 봐야 하옵니다. 소인의 어리석은 생각으로는 덕릉태와 유철성의 충성심이라면 뭐든지 믿고 맡길 수 있을 것 같사옵니다. 다만 덕릉태가 경력이 부족한 탓에 부하들을 손아귀에 넣을 힘이 부족하지 않을까 우려되옵니다. 그 외에는 염려할 것이 없겠사옵니다."

"괜찮아! 마제가 옆에서 도와주면 돼! 자네도 영시위내대신을 겸하라고! 또 괜찮은 젊은 시위 몇 명을 더 들이도록 하게. 짐은 장오가가 착실해 보이던데! 아무튼 자네들이 알아서 명단을 작성해서 올려 보내게. 또 이건 짐이 오래 전부터 생각해오던 것인데, 선박영과 보군통령아문의 책임자를 한 사람이 다 맡는 것은 너무 버거운 것 같아. 사람을 못 믿어서가 아니야. 그 둘을 분리시키는 것이 상식인 것 같아서 그래. 선박영에 병력 천 명을 증원해 여전히 조봉춘에게 맡기도록 하고, 보군통령아문은…… 융과다에게 맡기는 것이 어떤가?"

강희가 의자에서 몸을 일으키면서 말했다. 장정옥은 강희의 뜻을 알 것 같기도 했다. 악륜대를 경질시킨 것은 여덟째에 대한 믿음이 부족하기 때문이라고 보면 별 무리가 없었으니까 말이다. 그러나 조금 더 깊이 생각하면 조금 헷갈리기도 했다. 융과다를 너무나도 중요한 자리에 발탁하는 것은 동국유의 세력을 키워주는 것일 뿐 아니라 나아가서는 여덟째에게 너무나도 유리한 인사일 수 있었다. 장정옥은 머리가 다소 혼란스러웠다. 그러나 대답을 하지 않을 수는 없었다. 한참 동안이나 멍하니 있다 마지못해 입을 열었다.

"성명聖明하시옵니다, 폐하!"

강희 일행은 연일 내린 비로 인해 길 사정이 좋지 않았던 탓에 북경을 출발한 지 9일째 되는 날에야 겨우 승덕에 도착할 수 있었다. 날씨는 언제 그랬던가 싶게 맑게 개어 있었다. 승덕의 피서산장에는 내몽고와 외몽고의 여러 왕들이 이미 열흘 전부터 도착해 있었다. 저마다 자신의 행궁에서 황제를 기다리고 있었다. 피서산장은 원래 강희 22년에 건설에 들어갔다. 그러나 어느 정도 규모를 갖춘 으리으리한 별장이 되는 데는 아무래도 시간이 많이 걸릴 수밖에 없었다. 무려 21년이나 지난 강희 43년에야 비로소 제대로 격식을 갖추었다. 산장 안에는 행궁이 12곳이나 마련돼 있었다. 서북쪽의 금산金山과 동북쪽의 흑산黑山은 아주 자연스럽게 천연 병풍이 돼줬다. 또 정남쪽 방향에는 중려中麗, 덕회德匯, 봉문峰門 등 세 개의 문이 있었다. 가운데는 금원禁苑이었다. 해마다 여름이면 어김없이 강희는 산장으로 피서를 오고는 했다. 가을에는 사냥을 위해 행차를 하기도 했다. 때문에 몽고의 여러 왕들과 달라이 라마 등의 라마교 교주, 그리고 조선의 사절들은 황제를 만나러 피서산장으로 빈번하게 찾아왔다. 자연스럽게 장삿속에 밝은 일부 상인들도 하나둘씩 모여들기 시작했다. 과거에는 황량한 초원이었다는 것이 도무지 실감이 나지 않을 정도로 번창하게 된 것은 바로 이 때문이었다. 강희 일행은 명절 아닌 명절 분위기가 다분한 가운데 드디어 산장에 도착했다. 강희는 너무나도 긴 여정에 지쳤는지 수레에서 내릴 생각을 하지 않았다. 그저 수레의 뚜껑을 열어젖히게 하고는 앉은 자세로 환호하는 백성들과 왕공들에게 손을 저어 화답했다.

승덕에 자리 잡고 있는 천연 사냥터는 숲이 우거지고 지세의 기복도 심했다. 야생동물이 서식하기에는 그야말로 천혜의 자연조건을 자랑했다. 처음 강희가 이곳 승덕의 사냥터로 사냥을 온 것은 강희 44년이었다. 그때 장정옥은 '보전'甫田이라는 이름을 명명한 바 있었다. 천자가 사냥을 하는 곳이라는 뜻이었다.

강희는 도착하자마자 바로 잠자리에 들어 하룻밤을 푹 쉬었다. 아침에 일어나니 머리가 한결 맑아졌다. 몸도 가뿐해졌다. 그는 기상과 동시에 인삼탕을 마신 다음 산 포도주와 간단한 음식으로 아침을 가볍게 먹고는 태자를 불러오도록 했다. 이어 시계추가 일곱 번 울리자 화살주머니와 활을 비스듬히 메고 허리춤에 보도를 차고 사냥 준비를 마쳤다. 이윽고 앞장을 선 황태자를 비롯한 스무 살 이상 먹은 열네 명의 황자들과 마제, 장정옥 등이 완전무장한 모습으로 들어왔다. 이어 일제히 무릎을 꿇은 채 우렁차게 외쳤다.

"폐하!"

"모두들 일어나게!"

강희가 손짓을 하면서 만주어로 말했다. 그런 다음 부드러운 눈매로 좌중을 둘러보면서 미소를 머금었다.

"올해는 모처럼 다 모였군! 재미있게 놀아야지. 여기의 짐승들은 전부 야생 들짐승들이라 사납기가 이를 데 없어. 첫째도 안전, 둘째도 안전이야! 안전을 염두에 두고 재주껏 겨뤄 보도록 하라, 아들들아!"

강희가 자상한 어조로 말했다. 이어 이덕전의 손에 들려 있는 꽃무늬가 새겨져 있는 노란 옥 여의를 가리키면서 말했다.

“황자들 중 사냥감을 제일 많이 포획한 사람에게는 이것을 상으로 주겠어!”

황자들 사이에서는 바로 기쁨의 환호성이 터져 나왔다. 강희가 언급한 옥 여의는 색깔이 짙은 노랑에 가까운 물건으로 줄곧 건청궁의 귀중한 보물로 여겨져 왔다. 당연히 선제인 순치가 강희에게 물려줬다. 그러던 것을 이제 다시 강희가 황자들에게 넘겨주려 하고 있었다. 순간 윤잉의 얼굴은 하얗게 질렸다. 자신에게 돌아올 것이 너무나 당연한 줄 알고 있던 옥 여의의 거취가 공개적으로 논의되고 있으니 그럴 만도 했다. 그러자 윤상이 팔꿈치로 윤진을 툭툭 치면서 귀엣말을 했다.

“큰형님 좀 봐요. 눈이 뒤집히기 일보직전이네요! 셋째형은 애써 대수롭지 않은 표정을 짓고 있으나 속으로는 욕심이 굴뚝 같을 거예요! 우리가 오늘 태자 형님의 체면을 살려주도록 노력해야겠어요.”

윤진은 윤상의 말을 잠자코 듣고 있었다. 그러다 갑자기 강희 앞에 무릎을 꿇었다.

“아바마마, 이렇게 소중한 물건을 부황 외의 다른 사람이 소장하는 것은 너무 부담스러운 일일 것 같사옵니다. 다른 것으로 대체하신다면 저희들은 선의의 경쟁을 더욱 치열하게 벌일 것이옵니다!”

강희가 윤진의 자세가 의외라는 듯 잠시 머리를 갸웃거렸다. 그러더니 곧 웃으면서 말했다.

“짙은 노란색(노란색은 황제의 색깔을 의미함)이라 부담스러워 하는 것 같군. 그러나 자네들 허리띠 역시 노란색이기는 마찬가지잖아? 그렇다고 돈을 거는 것은 황실에서 하기에는 조금 저속한 일이고. 그러니 그대로 하지. 대신 짐과 태자는 빠지겠어. 군신이 분명하게 갈라지면 눈치 보일 것이 없지 않겠나?”

여덟째 윤사는 강희가 언급한 노란색 옥 여의를 보는 순간 바로 장덕명이 점을 봐주던 장면을 떠올렸다. 뭔가 점괘대로 된다는 생각이 드는 모양이었다. 그런 생각이 들자 그는 눈에 힘을 준 채 옥 여의를 더욱 호시탐탐 노려봤다.

"명령을 전하라!"

강희가 큰 소리로 외쳤다. 그러면서 슬슬 초조한 기색을 내보이는 황자들의 표정을 지켜보는 것도 잊지 않았다. 곧 그의 얼굴에는 쉽게 눈에 띄지 않을 차가운 미소가 스쳤다. 그가 명령을 내렸다.

"몽고의 왕공들은 저쪽 높은 지대에 올라 관전을 하도록 하라!"

명령을 내린 얼마 후 강희는 임시로 만든 성곽에서 조하朝賀를 올리기 위해 찾아온 백여 명의 몽고의 칸, 친왕, 군왕들을 접견했다. 그런 다음 술상을 마련해 환담을 즐겼다. 드디어 점심때가 됐다. 1만여 명에 이르는 우림군들은 금원의 사방에 미리 대기하고 있다 일제히 북을 울렸다. 동시에 파랑, 빨강, 검정 그리고 흰색 등 네 가지 깃발을 흔들면서 우렁차게 고함을 질렀다. 그러자 놀란 들짐승들이 여기저기에서 뛰쳐나와 정신없이 도망다녔다.

강희는 술잔을 들어 입가에 가져갔다. 그러더니 그다지 표정이 밝지 않아 보이는 윤진을 차가운 시선으로 흘낏 쳐다보면서 술을 마셨다. 이어 옆에 있던 과이심 왕을 향해 말했다.

"군자가 푸줏간을 가까이 하지 않는 것은 이유가 있다고 하더군. 사람에 의해 잔인하게 학살당하는 동물들의 비참한 울음소리가 가슴 아프게 들려오기 때문이라고. 그러면서 그것을 군자의 인의仁義로 해석을 했지. 그런데 알고 보면 공자도 참 웃겨. 군자에게 고기 먹을 때는 칼질이 서툴러 비뚤비뚤 베어진 고기는 먹지 말라고 했잖아! 사람이라는 동물은 천하에서 제일 종잡을 수 없는 족속이 아닌가 싶어!"

그때였다. 금원의 동쪽에서 윤상 휘하의 열 명 정도의 병력이 말을 타고 달려 나오면서 들짐승들과의 전면전을 벌일 기세를 보였다. 그러자 그에 뒤질세라 장황자 윤제가 아들 홍방弘昉과 홍상弘晌을 비롯해 자신의 친병들 백여 명을 거느린 채 뛰어들었다. 곧 화살이 쌩쌩 날아가더니 우왕좌왕하면서 덤벼드는 들짐승들에게 꽂혔다. 장검도 난무했다. 최후의 발악을 하는 들짐승과 명예를 내건 사람의 대결은 그야말로 가관이었다. 들짐승들 중에는 등에 칼을 맞고도 정신없이 뛰어다니면서 시선을 어지럽히는 것들이 있는가 하면 피를 너무 흘려 애처로운 비명소리를 지르다 숨이 끊어지는 것들도 있었다. 옥 여의가 눈에 가물대는 윤당과 윤아도 곧 뒤질세라 나섰다. 한 명은 퇴로를 막고 한 명은 쫓아가 마구잡이로 칼을 휘둘렀다. 그런 다음 그것들의 귀를 베어 쇠고리에 꿰느라 정신을 차리지 못했다. 심지어는 장황자와 윤상 쪽이 미처 줍지 못한 들짐승들의 귀까지 은근슬쩍 거둬들였다. 이상하게 그런 와중에도 서북쪽에서 뛰쳐나와야 할 여덟째와 셋째 쪽은 아무런 움직임도 보이지 않았다. 또 살생과는 담을 쌓은 독실한 불교신자인 윤진은 두 아들 홍시弘時와 홍력弘歷을 데리고 들짐승들이 도망을 가지 못하게 지키고 섰다가 사로잡을 수 있는 경우에만 사로잡았다. 그렇지 않으면 그냥 놓아줬다.

재미라고 하기에는 너무 아슬아슬했던 사냥은 날이 어슴푸레해져서야 끝났다. 곧 사냥물의 숫자가 헤아려졌다. 단연 윤아와 윤당의 사냥 실적이 최고였다. 그 뒤로 장황자와 윤상이었다. 셋째와 넷째 윤진은 가장 적었다. 그러나 전부 사로잡았다. 놀랍게도 여덟째만은 빈손이었다.

"짐이 약속을 지키겠어. 가장 많이 잡은 윤아 자네가 올라와 상을 받아가게!"

강희가 말을 마치고는 시선을 돌려 여덟째에게 물었다.

"자네는 어떻게 된 일인가?"

"아바마마! 요堯 임금은 수렵을 할 때에도 동물들이 살 수 있도록 한쪽 길은 터줬사옵니다. 이 아들은 부황께서 동물에게도 살길을 마련해 주는 요순堯舜과 같은 성군이었으면 하옵니다. 온 연못의 물을 빼내고 고기를 모조리 잡는 그런 군주가 되면 아니 되옵니다. 소자 역시 옥여의 하나 때문에 형제간에 목숨을 걸고 싸우고 싶지는 않았사옵니다!"

여덟째가 어색한 웃음을 지으면서 대답했다. 강희가 미소를 머금고 머리를 끄덕였다. 그러자 열째 윤아가 말했다.

"소자는 옥 여의가 탐이 나 도저히 마음을 바로 쓸 수가 없었사옵니다! 아홉째 형님이 열 마리나 도와주시는 바람에 소원이 이뤄져 미안하고 고마울 따름이옵니다. 아바마마께서 내리시는 상을 기꺼이 받겠사옵니다!"

윤아가 말을 마치자마자 강희의 손에서 옥 여의를 건네받으려고 했다. 그때 갑자기 윤상이 달려들더니 윤아를 저지했다.

"열째 형님, 그렇게 서두를 것은 없어요! 이건 양심이 걸려 있는 문제인 것 같아요. 열째 형님이 큰소리로 '내가 이겼다!'라고 외칠 수 있다면 아우도 깨끗이 패배를 인정할게요!"

윤아가 윤상의 말에 시원스럽게 자신이 우승자라면서 큰 소리로 외쳤다. 이어 냉소를 흘리면서 말했다.

"자네는 아주 작정을 하고 나를 괴롭힐 모양이군. 나는 이제 갚아야 할 빚도 없어. 자네도 더 이상 국채 환수의 책임자가 아니니, 내 앞에서 감 놔라 배 놔라 하면 안 되지 않겠나?"

윤아가 말이 끝나기가 무섭게 매서운 눈초리로 윤상을 째려봤다. 그러더니 기분 나쁘다는 투로 거칠게 침을 뱉었다. 분위기가 슬슬 험악하게 변해가고 있었다. 그때 윤당이 황급히 나서서 말렸다.

"형제끼리 이런 일을 가지고 감정이 상해서야 되겠어? 보다시피 열째가 우승을 했다는 증거도 충분하구먼. 그런데 열셋째, 자네 왜 그래?"

강희가 윤당의 말을 은근하게 지지하는 척했다.

"열셋째 자네는 몇 년씩이나 병서를 읽지 않았느냐. 그런 사람이 사냥은 곧 전쟁과 같아 머리를 써야 한다는 이치도 모르느냐!"

윤상은 강희의 질책에도 불구하고 흔쾌히 수긍하려는 기미를 보이지 않았다. 그러자 셋째가 칼로 목을 베는 시늉까지 몰래 해보이면서 가만히 있으라는 눈치를 줬다. 그럼에도 윤상은 겁 없이 계속 대들다시피 했다.

"도둑질하는 재주도 인정받는 줄 알았더라면 여덟째 형님처럼 아예 손 깨끗하게 씻고 휴식이나 즐기는 게 나았겠네요! 사냥터에서까지 간계를 부리다니 한심해서, 원!"

강희는 윤상의 말을 듣고 뭔가 알 것 같았다. 그러다 잠시 생각을 하더니 바로 차갑게 내뱉었다.

"짐 앞에서 무슨 말하는 모양이 그렇게 건방진 거야? 안 되겠어, 너 스스로 네 귀싸대기를 때려라!"

"아바마마!"

윤상은 결과에 도저히 승복할 수 없다고 생각했는지 얼굴이 하얗게 질린 채 털썩 무릎을 꿇었다. 이어 눈물을 비 오듯 흘리면서 하소연했다.

"소자 열셋째는 처음부터 쓸모없는 존재였사옵니다. 어릴 때부터 온갖 괴로움과 눈칫밥을 먹으면서 자랐사옵니다. 심지어 어느 누구도 소자를 사람대접 해주지 않았사옵니다. 소자는 이제 그만 살고 싶사옵니다. 부디 만수무강 하시옵소서, 아바마마!"

윤상이 흐느끼다 말고 갑자기 장검을 뽑아들었다. 그러더니 자신의 가슴을 향해 힘껏 찌르려고 했다. 그야말로 아찔한 순간이었다. 그러나 그때 다행히도 유철성과 덕릉태가 있었다. 둘은 동시에 혼비백산한 얼굴로 윤상에게 달려들면서 칼이 저만치 떨어져 나가도록 후려친 것이다. 장오가 역시 참지 못하겠는지 무릎걸음으로 강희에게 다가가서는 애걸하다시피 했다.

"폐하, 제발 열셋째 황자마마를 용서해주시옵소서! 소인이 주제넘게 나서는 것이 죄가 된다는 사실을 모르지 않사옵니다. 그러나 오늘 처음부터 끝까지 지켜본 바로는 솔직히……."

장오가가 말을 하다 말고 멈췄다. 차마 남의 사냥물까지 주워 담은 윤아의 부정을 입에 올릴 수가 없는 모양이었다. 그때 여덟째가 나섰다.

"폐하, 철없는 열셋째 아우가 속마음과는 달리 엉뚱한 말을 입에 올려 폐하를 노엽게 만들어드린 것 같사옵니다. 많은 사람들이 지켜보니 폐하께서는 그만 고정하셨으면 하옵니다."

강희는 여덟째의 말에 일리가 있다고 생각했다. 바로 감정을 애써 추스르고는 깊은 한숨을 내쉬었다. 이어 자리를 뜨려는 듯 의자에서 일어났다. 그러자 당황한 수행원들이 우르르 따라갈 채비를 했다. 윤진 역시 난감한 웃음을 지으면서 입을 열었다.

"오늘 소자와 여덟째 아우가 아바마마의 기분을 망쳐놓은 것 같아 송구하옵니다. 화가 풀리지 않으시면 소자를 호되게 혼내주시옵소서. 괜찮으시면 내일 제가 오늘의 잘못을 사죄하는 의미에서 사자원獅子園의 북쪽에서 승냥이를 사냥하는 장면을 보여드리겠사옵니다. 아바마마께 좋은 볼거리를 제공하겠사옵니다."

윤진의 느닷없는 말에 강희가 고개를 갸웃거리면서 물었다.

"그런데 왜 꼭 승냥이야?"

윤진이 마치 기다렸다는 듯 대답했다.

"사냥은 살생을 많이 해야 하옵니다. 소자는 그 때문에 수주대토守株待兎(사냥감이 스스로 잡힐 때를 기다리는 것을 의미)하려고 하옵니다. 더구나 승냥이는 들짐승들 중에서도 제일 해가 되는 짐승이기에 잡아도 되옵니다. 작년인가 몽고의 소오달昭烏達 왕이 북경에 온 적이 있었사옵니다. 소자는 그때 그 사람에게 승냥이 잡는 법을 배웠사옵니다. 최근에는 실제로 시험을 하기 위해 이곳 사자원 서북쪽에 토성을 쌓기도 했사옵니다. 승냥이가 들어오도록 유인하려고 말이옵니다. 아마 지금 몇 백 마리쯤 들어왔을 것이옵니다. 모르기는 해도 대부분 며칠 동안 굶었을 것이고요. 내일 소자와 함께 가보시면 아실 것이옵니다."

말을 마친 윤진은 미소를 지었다.

18장

패륜으로 위기를 자초하는 황태자

황자들과 군신 간의 화목을 도모하고 단합을 촉진하는 차원에서 흥미진진하게 시작된 수렵대회는 의외의 사고로 재미없이 끝났다. 강희는 기분이 몹시 좋지 않았다. 그래서 무거운 걸음으로 자신의 연파치상재煙波致爽齋로 돌아와서는 시중을 드는 시녀와 태감들을 다 내보내 버렸다. 그는 혼자 있는 김에 낮에 사냥터에서 있었던 전말을 곰곰이 되짚어보았다. 또 이런 저런 생각을 하다가 급기야는 잠을 놓쳐버리고 말았다. 나중에는 아무리 뒤척이면서 잠을 청하려 해도 잠이 오지 않았다. 그는 할 수 없이 아예 일어나 옷을 걸치고 앉은 채 따끈한 차 한 잔을 마셨다. 바로 그때 형년이 들어왔다.

"태자전하께서 인사차 다녀갔사옵니다. 폐하께서 주무시는 줄 알고 소인 마음대로 태자전하를 돌려보내는 결정을 했사옵니다."

강희가 머리를 끄덕이면서 한숨을 내쉬었다.

"자네가 잘못한 것은 없네. 까짓것 인사 받는 게 뭐가 그리 중요하겠어. 자신이 맡은 임무를 잘 수행해 짐의 기분을 살려준다면 인사 정도는 받지 않아도 좋아. 이립而立이라는 말도 있듯 서른 살도 훨씬 넘었는데, 언제까지 나 같은 노인한테 기대어 살 건지 모르겠군."

형년이 말없이 잠자코 있는가 싶더니 각방 궁빈宮嬪들의 이름이 적혀 있는 대나무 조각을 가지고 왔다.

"밤이 너무 길어 무료하실 것 같으면 이중에서 누구 한 분을 부르시옵소서. 심심풀이 얘기나 나누시는 것도 나쁘지는 않을 것 아니옵니까?"

강희가 대나무 조각이 들어 있는 통을 물끄러미 바라봤다. 그러다 뭔가 생각났는지 바로 정춘화의 이름이 적혀 있는 녹색 대나무 조각을 꺼내 들었다. 이어 혼잣말로 중얼거렸다.

"냉향정冷香亭에 가서 정춘화하고 바둑이나 한판 둘까? 생각을 다른 곳으로 돌리면 잠이 잘 올지도 모르지."

"예, 폐하! 소인이 가마를 대놓겠사옵니다!"

형년이 서둘러 대답했다.

"그럴 것 없네."

강희가 황급히 손을 내저었다. 그러더니 바로 방에 들어가서 검은색 여우가죽 외투 하나를 걸치고 나왔다. 그가 유철성과 덕릉태, 장오가 세 사람이 따라나설 채비를 하는 모습을 보고는 물었다.

"악륜대는 어디 갔는가?"

덕릉태가 대답했다.

"장정옥 대인과 마 대인에게 불려갔사옵니다. 광서廣西성 부장副將으로 발령이 날 모양이옵니다. 지금쯤 아마 열째 황자마마 댁에서 술을 마시고 있을 것이옵니다!"

강희가 부드러운 눈빛으로 장오가를 쳐다보더니 말했다.

"덕릉태와 장오가, 자네 둘이 짐을 따라 냉향정으로 가세. 유철성은 여기 남아 있게. 자네들은 절대 악륜대 같은 망나니짓을 해서는 안 되네. 위동정 같은 사람의 품행을 배워야 해!"

강희가 먼저 걸음을 옮겼다. 덕릉태와 장오가가 서둘러 뒤를 따랐다.

"장오가! 자네 전에 형부아문에 몇 개월이나 갇혀 있었지?"

성큼성큼 걸어가던 강희가 갑자기 장오가에게 얼굴을 돌리면서 질문을 던졌다.

"팔 개월이옵니다, 폐하."

"음."

강희가 신음소리를 나직하게 내뱉었다. 이어 평온한 목소리로 덧붙였다.

"요즘 자네에 대해 별로 좋지 않은 소문이 들려. 옥중에서 여자아이를 돈 주고 샀다고 하더군. 관직에 있으면 탄핵에 노출되는 것은 다반사니 걱정 말고 어떻게 된 일인지 말해보게."

"비슷한 일은 있었사옵니다. 그러나 돈을 주고 샀다는 말은 완전히 어불성설이옵니다. 소인은 가산을 악덕 지주에게 빼앗기고 자결한 노인의 외동딸을 구해 준 적이 있사옵니다. 그랬더니 소인이 감옥에 있을 때 은혜를 갚을 길이 없다면서 깨끗한 처녀인 자신의 몸으로 아들을 낳아 대를 이어주겠노라고 하더군요. 하지만 소인은 그걸 말렸사옵니다……."

장오가가 황급히 변명을 하다 목이 메었는지 더 이상 말을 잇지 못했다. 악륜대에게 채찍으로 맞은 이후 강희의 배려로 시위가 된 지 불과 며칠 되지도 않았는데, 벌써 누군가가 자신을 뒤에서 노린다는 사실에 놀라지 않을 수 없었던 것이다. 강희는 그런 장오가의 태도에서 곧바로 진실을 알아챌 수 있었다.

"사실을 왜곡해도 유분수지. 말도 안 되는 얘기를 그럴싸하게 확대해

악성 여론을 조성하려고 그러는군!"

강희는 엉뚱한 말을 자신에게 고한 왕홍서에게 속으로 욕을 퍼부었다. 표현하기 힘든 분노가 서서히 솟구치고 있었다. 그의 저의가 의심스럽지 않을 수 없었던 것이다! 잠시 그렇게 생각하던 강희가 장오가를 위로했다.

"살다보면 궂은 날도 있고 갠 날도 있기 마련이야. 팥 심은 데 콩 나는 경우는 없거든. 착하게 살아온 인생이니 언젠가는 보상을 받을 것이네!"

강희의 훈풍과 같은 따뜻한 위안에 장오가의 얼굴이 환하게 펴졌다.

"폐하께서는 자금성에 계시니 바깥세상이 상상을 초월하는 비리와 음모로 가득하다는 것을 잘 모르실 수도 있사옵니다. 소인이 갇혀 있던 옆방에도 가짜 범인이 두 명 더 있었사옵니다! 정말 가짜 범인이 소인 한 사람뿐이라면 폐하께서 황자마마를 형부로 급파하실 이유가 있으셨겠사옵니까?"

순간 강희는 깜짝 놀랐다. 발걸음을 뚝 멈추고 말았다. 눈빛은 더욱 날카로워지고 있었다. 장오가는 강희의 그 시선에서 자신이 뭔가 잘못을 저지른 줄 알고 황급히 무릎을 꿇었다.

"폐하, 소인이 배운 것이 없다보니 구색을 맞춰 말할 줄을 모르옵니다. 예의에 어긋나는 짓을 한 것 같사옵니다. 죄를 물어 주시옵소서!"

"자네 잘못은 없네. 군주한테는 그렇게 솔직해야지."

강희가 침착하게 말했다. 그러나 속마음은 전혀 그렇지 않았다. 가짜 범인이 장오가 한 사람이라면서 거짓말을 일삼은 여덟째에게 불가마를 던져주고 싶은 것이 솔직한 심정이었다. 그는 그러나 애써 감정을 누그러뜨리고는 멀리 희미한 불빛이 새어나오는 냉향정을 가리켰다.

"저 앞이 바로 궁빈들의 거처네. 자네들은 여기에서 기다리고 있게."

강희의 말이 막 끝날 때쯤이었다. 덕릉태가 냉향정 쪽을 유심히 쳐다보다 갑자기 강희의 팔목을 잡았다. 무언가에 깜짝 놀란 것이 분명했다. 그러나 곧 그는 불에 덴 듯 화들짝 놀라면서 으스러지게 잡았던 강희의 팔목을 놓았다. 이어 터질 것만 같은 동공으로 창호지의 문을 바라보면서 입을 덜덜 떨었다. 한참 후 그가 더듬거리며 입을 열었다.

"폐하……, 저…… 저기 좀 보시옵소서!"

강희는 느닷없는 덕릉태의 행동에 놀라지 않을 수 없었다. 그럼에도 황제답게 의연한 표정으로 덕릉태가 손가락으로 가리키는 방향을 힐끗 쳐다봤다. 그런 다음 실소를 흘렸다.

"귀신이라도 본 거야? 아무것도 없잖아. 괜히 짐을 놀라게 하고 그러는가! 자네……."

강희의 말이 채 끝나기도 전이었다. 창호지 문에 귀신보다 더 충격적인 모습으로 다가온 두 남녀의 그림자가 비쳤다. 목을 꼭 껴안고 앉아 정신없이 서로를 탐닉하면서 한 덩어리가 되어 돌아가는 장면이었다. 너무나 충격적인 현실 앞에서 덕릉태와 장오가는 얼빠진 모습을 할 수밖에 없었다…….

시간이 얼마나 흘렀을까. 강희가 마침내 감정을 정리한 듯 소름이 끼치는 차가운 목소리로 물었다.

"남자가 누구인 것 같은가?"

"눈이…… 생기다 말았는지…… 잘 보이지 않사옵니다……."

장오가와 덕릉태는 창호지에 비친 모습으로 이미 주인공이 누구인지 대충은 짐작하고 있었다. 그러나 감히 입을 열어 솔직하게 말할 수는 없는 일이었다. 그저 더듬거리면서 둘러대기만 할 뿐이었다. 사시나무 떨 듯 하는 둘의 온몸에는 순간적으로 식은땀이 흥건하게 배었다.

"잘하는군! 겁도 없이 궁금宮禁에서 연놈들이 저런 추악한 짓을 저

지르다니!"

강희가 금세 누구라도 삼켜버릴 듯한 표독한 얼굴을 한 채 이빨 사이로 쥐어짜듯 내뱉었다. 그러다 갑자기 확 돌아서면서 덕릉태의 뺨을 냅다 후려갈겼다. 이어 목소리를 낮춰 꾸짖었다.

"저것들이 눈앞에서 저 지랄을 할 때까지 시위는 뭐했어! 분명히 망을 보는 놈이 있을 거야. 가서 잡아와."

덕릉태는 불이 번쩍하도록 뺨을 얻어맞고 나서야 정신이 번쩍 들었다. 동시에 자신이 먼저 발견했더라도 호들갑을 떨지 말았어야 했다는 후회도 했다. 그러나 심각하기 이를 데 없는 사태는 이미 벌어지고 말았다. 덕릉태는 장오가를 데리고 주위를 두리번거리면서 망을 보는 자를 찾아 나섰다.

역시 강희의 생각은 정확했다. 냉향정 정원 입구에서 태감 하나가 망을 보고 있었던 것이다. 덕릉태는 그쪽으로 살금살금 다가가서는 순식간에 그 태감의 목을 졸랐다. 그러자 장오가가 캑캑거리면서 버둥거리는 태감의 다리를 들어 강희에게 끌고 갔다. 이어 그를 땅에 팽개치듯 내려놓았다. 하지만 그는 잠시 꿈틀대더니 곧 눈을 까뒤집은 채 숨을 거두고 말았다.

"폐하, 이자가 소리를 지를 것 같아 너무 꽉 졸랐나 봅니다. 죽었사옵니다!"

"더 잘 됐어!"

강희가 머리카락이 쭈뼛 설 정도로 음산한 웃음을 지었다. 그러면서 정원으로 들어서더니 바로 창문 옆에 붙어 섰다. 안에서 도란도란 나누는 말소리에 귀를 기울였다.

강희는 그 와중에도 설마 하면서 눈앞의 장면이 사실이 아니기를 간절히 바랐다. 하지만 눈앞에 벌어진 광경은 실로 억장이 무너질 정도였다. 자신의 비빈 중 한 명인 정춘화와 태자인 윤잉이 뜨겁게 한데 엉켜 있었던 것이다.

"너무 늦었어요. 숨 좀 돌리고 가 보세요. 이목이 많은데 들통이라도 나면 어떻게 해요! 특히 복진마마의 눈에 띄는 날에는 그날로 소녀는 끝장이에요."

정춘화의 목소리가 들려왔다.

"내 마누라 석石씨를 말하는 것인가? 걱정하지 마. 그 여자는 우리 둘이 벌거벗고 있는 장면을 목격한다고 해도 아무런 느낌도 받지 못할 돌이야!"

윤잉이 히히 하고 웃었다. 그러더니 다시 정춘화를 바닥에 눕히고는 또다시 가슴과 은밀한 곳을 정신없이 탐닉했다. 곧이어 그가 숨을 헐떡거리면서 말했다.

"그 여자는 정말 재미없어. 자네가 끝내주지."

정춘화가 애교가 잘잘 흐르는 눈빛으로 윤잉을 바라보더니 음란한 웃음을 흘렸다. 그런 다음 싫지 않은 어조로 교태를 부렸다.

"그만 만져요! 닳겠어요. 폐하께서 소녀를 부르실 수도 있어요. 잘못하다 독 안에 든 쥐 신세가 되는 것이나 아닌지 모르겠네요."

강희의 분노는 극에 달했다. 윤잉과 정춘화의 모든 대화를 하나도 남김없이 다 들었으니 오죽했겠는가. 그의 두 손은 뭐라 형언할 수 없는 흥분을 가라앉히느라 심하게 떨리고 있었다.

그가 막 안으로 뛰어 들어가려는 찰나였다. 안에서 윤잉의 목소리가 들려왔다.

"자네만 보면 시도 때도 없이 그냥 굴뚝 같은 욕구가 치솟아. 도무지 견딜 수가 없어. 집에 데려다 놓은 여자는 시키는 대로 다 하니까 재미가 없잖아. 나는 여자를 수도 없이 겪어봤어. 그래도 자네같이 기가 막히게 색다른 맛이 있는 여자는 없었어. 처음이라는 말이야. 걱정하지 말라고. 오늘 사냥터에서 지쳤는지 영감께서는 벌써 꿈나라로 갔어. 하지만 재산이 많으면 깊은 잠을 못 이룬다고 했어. 나도 경계를 하고 있다고!"

"그래도 재수가 없으면 뒤로 넘어져도 코가 깨진다고 했어요. 일찌감치 들어가세요."

정춘화가 아양을 떨면서 윤잉의 등을 떠밀었다. 윤잉은 그럼에도 정춘화의 비단결처럼 부드럽고 반질거리는 탱탱한 몸을 매만지면서 못내 아쉬워했다.

"왜 자꾸 쫓아내지 못해 안달이야! 좋다고 할 때는 언제고? 후유, 이 놈의 유명무실한 태자 자리마저도 얼마 못 가 물러나야 할지 몰라. 오늘과 같은 밤이 앞으로는 우리에게 없을지도 몰라. 그런 의미에서 노래 한 곡 불러줘……."

강희는 밖에서 윤잉과 정춘화의 시시닥거리는 말에 치가 떨리다 못해 손발이 오그라들도록 차가워졌다. 그러나 시간이 지나면서 서서히 이성을 되찾기는 했다. 나중에는 둘을 어떻게 처리해야 하나 하는 생각까지 하게 됐다. 그러던 중 "얼마 못 가 물러나야 할지 모른다"는 태자의 말을 들었다. 순간 또 한 번 놀라지 않을 수 없었다. 곧 정춘화가 다그쳐 묻는 소리가 들렸다.

"그게 무슨 뜻이에요? 얼마 못 가다니요? 폐하께서 황제 자리를 넘겨주신다는 거예요?"

"……."

윤잉이 소리 없이 한숨만 내쉬었다. 그리고는 정춘화를 품에서 놓아주었다.

"그렇다면 오죽이나 좋겠어! 자네 외사촌 여동생이 여덟째 그 친구의 집에 있잖아. 물어보면 잘 알려줄 거야. 여기 승덕에 오기 전의 일이야. 내가 키운 시위들이 전부 쫓겨났다고. 게다가 폐하께서는 첫째와 셋째, 넷째, 여덟째를 왕으로 봉할 의사를 나한테 비치셨어. 뭔가 심각한 조짐이 일고 있다고! 넷째와 열셋째만 빼고는 하나같이 음흉하기 그지없는 것들이라고. 어제 사냥터에서 봐서 알거야. 첫째와 셋째, 여덟째, 아홉째가 하는 짓들이 같은 피를 물려받고 어디 한 지붕 아래에서 사는 형제들 같아? 겉으로는 죽이 맞아 돌아가는 듯해도 그것들 내부에서도 패거리가 있는 게 분명해. 앞으로 구경거리가 많아 눈이 심심할 새가 없을 거야! 솔직히 폐하께서 진작부터 나를 태자로 대접해주지 않았던 것은 나도 알아……."

방안에서는 한동안 침묵이 흘렀다. 얼마 후 정춘화가 말소리가 다시 들렸다.

"자격지심이에요! 설마 그럴 리가요! 보기와는 달리 의심이 무척 많으시네요. 말이 씨가 된다고 하잖아요. 그런 불길한 얘기는 하지 말아야 해요. 제가 〈남여일지화〉南呂一枝花라는 노래를 한번 불러볼 테니 들어보세요!"

정춘화가 간드러지면서도 일부러 한껏 목소리를 낮춰 노래를 불렀다. 자신과 윤잉의 이뤄질 수 없는 처지를 원망하는 노래 같았다.

"간이 녹아 없어지겠군! 짐이 두 사람의 멋들어진 정사에 축가라도 불러줘야 하는 것 아닌가?"

정춘화의 노래가 다 끝나자 강희가 창 밖에서 큰 소리로 말했다. 이어 실성한 듯 크게 웃더니 고개를 돌려 고함을 질렀다.

"덕릉태, 장오가! 그만 돌아가자고!"

강희를 비롯한 세 사람이 막 발걸음을 돌리려던 찰나였다. 마침 궁녀 하나가 쟁반에 뭔가를 받쳐든 채 종종걸음으로 들어오다 강희와 맞닥뜨렸다. 강희는 그녀를 보자마자 터지는 분노를 참지 못했다. 모두가 한 통속이 돼 돌아가고 있다는 생각이 든 것이다. 급기야 그가 대뜸 주먹을 불끈 쥐더니 궁녀에게 정신없이 주먹세례를 안겼다.

"장오가 뭐하는 거야? 이 음탕한 년을 없애버리지 않고!"

"예……!"

장오가는 황당한 명령에 잠시 머뭇거렸다. 그러나 곧 궁녀에게 달려들더니 그녀의 아랫배를 힘껏 걷어찼다. 나지막한 비명소리와 함께 궁녀는 곧 숨을 거두고 말았다.

강희의 감정은 완전히 바닥까지 추락하고 있었다. 경악과 분노, 실망과 슬픔이 모두 교차하는 묘한 감정이었다. 그는 후들거리는 몸을 두 시위에게 의지한 채 겨우 연파치상재로 돌아왔다. 유철성은 기분 좋게 나간 지 얼마 안 돼 상심에 젖은 채 돌아온 그들의 모습이 몹시 이상했지만 감히 묻지를 못했다. 그저 조심스럽게 강희의 시중만 들 뿐이었다. 강희가 한참 누워 있다 차츰 기력을 회복한 듯 이덕전에게 차 한 잔을 부탁했다. 형년이 옆에서 조용히 땀을 훔치면서 아뢰었다.

"소인은 놀라서 기절하는 줄 알았사옵니다! 소인은 승덕에 오기 전에 백운관에 다녀왔사옵니다. 그때 장덕명 도사께서 말하기를, 올해 폐하께서는 동쪽 행차를 삼가시는 것이 좋을 거라고 했사옵니다. 그 당시에는 귀담아 듣지를 않았었으나 지금에 와서 보니 불행하게도 그 말이 적중한 것 같사옵니다! 그래도 폐하께서 정신을 추스르신 것 같아 천만다행이옵니다!"

강희가 형년의 말에 묵묵히 뭔가를 생각하더니 실소를 터트렸다.

"하는 짓들이 왜 그리 하나같이 유치한가! 짐의 명은 하늘에 달려 있어. 어떻게 장덕명 따위가 짐의 길흉을 점칠 수 있다는 말인가! 누가 자네에게 함부로 그런 불결한 곳에서 짐을 거론하라고 했는가?"

형년은 강희가 화를 내자 당황한 듯 황급히 무릎을 꿇었다. 이어 머리를 조아리면서 변명을 했다.

"집에 계신 어머니께서 편찮으셔서 백운관에 다녀왔었사옵니다. 사실 소신은 폐하와 나라의 대사에 대해서는 입도 뻥긋하지 않았사옵니다. 그런데 장덕명이 얘기 끝에 그런 말을 했었사옵니다. 다시는 발길도 하지 않겠사옵니다!"

강희는 거친 숨을 몰아쉬면서 의자 등받이에 기댄 채 눈을 지그시 감았다. 그때 밖에서 약간의 소란과 함께 유철성의 고함소리가 들려왔다.

"악륜대! 뒈지려고 환장을 했어? 여기가 어디라고 그 꼴을 해서 기어들어오는 거야!"

강희가 고개를 갸웃거렸다. 그리고는 덕릉태에게 명령했다.

"가보게, 무슨 일인지."

그러나 덕릉태가 나갈 필요까지도 없었다. 이미 그 전에 술에 흠뻑 취한 악륜대가 실실 웃으면서 나타난 것이다.

"유철성…… 까불지 마, 이 새끼야. 여기가 어디인데…… 나를…… 못 들어오게 하는 거야. 건청…… 건청궁에서도…… 악륜대…… 라고 하면…… 누구 하나 건드릴 사람이 없다는 사실을 모르냐? 이 빌어먹을 놈들!"

악륜대는 강희가 자리에 있는 줄도 모르고 고주망태가 된 채 유철성에게 욕설을 퍼부었다. 그러다 안방에서 홀연히 모습을 드러낸 강희를 보자 놀란 나머지 몸을 심하게 휘청거렸다. 이어 입을 헤벌리고 있는가 싶더니 쓰러지듯 땅바닥에 무릎을 꿇고는 두 손을 싹싹 비비면서 용서를 빌었다.

"방금…… 술을 대접으로…… 너무 마시는 바람에……. 욱! 죽을죄를 지었사옵니다. 욱……!"

"그래서 무슨 유감이 있나? 유철성, 이 자식 꽁꽁 묶어!"

강희가 상대하기조차 역겹다는 듯 냉소를 흘리면서 명령했다.

"폐, 폐하! 한 번만…… 봐주시면 안 되겠사옵니까? 정 못 봐주시겠다면 어쩔 수는 없으나 유철성 저 자식한테는 묶이고 싶지 않사옵니다!"

악륜대가 침을 질질 흘리면서 기상천외한 웃음을 지었다.

"입 닥쳐! 유철성, 피가 안 통해 죽어도 괜찮으니까 꽁꽁 묶어! 마구간에 끌고 가서 곤장 마흔 대도 안겨! 인정사정 볼 것 없이 개돼지처럼 마구 패!"

강희가 무섭게 발을 구르면서 고함을 질렀다. 유철성과 장오가는 기다렸다는 듯 서둘러 악륜대를 끌고 나갔다. 눈에 불을 켜고 겁 없이 강희를 노려보는 악륜대의 입에서 더 심한 소리가 나오지 않을까 걱정됐던 것이다.

순간 강희가 갑자기 얼굴을 고통스러운 듯 일그러뜨리더니 가슴팍을 꽉 움켜잡고 곧 쓰러질 듯 휘청거렸다. 입은 벌렸으나 말은 하지 못했다. 하지만 얼굴은 창백해져만 갔다. 고통이 가득한 모습이었다.

깜짝 놀란 덕릉태와 이덕전, 형년은 황급히 달려가 강희를 부축한 다음 안방에 뉘였다. 이어 사람을 시켜 태의를 불러오도록 했다.

"그럴 것 없어. 좀 있으면 괜찮아질 거야. 전에도 가끔씩 가슴이 옥죄어오는 경우가 있었어. 크게 걱정할 것은 없어. 내일 넷째가 승냥이 사냥하는 것을 구경해야 한다고. 그러니 괜스레 태의를 불러 호들갑을 떨지 마! 짐이 직접 만든 소합향주蘇合香酒 한 잔만 따라주게."

강희가 비스듬히 누운 채 천천히 입을 열었다. 몸은 아프지만 그새 정신이 맑아지는 듯했다. 가끔씩 아플 때마다 소합향주라는 술을 마시고 나왔던 것을 분명히 기억하고 있었다. 형년은 매사에 세심한 그답게 자신이 먼저 마셔보고서야 비로소 강희에게 마시도록 했다. 늘 그렇게 했듯 말이다.

얼마 후 기적처럼 강희의 얼굴은 평소대로 회복되기 시작했다. 강희는 곧 눈을 지그시 감았다. 잠을 청하는 듯했다. 그러다 유철성과 장오가가 들어오는 인기척을 듣고는 눈을 떴다.

"유철성, 자네가 가서 만이와 셋째를 불러오게. 음…… 또 마제와 장정옥도 함께 부르게. 다른 사람들 놀라게 하지 말고 조용조용히 하라고. 알겠는가?"

유철성이 나갔다. 강희는 다시 덕릉태와 장오가만 남겨 놓고 시중드는 시녀와 태감들까지 모두 내보냈다. 시계소리만 단조롭게 들려오는 가운데 강희가 둘을 불렀다.

"둘 다 이리로 가까이 와봐……."

"예, 폐하!"

두 사람은 장검을 내려놓고 무릎걸음으로 침대 쪽으로 다가갔다. 강희가 눈 하나 깜짝 않고 천장을 뚫어지게 쳐다보고 있다가 감개에 젖었는지 깊은 한숨을 쉬면서 물었다.

"장오가는 두 말이 필요 없는 사람이라고 할 수 있고. 덕릉태 자네는 강희 삼십오 년에 선발돼 들어왔는가?"

덕릉태가 황급히 머리를 조아리면서 대답했다.

"예, 폐하!"

"벌써 짐과 같이 한 세월이 십삼 년이 흘렀다는 얘기군. 몽고에는 자네 같은 멋진 사내가 많지! 여러 몽고 왕들이 모인 자리에서 내로라하는 무사 열세 명을 쓰러뜨려 눕히면서 노예 신분에서 벗어난 사람이 바로 자네였지. 그때부터 자네는 하루아침에 몽고의 제일가는 영웅으로 각광을 받았어. 그러나 짐은 시기와 질투의 화살을 받아서 자네가 잘못되기라도 할 것 같은 느낌을 받았어. 그래서 동주東珠 열두 개를 상으로 주고, 그 대가로 자네를 짐의 곁으로 데려왔던 거야. 이런 내막에 대해 자네는 몰랐지?"

덕릉태는 어떻게 자신의 신분이 초고속 상승을 했는지에 대한 내막은 전혀 모르고 있었다. 그러나 강희의 말을 듣자 비로소 모든 것을 알 것 같았다. 그는 강희의 은혜에 목이 메었다. 어느새 눈물을 글썽거리고 있었다.

강희가 말을 이었다.

"자네들은 오늘 저녁 목격한 사건을 어떻게 생각하나?"

덕릉태가 잠시 머뭇거리더니 바로 입을 열었다.

"두말할 것도 없이 태자전하께서 잘못했다고 생각하옵니다. 태자전하는 진심으로 폐하께 사죄해야 하옵니다!"

강희가 묻지도 않았는데 장오가도 자신의 생각을 밝혔다.

"태자전하가 백번 잘못한 것은 사실이옵니다. 하지만 가지 많은 나무에 바람 잘날 없다는 말이 있사옵니다. 사람 사는 세상에는 별의별 경우가 다 있사옵니다. 이미 물은 엎질러졌사옵니다. 소인 생각에는 그저 그 정도로만 생각하시는 것이 좋을 듯하옵니다. 굳이 그로 인해 폐하의 건강을 해치는 일이 없었으면 하옵니다. 집안의 흉은 될수록 덮어 감추어야 한다는 것이 일반적인 생각입니다. 그것은 황실이라고 다르지는 않을 것이옵니다. 태자전하를 처벌하시더라도 다른 명목을 내세워 황실의 체통을 깎아내리지 않았으면 하옵니다. 폐하 앞에서는 신하일지 모르나 폐하를 제외한 다른 사람에게는 엄연한 군주이신 태자전하이옵니다. 소인들은 오늘 저녁에 있었던 일을 영원한 비밀로 할 것을 약속드리옵니다!"

"짐은 덕릉태를 시위들의 최고 책임자로 발탁하기로 결정했네. 장오가 자네는 의리에 죽고 사는 사나이야. 짐은 그 사실을 인정하네. 덕릉태를 많이 도와주게. 저 사람은 중원의 물정이나 세태에 대해서는 자네보다 밝지 못해. 또 성격이 너무 직설적이야. 자네가 중간에서 중화작용을 해주면 훌륭한 쌍두마차 역할을 할 수 있을 것 같네."

강희가 얼굴에 엷은 미소를 띠었다. 이어 침대에서 내려와 신발을 신고 실내를 서성이더니 다시 입을 열었다.

"오늘 저녁 자네들도 잠을 자기는 다 글렀네. 덕릉태, 자네는 짐의 보검을 가지고 밤길을 달려 객라심喀喇沁으로 가게. 가서 낭심에게 삼만 명의 기병을 인솔해 빨리 승덕으로 달려오라고 전하게. 이곳의 안전을 책임지라고 말이야. 장오가, 자네는 내무부의 총관태감을 데리고 가서 아무도 모르게 냉향정을 포위하게. 정춘화 그것이 이미 자살했을지도 몰라. 아직 살아있다면 그년에게 소속돼 있는 모든 궁인들을 북경으로 압송해. 그런 다음 신자고辛者庫(수용자들에게 천한 일을 하게 만드는 일종의 감옥)에 가둬 놓고 엄밀히 감시하도록 하게. 기밀을 누설하는 날에는 군법에 따라 자네 두 사람 역시 처리해버릴 거야. 알겠지?"

"예, 폐하!"

덕릉태와 장오가는 몸을 흠칫 떨면서 크게 대답했다. 두 사람이 자리를 뜨자 밖에서 태감이 큰 소리로 아뢰었다.

"황자 윤제, 윤지 그리고 상서방 대신 마제, 장정옥이 폐하의 지시를 받들기 위해 대령했사옵니다!"

"들어오라!"

강희가 조용히 말했다. 때는 자정이 훨씬 넘은 야심한 시각이었다. 그럼에도 연파치상재의 모든 곳은 대낮처럼 불을 밝혔다. 태감과 궁녀들의 발걸음도 심상치 않았다. 마제가 그 광경을 보더니 의아한 표정으

로 물었다

"폐하, 이 밤중에 무슨 큰일이라도 생긴 것이옵니까?"

"큰일은 아니야. 그러나 작은 일도 아니네. 시위들의 자리를 조정하는 일이 무척이나 시급해. 차질이 없도록 잘해야겠어. 우선 악륜대를 북경으로 보내게. 그런 다음 조봉춘의 선박영에서 참장參將 직함을 주게. 조봉춘의 지휘반경 내에서 움직이도록 하라는 거야."

강희가 자리에 앉아 찻잔을 든 채 말했다. '고작 이런 지시를 내리려고 한밤중에 자는 사람을 불러냈다는 말인가?' 마제를 비롯한 네 사람은 의문이 풀리지 않았다. 강희도 그런 그들의 속마음을 알겠다는 듯 천천히 덧붙였다.

"영시위내대신에는 장정옥과 마제, 자네 둘 외에도 윤제와 윤지도 포함시키겠네. 총 책임은 첫째 윤제가 맡도록 하게."

갑작스런 인사에 마제를 비롯한 네 사람은 깜짝 놀란 나머지 할 말을 찾지 못했다. 그러자 강희가 히죽 웃으면서 말했다.

"장정옥과 마제 자네 둘이 미덥지 못해서 그런 것은 절대 아니네. 괜한 오해는 말게. 이 시간에 갑작스럽게 자네들을 불러들여 안전에 대해 논할 만큼 큰일이 있는 것도 아니야. 악륜대 그 자식이 술을 처먹고는 짐의 화를 돋우는 바람에 잠을 이룰 수가 없던 차라 생각이 난 김에 부른 걸세. 군신간에 좋은 시간을 가졌다고 생각하게!"

마제가 별일 없다는 말에 안도했다. 그제야 얼굴이 밝아졌다.

"평범한 일상이 이 시각처럼 소중해본 적이 없었사옵니다. 소인은 자객이라도 나타난 줄 알고 기겁을 했사옵니다."

마제와는 달리 장정옥은 눈을 깜빡거리면서 침묵을 지켰다. 아무래도 누구보다 강희의 성격을 잘 알고 있는 그다웠다.

장황자 윤제는 어정쩡하게 불려와 졸지에 겉만 번지르르하고 유명무실한 영시위내대신이 돼버렸다. 하지만 그는 야밤에 시위를 운운했다는 말 자체에 커다란 사건이 숨겨져 있을 것이라는 사실을 직감했다. 그럼에도 그에게는 한 가지 수수께끼가 있었다. 그것은 바로 격변을 앞두고 부황이 넷째와 여덟째가 아닌 자신을 떠올렸다는 사실이었다. 그는 아무려나 자신이 부황의 뇌리에서 가라앉지 않고 기억되고 있다는 사실만으로도 기분이 나쁘지는 않았다. 그러나 애써 흥분한 기색을 감추면서 고개를 숙인 채 뒤늦게 대답했다.

"명에 따르겠사옵니다!"

그때 셋째 윤지가 나섰다.

"부황께서 정 잠을 청하실 수 없으시다면 저와 장 대인이 당시唐詩라도 한 수 읊어 드리겠사옵니다. 아직 날이 밝으려면 한참 남았사옵니다. 조금이라도 숙면을 취하셔야 할 텐데 말이죠!"

19장

태자와 윤진의 엇갈리는 운명

윤잉과 정춘화는 느닷없는 강희의 광기어린 웃음소리를 듣고는 뜨거운 정열의 도가니에서 갑자기 차가운 얼음구멍 속으로 떨어지고 말았다. 당연히 조금 전의 달콤한 속삭임은 온데간데없이 날아가 버리고 말았다. 과연 마른하늘의 날벼락을 맞은 공포가 이보다 더할까? 둘은 순식간에 사색이 돼 완전히 혼비백산했다. 경황없이 허둥대기도 했다. 그러다 다시 촛불을 마주하고 앉았다. 서로를 마주보는 둘의 넋 나간 표정에서는 죽음에 대한 공포가 짙게 드리워져 있었다.

그때였다. 쨍그랑 하는 소리와 함께 등골이 오싹할 정도의 비명소리가 들려왔다. 곧 궁녀 하나가 엉금엉금 기어 문어귀로 다가왔다. 그리고는 엄청난 충격으로 오그라든 손으로 문을 벅벅 긁으면서 간신히 말을 이어나갔다.

"소…… 소취小翠……, 소취가 여기…… 죽어 있사옵니다! 이 피……

어떻게 해……."

"진정해! 무서워할 것 없어. 애가 평소에도 안색이 좋지 않더니 급사했나 보구나. 태감들을 불러 들어내도록 해라. 절대 밖으로 소문을 내서는 안 돼!"

정춘화는 경황없이 옷을 주워 입고는 바로 뛰쳐나가 떨리는 목소리로 말했다. 얼굴에는 극도의 공포가 어려 있었다. 그러나 그녀는 초인적인 노력으로 애써 자신을 지탱하고 있었다.

궁녀는 정춘화의 말에 겨우 진정을 하고는 비틀거리면서 돌아갔다. 윤잉과 정춘화로서는 일단 궁녀의 입은 막았다고 할 수 있었다. 그러나 입이 간지러워 안달이 나게 될 태감들의 입을 단속한다는 것은 그다지 쉬운 일이 아니었다. 아니나 다를까, 소문은 삽시간에 마치 가마솥의 기름처럼 들끓었다. 얼마 후에는 그 정체불명의 죽음을 놓고 사람들이 수군거리는 사이 비명에 가까운 소리도 들려왔다.

"대문 앞에 하국한夏國翰도 목이 졸린 채로 죽어 있다!"

윤잉은 더욱 두렵고 초조해졌다. 입술이 바싹 타들어갔다. 그러나 어떻게 할 도리는 없었다. 그는 다람쥐 쳇바퀴 돌 듯 실내를 정신없이 돌아다니면서 계속 중얼거리기만 했다.

"이제…… 어떻게 하나……."

정춘화는 그러나 윤잉과는 달리 빠르게 안정을 찾았다. 나중에는 소름이 끼칠 정도로 담담해졌다. 그녀는 한참 후 안방으로 들어갔다. 이어 유리병 하나를 가져다 탁자 위에 올려놓고는 말없이 앉아 있었다. 윤잉은 정춘화가 혹시 자살을 시도하지 않을까 하는 생각을 했다. 그러나 달리 위로할 말을 찾지 못했다. 그의 짐작은 틀리지 않았다. 정춘화는 곧 유리병 속에서 빨간 색깔의 알약 몇 개를 꺼내 손바닥에 놓고는 잠시 생각에 잠겼다. 그러더니 도로 병 속에 집어넣었다. 이어 부드러운 눈매로 윤잉을 바라보았다.

"이 극약은…… 우리 둘이 하나가 됐던 날에 준비했어요. 낮말은 새가 듣고 밤말은 쥐가 듣는다고 하죠. 또 꼬리가 길면 언젠가는 밟힐 거라고 생각했어요. 각오를 하고 있었죠. 당신이 잘 되는 것을 보고 싶었는데……, 비극적인 종말이…… 이렇게 빨리 올 줄은 몰랐네요……."

"자네!"

윤잉이 맥없이 정춘화를 불렀다. 그러자 정춘화가 처연한 미소를 지었다.

"제가 죽일 년이에요. 당신에게 꼬리를 쳤으니까요. 때문에 저는 죽고 싶어도 더더군다나 죽을 수가 없어요. 제가 죽으면 당신을 깨끗하게 씻겨줄 사람이 없잖아요."

정춘화의 태도는 조금 전과는 확연하게 달라져 있었다. 어느새 얼굴에 강한 의지도 엿보였다. 곧 그녀의 두 눈에서는 눈물이 방울방울 떨어져 내렸다.

"저는 남자들의 일은 잘 몰라요. 그러나 당신의 처지가 전 같지 않다는 느낌은 받았어요. 당신은 삼십 년 넘게 태자 자리에 있었어요. 잘했든 못했든 아마도 딸린 사람이 한둘이 아니었기에 당신을 오늘날까지 지켜줬다고 보고 싶네요. 그렇지 않았다면 진작……. 더구나 설상가상으로 오늘 이런 일까지 생겼어요. 때문에 그나마 조금이라도 당신을 위해 변호해 줄 소녀가 죽을 수는 없다고 생각을 고쳐먹었어요."

윤잉은 정춘화의 말에 가슴이 뭉개지는 고통을 느꼈다. 화살이 심장을 관통한들 이 아픔보다 더하겠는가! 그에 그가 눈물을 흘렸다.

"나도 좋아. 될 대로 되라지 뭐. 더 이상 나쁠 것이 뭐가 있겠어. 나는 평소 이런 생각을 해왔다고. 때문에 오늘 저녁과 같은 일이 벌어졌는지도 모르지. 이렇게 하는 것이 어떨까. 여생을 고통스럽게 사느니 차라리 우리 둘이 같이 죽어버리자고. 같이 가면 저승길이 외롭지도 않을 것 아닌가!"

윤잉이 말을 마치고는 바로 유리병을 잡으려고 했다. 바로 그 순간 정춘화가 와락 달려들어 유리병을 가로챘다. 이어 이를 악물고 말했다.

"뭐하는 거예요! 죽을 용기로 우리 살아봐요. 당신, 지금 당장 달려가서 휘하의 심복들을 불러 모으세요. 폐하께서 손을 쓰시기 전에 선수를 쳐야겠어요. 목숨을 내걸고 당신을 보호할 수 있는 사람들을 찾으세요. 길고 짧은 것은 대봐야 하니까!"

정춘화가 말을 마치자마자 처연한 웃음을 지었다. 이어 약병을 땅바닥에 내동댕이쳤다. 병은 바로 박살이 나버렸다. 그녀가 다시 말을 이었다.

"당신은 누가 뭐라고 해도 이 나라의 이인자예요. 금과 옥처럼 존귀한 몸이라고요. 어떻게 미천한 소녀의 목숨에 비할 수가 있겠어요. 궁중 노비의 운명이라는 것은 원래 시시각각 죽음에 노출돼 있는 것 아니겠어요? 자살하나 찢겨 죽으나 죽는 것은 매한가지예요!"

윤잉은 정춘화의 말에 경악을 금치 못했다. 잠자리에서 몸을 섞을 때 애간장을 녹이던 물과 비단처럼 부드럽던 여자가 위기를 앞두고 그처럼 초연할 수 있었으니 말이다. 그는 육체에만 탐닉한 자신과는 달리 그녀는 애절하게 자신을 사랑하고 있었다는 사실을 깨달았다. 절로 머리가 숙여졌다.

"어서 가지 않고 뭐 해요? 이곳은 더 이상 머무를 곳이 못 돼요! 지금쯤 연파치상재에서 사람들이 저를 붙잡으러 오고 있을지도 몰라요! 멍청하게 같이 한 가마솥에 들어가 삶겨 죽고 싶어요?"

정춘화가 윤잉의 등을 떠밀면서 큰 소리로 말했다. 윤잉은 그제야 제정신이 드는 모양이었다. 바로 부리나케 발걸음을 옮겼다. 그러다 문앞에서 갑자기 멈춰서더니 결연한 의지를 보였다.

"부디 이를 악물고 버텨줘. 진짜 그러기를 바라네. 내가 꼭 구해줄 테니까 그때까지만이라도 살아줘!"

윤잉은 몽유병 환자처럼 비틀거리면서 냉향정을 나왔다. 이어 말에 올라탔다. 말이 채 몇 걸음도 옮기지 않았을 때였다. 저 멀리에서 횃불을 치켜들고 달려오는 장오가 무리가 보였다. 그는 서둘러 말머리를 돌렸다. 그러나 딱히 갈 곳이 없었다. 어디로 가서 누구한테 도움을 청해야 할지 완전히 막막하기만 했다.

사실 그랬다. 무엇보다 스승인 왕섬이 곁에 없었다. 또 주천보와 진가유는 강희에게 다가갈 힘이 없었다. 그렇다고 여덟째에게 부탁을 한다는 것도 말이 되지 않았다. 그것은 바로 호랑이와 입을 맞추는 격이라고 할 수 있었다. 장황자 역시 그랬다. 게다가 둘은 서로 감정이 썩 좋은 상태도 아니었다. 셋째는 더 말할 필요가 없었다. 자신의 목을 걸고 형의 일에 발 벗고 나설 위인이 절대 아니었다. 아무리 손가락을 꼽아 봐도 찾아가서 말이라도 붙여볼 만한 사람은 그래도 넷째 윤진밖에 없었다. 윤잉은 곧 넷째가 있는 사자원으로 향했다.

"넷째 형님은 오늘 저녁 여섯째 형님 집에서 술을 드시고 지금 인사불성이 되셨어요. 죄송해요, 태자 형님!"

심야에 윤잉이 왔다는 소식을 듣고 윤상이 마중을 나왔다. 이어 그를 안으로 안내하면서 물었다.

"……태자 형님, 안색이 좋지 않으시네요! 무슨 일이 있어요? 이 밤중에 위험하게 시위도 안 데리고 혼자 다니시다니요. 요즘 태감들은 갈수록 게을러터져 말이 아니군."

윤잉은 애써 정신을 가다듬었다. 그러자 윤진이 뭔가 냄새를 맡고 일부러 자신을 피한다는 느낌이 들었다. 그러나 대놓고 얘기할 수는 없었다. 순간 그는 지금 이 상황에서는 우선 윤상이라는 장벽부터 통과해야 한다는 생각을 했다. 윤상이 윤진의 손발이자 그림자라는 사실은 세상이 다 아는 일이었으니까. 그가 어색한 웃음을 지으면서 대답했다.

"잠자리가 바뀌어서 그런지 통 깊은 잠을 이룰 수가 없어. 뒤척이다 못해 그냥 찾아왔어. 너와 넷째하고 오랫동안 대화가 없었다는 생각이 들더라고."

윤잉은 애써 담담한 척했다. 그러나 윤상은 이미 윤진으로부터 무슨 언질을 들은 터였다. 게다가 윤잉의 눈빛과 표정은 전혀 자연스럽지가 않았다. 윤상은 윤잉을 바라보면서 다시 한 번 넷째형에게 탄복하지 않을 수 없었다. 그럼에도 겉으로는 아무렇지도 않은 척 편안한 미소를 얼굴에 담았다.

"태자 형님도 아시다시피 저는 원래 괴짜잖아요. 궁금한 것이 있으면 밖으로 토해내지 않으면 참지 못해요. 그런데 어쩐지 태자 형님의 얼굴에 일이 있다고 쓰여 있는 것 같아요. 말씀해보세요, 그게 뭔지?"

윤잉은 결코 시간을 끌고 앉아 뭉그적거릴 때가 아니라고 생각을 했다. 하지만 그래도 한참 동안은 침묵을 지켰다. 그러다 길게 한숨을 내쉬었다.

"아우, 자네 생각에는 내가 자네한테 어떤 형인 것 같은가?"

"그걸 굳이 말해야 하나요? 당연히 머리털을 뽑아 신발을 삼아드려도 시원치 않을 엄청난 은인이죠!"

윤상이 당연하다는 듯 바로 대답을 했다. 이어 갈수록 심상치 않은 냄새를 풍기는 윤잉을 의식하고는 조금 더 진지해졌다.

"이렇게 말하면 큰 실례가 되는 줄은 압니다만 저의 성장기는 눈물로 점철됐다고 해도 과언이 아니에요. 그러나 오늘날까지 기죽지 않고 떳떳하게 살 수 있었던 것은 넷째 형님과 태자 형님의 지극한 배려 때문이었어요. 만약 그렇지 않았다면 지금의 저는 없다고 생각해요!"

윤상의 말에는 진심이 어려 있었다. 그러나 그의 한마디는 오히려 처지가 위급한 윤잉에게는 모종의 압박이라고 할 수 있었다. 윤상의 눈매에는 이 밤중에 찾아온 진짜 이유를 빨리 말하라는 뜻이 담겨 있었던 것이다. 윤잉이 잠시 심적으로 갈등을 일으키는가 싶더니 바로 윤상의 발밑에 털썩 무릎을 꿇었다. 체면이고 자존심이고 모두 벗어 훨훨 날려 버리겠다는 심산이었다. 그가 이어 두 손으로 얼굴을 감싸고는 동물처럼 흐느꼈다.

"아우, 나를 살려줘야 해! 제발 나 좀 살려줘!"

윤상은 무슨 일이 있었다는 것은 예감하고 있었다. 그러나 무릎을 꿇고 도움을 호소할 만큼 심각할 줄은 생각하지 못했다. 그가 순간적으로 당황하면서 황급히 자리에서 일어나 윤잉과 마주보면서 무릎을 꿇었다.

"태자 형님, 저에게 어떻게 하라고 이러세요?"

윤잉은 계속 울먹였다.

"아우, 나는 음모의 그물에 걸려들었어. 빨리 구해줘! 조금만 지체하면 무슨 재앙이 덮칠지 몰라!"

"형님 말이 진짜 사실이라면 제가 좌시할 수는 없죠! 태자 형님, 그만 일어나세요. 남들이 보면 또 입방아를 찧을 것 아니에요?"

윤상은 말을 마치고는 재빨리 머릿속으로 생각을 굴렸다. 이어 일부러 과장된 표정을 지으면서 물었다.

"무슨 일인지 모르겠으나 도무지 이해가 안 되네요. 태자 형님이 아무리 어렵기로서니 '구해달라'는 표현까지 쓸 정도로 위험한 일이 뭐가 있어요?"

윤잉이 다시 백지장 같은 얼굴로 윤상을 바라보면서 눈물을 머금었다.

"아바마마께서 곧 나를…… 폐위시킬지도 몰라!"

윤잉의 손은 심하게 떨렸다. 또 몸은 천근만근 바위에 짓눌린 듯 오그라들었다. 그러나 윤상은 곧바로 머리를 절레절레 흔들었다.

"그럴 리가요! 어제 오전까지만 해도 부황께서는 태자 형님에게 《고금도서집성》古今圖書集成을 하사하실 거라고 하신 걸요! 다른 황자들은 감히 꿈도 못 꿀 은혜를 받고 계시잖아요. 그런데 난데없이 그게 무슨 말이에요."

윤잉은 솔직해져야 한다고 생각했다. 그러나 차마 냉향정에서 벌어진 일에 대해 입을 열 수는 없었다. 그가 잠시 입을 실룩거리더니 한숨을 지었다.

"일이 어떻게 하다 이 지경에 이르렀는지는 나도 잘 모르겠어. 아무튼 누군가가 앙심을 품고 나에게 독침을 겨냥하고 있는 것만은 사실이야. 착한 내 아우……, 우리의 바람처럼 그냥 악몽을 꾼 것이라면 더없이 좋겠어. 그러나 그렇지 않을 경우에는……."

"우리는 엄연한 군신 관계예요. 형님에게 정말 무슨 일이 있다면 혈육의 정을 떠나서 신하 된 도리로 목숨을 걸고 지켜드리겠어요. 장담하건대 넷째 형님도 저하고 똑같은 생각을 하고 계실 거예요!"

윤상의 어조에서는 결연한 의지와 진심이 담겨 있었다.

"자네, 그리고 셋째, 넷째는 내가 믿어. 그러나 다른 황자들은 자신이 없어. 최선을 다해 도와줬으면 해. 비록 별 볼 일 없는 태자 형이지만 내 은혜는 잊지 않을게!"

윤잉은 자신 없는 목소리였다. 그제야 윤상도 사태의 심각성을 한층 실감했는지 더욱 진지하게 입을 열었다.

"제 앞에는 신하로서의 책임과 아우로서의 도리를 다하는 것 외에는 없어요. 그러니 '은혜'라는 말까지 입에 올릴 필요는 없어요. 걱정하지 마세요. 넷째 형님이 술이 깨시는 대로 말씀 올릴게요. 또 셋째 형님한테도 제가 가서 잘 말할게요. 주천보와 진가유는 형님의 사람이니 직접 얘기하는 것이 나을 것이고……. 가능한 한 많은 사람을 확보해놓는 것이 유리해요. 이럴 때 왕섬 스승께서 계셨어야 하는데! 폐하께서는 그분의 인품과 재주를 제일 높이 사시니까……."

윤잉은 새벽 두 시가 다 돼서야 비로소 사자원을 나섰다. 윤상이 멀어져가는 윤잉의 뒷모습을 멍하니 바라보다 막 발걸음을 돌리려고 할 때였다. 희미한 불빛 사이로 노란 초롱불 두 개가 점점 가까이 다가오고 있었다. 초롱불에는 '연파치상'煙波致爽이라는 글자가 적혀 있었다. 지의旨意가 있는 것이 분명했다.

윤상은 순간 눈앞의 광경을 태자와 연결지어 생각했다. 긴장하지 않을 수 없었다. 바로 윤진에게 알리려고 발길을 돌렸다. 그러나 윤진은 대탁을 대동하고 어느새 문어귀에 나와 있었다.

"넷째 형님……!"

"그래. 일단 지의를 받고 나서 얘기하자. 앞에서 말 타고 오는 사람은 이덕전 아닌가?"

윤진은 언제나 그렇듯이 흐트러짐이 없었다. 태연하기도 했다. 윤상은 그런 윤진을 보면서 일말의 위안을 느꼈다.

"이덕전 맞네요. 총관까지 출동한 걸 보니 오늘 저녁에는 여기저기 지의를 전달할 곳이 많은가 보군요."

이덕전은 사자원 앞에서 침착하게 말에서 내렸다. 이어 그가 문지기에게 말하는 소리가 들렸다.

"넷째 황자와 열셋째 황자에게 지의가 계신다고 아뢰어라."

윤상이 황급히 걸어 나갔다.

"넷째 형님하고 무예를 연마하고 있던 중이네. 잠시만 기다리게. 중문을 열고 예포를 울릴 것이니."

"그럴 것 없이 직접 지의를 전하라는 폐하의 지시가 계셨습니다. 여기에서 받으시면 되겠습니다."

이덕전이 말했다. 이어 남쪽을 향해 돌아서더니 윤진과 윤상이 무릎을 꿇기를 기다렸다. 그가 곧 지의를 읽기 시작했다.

> 봉지奉旨: 오늘부터 윤잉은 짐의 명령을 받지 않는 한 어가에 가까이 올 수 없다. 상서방 대신 장정옥이 윤잉을 대신해 상주문을 전할 것이다. 또 장황자 윤제를 직군왕直郡王, 셋째 황자 윤지를 성군왕誠郡王, 넷째 황자 윤진을 옹군왕雍郡王, 여덟째 황자 윤사를 염군왕廉郡王으로 각각 책봉한다. 더불어 왕부王府 건립을 허락한다. 아홉째 황자 윤당, 열째 황자 윤아, 열셋째 황자 윤상, 열넷째 황자 윤제는 패륵으로 봉한다.

이덕전이 성지를 다 읽었다. 윤진과 윤상은 어안이 벙벙한 표정으로 서로를 마주보았다. 이덕전이 그런 둘을 향해 말했다.

"축하드립니다, 두 분 황자마마! 좋은 날인데, 술 한잔 사 마시게 용돈 좀 받아가야겠습니다!"

"여봐라! 은전 백 냥을 이덕전에게 상으로 주거라. 약소하네. 원래 나와 열셋째는 가난한 황자들이야. 너무 서운해 하지는 말게."

윤진이 농담조로 말했다. 이어 차도 가져오라는 명령을 내렸다. 이덕전은 그러나 차를 마실 여유는 없다면서 자리에서 일어났다. 잠시 후 발걸음을 돌리던 그가 뭔가 궁금한 표정이 역력한 윤진을 의식하고는 다시 돌아와 웃으면서 말했다.

"넷째 황자마마께서는 모르기는 해도 태자전하의 근황이 궁금하셔서 소인에게 물으시려고 했던 것 같습니다. 하지만 아쉽게도 소인 역시 잘 모릅니다. 감히 여쭤볼 수도 없었습니다."

"넘겨짚지 마! 태자 자리에 있는 날까지는 주군으로 대접하면 돼. 또 자리에서 내려오게 되면 둘째 형님으로 깍듯이 예우하면 되는데, 뭐가 그리 궁금하겠어. 내가 궁금한 것은 폐하께서 내일 사자원 서북쪽에서 있을 승냥이 사냥을 구경하러 오실 수 있을지의 여부야."

윤진이 실소를 흘렸다. 그러자 이덕전도 웃으면서 대답했다.

"폐하께서는 기분이 좋으신 것 같습니다. 그래서 내일 승냥이 사냥을 떠나신다고 합니다. 제가 장 대인한테서 들었습니다. 이제 보니 넷째 황자마마에게 행차하신다는 말씀이셨군요."

이덕전이 떠나가자 사자원에는 다시 정적이 깃들었다. 그 정적을 뚫고 간간이 소나무의 진저리치는 신음소리와 들고양이의 찢어질 듯한 울음소리가 들렸다. 그 소리들은 여명 전의 칠흑 같은 어둠을 더욱 을씨년스럽게 만들었다. 불길한 예감이 증폭되는 순간이었다.

"넷째 형님! 갑자기 웬 일이죠?"

윤진을 따라 청허재淸虛齋로 돌아온 윤상이 자리에 앉자마자 물었다. 윤진이 심각한 표정으로 흔들리는 촛불을 바라보다 말고 탄식을 내뱉었다.

"공든 탑이 무너지는 허망함이라는 것은 이런 경우를 두고 말하는 것이겠지? 어떻게든 일으켜 세워보려고 공을 들였건만 결국에는 저렇게 맥없이 쓰러지고 마는구나! 이럴 때 오사도 선생이나 문각文覺 스님이라도 곁에 있었으면 좋았을 텐데."

"다시 쓰러지는 한이 있더라도 우리는 필사적으로 일으켜 세워야 해요. 다리 힘이 생겨 저절로 우뚝 설 때까지 말이에요! 한번 태자는 영원한 태자여야 해요. 삼십 년 넘게 그 자리에서 버틸 수 있었다는 것만으로도 우리는 절대로 포기할 수 없어요. 누가 뭐라고 해도 태자 형님은 우리 황자들의 주군이에요! 지금이야말로 우리가 똘똘 뭉쳐 저력을 보여줘야 할 때인 것 같아요! 무슨 죄를 지었는지는 모르나 종이 한 장으로 황태자의 폐위를 일방적으로 선언해 버리다니!"

윤상은 흥분한 어조였다. 윤잉이 자신의 발치에 무릎을 꿇었던 광경을 떠올리는 것이 분명했다.

"윤상, 너! 우리는 지금 북경이 아닌 지방에 와 있다는 것을 명심해! 말을 가려가면서 하라고."

윤진이 흥분에 떠는 윤상을 엄하게 꾸짖었다. 윤상은 그러자 하던 말을 뚝 멈추고는 멋쩍게 창밖을 내다봤다.

"다시 쓰러지는 한이 있더라도 일으켜 세워야 한다. 정말 맞는 말이야. 태자 형님이 잘못 되면 가장 먼저 불기를 맞을 사람은 너와 나야. 셋째 형님은 매일 공자孔子를 입에 달고 다니나 신사적이지 못한 구석도 있어서 믿을 분이 결코 못 돼. 큰형님과 여덟째는 죽이 맞아 돌아가는 것 같아도 비곗덩어리를 한번 내던져 보라고. 서로 많이 먹겠다고 으르렁대면서 싸울 걸? 내가 태자 형님을 폐위시키는 것을 원하지 않는 이유는 두 가지야. 첫째 이유는 단연 우리 둘에게 불똥이 튀기 때문이야. 둘째는 우리에게 준비할 시간이 없다는 거야. 너무 갑작스럽게 닥쳤어……."

윤진이 혼잣말처럼 중얼거렸다. 그러다 뚝 입을 다물어버렸다. 자신의 생각을 너무 밑바닥까지 깡그리 보여줄 필요가 없다는 생각이 든 듯했다. 사실 그런 생각은 아무리 같은 배에 타고 있는 윤상에게라도 결코 예외는 아니었다. 윤상은 윤진이 그런 생각을 하고 있는 줄 알 턱이 없었다. 그럼에도 윤진의 말을 진리처럼 새겨들었다. 물론 그는 다른 한편으로는 눈 부릅뜨고 빼앗아 먹을 비곗덩어리라도 가지고 있는 여덟째 쪽이 부럽기도 했다.

"넷째 형님, 우리는 이제 어떻게 해야 하죠?"

윤상이 다시 물었다. 윤진의 안색은 갈수록 무섭게 변해가고 있었다.

그가 계속 그 안색을 유지한 채 대탁을 불러 물었다.

"내가 들으니, 자네가 최근 조양문에 자택을 구입했다고 하더군. 이 사실을 다른 사람들도 알고 있나?"

대탁은 갑작스런 윤진의 질문에 영문을 몰라 잔뜩 긴장하는 표정을 지었다. 그리고는 서둘러 대답했다.

"친척 명의로 사기로 했습니다. 그러나 아직 돈을 지불하지 않아 황자마마께 말씀을 올리지 못했습니다."

"나는 지금 그걸 따지려는 것이 아니네. 몇 글자 적어줄 테니 가지고 북경으로 먼저 돌아가게. 내 앞으로 달아놓고 필요한 만큼 돈을 가져가게. 그 집은 내가 자네에게 상으로 사주는 거야."

윤진의 표정은 서서히 부드러워졌다.

"황자마마!"

"잠깐만! 대신 내가 하나 부탁할 것이 있네. 자네는 오늘 저녁에 출발해야겠어! 북경에 도착하자마자 오사도와 문각 스님을 비롯한 나의 식객, 측근들을 전부 그리로 옮겨가도록 조치를 해주게. 상황이 우리에게 불리한 방향으로 전개되고 있으니 경계를 하지 않을 수가 없네! 돈 되는 물건이나 현금 같은 것은 잠시 그대로 놔두고 사람만 빠져나가면 돼."

윤진이 낮은 목소리로 천천히 지시했다. 이어 바로 붓을 들고 몇 글자를 적어 대탁에게 건네줬다.

대탁은 글을 대충 훑어보다 깜짝 놀랐다. 돈을 준다는 내용 밑의 중간 부분에 '대탁은 더 이상 우리 집안의 사람이 아니다. 그의 문적門籍을 박탈한다'는 구절이 들어 있었던 것이다. 순간 그는 경악을 금치 못했다. 그러더니 놀라움과 분노에 찬 시선으로 윤진을 바라보면서 물었다.

"탈적脫籍시키는 겁니까?"

"그래, 탈적시키는 것이네!"

윤진이 차갑게 말했다. 대탁이 윤진의 차가운 반응에 갑자기 허물어지듯 땅에 쓰러지더니 울면서 호소했다.

"황자마마, 이러시면 안 됩니다! 열 살 때 부모님을 잃고 거지가 돼 방황하는 저를 황자마마께서 구해주시고 키워주시지 않으셨습니까? 그런데 어찌 지금에 와서…… 버리시는 겁니까? 황자마마께서는 절대…… 이토록 매정한 분이 아닙니다……."

윤상의 표정도 대탁을 따라 바로 어두워졌다. 그러나 윤진은 담담하게 입을 열었다.

"우리 집에서 나를 섬겨온 사람들은 모두 내가 죽음의 경계에서 구해준 적이 있지. 물론 자네도 마찬가지이고. 그 끈끈한 정이 밑바탕이 됐기에 망정이지 아니면 진작에 돈의 유혹을 뿌리치지 못하고 다른 데로 옮겨 갔을지도 몰라! 그러나 걱정하지 말게. 내가 자네를 탈적시키는 것은 만일의 경우에 대비하자는 것뿐이네. 걱정했던 일이 발생하지 않는다면 당장 자네의 문적을 회복시키지. 그러니 나를 돕는다 생각하고 정신을 차리라고. 내가 시키는 대로 잘 따라주길 바라!"

대탁이 거듭되는 윤진의 당부에 비로소 고개를 끄덕이면서 밖으로 나갔다. 곧 이어 윤진이 윤상에게 말했다.

"부황께서 종잡을 수 없는 생각을 갖고 계신 것은 사실이야. 하지만 사람 목숨을 가볍게 여기시는 분은 아니야. 더구나 태자, 나, 자네는 엄연한 폐하의 아들이 아닌가? 그러나 항상 최악의 경우를 대비해야 하는 법이야. 우리 문중의 측근들은 하나같이 인재 중의 인재들이야. 천금, 만금을 주고도 바꿀 수 없다고. 내가 가장 우려하는 것은 그들이 수난을 당하는 거야. 때문에 서둘러 빼돌리는 거야. 큰 걱정을 하나 덜었으니, 이제 남은 것은 우리가 힘을 합해 태자 형님을 위해 목숨 걸고 싸우는 것 외에는 없군!"

"목숨 걸고 싸우는 사람은 저 하나로 충분해요! 전에 상의한 대로 제가 정을 맞는 모난 돌이 되겠어요!"

윤상이 큰 소리로 말했다.

"그럴 것 없어. 그러면 우리가 실수하는 거야. 사실 우리 둘이 같은 배에 타고 있다는 사실을 모르는 사람이 어디 있겠어? 남들이 다 아는 사실을 우리끼리만 무슨 큰 비밀인 것처럼 덮어 감춘다고 해서 무슨 소용이 있겠어!"

윤진이 진지하게 말했다. 윤상이 그의 말에 바로 고개를 끄덕였다. 윤진의 말이 맞았기 때문이었다.

이튿날 아침은 승냥이 사냥을 하기로 한 날이었다. 그러나 날씨가 심술을 부리기 시작했다. 갑자기 차가운 가랑비가 내리는가 싶더니 어느새 눈꽃도 휘날렸다. 싸락싸락 소리를 내면서 내려앉은 눈은 그렇지 않아도 추위에 떨던 앙상한 나뭇가지들의 등을 거침없이 희게 만들었다. 윤진은 이런 날씨에 강희가 사냥구경을 올 리가 만무하다고 생각했다. 그러나 그렇지가 않았다. 그가 막 아침 인사를 올리기 위해 나서는 순간 태감 한 명이 지의를 전해왔다.

"짐은 예정대로 사시巳時에 사냥터에 도착하겠다. 옹군왕은 아침 인사를 할 필요가 없다."

윤진은 정신이 번쩍 들었다. 곧 두 아들을 포함한 수십 명의 가족들에게 대청에 모이라는 명령을 내렸다. 이어 한층 격앙된 목소리로 외쳤다.

"오늘 폐하께서 다망하신 와중에도 여러분들의 용기를 북돋워 주시러 납실 것이다. 그러니 말로만 효도, 효도 부르짖지 말고 이런 천재일우의 기회를 놓치지 말도록 하라. 열심히 움직여서 주인의 체면을 살려주기를 바란다는 말이다! 용감무쌍하게 사냥을 하라. 제일 좋은 것은 몇 마리 정도 생포해 온전한 가죽을 폐하께 올리는 것이다. 노력한 자에게는 반드시 보상을 해줄 것이다. 알겠는가?"

"예!"

좌중의 사람들이 우렁차게 대답했다.

드디어 사시 정각이 됐다. 어김없이 강희의 수레가 모습을 드러냈다. 옷을 단정히 차려입고 미리 대기 중이던 윤진의 가족들은 일제히 무릎을 꿇어 어련御輦을 맞이했다. 이어 이덕전이 공중을 향해 채찍을 한 번 휘둘렀다. 사람들은 그 신호에 맞춰 일제히 만세를 외쳤다.

강희의 얼굴에는 희색이 만면했다. 밝은빛이 돌아 발그레한 홍조가 나타나고 있었다. 그가 수레에 앉아 손을 흔들고 나서 말했다.

"넷째, 자네가 승냥이를 키우는 토성土城이 여기에서 먼가?"

"별로 멀지는 않사옵니다. 약 오 리쯤 되옵니다, 아바마마! 하오나 황송스럽게도 노면 상태가 좋지 않사옵니다. 수레에 앉으시면 불편하실 것이옵니다. 아바마마께서 하사하신 말이 아주 튼튼한데, 그 말에 옮겨 타시는 것이 나을 듯하옵니다!"

윤진이 상체를 깊숙이 숙이면서 아뢰었다. 강희가 흔쾌히 좋다고 대답했다. 이어 형년의 어깨를 짚고 수레에서 내려섰다. 그가 손바닥을 비비면서 웃는 얼굴로 말했다.

"우리 만주족들은 북쪽 체질이잖아. 짐은 눈 내리는 날 사냥하는 것을 제일 좋아하지!"

강희가 말을 마치고는 이목구비가 단정할 뿐 아니라 귀엽게 생긴 윤진의 두 아들 홍시와 홍력을 바라보았다. 이어 다정한 어조로 물었다.

"이 아이들이 짐의 손자인가? 이름이 뭐라고 했지?"

윤진이 강희의 질문에 아들들 대신 대답을 하려고 했다.

"큰아이가 홍시라고……."

그의 말이 채 끝나지 않았을 때였다. 홍력이 갑자기 가슴을 쑥 내밀고 한 걸음 성큼 앞으로 나서더니 큰 소리로 대답했다.

"손자의 이름은 홍력이옵니다!"

강희가 흡족한 미소를 얼굴에 띠우면서 홍력을 바라봤다. 7, 8살쯤 돼 보이는 그에게서는 조용하면서도 예사롭지 않은 기품이 흘러넘치고 있었다. 강희는 순간 마치 희귀한 명품이라도 구경하듯 희열에 찬 눈빛으로 호감을 보였다. 그러다 갑자기 한숨을 내쉬었다.

"일반 백성들 같았으면 손자도 못 알아보는 할아버지가 어디 있겠나! 그건 며느리가 시아버지를 몰라보는 것이나 다름없이 황당무계한 일이지! 핑계로 들릴지는 모르나 나랏일 때문에 바삐 돌아다니다 보니 '천륜'을 소홀히 할 수밖에는 없었던 거야. 두 마리 토끼를 다 잡기에는 짐의 능력이 한계가 있었던가 보구나."

"황은이 우주에 두루 미치는 것이 바로 '천륜'이옵니다. 또 할바마마께서는 천도天道를 밝히는 분이옵니다. 어찌 하찮은 정에 연연하겠사옵니까!"

"오, 오! 그래, 그래!"

강희가 기분 좋게 웃으면서 고개를 끄덕였다. 지난밤에 자신을 괴롭힌 불면의 고민이 한꺼번에 씻겨나가는 듯한 표정이었다. 급기야는 얼굴의 웃음을 좀체 지우지 못하고 홍력의 어깨를 툭툭 치면서 격려를 했다.

"어떻게 너같이 작은 아이가 그런 이치를 다 알고 있느냐? 황은이 우주에만 미치게 하고 손자에게는 미치지 않는 황제는 좋은 황제이기는 해도 좋은 할아버지는 아니지 않느냐. 그렇지?"

"우주의 '우'宇는 상하사방上下四方을 의미하옵니다. 유한한 공간을 뜻하옵니다. 또 '주'宙는 왕고래금往古來今을 의미하옵니다. 무한한 시간을 말하는 것이옵니다. 이 손자는 육합지중六合之中(천하 사방)에 몸을 두고 성도聖道가 이뤄지는 때에 머무르고 있사옵니다. 위로는 황은을 우러르고, 아래로는 은총을 받고 있사옵니다. 손자의 모든 것은 군주에게서 왔사옵니다. 공의公義와 사정私情 역시 모두 그런 생각 속에 있지 않겠사옵니까!"

홍력의 말에 강희의 눈은 더욱 커졌다. 그는 기쁨이 가득한 눈으로 점점 더 하얗게 변해가는 멀리 산허리를 바라보았다.

"짐은 말을 타고 가지 않겠어. 고작 사오 리에 불과한데 걷는 것이 낫겠어. 설경은 말을 타고 가면 제대로 즐기지 못하지!"

강희는 말을 마치자마자 홍력의 손을 잡았다. 이어 주위의 사람들에게는 뒤따라 오도록 했다. 한편으로 걸으면서 다른 한편으로는 손자의 학문과 웅대한 포부를 시험하려는 생각이 없지 않았던 것이다.

〈11권에 계속〉